还乡

三部曲

张金良　刘英民　著

街风巷风花信风

天津出版传媒集团
百花文艺出版社

图书在版编目（CIP）数据

街风巷风花信风 / 张金良，刘英民著. -- 天津：百花文艺出版社，2024. 8. --（远乡三部曲）.
ISBN 978-7-5306-8845-8

Ⅰ. I247.5

中国国家版本馆 CIP 数据核字第 2024ZY2757 号

街风巷风花信风

JIE FENG XIANG FENG HUAXIN FENG

张金良　刘英民　著

出 版 人：薛印胜　　**责任编辑：**张　雪

装帧设计：刘昌凤　　**特约编辑：**李　路

插　　图：李景森　　**顾　　问：**陈现宾　蔺雪朝

出版发行：百花文艺出版社

地址：天津市和平区西康路 35 号　**邮编：**300051

电话传真：+86-22-23332651（发行部）
+86-22-23332656（总编室）
+86-22-23332478（邮购部）

网址：http://www.baihuawenyi.com

印刷：三河市元兴印务有限公司

开本：710 毫米 ×1000 毫米　1/16

字数：331 千字

印张：22.75

版次：2024 年 8 月第 1 版

印次：2024 年 8 月第 1 次印刷

定价：98.00 元

如有印装质量问题，请与三河市元兴印务有限公司联系调换
地址：河北省廊坊市三河市黄土庄镇尚庄子村
电话：0316-3180002
邮编：072750

题记

远乡

你的风华，你的音容，日暖三春，月挂碧穹。伊人早已远去，昨夜又入我梦，忍将热泪两行，送与九天沧溟。

你的秧田，你的老井，养我育我，陪我远行。故乡早已远去，牵念寄给孤鸿，如今回身相望，石巷古树蝉鸣。

你的悲欢，你的奋争，几度轮回，化作长虹。遍寻天涯海角，踏破山水万重，誓言将你追随，无悔终了此生。

太行花

一种古老的残遗物种，多年生草本、国家二级保护野生植物，中国特有、太行山独有属种，生长在太行山的悬崖中或者林内的岩石裸露和土层瘠薄处。截至目前，原种太行花尚未发现生存报道，其变种族群缘毛太行花，近年又在太行深山区零星发现，因结实甚少，目前尚不能大量采种，养分和光照对其影响甚微，分布区域狭窄且范围日益缩减，不采取有效保护措施，将濒临灭绝。

目录

目录

第四十一章

野沟锄作田　孤恨祭流年

盖狗剩把黑山沟圈起来的想法，最初来自王炳中。小彩娘去世后，盖大全把那张林权证给了盖狗剩，说："拿起来吧，援朝姥姥走的时候，一块石头也不愿意丢给漳水。"

在大坡地的庄稼主儿眼中，王炳中在几十年前，就是站在石碾街的北圪台儿上，仰头看天低头看人的主儿，人家的老掌柜，当年就暗暗地支援八路军打日本，王炳中还鸦默鹊静地把儿子早来，送给了解放军！如今，王炳中又千真万确地成了烈属，那可是为新社会做了大贡献的人，理所当然的人中人！也是怪不得，好多年前，那些个八字先生、奇门大师，都说人家是一条走蛟！可是，王炳中不愿意再去做那个人中人，更不愿意去想那个走蛟的事，不知从什么时候起，他变成了一只不爱言语的老猫，静悄悄的温顺可人，除了自寻角落、自打呼噜，再看不见有什么喜怒。

这天，盖狗剩找到了正打着呼噜的"老猫"，"老猫"看到盖有红印章的东西就高兴。他看见那个林权证后摸索了半天，琢磨了半天，然后把脚一跺，给盖狗剩说："除了天，脚底下的地最宝贵，那个东西，没用的时候不管用，有用的时候，再找可就没有了！"

王炳中领着盖狗剩去了一趟县里，要了些柏树苗，还要了些柏树籽，生拉硬拽地让漳水那边来人瞅了一眼后，就在周围垒了一些石头垛子，坡上种柏树苗，沟里种柏树籽。种好了之后，王炳中指着那片沟说：“看这乌泱乌泱的一大片，底下弯两头翘，像不像个金元宝？土地这个东西就是好，不吃不喝，就能给生金长银。”

盖狗剩看不见那些生长出来的金和银，他后悔耗费了那么多的劳动力，栽种了生长慢且难以成材的柏树。那些比野扫帚大不了多少的小苗苗，张望着小彩姥姥那座孤独的坟茔瘦小羸弱的影子，比黄牛拉出的那泡牛粪还寒碜。

王炳中却很高兴，说：“记住，那些羊不啃、人不要、贼不偷的不起眼货，不一定都不是好东西！”

时间不长，就有人告到了牛主任那里，说：“盖狗剩上台后，什么也顾不上干，谁知道是黑夜做了个梦，还是哪个阴阳先生给算了个卦，疯了似的，跑到漳水地界圈占烂石头去了！敢是想往那边折腾一个大坡地行宫？以后在家憋闷的时候，抱上那根‘扁担’，去那边忽颤一会儿？”

牛主任批评盖狗剩，说：“干部就是领头雁，无论做什么，首先要调查研究、权衡利弊，看准革命的方向之后，再去干革命的事业，大坡地多少山，还不够你折腾？”

王炳中在北圪台儿上对人说：“都会下四儿，会下六儿，会下狼吃羊，就没有人会下围棋，那片地都仔细想想，那不是给大坡地村开了一个气眼？那只瞎眼老虎也死了一多半了，从今儿往后，咱村就活了！唉！说也都不懂！”

王炳中说归说，大坡地懂围棋的人不多，他们刻入骨子里的，就是在每一个日出日落中辛苦耕播，在冬去春来的轮回里，守候好二十四节气，想不起也用不着太复杂的娱乐。辛苦劳作的间歇，如若有兴致，随处一坐就地取材，玩上一阵四儿、六儿和狼吃羊，也就解了乏困。

就连盖狗剩，也顾不上想王炳中的四儿、六儿和气眼。他眼下的要紧事，一个是照顾好他爹，一个是如何对待北圪台儿上的议论。

这天，盖大全见盖狗剩正给人说话，拿起扁担就去担水，石小彩把扁担一夺，说：“爹你歇会儿，俺担，俺担！”

石小彩担上水桶走了后，盖大全一瘸一拐地洗了洗手，准备去做饭，到了小棚子下边才想起来，他已经跟儿子儿媳妇一起吃过饭了。

盖大全吃了亲家的大葱烧豆腐后，石小彩就把他做饭的灶，糊了个严绷绷，又抹了个平展展。“爹！原先俺不懂事，对不住了，一个院里的一家人，支两口锅做两锅饭，就是别人不笑话，自己脸上也挂不住。打今儿以后，咱都在一口锅里头抡勺子，有稠都吃稠，有稀咱都喝稀。行不行吔，爹？”

好长一段时间，每到该做饭的时间，盖大全一直丢了东西似的不舒服。石小彩担水走了后，他感觉空荡荡的没有着落，到原来做饭的小棚子下来回转着看，转着转着，一只手就开始抖，直到石小彩担回了一担水，他的那只手还在抖。

他的手抖了好多天以后，两只脚就肿了，石小彩又给做了一双肥肥大大的鞋，刚穿上去时正合适，过了两三天，渐渐肿大的脚又穿不上去了。他把那双旧尖口布鞋找出来，铰了两个大豁口，明晃晃的脚背仍在外边浮着。又过了一些日子，他的两只眼睛看东西模模糊糊、影影绰绰的，把一个人能看成好几个人。

这天，石小彩给拽了碗葱花黄菜拽面，双手捧着给端了过来。盖大全的一只手正在不停地抖，不抖的那只手挑了几根面吃下去后，就再挑不起来了。他的内心正着急，影影绰绰之中，狗剩娘来了，他清清楚楚地看到了，老伴儿还和许多年前一样，两手搭在胸前，在火台上斜靠着，静静地看了他一会儿，晃荡一下后，笑吟吟地一边向他招手，一边向门外走。他大叫一声：“狗剩娘！你——”猛地一扑想拽住女人，身子一歪倒下去后，就什么也不知道了。

盖大全有些知觉后，听见盖狗剩喊：“你个潮道货！不知道咱爹待见吃大葱炒豆腐？大葱炒黄菜，你能炒出来豆腐味？”

石小彩声音不大：“俺说了好几天，咱爹，都不让俺给他换，他说不过节不过年，换豆腐做啥……”

盖大全听得石小彩的声音越来越远，他没有拽住的女人，离他却越来越近……

埋葬了盖大全以后，转眼就到了七七四十九天的“尽七”。盖狗剩、石小彩领着孩子们到了坟上，点蜡、上香、烧纸钱之后，男人们给新坟添上几锨新土，再就是注目怀念。石小彩照例坐下来哭诉一番，念念有词地怀念一阵公公生前如何的勤劳能干，如何的一生辛苦，晚辈们如何的猝不及防，如何的莫失莫忘。

尽七之后，重孝期已过，石小彩要去漳水姥姥那边走走。既然走亲戚，总要利利索索光头净面的才好，石小彩仔细收拾一番后准备走。

盖狗剩认认真真地看了一眼石小彩：玫瑰花的瘦长褂，前襟略短，后摆略长，合身得体还真好看。只不过那个衣服的样式，未出阁或刚出阁的小女子们穿得多一些，石小彩这个年纪，大都是或灰或蓝或黑的一笼统偏襟大褂。他终于发现，大街上也有几个中年女人穿了瘦长褂，但看起来都别扭：瘦人穿上去，只看见一身骨头；胖人穿上去，哪里都显太富裕；不瘦不胖的人穿上去，光看见腰长腿短。

石小彩从姥姥家回来后，北圪台儿上有人说：“娘儿们就要有个娘儿们的样子，该开花时开花，该结果时就要结果，就是地里头的庄稼，该结果时又开了花，那岂不出了妖孽！一九六〇年，牛头垴上的那棵公皂角结了荚！哎哟哟，不下雨的时候旱死，下雨的时候淹死，草鸡真打鸣，那就该杀了吃！看不是？大全才说能享两天福，咳！他还就去了！”也有人说得更直接：“倒青[1]的东西真不好。”

还有人给王炳中说：“都说你是染房门前的捶布石，经过了千涂万抹、千捶万砸，都快变成大坡地的老妖精了，说不定老妖精也老眼昏花了，看走了眼，睁眼的豹子闭眼的猫，瞎眼的老虎能算上个啥！看不是？再钢筋铁骨的汉子，也能叫忽颤颤的扁担把脊梁压弯——狗剩刚上台，就给他倒青媳妇的娘家修坟地，种了几十亩柏树，想整成个烈士陵园。”

牛主任把盖狗剩叫到了公社，她叉开的两条腿已有些弯了，几条拐着弯乱窜的皱纹，也爬上了脸。

女人到了难看的时候还真难看——仨兔子出了四两肉，肉不多杂碎还真不少，

[1] 倒青：庄稼本该步入成熟期，却反常地青枝绿叶退回到生长期了。出现这种情况多数时候会减产。此指，装束打扮显得过于年轻，或其他原因，外观年龄小于实际年龄。

才多大岁数就蔫得不能看！心思多的人，杂七杂八的东西，总是满身乱窜，窜乱了就浑身烧，烧够了就退了火，退了火也就豁着口、卷着刃，难看得不像个东西了！世界上有啥东西能禁得住火！火一烧都得往回缩。有谁能比得了万医生！凉阴阴的不温不火，认识的人哪个不会说，唉！万医生，那真是几万人里头才能出一个！

——盖狗剩见到牛主任后，耷拉着眼皮低着头这样想。

牛主任说："盖狗剩吔！革命事业，就该按照革命标准去做，革命夫妻，也要讲究革命感情，咳！你家里的那个，说话像唱歌，打扮得像蝴蝶，你，你，你问题还得重找，检查还得重做，根子还得细挖，要过不了关——哼……"

盖狗剩回到家，看见那个倒青的"扁担腰"就说："潮道！七月核桃八月梨，九月柿子红了皮——都早熟透了！整天拿拿捏捏的叫谁看，像电影里的特务，把腰挺直了！"

石小彩照照镜子又摸摸腰，扑闪一眼盖狗剩说："没去过医院？就那么粗个脊梁骨，俩眼一睁往起一竖，就得整天驮那些个沉东西——还不跟担杖（扁担）一样，要是啥也不担，哪个都是直溜溜。"

盖狗剩听了后，翻了翻白眼没有说出什么，过了一会儿，指着她的上衣说："嗯！把腰上的那两道线缝给拆开了！那是衣裳又不是鞋，非要可着东西的大小做？还有，穿那么花哨做啥？你是地主资本家的阔太太？"

裊裆裤之外单论上衣，乡间女人祖辈传承下来的是一笼统大偏襟，上下几乎一般粗细，纵向和横向既肥硕又宽敞，方便裁剪又简单实用。石小彩新做的上衣，除了长短上娇俏了好多，腰部两侧加缝了两条腰线。

盖狗剩让石小彩把那两道腰线给拆开，石小彩连最下边的绲边也拆开了一寸多，粉底淡黄花的上衣，被改得又肥又大，松松垮垮的上衣加了一双细长的腿，忽飘飘的抢人眼。

盖狗剩又说："潮道！走起路来一摇一飘，像个赚黑心钱的鸨子！黑山沟的那片坟脉，就出了你这个潮道货？"

石小彩"扑哧"一笑，翻一眼盖狗剩说："叫牛主任给气蒙头了？马跟驴还将就着能生头骡子，马跟牛可差得多——黑山沟的坟是俺姥姥家的，姓李，俺姓石！咯咯咯，呵呵呵……”

盖狗剩再看不见石小彩的背影，又一连喊了好几声“潮道”。他也时刻准备着忽然有一天，石小彩在柳眉倒竖、杏眼圆睁后，和他原来一样，把手伸进鸡窝去，把任何一只看着不顺眼的鸡抓出来，再和他一样挥起刀，“咔嚓”一下把鸡头剁下来，然后把那个身首异处的生命，狠心地往墙角一扔，任哪个再不能喊冤，也无法叫屈的东西，把殷红的鲜血，扑棱棱地洒上满院，再“啪啪啪”地拍拍微微哆嗦的手，然后不无豪迈地仰着头，大喊一声“看啥！杀潮道！干啥？辟邪”。

这天石小彩找到了王炳中，遇难求救一般对他说：“炳中哥，也就是你，俺才敢张嘴，要换上了别人，那些扎一针不出脓不出血的，俺也就不说了……”

石小彩说话时的样子，像一只落入河水中的猫，救猫的人不仅要大慈大悲，而且还要大勇大智。在河岸上来来往往的看客中，只有王炳中最优秀，也最合适。

王炳中早已被岁月打理得少棱缺角，但他还是浑身一激灵，把头伸过来说：“说吧！姊妹！有啥大不了的事受难为？说！”

石小彩哀哀怨怨地晃荡了两下，摆了一个和廷妮生前差不多的姿势。

在家她就盘算了好多天，王炳中是孙悟空，廷妮就是唐僧；王炳中是骡子，廷妮就是嚼子；王炳中要是一片地，廷妮就是一把明晃晃的锄。王炳中就是一座山，廷妮也能把他给推倒。

也是平时多留心，石小彩学起廷妮来，连说话的腔调都像。石小彩说：“哥哥吔——你看那黑山沟，埋着俺姥姥俺姥爷，可那是哪年哪辈子的事了？狗剩往那儿栽了那些树，群众都给提意见，公社牛主任也不干，狗剩做了好几回检查，都过不了关。他脾气又不好，也是都怨俺，哥哥你给指点指点，要不，俺去黑山沟哭一回，找个地方，把俩老人搬了算了？俺也知道，都这些年了，移尸动骨叫老人家不安生，可小辈们，都没出息呀……”

王炳中一听就知道，那是石小彩在弯弯转转地埋怨他，给出了个往黑山沟种柏树的主意。他心里先有几分不快，但看看石小彩廷妮一般的样子，不觉内心一阵狂颤，遁逃经久的那股豪气，别无选择又片刻不容地复活起来。

王炳中猛地一拍大腿说："真是吓一跳！俺当啥大事，也正好，俺家也有一件事，得找牛主任说说，也就多句话少句话的事！你回去吧，打今儿以后，没人再提种柏树的事。"

当年八路军的黄连长，给他家打的那张欠条，王炳中翻出来后找到了牛主任。牛主任很重视，逐级汇报上去后，经过认真核对，那张欠条被镶进镜框里，放到了沙水县的抗日纪念馆。

从县里回来后，王炳中顺便给牛主任说了往黑山沟栽柏树是他的主意，和盖狗剩的老丈母娘两不相干。牛主任握着王炳中的手说："还是老同志想得周到，石小彩娘家，成分高那是历史问题，保护好黑山沟的那片地，那是很应该的，爱护家乡的每一片土地嘛！热爱家园，建设家园，应该，应该！"

后来，牛主任在清明节时，还安排人往王炳中家的坟上栽了两排柏树，同时安排小学生们，专门祭奠了革命烈士王早来。

后来，石小彩拿了两把旱烟叶，去王炳中家千恩万谢了一番，把一头花白的王炳中，夸奖得突然豪气满怀，经年不见的斗志昂扬，像又在三道岭打杀了一头野猪。

今年正月初五，林秀山从精神病院跑了出去，医院通知了家属。瘦三、白文昌拉着王炳中一起去了，几个人到处找，两天后听说邢州附近的一家小钢厂，有个精神病半夜跳进了炉子里，现场只留下了一只鞋。三个人到那里一看，确定是林秀山穿的。

王炳中跟着瘦三、白文昌伤心一阵子后，出主意：这死人再管不了活人的事了，这活人以后都还得活，他一了百了，小玉跟孩子的那个身份还在，趁这会儿谁也闹不清林秀山到底咋回事，就当他没死，叫小玉先跟他离了婚，后边再说后边的事；林秀山死，眼下还不能跟小玉说，那毕竟是个娘儿们，她受不了，扛不住，也玩不转，万一把跟死人离婚的事传出去，那可真是瘸子下山，步步艰难！

按照王炳中的安排，瘦三、白文昌对钢厂方面说，庄稼主儿都是粗布面的布底鞋，那只鞋三分像是自家人的，七分像是别人的，搞不准。官方因为没有其他的充分证据，这件事就暂时搁置了下来。

怀孕在身的小玉，除了担心林秀山的病能不能治好以外，早连大门都不敢出了！去年冬天扫大街，屁三一指头把林秀山戳了个跟头，不少人怀疑林秀山那方面不行了，小玉肚里的孩子不是林秀山的。

每次上街，她都像被人脱了个赤裸裸之后，再让人评头论足一番，连那些袒胸露腹、扣子掉了懒得缝的女人也会说：“嘻嘻！嘻！那耀眼鲜亮的花骨朵，就不缺人掐——也不全是，要没有臭烘烘，就招不来绿头蝇，这母狗要不撅屁股……嘻嘻！看俺！除了孩子爹，戏里头跑出来个相公，俺都不拿正眼看！”

说着说着，女人怀里抱着一个，手里拉着一个，招招摇摇地走，抱着的那个光着屁股，拉着的那个露着脊梁，自己蓝布衫的肩膀上，缝了一块不圆也不方的黑补丁，龇牙咧嘴张牙舞爪的大针脚，像屁三做出来的活儿，但一身的豪迈和荣光却经久不散——加上撵上来要吃要喝的几个，叽叽喳喳的孩子们，一个腔调又一个颜色，像一个穗子上掉下来的几粒高粱壳！女人故意大喊大叫：“差不了种哟！一个个都像恁那死爹！火烧火燎猴急的性，说吃就得吃，说做就得做，谁顾上管恁祖奶奶死活！胳膊腿要是能吃，先给恁卸两个……”

也有人装作很亲很近的样子，把小玉拉到背旮旯里说：“摸摸肚！肚子尖是闺女，肚子圆可是小子，待见吃啥？酸儿辣女，家要是没有黄菜，去俺家舀两碗！老林家也够伤心了，饱汉子不知道饿汉子饥，要有馍馍，谁吃窝窝！管它是谁……反正地是咱家的，谁的地就该谁收割，咬住牙聚住劲儿，给生出来个小子，可不能叫老林家断了香火！”

小玉一咬牙就扬起了手，那人一边跑一边说：“谁吃了谁饱，谁喝了谁不渴，咋？那么旱的一块地，还怕它打闪响雷？——碍咱操狂心，说不定人家，早不漏汤不漏水，浇了一遍又一遍……”

小玉后来很少出门，可在家又坐不住，林秀山也没有个准确音讯。终于有一天，小玉给两个孩子留了句话，说去县城看看就走了。过了十多天，瘦三开始胡思乱想，觉得再不敢耽搁了，领着两个外甥女到了王炳中家。

瘦三坐下后拍着手说：“咋办？咋办？小玉走了快半月了，说是找秀山去了！俺早就说，啥是啥事，那不蘸蒜的灌肠，不好吃！”

王炳中抓了一会儿花白胡子，说：“不怕，不怕，别提灌肠蒜，娘不舍儿，娘不舍儿……”

瘦三没办法，总要挣工分吃饭，下地干活儿就领着两个外甥女一起去。

队长白锁住还是那个老样子，扯着破锣一般的嗓子到处喊，有时连哆嗦在堰根下的林梦鸽和林白鸽也喊：“成天撵啥撵！撵到地里头，除了石头就是土疙瘩，哪个也不能吃……”

林梦鸽林白鸽赶紧往一边跑，一个跑得太快忘记了看脚下，摔个跟头就哭了。

王炳中猛地咳嗽两声，说：“锁住！过来——大前门！”

大前门是明光闪亮的锡纸包的香烟，金黄的烟丝又匀又细。给早来烈士栽柏树时，白锁住抽过一根，虽然没有马改转给拧的大炮劲儿大过瘾，但软绵绵的烟雾往肚里一吸溜，有一股淡淡的香气还不呛。

那天，他把那个烟屁股抽得烫着了手，也没有舍得扔，最后搓捻搓捻，把剩下的烟丝装进了烟荷包里。临走时，又跟王炳中要了一根，顺手往耳朵上一夹。他本想在石碾街上转一圈，炫耀一下那支洋烟卷，到了石碾街，一摸夹烟的地方，只剩下了一只耳朵。他非常懊悔地在心里骂：这个招风耳，啥也夹不住，两耳靠山才不愁吃穿，看那个贼精的王炳中，俩耳朵都贴到脑瓜子上了！甭说一根烟卷，就是一个麻糖，夹上去也掉不下来。

后来的好几天，每每想起大前门，他就忍不住去揪一揪那个不争气的耳朵。

王炳中突然一喊大前门，白锁住赶紧跑过去，在王炳中的脸前一蹲，两只手往膝盖上一搭，一脸的微笑在眉宇间荡漾开来，两只树皮一般的大皴手，几个指头迫不及待地来回搓捻着。

王炳中突然把脸一沉："抬起头来看看天，哪片云彩能下雨？今儿就给瘦三换个活儿干，愿意不愿意？屁三死了，队里的保管咋能也是你？信不信俺去给牛主任说说？"

三队在村北的大北沟里有一片大树林，有柿子树、枣树、槐树、杨树……从那天起，瘦三就开始看树护林带修剪，剪下来的枝枝叶叶，收拾起来打了捆，扛回家去晾干，就是烧火做饭的柴，工分也没有少挣。

这天，太阳懒洋洋地滑到西山顶，傍晚的时候起了风，略略地有些凉。和往常一样，瘦三把晾晒半干的树枝打了捆，用绳子勒好后，把扁担往里一插，准备挑起来走。林梦鸽拉着林白鸽的手，姐妹俩在一片干树叶上坐着，死活不回去。

夜凉如水，瘦三点了一笼火给两个孩子烤，两大捆柴草快烧完时，林白鸽在瘦三的怀里迷迷糊糊地就要睡了，西边影影绰绰过来一个人，踢踢踏踏的脚步声越来越近，林梦鸽突然喊了一声："娘！娘！娘来了！"

林白鸽一仰头，"哇——"的一声哭了，瘦三两腿哆嗦着，小玉真的回来了。想不到的是，小玉回来后，只说了一件事：马上跟林秀山离婚！瘦三脑袋乱嗡嗡了一阵子，想：咋回事！王炳中给小玉啥时候说了？不能！这些天连俺都找不见闺女，王炳中更找不见。可小玉，她咋也想起来了离婚？她能跟满肚花花肠子的王炳中一样精明？倒也保不定……瘦三的脑袋一直嗡嗡乱响，急慌慌地找到了王炳中家。

王炳中抠完了手上的茧子，摘下那副一条腿的花镜，摸一把花白胡子，斜睨着瘦三长呼一口气："呵呵，小玉不简单，跟咱想到一团了！你个老瘦精，一辈子就会卖灌肠，卖灌肠你也不操心琢磨，那真饿疯了的，吃灌肠他顾不上蘸蒜！"

后来，小玉就开始开那封和林秀山离婚的信，由生产队、大队最后再到公社。她先到了队长白锁住家，马改转正在吃饭，她听说林秀山不要小玉了，眼看着那只端碗的手开始哆嗦，往起站的时候，哆嗦的那只手一松，碗掉在地上打碎了。

马改转满把抓住小玉的一双手，左看右看就是不说话，过了一会儿，两个嘴唇也开始哆嗦。白锁住以为马改转突然出毛病了，把她猛地往怀里一拽，双手抱住就喊："他娘！他娘！咋啦？咋啦？这么长时候了，俺可没敢捅你一指头！他娘，咋啦？他娘！要真气不过，再使劲儿咬俺两口也行。"

马改转忽然趴到白锁住的肩膀上咬了一口，叫着："俺的驴吔，打死也不敢松手咧……"

白锁住被咬得龇牙咧嘴，却也没有喊叫。马改转咬了白锁住一口后，拉住小玉的手，万分神秘又万分深沉地说："俺家那驴，总是说俺不够数，俺可给你说，凡大事俺都不傻，俺当闺女那会儿，就有人给俺说了一个男人，比秀山还俊，明晃晃的俩大眼，滴溜溜转……"

马改转正给小玉说着，白锁住不爱听，往一边去了。马改转松了小玉的手，一边说，一边拧了一支"大炮"，往白锁住嘴里一塞，擦着火柴给点上后，附在白锁住的耳朵边悄悄说："今儿，就看看这个主俺能不能做，去！把那个红萝卜头（印章）给拿过来，叫俺摁！"

小玉盖上生产队的章后，往盖狗剩家跑了好几趟，到底也没有盖上大队的章。

这天，小玉又来到盖狗剩家，盖狗剩挑起水桶担水去了。小玉左等右等，盖狗剩就是不回来，她找到了井台上。

正是收了工要做饭的时间，尚官井边满满当当的人，小玉远远看见，盖狗剩在井边的高石头上坐着，跷起的二郎腿悠悠荡荡，有说有笑的样子，像个听书看戏消磨时光的闲人。

小玉远远地看了好一阵子，有人已担了好几趟水，盖狗剩还在那个高石头上坐着，跷起来的二郎腿，还在一个劲儿地荡着。

小玉有些急，走过去站在了盖狗剩脸前，盖狗剩有些不自在，从石头上跳下来，扭过身子专看别人绞水，还不住地给后来的人说："先绞，你先绞！俺没事。"小玉回身又站在了盖狗剩脸前，脊背几乎蹭住了绞水的辘轳把。

绞水的人说："做啥吔，打架也得找个平地方。"

他一边说，一边拉过盖狗剩的桶先给倒进了水，意思是让盖狗剩担上水先走，别在这里妨碍大家。盖狗剩怕小玉再跟到家里，直截了当地说："那个章，眼下还不能急着给你盖，俩眼、俩耳朵、俩胳膊、俩腿，哪样去掉一个也不好。”

小玉一急，掂起来刚倒满的那桶水，给倒回了井里去，说：“你就不敌傻二小精，把倒进去的那桶水，原模原样给舀上来，你能？”

急着担水的白锁住开始嚷嚷：“俺说，俺说，不就是个红萝卜头？给她戳一下，不就没事了？”

小玉一听白锁住的歪歪话，把眼一翻就要急，白锁住说：“哟嘿！着啥急，那东西坏不了帮，蹾不了底，哪天不挣二升米！”

小玉扭身过去打白锁住，白锁住撒腿就跑，一边跑一边喊：“没说你，没说你，说俺改转蹾底挣米！”

林大头刚买了两只雪花板的新水桶，因为没有轮到自己绞水，他找了一个平整地方放下水桶，又怕谁不小心给碰倒了，扁担往桶上一横在上面坐着。刚才小玉说盖狗剩不如傻二小精，他心里就老大不高兴，毕竟傻二小是他亲哥哥。小玉猛追着白锁住打，不小心一脚踢到水桶上，扁担就翻了，林大头仰面摔了过去，一只水桶“咣当咣当”地跳着跑了。

林大头既恨小玉比着自己的哥哥骂，又心痛那只跳着跑的水桶被磕碰了，爬起来冲着小玉喊：“跑那么快，咋不往屁股上安个眼，谁管你挣米不挣米，蹾底蹾不了底，先给俺挣担新水桶去！”

小玉又羞又怒，白锁住跑得快她撵不上，反身拿起林大头刚捡回来的水桶，照着井边的尖石头磕了上去。不想水桶的底不是铆钉铆上去的，是卷边箍上去的，猛地一磕，桶底就掉了。“再叫唤，连那只桶也给你蹾个大透气！”小玉说完，拍了拍两只手就走了。

小玉追着打白锁住的时候，四麻子也到了井上，林大头翻看着掉了底的水桶，怎么也不能把桶底安上去了，四麻子让林大头先用自己的桶担水去。林大头看了四麻子一眼，扭回头冲着白锁住喊：“你个大叫驴！伸过来肩膀叫俺看看，驴骡这几天敢是没咬你？谁的便宜也想占？不知道那是棵皂角树？不怕爬上去扎死你？”

四麻子把两只桶都绞满了水，嘟囔着说：“哥，先担回去，你也说人家蹾底，嗯！哪儿倒也没坏，俺去找锡匠给敲打敲打。”

四麻子说完，掂起那只掉底的水桶就走了，林大头担上四麻子的那两桶水给白锁住说：“要敲打好了还行，要敲打不好，你赔俺个水桶，不碍你？有理你给俺宝妮说去，还甭愣头！那杂毛骡子，比你犟多了，它都还怕俺宝妮！”一边说，一边把那担水往肩膀上一搁，俩手一抄，颤悠悠气昂昂地走了。

四麻子到了锡匠铺，锡匠说：“俺做的锡铁是软铁，你那个雪花板是硬铁，做不了，做不了！”

四麻子把眼一翻说：“咦？还吃软不吃硬，这就给你个软。”

四麻子说着端起一碗水，要往炼锡的炉子上浇，锡匠急忙停下手中的活儿，说：“吃硬，吃硬！给敲敲，给敲敲！”四麻子还没有放下那碗水，说：“不光敲敲，还得给焊焊。”两个人正闹着，就听见远处有人吵。

锡匠铺跟小玉家紧挨着，四麻子一听，好像是他嫂子陈宝妮在嚷，就急忙走了。

陈宝妮站在小玉的院子里，一只手掂着一把榜镬，一只手掂着小玉家的两只桶，正扯着嗓子对小玉喊：“要是俺原先的那股子劲儿，就是不刨你一榜镬，也得敲你两镬把！李家的驴漏蹄[1]了，你就给王家的驴蹄浇棉籽油？还说俺的桶不壮，恁家的桶壮，看能不能禁得住俺一拳头！”

小玉在一边站着，低着头一声不吭，陈宝妮把小玉家的桶扣过来，抡起拳头就要往上砸，四麻子猛地抓住陈宝妮的手，说：“做啥！敲敲打打钉驴蹄子手？就知道漏蹄？漏蹄？还没漏够，你还想漏？没底子筲！”

陈宝妮突然满脸红，张口结舌竟不知该说什么。外人不知道，陈宝妮在娘家时治漏蹄，那是治牲口，那是绝活儿手艺传家之技；到了林家治漏蹄，那不仅治的是人，还让她在公公脸前丢人现眼了一回！

有一天，林大头不知去哪里喝了些酒，回到家还有些迷迷糊糊，正是五月收麦时节，陈宝妮在家里关住门洗了涮了，正光着膀子上上下下地擦，林大头晕晕

[1] 漏蹄：牲口蹄子的角质层生了坏疽烂出个洞。

乎乎地看。

陈宝妮白乎乎胖墩墩的身板，像一个过大年刚出笼的发面白馒头，林大头就说：“咱大坡地的村西头，白长了那棵皂角树，嗯？这杏核眼，细白脸，这勾人的遇不着咱，勾魂的，咱也碰不见，就是五爱……那皂角树的脉气，嗯？咋就都到了别人家？哎哟哟哟，你说，说，嗯……”

林大头说着说着就吐了，陈宝妮本来讨厌透顶，林大头竟然还敢说别家的女人如何，她火冒三丈就给林大头嚷开了。

如果在平时，陈宝妮喊上两嗓子，林大头也不会说什么，恰遇正满身燥热心智混沌，来来回回没几句，两口子就打上了。

林大头许是砸出的拳头太重了，陈宝妮闪电一般把林大头摁到了地上，骑上去脱下一只鞋，就往林大头屁股上打了起来。五江去外边玩耍回来，看见陈宝妮正骑在林大头的脖颈上打，地上还有一大摊污秽。

五江吓了一跳，飞快地报告林满仓说：“爷爷、爷爷快去，不得了了，不得了了！俺娘把俺爹给打死了，流了一地黄汤白汤，黄汤白汤也都臭了。”

林满仓来了之后，陈宝妮仍在林大头身上骑着拌嘴，他也是心痛儿子，还没等陈宝妮诉说完，就皱着眉嗔怨：“你也是！他就是多看了别人两眼，他这边多不了啥，她那边也少不了啥，那有啥！”

陈宝妮正在气头上，说：“他爷爷说的是啥话，啥话！怪不得，上梁不正下梁歪！”

林满仓踹了两脚“下梁歪”的林大头，气呼呼地走了。

当天开始，林大头就躺到炕上再不起来了。他躺了两天两夜，只喝了孩子送过去的两碗水。到了第三天，陈宝妮再也不敢生气了，她先去给林满仓赔了不是，回来后，又把林大头拽过来给烫脚。

上次她回娘家时，给林大头找来一双绿胶鞋，林大头穿了一个多月，大热的天气一捂，就有了脚气。林大头不让陈宝妮烫，陈宝妮往炕沿上一坐，把他的两只脚往自己的大腿和小腿间一夹，林大头就不能动了。

陈宝妮一边洗，还一边说：“咋？你比那杂毛骡子还不听说？再扑腾，俺就给你上刑罚！牲口漏蹄了，都拿烧滚的棉籽油烫，把烧得快着火的棉籽油，往烂窟窿里一倒，拿块烂套子一揞[1]，没几天就好了，俺就会治漏蹄！哟哟哟，这蹄子漏得可不轻，蜕皮流黄水，再不治治，可就烂了！”

正说着，抬头一看，林满仓不知什么时候已在屋里站着，陈宝妮“咕咚”一声跳到地上说：“爹！不知道你来了，这——俺，从小儿就给牲口钉掌子钉惯了，看见人脚，也总想说蹄子长、蹄子短的事，说走嘴了，俺可真没有啥意思……”

陈宝妮没说完，林满仓“扑哧”一笑，转身走了。

四麻子也是一时急，再说，大坡地风俗，小叔、嫂子平时玩嘴斗巧本不为过。可四麻子，万不该在人前说嫂子治漏蹄的那回事。

陈宝妮喘了几口粗气，冲着四麻子喊：“哟哟！俺当是谁，哪儿蹦出来一个人五人六的相公！月亮里头那个老奴才，给嫦娥砍了几千年树，人家嫦娥，还是没有看上他！少来这儿闲日摆充大葱，插到鼻子里边也成不了大象！六个指头挠痒痒——你净是多了那一道！去！一边滚！”

四麻子也让嫂子说恼了，夺过来那两只桶顺手一推，陈宝妮趔趄了好几步，喊一声“你敢打俺”，就把榜镢抡了起来，不想四麻子把脖子一竖，腰板一挺，眼睛都不眨一下，大有饮刀成一快的架势。

陈宝妮举了好大一会儿，榜镢也没有砸下来，她把榜镢一扔，说了声“俺就看你咋成精”，把腰一弯，半个肩膀扛住了四麻子的肚，往前一拱之后，挺腰直身一掀四麻子的腿，四麻子还没有想明白，陈宝妮喊了声“去你的”，他就在陈宝妮的脊梁上翻个跟斗倒躺了去。四麻子被摔痛了，一时没有爬起来，林大头急急地赶了来。

林大头看一眼地上的四兄弟，两手一抄望着南墙说：“闹吧！闹吧！给大狗说的媳妇，媒婆领着人来了，还在家里等着相婆婆呢，使劲儿闹，你没嫁那会儿

[1] 揞：读 ǎn，把药面或其他东西压敷在伤口上。

给牲口闹，嫁了以后给人闹，使劲儿闹！看你见了新媳妇咋有脸！再使劲儿闹腾，反正新媳妇，她这会儿看不见。俺找凉快地方去了，俺啥也不管！”

林大头说完，还真拍拍手走了。陈宝妮听说媒婆领着儿媳妇看家来了，十万火急地往家跑，边跑边对小玉说：“你替俺把四兄弟给拉起来，那桶，你就白蹾了。”

陈宝妮一口气跑回家，屋里屋外找不见媒婆和新媳妇。林大头说：“你，你，你要是再因为一只破桶——别的啥事也算，再叫俺四兄弟心里头不好受，俺，俺，俺这大头，就碰出来个大墨叫你看看，想试试咱就试试！俺四兄弟，到了这时候，连个家也没有成，谁知道他心里头有多难受……”

林大头说着就想哭，陈宝妮把那个大脑袋往怀里一拥，说：“不，不，不，真不敢，也真不能！要不打今儿以后，叫四兄弟跟着咱一块儿吃吧？不论稀稠，总能该凉的凉，该热的热……”

林大头家的事刚有个安顿，瘦三听说了小玉的事，扛了一把镢头，一路喊叫着往闺女家跑，他想问个清楚明白后，给所有敢欺负他闺女的人，去拼个你死我活。

白锁住刚从自己家里出来，看见瘦三凶神恶煞的样子，撒腿就想赶快躲，却迎面撞上了王炳中。因为瘦三最和王炳中说得来，白锁住一把拽住王炳中说：“老姨父！老姨父！你还有闲心乱逛？那个瘦三，瘦三，他今儿，怕要出大事了！俺看闹不好能出人命！他想杀人，真的，真的，俺亲眼见，这可不是给你闹耍的！快点儿去！小玉家，小玉，快点儿去！迟半步，怕就赶不上！”白锁住很害怕瘦三随后找到他家去。

王炳中刚迈进小玉家的大门槛，瘦三扛着镢头，正火冒三丈地向外走，小玉生生地拉不住，王炳中反身就把大门闩上了，一边拼命地夺瘦三的镢头，一边急急地说：“你想咋！你想咋！还想再赔条人……”

还没有说完，瘦三松了镢头就去捂他的嘴，小玉一扭身回了屋里。

王炳中临出门的时候说：“瘦三，你有福气，有小玉这个闺女，这辈子值了！小玉，这件事，你别操心了，谁也别找了，俺去给狗剩说说，再去乡里说说，把事给办了。”

六月的一个闷热难耐的天气，小玉生了，又是个闺女，孩子只有四斤多重，一身的紫红紫红，除了刚落地时哭了两声外，直到满月，也没有睁开过一次眼。瘦三说：“文昌有文化，给孩子起个名字吧。”白文昌给取了个名字叫“静鸽”。

静鸽很弱小，直到满月之后才开始大口吃奶，静鸽也很蹊跷，嫩生生的小胳膊腿，满身飘着说不清的香气。丑妮经常问小玉到底吃了啥，生了个香闺女。小玉总是说，这孩子命大，要不是山里边的那一家人，这孩子没了，她也早就没了。

小玉说，她找林秀山的时候，在沙水县城和邢州市转了好几天，后来又饥又饿全身都肿了，为了给林秀山治病，家里值钱的东西都卖了，爹半辈子，没有享过闺女半点儿福，咋也不能再回到大坡地拖累别人，一步一步挪回来后，在村口坐了半夜，就一直往山里边走，一直到了棋盘山的大山沟里，原想找个大山崖跳下去算了，又怕整个血淋淋，少胳膊短腿，到了阴间都不好看，后来找了个流着水的河边，躺了两天两夜。本想迷迷糊糊一睡就过去了，谁知道还就不能，肚里的那个小东西，也慢慢地开始乱跳，那不该死的人真壮，肚里头早烧成了一团火，天天喝口水也能不死！后来碰见了种树看山的老两口儿，给熬了两棵太行花喝了，不到三天，全身都不肿了，后来，天天听见梦鸽和林白鸽找娘……静鸽这孩子，命真大，浑身香，许是因为喝了那两棵太行花……

孤恨祭流年

第四十二章

恩爱变风景　命牵兔刨井

除了生产队里的地，分给个人的自留地是分了收，收了又分，折腾了好几回。鸡冠山的那半亩坡地，魏老大已开垦成了一亩半，从互助组到初级社再到高级社、人民公社，他往外送了几回都没人接，后来就再没人提，后来有人提，他也坚决不给了。魏老大一身的力气，抽袋烟打个盹儿的工夫，拍打拍打就种了，不过也才亩半地。

在生产队里，他还是自小养成的习惯，每天黎明即起，担满了水缸后，喂了猪，喂了羊，打开鸡窝的门再喂了鸡，扫干净屋里屋外后，队里上工的钟就敲响了。

张雪梅的猫猫眼睁也不睁，把嫩胳膊从被窝中伸出来，轻声地哼哼着，魏老大赶紧跑来，把头伸过去，拿胡楂子扎扎张雪梅的半边脸，她感觉舒服了之后，拐着弯再哼哼一声把脸扭到另一边。魏老大把胡楂子脸再凑上去蹭几蹭，她还是闭着眼，把两只嫩胳膊伸出去，勾住魏老大的脖子往下一拉，魏老大双膝往炕沿下的火台上一跪，把头伸到了她的被窝里，来回一拱一拱之后，里边传来两声“噗、噗”响——那是魏老大用嘴吹的。

吹响了之后，他从火台上跳下来，问一声：“吹灯不吹？”

张雪梅极舒服地哼叫一声，说：“吹！咋不吹！胳膊又穿不到裤腿里。”

魏老大张开大嘴“呼——”的一声，油灯就灭了，他关上门，就领活儿下地挣工分去了。

农闲时节，村里的女人大都早晨不用下地。魏老大走了以后，张雪梅余兴未尽一般揉揉那两个宝物，再“啪、啪”地拍两下——像是在肯定魏老大每日必做的“功课”，又像是老师在批改或评判学生的作业。

在生产队里，魏老大是让锄地就锄地，让担粪就担粪，让扬场就扬场，队里的活儿对于他来说，不过就是搂草撵兔子——捎带着就干了的事。张雪梅再不用撵到大门外喊：“当家的！一嘴吃不成个胖子，悠着点儿啊，听清了！”

每日只要天一黑，张雪梅早早地把大门“咣当”一闩，魏老大就开始独享那个与世隔绝又风情万种的世界了。

天热的时候，张雪梅把蓝花花或绿道道的外罩一脱，花蝴蝶一般屋里屋外紧忙活，魏老大叼起他那个明晃晃的铜烟袋，可着心意摇荡在云雾里。小院中的舒心惬意，就像老鸹沟里的河春夏秋冬流淌不尽。

天冷的时候，魏老大盘腿坐在火台上，拿着大铜烟袋去火炉子上对火——连根火柴都省了。张雪梅在炕头上，“嗡、嗡、嗡——哧”地纺线，只要那个响声还在，魏老大总是听不够，人也看不够。

没有了响动以后，魏老大就开始打盹儿，张雪梅把铜烟袋给夺下来，在被窝里勾着胳膊说：“快钻快钻，暖热了，热乎得很嘞！小猫小猫快钻窝，里边有俩大馍馍，暄乎乎、热腾腾，来得慢，狗衔了，要吃还得重点火！呦嘿！猫来了！”

谁都知道，张雪梅的那笼火就不能熄，更不用重新点，她自来到魏老大家的第一天起，就一直旺旺地燃烧着。他糊好火台上那笼能熄的火，再检查一遍屋里和屋外，关好门上好闩，打个哈欠伸个懒腰后，就好像站到了牛头垴上——两棵皂角树也就盘根错节在了一起。

张雪梅生了三闺女巧秀后，怀了几个掉了几个，魏老大想着法给张雪梅补身子，她总是变着法让魏老大多吃一些，她总指着自己变粗的腰给魏老大说：“看！还补，还补！腰都这么粗了，这是拴男人的绳子、打妖精的鞭，细绳子绑人勒得紧，打妖抽得疼，粗绳子绑不住人，也打不住妖，再要粗，俺怕该拴住的人没拴住，没打死的妖，把人给拐跑了。”一边说一边“咯咯咯”笑，两只眯起来的猫猫眼，像喝醉了。

幸福无比的魏老大受了感染，舒舒帖帖地把眼一眯，好东西就叫张雪梅给送到嘴里了。魏老大咽下去后，说：“净瞎说，细谷苗，哪儿有粗谷穗好看！嘿嘿！嘿嘿！也不全是，你就是胖也好看，瘦也好看。亲娘吔！俺这辈子真值啦！嘿嘿嘿嘿……呵呵呵呵……”

后来的许多年，因为一直没有给魏老大生出个儿子来，张雪梅常为此暗暗悲伤不已，魏老大仍是一腔的幸福满怀。大闺女巧鱼已十六岁，村里人都叫她“大巧”；二闺女巧花刚十三岁，村里人都叫她“二巧”；三闺女巧秀十一岁，顺着两个姐姐的名字，就自然而然叫“三巧”了。

魏老大那一亩半山坡地的石崖上，长着的两棵楮桃树，如今齐排排的已有三把粗，那两棵树也是一雄一雌，蓊蓊郁郁的树冠，已难舍难分地交织在了一起。

都说那两棵楮桃树的窈窕，就是张雪梅的妩媚——只可惜，那两棵树的命不好，它们长在了山坡地边的山崖上；张雪梅也时乖命蹇，她嫁给了魏老大。那样一个水灵灵明晃晃、能裁会剪、亦文亦武的人，生了三个闺女，齐排排的像三个仙女，可咋就生不出一个儿子来？

张雪梅流产了最后一个孩子时，魏老大正在队里做活儿。

这天半夜开始，她的肚子就隐隐地痛，鸡叫三遍后，痛得就有些按捺不住。魏老大早早地起来后，照样担满了缸，喂饱了猪，喂饱了羊，打开鸡窝的门再喂了鸡，扫了院又收拾好屋里屋外，在屋里站了好大一会儿，静等着张雪梅的一生娇哼之后，开始做他每天必做的“功课”。可是，直等到队里上工的钟敲响了之后，也没有听到“上课”的号令，他就下地了。到了地里总感觉心慌意乱，给队长说肚子痛提前回了家。

张雪梅披头散发蜷坐在炕沿上，气喘吁吁脸色蜡黄，双手捂着肚子，眼皮也不愿意抬：“又走了一个不争气的鬼东西，在茅罐里，去吧，远远扔到河滩去，鸡冠山的地也不要他。”

魏老大赶紧找出来红糖，给张雪梅烫了两大碗红糖水喝下去，额头上浸出细密的汗珠后，扶她躺下了。

俗话说四十三把眼关，魏老大也过了把眼关的年龄。他找了根细木棍挑了挑，老鼠大小、猴子形状的一个小红人，也没有看出来到底是哪样东西，抓了把烂柴草往上一盖，到了东河滩拿脚一蹬，头也没回就走了。

回到家里后，张雪梅正做饭，两眼红红的不愿意说话，魏老大一把给抱回到炕上。他给张雪梅说：“地吃不了东西长不好庄稼，人吃不了东西血脉就虚。今年，俺总得把鸡冠山种上一大块麦子，天天蒸馍馍吃拽面。啥也别想，咱先养个好身体！”

从此以后，魏老大每天早起都满大街拾粪，攒成堆以后送到鸡冠山的地里。担水、扫院、做“功课”也样样不误。那时正是学大寨赶昔阳的年月，家里边连茅房里的粪都归生产队，看见魏老大的地里黑乎乎一片，队长就问，魏老大说：“咋？俺满大街给打扫卫生，又不挣工分，那是义务劳动，不给挂红花，也不能给戴黑帽！”

伏天有雨好种麦。那年的雨水大，秋季的庄稼种什么长什么，种什么收什么，秋收之后都还是一片湿漉漉。湿泅泅的地直到过了秋分，眼看到了寒露才勉强能犁。魏老大起早贪黑，早早地把鸡冠山的一亩半地刨了，把拾了一年的粪全撒到了地里，已有些发黑的沙石土，毛毡子一般平整而松软。霜降刚过，他种下的麦子就透出了嫩莹莹的绿尖，生产队里的麦子播种以后，魏老大的地，已是一片耀眼的新绿了。

刮了几次寒风，经了几场瑞雪，“噼噼啪啪”地放过新年的炮仗，转眼又过了二月二龙抬头，刚刚看见桃花红，转瞬就是梨花白，软绵绵的春风在山谷间、田野里游荡够了，热辣辣的阳光就跟了上来。女人们脱下臃肿的大棉袄，换去肥大的臬裆棉裤，苫不严、锁不住的窈窕妩媚，就一路摇荡着从春天里走了来。

其实刚进二月，张雪梅就知道自己有喜了，麦苗开始返青时，反应一天比一天强烈，吃什么吐什么，最激烈的时候，喝口水也要吐出来。

没几日光景，一个饱饱满满的人就面黄肌瘦下来，孩子们不在跟前时，魏老大就埋怨：“唉呀呀！闺女小子还不都一样，真是，俺娘倒有个儿，还不是饿死在了土地庙？谁知道要啥儿子，一个女婿半个儿子，咱仨闺女，就有一个半儿子，俺到底想起了啥？糊涂了，糊涂了！才这么大点儿岁数，要是老了准吃屎！”

魏老大一边说，一边“啪、啪”地在地上敲着铜烟袋。

张雪梅怀孕后爱吃菜，魏老大到了地里，凡是能吃的野菜都往家挖，杏仁菜、灰灰菜、沙扑棱，瓦缸菜、猪耳朵、刺叶菜……连鸡冠山楮桃树刚长出来的细溜溜的嫩花，也往家里摘。

这天，魏老大从山上挖了一篮麻奶，站在楮桃树下，正品咂鉴赏着他的一亩半坡地：直溜溜的垄沟垄背，地边是地边，堰帽是堰帽，一看就知道是个地地道道、殷殷勤勤的庄稼人做出来的活儿。绿绿的麦苗，明光耀眼的一片翠嫩，不冷不热的风，一股一股地涌过去，开开阔阔的满眼鲜亮。

王炳中走过来，从魏老大的篮子里，捏了两根麻奶骨朵放进嘴里嚼，咽下去后，说：“看啥？俺说你的地有劲儿，耩上个十七八斤，你非得说，耩个十一二斤就行，耩稀了吧？少收了吧？这么好的种地把式——要说也是，人有失手，马有失蹄。别看啦！人要是啥都能拿捏准了，就成神仙了，背着那么好个铜烟袋，也不说让让。”

王炳中不等魏老大说话，抓过烟袋就点上了。魏老大伸出大手，在他脸前晃来晃去，说：“活到老，学到老，还没出师就卖艺，孙猴子才学会了七十二变，变了棵大树变不回去了。这麦子靠滋叉，地有多大劲儿，它就能滋多少叉……”

魏老大说得果然不错，这年五月，他把割下的麦子，一担一担地往家担，他的麦子，除了麦秆格外粗壮以外，和生产队一样大的麦捆子，他的麦子几乎担不动。担回家去后，一家人在簸箩里拿手搓了，别人问他，那一亩半地到底收了多少，他总是说声“你猜”，就呵呵笑着走了。

收了五月又种上秋苗，聚拢在北圪台儿上的人就传说，魏老大的一亩半地，共打了六百多斤麦子。听的人都惊讶：“一亩半坡地？生产队里的好地，一亩才收三百来斤，准是你弄错了！”

说话的人有些急：“张雪梅亲口给俺家里的说鸡冠山那片地，五月打了六百多斤，你不知道，有俺老大，一九六〇年，俺都没有挨过饿……”

公社的牛主任调走了，换了个张主任，是个四十多岁的中年男人，四方脸，四方步，忽悠悠的大个子。大家都习惯叫他“老张”。

老张批评了盖狗剩，说他早该把魏老大这个榜样树起来。之后，盖狗剩让魏老大参加每个生产队的学大寨会议，讲种地经验指导种地工作，魏老大总是和大家你一句我一句地互动，效果很不错。

后来，公社要召开学大寨会议，老张专门安排魏老大参加，还派人给写稿子，写好了稿子让魏老大照着念。费了两天时间，稿子也白写了——他根本不识字。

老张又给魏老大做工作，还派公社秘书帮助整理了思路，共总结了五方面经验、三方面问题、四方面注意事项、十二方面技术要领。总结完了写在纸上，一句一句教魏老大背诵。

魏老大在屋子里演示了半天，到了会场后，往台上一站，下面乌泱泱的一大片人，他一看就着了慌，脑袋有点儿晕。乌泱泱的人群，一会儿就变成了海一般起伏的波浪，他就像坐在了船上，感觉脚下的地都来回晃荡。渐渐地，台下那一个个晃动的人头，变成了一片密密麻麻的小黑点，一会儿，小黑点就开始乱飞。

老张在一旁坐着，敲打了一阵桌子，台下就安静下来，魏老大眼前乱飞的小黑点也不飞了。老张悄悄地问：“咋不说？”

魏老大说：“最开始的五个‘面’忘了三个，底下的几个‘面’，一个也想不起来了，俺头里的‘面’都浇上水了，成了一大团糨糊了。”

老张歪着嘴扭过头去，跺了两下脚，又把头扭过来说：“糨糊也不怕，有几斤面，就出几斤糨糊！”

魏老大跺着脚说：“俺这浑身打战，出成糨糊也是生面，不粘（沾）！”

老张一瞪眼：“还忘了跟你说，好不容易组织了这么大规模的会，你要再不说，先把鸡冠山那块地还回生产队……这样，你想个最高兴的事，跟种地连起来说！”

魏老大一激灵。老张叫找个最高兴的事说，啥最高兴？他努力去想，顺手摸了摸脸，满脸的胡楂子，是昨天照着锄板刚铰的。因为张雪梅怀了孕，根据她的安排，他把平时的一韭菜叶宽长短，铰成了一韭菜叶厚长短，他树皮一般的大皴手几乎摸不出来。俩大手在脸上来来回回摸了几遍后，只听到“哧哧啦啦”的响。

他突然想起了什么，咳嗽了一声就开始说：“这种地，庄稼主儿哪个不会？这先搂后耪，再犁再耩。种地跟生孩子一样，这俊爹、俊娘生出的孩儿就俊，这籽种好，地也得好，十个指头伸出来不一般齐，一个穗上的籽，也有饱有秕……

“地跟人一样，你要真待见她，她就在舍不得你的时候，给你哼一声，她哼一声，那就像地硬了，得锄得犁，你就把脸给她蹭上去，拿胡子扎——这犁、耧、耙、耪上的哪根棍，不像硬撅撅的胡楂子？这一扎不就合适了？地暄了就能种，这人高兴了，嗯？她俩胳膊一伸，就愿意搂你脖子。人待见地，地就待见人——跟人还就是一样，她待见你，你待见她，安安生生把头往盖体窝一伸，吹吧——跟地旱了要浇是一个理，响响亮亮一吹，她就舒坦了，就啥也有了……”

北圪台儿上的人都知道了，魏老大跟张雪梅是先哼，再扎，再搂，再吹，再舒坦。张雪梅刚知道的那几天，魏老大看都不敢看她一眼。张雪梅似乎没有什么，挺着大肚子，扑闪着猫猫眼，崇敬有加地盯着魏老大看，红扑扑的双颊，半分娇悦含着半分羞涩，顾盼流波的眉眼中，她似乎还有些求之不得。

看了几天后，魏老大的胡子又有了一韭菜叶宽长短，张雪梅掂过来锄，又给递过来剪子，说：“铰铰吧，这回铰净点儿，要摸不着，就啥也想不起来了，省着一摸就乱说——个贼老大！”

魏老大羞臊一阵，铰胡子时把头埋得很低，看不见锄板，手还不住地打战，一哆嗦，下巴上铰了一个口子，张雪梅就笑：“个贼老大！俺这辈子，就待见你这号实诚货，下辈子再投生，还跟你钻一个盖体窝睡，比当个娘娘不错……”

谷子弯头以后，张雪梅生了，她吃了一春天的菜，果真生了个儿子。两口子欢喜得了不得，商量来商量去，给儿子取个名字叫“子安”，希望孩子一辈子都健康平安。

枣子开始红脸，柿子开始红皮，辛苦和劳累从庄稼人的肩头上、手里边悄悄滑过。成熟和收获像一个祈盼已久、孕育已久的婴孩儿，在苍茫的田野里伸胳膊蹬腿，还不住地伸懒腰，在按捺不住的激奋里，就要喜气洋洋地来了。

红土岭和鸡冠山紧紧相连，岭上边一块摞一块造起来的梯田里的庄稼，歪歪扭扭的，不尽如人意。

盖狗剩要求一个生产队找出一块榜样田，比人的干劲儿，比庄稼的长相，更重要的是比产量，光叫唤不嬎蛋的鸡就叫潮道，就该剁了吃——但公鸡不算！谁要是学榜样光学到嘴上，那就更潮道，先推到台上去问问，他的老婆孩子，要是不能吃口粮，他家的娘儿们，黑夜还叫不叫他上炕！

三队选出来一块榜样田，是魏老大鸡冠山的那块坡地，选了一个学大寨的标兵，也是魏老大。有人悄悄给盖狗剩说：“魏老大当标兵，不合适，那是白锁住跟马改转睡多了，他也成了不够数！”

盖狗剩从鼻孔里哼了一阵，说：“知道个啥！魏老大在鸡冠山上抠出来个兔刨井，别说下边是山，你往恁家院里头，给抠出来一个俺看看！懒汉都说，那是兔子精跟他一齐刨出来的，谁见过那只兔子精，是白，是灰，是公，是母？王炳中一天往沙水城步行打个来回，懒汉们都说，那是土地爷变了只老豹子，在屁股后边送了他一程。傻瓜傻瓜，吃屁长大！”

后来，大坡地各生产队的社员代表，都一拨又一拨地去鸡冠山看，看完那亩半地，再看看兔刨井。受教育的人无不啧啧称叹。

也是，队里的谷子都已干瘦枯黄，那一亩半坡地的谷子，还青枝绿叶的一片兴旺。庄稼人都知道，好谷子就是到了成熟，谷秆和谷叶，仍不能完全退去那一片喜人的青翠——因为没受旱，没害病，粪大水勤。割下来往手里一掂，一样大的谷穗，却沉沉重重地往下坠，和枯黄的那些相比，一样的一秆谷，一样的一挥镰，却有着不一样的收获。

有些参加学习的人，对学魏老大就有意见。盖狗剩说：“不学魏老大骨头里边的那个精气神，光眼气魏老大家里的张雪梅？气不过，找恁丈母娘说理去？媳妇丑埋怨丈母娘，打不死你，是丈母娘打不过你！”

秋夜凉如水，夜色如垂幕，三队马棚里人声鼎沸，盖狗剩要参加三队的社员大会。白锁住站在院子中间的大磨盘上，叽叽喳喳地边说边喊，马改转一手提着马灯，一手捏着两支卷好的“大炮”，又斜眼又努嘴的给白锁住使眼色，她的意思是，先对着马灯，点上一支“大炮”再喊。

公社的老张平时讲话，手指头里常夹着一支机制的“大炮”，圆圆的大脑袋笔直，向台下左右扫视一圈后，夹着“大炮”的那只手一挥，两只手再一齐用力向下一摁，会场立刻鸦雀无声了。那种劲儿，多雄壮又多威武。锁住，咋不快点上烟！俺给提着马灯，把灯罩子往上给一摁，那火特毒，一下子就吸着了，又省了一根火柴——也没人笑话，连孩子们都唱：

勤俭是咱们的传家宝，社会主义建设离不了，不管是一寸钢还是一粒米，一尺布一分钱咱们都要用得巧，好钢要用在刀刃上……

可惜，白锁住把手背到屁股后边，伸出个小拇指晃了一下，再也不看她了。

院子里人挨人，人挤人，嘻嘻哈哈闹闹哄哄，几个人跑到门外的大皂角树下坐着，盖狗剩倒背着胳膊找出来：“都在这儿咋？想凉快？到山上边那棵树下圪蹴着去！想祭拜祭拜皂角树，娶上个俊媳妇？正月十五贴门神——迟了半月了！都开会去！”

人们“轰隆”一声跑回院子里。盖狗剩歪着头，把那黑乎乎的一树婆娑，上下打量一遍，自己给自己说：“真还有个形状，老神仙吔，人要像你该多好，谁敢乱捅乱摸，扎死他！”

盖狗剩坐下来，要过魏老大的铜烟袋，有人把马灯递过去，用手一摁上面的机关，玻璃罩上的铁盖子“吱呀”一声开了，他把烟袋伸过去一吸，烟袋锅上“嘭——”地冒出一小团火，盖狗剩吸溜两口后，扬着烟袋给大家说：“看见了没？聚拢到一起的火就毒，都使到一处的劲儿，能做不出来好活儿？”

接下来，盖狗剩还是让魏老大给说说地的事，大家把魏老大连推带拽地送到了大磨盘上，魏老大支支吾吾，还是什么也不说。盖狗剩一直催，说：“上回说得就好，有啥！不就是地里头那点儿事？牵扯点儿别的也不怕，穿上衣裳都像个人，脱了衣裳都是个鬼！都不往外说，也不等于啥也没做！”

魏老大扫一眼张雪梅，因为开会能记一晌工，她抱了儿子魏子安也来了。张雪梅把蓝花花的大襟子一卷，大襟的下摆往孩子的屁股下面一掖，子安睡在怀里，就像裹了一个小被窝，大人不露什么，孩子也暖和。

魏老大绝不敢再说拿胡子扎脸、拿胳膊勾脖子的事，扭回头看一眼盖狗剩说：“俺就知道，那‘大’字上边加一道念个‘天’。上台子讲话，都是读书人做的活儿，书读多了，才能把话连起来说，俺半辈子，斗大的字认不够半布袋。”

魏老大刚说完就要往一边走，公社秘书来了。秘书是个年轻小伙子，戴了一副黑框大眼镜。秘书弯下腰，把大眼镜对着魏老大的大胡子说：“那你咋知道，跑到自家的地里方便？”

魏老大说：“队里头的谷苗，连屁股也苫不严，叫不该看见的人看见了，那本来两瓣的东西，怕得给打成四瓣，就是没人打，那不该叫别人看见的东西，还就不能看。俺地里的谷子高，蹲下去别人看不见。”

秘书说：“你倒比柳下惠还正时正点。不说差点儿忘了你的事，盖狗剩，魏老大那块地，就靠你收回队里去！”

秘书的意思是，古书上的柳下惠，半路正时正点地巧遇上一场大雨，正时正点地巧遇上一位家有老母还很怕冷的女子，还是一位特别需要、特别愿意，又特别主动地坐到陌生男人怀里取暖的女子。正时正点地巧遇了这些之后，才成就了一个坐怀不乱的千古传奇。你魏老大跑到自己地里方便去，能和柳下惠一样，也有那么多正时正点的巧遇？

魏老大靠着张雪梅坐下，听了秘书的话，马上站了起来："大坡地开会都在皂角树下，柳树下开会，那是小坡地，俺活了这么大岁数，没听说开会论啥正时正点，吃了饭，洗了碗，刷了锅再做完活儿，高兴了，抽工夫也就溜达着去了，那个不论迟早。鸡冠山的那片地，那是俺从老天爷、老地奶奶那边，硬抠回来的东西，就是把俺脊梁骨打折，也不撒手！"

魏老大早就听人说，他鸡冠山的那块地，迟早得还回队里去，他早就怒火中烧。秘书又提收地的事，他简直忍无可忍了！他说话时，攥紧了两个榔头一样的大拳头，举过头顶后，还用力地一挥一挥，几分威武又多了几分雄壮。那一拳头要是砸下去，大队的大红皮战鼓，恐怕也要给戳出个窟窿来。

重新坐下来后，魏老大的那两个拳头还紧攥着，两眼瞪得溜圆，像生产队那匹杂毛骡挂着的铃铛。人们这时才知道，魏老大哪里不大？看那俩眼，半夜里跑到鬼台子上去，大鬼小鬼准选他当司令！就是黑白无常看见了，也得给吓出来一场病！

魏老大说完了以后，会场上的人先是惊惧，过了一会儿才乱哄哄地大笑。魏老大又使劲儿攥了几下拳头，两个手掌上的指关节，"咯叭、咯叭"地一阵响。张雪梅悄悄地踩了踩他的大脚，他扭过头去看了看，心想，俺这回咋也没说差，屋子里边的那些事，这回可是一个字也没提！

他又仔细看了看，张雪梅亦无欢喜亦无忧的一张脸，看不出什么端倪，那两只大猫猫眼，亮晶晶地扑闪着，前后左右，扫了一圈又一圈。

魏老大的心里没了底，身子往那边挪了挪，脸往那边一递，咧开大嘴，送上去一堆无可名状的笑。

张雪梅又扫视了一圈：所有的人都在看大眼镜秘书。大眼镜秘书有些急，手里拿着根小棍子，连敲桌子带比画。人们乱嚷嚷地闹成了一锅粥，根本听不清大眼镜秘书在急什么、说什么。她身子左右一晃，像重新调整抱孩子的姿势，却把一张脸在魏老大的胡楂子上贴了贴，又是几个晃动，又在胡楂子上贴了好几回。魏老大才感到，张雪梅那张脸，今儿黑夜真烫！贴完了之后，张雪梅低下头来悄悄说："胡子铰得太短了，真是……"

接下来的大会，秘书教社员们唱了一首歌：

我站在虎头山上，迎着朝阳，放声歌唱，歌唱救星毛主席，歌唱伟大的共产党……劈山治水绘新图，战天斗地战天斗地夺棉粮，麦浪翻滚稻花香，七沟八梁变了样……

大会还选了四麻子做三队的保管员。

山村里黑苍苍的夜，宁静而深沉，张雪梅抱着子安，和魏老大齐排排地走，一重一轻踢踢踏踏的脚步，划破宁静的夜色，给不知情的小猫小狗，送去阵阵慌张。边老拐跟在他们后边，"哧啦——咚、哧啦——咚"，拄着拐棍紧跟着。

或许是寂寞，或许是害怕，他一个人在后边赶紧撵，响声变成了"哧啦啦——咚、哧啦啦——咚"，人离得却越来越远，他在后边"哎、哎"了两声后，前边的两个人却没有慢下来的意思。边老拐猛咳嗽一声，在后边喊："老大！老大！雪梅！魏老大你立起来那么高，说的叫啥话！也不看看是啥年景，啥话也能说，啥屁也能放？甭整天光着屁股串门——没事找事！"

两口子终于停下来，魏老大说："知道为啥都选四麻子当保管？他倒是个光棍汉，一个人吃不了多少，谁不知道他家弟兄好几个，侄子侄女一大堆，那还为啥选他？——那个人实诚！"

边老拐追上来后，说："安上个尾巴，你比猴还精！这回，人家就要割你精猴的俏尾巴，还打断脊梁也不撒手。王炳中那么多地，也没打断脊梁，就都撒了手！该撒手的就得撒手！看俺，撒了手，弄了个贫下中农……"

张雪梅拿胳膊肘撞撞魏老大，两个人又快步往前走。魏老大把脸贴在她的耳朵上，不知咕哝了几句什么，张雪梅就"咯咯咯"地笑，还不住地拿胳膊肘子戳魏老大。

边老拐在后边一颠一颠地说："老大！老大！俺跟你说，这回俺可知道了，都知道你手大、脚大、屁大、胆大、饭量大，今儿黑夜，你还多了一个眼大，这回俺可知道了，你还有一个福气大。谁也不知道，天底下就数你舒坦，你知道世界上‘四大舒坦’是啥？知道不知道？慢点儿，慢点儿！听俺说，穿大鞋，唱大戏，坐牛车，上老丈母家去！恁俩人还跑？给你说，你再舒坦，坐着牛车，也到不了河曲！”

张雪梅“咯咯”地笑着，停下来问：“姐夫！你知道狗屁啥味？”她不容边老拐答，就又说：“没味！”说完就拿胳膊肘戳魏老大，“咯咯咯”地笑着走远了。

两口子走远了后，边老拐停下来，咬着牙说：“看笑得那个浪！咋不去河曲问问恁娘，一个娘生出来的俩闺女，那个味，咋就不一样？”

在魏老大鸡冠山的那块地里，谁也不知道盖狗剩到底给他说了些什么，也不知道盖狗剩说完没说完，魏老大突然瞪着一双铃铛眼，满山坡拿着镢头撵着刨。或许是盖狗剩跑得快，或许是魏老大不想刨，抡圆了的镢头，全刨到了山坡的石头上，刨出来一串又一串的火星子，“哧啦啦”的瘆人。

最后，镢头刨弯了，镢把也刨折了，魏老大突然捂着肚子，蜷曲在地上不动了。人们把他抬回家里时，连哼哼也不哼哼了。滚圆的肚子胀得像鼓，静静地躺了三天水米未进，那个圆滚滚的大“鼓”明晃晃的，似乎拿手轻轻一捅就破了。

张红梅和边老拐到了张雪梅家，张雪梅正给三个闺女开会：“就恁仨，拼了命，也得把弟弟给养大，子安以后要有个好歹，恁就不是俺闺女！恁爹要是活过来，那是恁几个的福气，要是过去了，那也是命！娘要是不把盖狗剩给拾掇了，这辈子，对不住恁爹！”

边老拐夫妻一看张雪梅要拼命，两口子都害了怕，就赶紧劝。张雪梅说：“都啥也甭说了，这回，老大怕是真不好了，他这辈子闹这个病，算这回是第四回了。头一回是他娘死，肚也胀得像鼓，第二天尿了一大泡，放放屁就活过来了；第二回是刚解放，分了房，分了地，一高兴就走岔了气，不吃、不喝、不尿也不放屁，别人给捣弄了一阵子，到了第三天啥也有了，也活过来了；第三回，是娶了俺，怕俺哄他跑了，肚胀了一天，俺也就吼喊了那么两嗓子，说开了就好了；这一回，肚子胀到第四天了，喊也不应，掐也不动，除了那口气，这人，看是够呛了。俺要弄不死狗剩，天也不容……”

边老拐说：“你忘了不是？那时候你还没嫁，俺就说过你，魏老大，他做不了啥！一亩半地就气破肚皮，要换上俺，换上王炳中，那脑瓜子，还不得当个炸弹放？那时候说你就是不听，这大江大海，俺过了多少？你能有俺眼毒？嗯！拼命？傻子才拼命。好死不敌赖活着，这种事，俺可不敢招惹。谁的雪谁扫，谁的秃谁挠，干湿不碍俺，俺走了。”

边老拐刚说完，把拐棍往手里一掂，就要往起站，张红梅一把夺过拐棍，把眼一瞪：“说啥？敢走？信不信这回，俺真隔着墙头，把你个臭茅罐给扔到大街上？俺就姊妹俩，雪梅要真有点儿啥事……你不是天天喊，就数你本事大，就数你鬼道道多，使去！雪梅，恁家孩子小，没爹又没娘的孩儿，以后靠天？拾掇狗剩，叫姐姐去，连个刀也不用拿……”

张红梅说完就要往外走，边老拐一把拽住：“哎哟哟，恁姊妹俩，一个是扈三娘，一个是孙二娘，魏老大最听毛主席话，毛主席早就说过，这要文斗不要武斗，这不要武斗，这圣人都说，都说，那句咋说唻？不管咋说，就一天，叫俺想想，想想……”

第二天，边老拐踏入盖狗剩家门槛，就是一副哭咧咧的样子，手里还拿着一条崭新的麻绳。盖狗剩两口子都在。盖狗剩皱着眉头看了半天，问了半天，边老拐盘腿坐在炕上，手里搓捻着那根绳子，什么也不说。他把那根绳子搓捻了半天后，两只小眼睛里，滴出了两串清泪，他还真哭了。

石小彩刚要说什么，盖狗剩喊了两声“潮道”，她就出去了。当盖狗剩不再倒背着手来回走，拿了个小板凳坐在了火台前，仰着头，眼神里生出了满满的祈盼后，边老拐撩起外面的褂子给盖狗剩看了看，他的里边，竟穿了一身孝！边老拐露了一下穿在里边的白衣裳，又哭了，虽然没有哭出声音来，眼泪却一颗紧似一颗。

盖狗剩递过来一条粗布手巾，边老拐擦了擦，抽抽搭搭地说：“狗剩吔，不能活了！你知道，俺小子起升家——不用说，那是孤儿寡母，那个俺忍着；俺条串老大，又叫一股邪气给憋住了，眼下，也就剩了半口气了，怕是不能活了。红梅、雪梅姊妹俩，昨日专门去白口镇，买了两把明晃晃的杀猪刀，仔仔细细磨了一天，不管砍谁杀谁，那都得偿命，丢下俺咋活？手里的这根绳，不用说你也知道俺想咋使，俺要死了，家里头，连买一副薄棺材板的钱都没有，这死也得找个好地方，俺看恁家的那个大街门，还禁得起一个人的分量——你甭着急，这有史以来，光脚的不怕穿鞋的……”

边老拐哭着向盖狗剩的家门走去，走到大门口时，“啪、啪”地拍着门框哽咽着说：“真是块好木头，还真壮——老大就因为那块地，你要去说说，回个嘴，保不定还能缓过来。那个人，可牵连着几家的好几条人命，你想仔细了，俺等着……”

盖狗剩到了魏老大家，魏老大的嘴唇已经有些发紫，嗓子里“呼噜、呼噜”地响，张雪梅、张红梅和三个女儿，都在偷偷哭。

盖狗剩走上前，扒开魏老大的眼睛看了看，大声喊着说：“老大，你个贼东西！公社的人说收地，俺又没说真收，大坡地的人，谁不知道那一亩半坡地，是你魏老大的命！要是没人把俺的头给拧下来，那一亩半坡地，永远归你！要不信，把憋在肚里的那股邪气放出来，大队给你立个字据！”

盖狗剩说完后，魏老大嗓子里的“呼噜”声越来越大，过了一会儿后，他就“啊——”地大叫了一声，吐出来一口又浓又黄的痰液，呼吸竟匀实多了。

边老拐在一边喊：“这瞎先儿喝饭——有斗（豆）！有斗！这魏老大的鬼魂跑远了，叫你一嗓子给喊回来了，快点儿立字据！大红印章一摁，那就顶又贴了一道符，那还不是天灵灵，地灵灵，妖猫古怪显神灵？”

盖狗剩说：“会计拿着章，他开会去了。”边老拐说：“去哪儿开会？快点儿说，俺就是蹦着跳着，也替你给找回来！”

字据还没有拿回来，魏老大就长长地吼叫了一声，喊过之后排了一大串长气，过了一会儿，就睁开了眼说要撒尿，撒了多半茅罐后，就说想吃饭……

魏老大好了以后，边老拐又到了他家去，他双手杵着拐棍，看着张雪梅的背影，悄悄给魏老大说：“这大半辈子了才知道，俺真不眼气你啥，俺家的那个——哼！要是真高兴了，啥也不比恁家的那个差！鼻子窟窿哼一声，都像鸟叫唤，那种事，真不能说，不说，你也真知道。哎呀呀！大半辈子人了，这咋才知道？那就是一个娘生的，活脱脱还真是亲姊妹俩！”

恩爱变风景

第四十三章

爱融三九冰　锄禾十里青

这一段时间，真到了边老拐喜洋洋的好时光。好些日子以来，他尽管嘴里不说，心里总是羡慕魏老大讨了个好媳妇。令他没有想到的是，他去盖狗剩家，唱了一出非他莫属的大戏，后来的一切，就顺颠颠的一顺百顺了，堆砌在张红梅心头的那座冰山，“轰隆”一下全倒了，她冰封在南北两极的贤惠和温柔，竟一下子全都倾泻而来，喷涌而出，甚至抓杨老歪、杀杨老歪的时候，她都没有这样的激越澎湃过。

正像边老拐所说，他的女人，从鼻窟窿里哼一声，都像鸟叫唤。好多时候，他甚至有些应接不暇、受用不起。他终于明白：一个女人真欢喜了谁，真高兴了谁，那温凉适度的一泓水，真能美死人！那是除了老天爷安排和神灵眷顾，谁也求不来、抢不到、买不着、造不出的一个神仙果！呦呦——嘿！那虞姬爱霸王，可真不是只待见霸王的力气大，有一张大铁弓，有两只大铁拳，外加两条大铁腿！

边老拐每每想起来他战胜盖狗剩，保住了魏老大的命，还保住了魏老大的地，总是意气风发又斗志昂扬。

从此以后，除了白小连还在骂“老子反动儿浑蛋”，边老拐的话就一天天多起来，滴溜溜乱转的小眼睛和灵活的小脑袋都在证明，他心里的那个伤疤，正一天天地往好处长。

这天他转悠到了尚官井，石小彩正在井台上洗衣裳。因为盖狗剩没有收魏老大的地，公社的老张，大会小会都点盖狗剩的名。边老拐见到石小彩就高兴，他小眼睛一翻，胜利的快感迅速涌遍全身，脸上也漾起了遮掩不住的喜悦。刚想张嘴，石小彩站起身，把板凳重新一放，把个愤怒难耐的脊梁和屁股朝向了他。

正值五月末，太阳像架在头顶上的一笼火，热辣辣地熏烤着。井台上唯一的树荫，正罩在黑洞洞的井口上，明晃晃的铁辘轳把，一摸烫手。

石小彩坐在小凳子上，大铸铁盆在脸前放着，两个袖管高高挽起，露出来的那两段刚削皮的“藕”，白净又鲜亮，边老拐想看又不敢看。她的两条腿叉开来向前伸，脚跟朝地，脚尖朝天，还弯弯地向身子这边勾着。她双手搓衣服时，两只手的无名指和小指都跷起来，像一对展翅欲飞的鸟，扁担腰一前弯又一回弹，全身的力，都送到了“鸟”身上，“欻儿[1]——欻儿——欻儿——”地响。

边老拐歪着屁股，转到了石小彩脸前，看着那两只“鸟”说：“眉是眉、眼是眼的一个人，没给俺洗衣裳，也没给俺做饭，别的啥事，更没有跟俺干，背地里说俺猴扯稀——肠子坏了，你没有摸过俺肚，俺又没有撩开衣裳叫你看，你咋知道俺肚坏不坏？诸葛亮唱了个空城计，那怨司马懿胆儿小；周瑜火烧赤壁，那怨曹操的军师蒋干！王炳中早就说，手不溜怨袄袖，你别一风刮倒了怨天！谁去恁家吓唬你！你就能保证，兔子急了不咬人？”边老拐说的，是他穿着孝衣去盖狗剩家上吊的事，石小彩提起来就骂他。

石小彩把两只手涮了涮，甩了甩，两条腿往回一蜷，两只“鸟”扑扇着翅膀落在了膝盖上：“倒不知道哪只兔子敢咬人，你信不信，俺看一下你的歪屁股，不用量，一剪子下去铰条裤子，一条腿胖，一条腿瘦，一条腿长，一条腿短，还半个屁股大，半个屁股小，叫你只兔子穿上去，不显山不露水的正合身，信不信？——给老大说说去，那块地别种了，又不是狗剩不叫种，说成了，裤子就做成了。”

---

[1] 欻儿：欻，读 chuā，冀南太行山区的人读这个字的发音，应为古汉语的入声读法，形容短促迅速划过的摩擦声音。加了“儿”的“欻儿”，形容声音轻而脆的声音。

边老拐蹲下去，看着石小彩“哧——”地一笑：“咦？看能的你，豆芽长再高，它还是一根菜，少在关公眼前抡大刀，红土要能当药吃，谁买朱砂！你手里头的那剪子布，还不跟魏老大的那块地一样，都是狼嘴里头的一块肉？别曲里拐弯算计俺，荞麦皮做糨糊——不粘（沾）！俺给你说过了，都怨恁家那个军师蒋干！”

见石小彩不吭，他悄悄说：“要不叫俺教教你？嗯？要想会，那可得先跟师傅睡！”说完之后，咬着嘴片子摇头晃脑地笑。

石小彩仰起头，瞅了一下没有风也没有云的天，对边老拐一本正经地一笑，不无坦诚地说：“心眼太多寿命短，没看见你眉髅（额头）上，那么大一片黑青坨，红梅也没给你说？俺姥爷可是个好中医，俺知道，那片黑青坨，要是再长大点儿，哼！不信你问问别人，看看好不好。要不你自己先看看。”

石小彩说着，指了指脸前的那盆水，边老拐把头伸上前去，仔仔细细地照：“黑青坨？哪儿？在哪儿？咋看不见？”

石小彩往起一站，猛地掐住边老拐的脖子，把头给摁到了水盆子里，直到咕嘟了一串水泡才松了手。边老拐一边拿手抹着脸，一边“呸、呸”地往外吐脏水，吐唾沫。

石小彩咬着牙说：“知道那是啥？那是俺两口子的洗裤衩水，往外吐？过了今儿，洗裤衩水，也轮不上你个贼羔儿喝！”

边老拐能吞下常人咽不下的事，但不一定能像吃萝卜白菜那样爽快。他被石小彩把头摁到洗裤衩的脏水盆里，呛进嘴里的脏水，尽管没有全咽到肚子里面去，“呸！呸！呸！”地吐了一大通，仍然羞恼不止，吐够了之后，正想着如何进行下一步，石小彩半笑不笑，往他这边一步一步地蹭。

在他的记忆中，她对他的许多次打击，都是突如其来而标标中的，每次他都有些怕，那个女人式样翻新的种种手段，每次都令他猝不及防，刹那之间的一愣，就人仰马翻了。

他真害怕石小彩再玩出什么新手段，一边快步远走一边说：“呸！呸！呸！啥味！怨不得狗剩不待见你，裤裆里边早生了虮，狐臭！还有狐臭！那病还遗传，小子没人嫁，闺女没人娶……”

边老拐到了家门口，又“呸、呸”地吐了两口，干咳两声后，规规矩矩地进了门。张红梅从炕上一爬就说：“这大热的天儿，扒层皮都嫌焐得慌，又去哪儿转悠了一遭？老大给采的冬凌草，还泡着呢，赶紧喝两口败败火。”

自从保住了魏老大的命，还留下了魏老大的地，他的地位陡然升高了起来，张雪梅时不时地来看看，尤其是妻子张红梅，整日地嘘寒问暖，春意融融的笑颜让他心舒帖，肺舒帖，每一个汗毛孔里都冒着快活。

其实，那天他到盖狗剩家，也是硬着头皮去的，他真怕石小彩搞出些防不胜防的事情来，内心提前就计划好了：先是当头一棒立虎威，先给你说已大兵压境，由不得你也由不得我，来你狗剩家的，可不止俺一个，屁股后面，可还有两个要己命也要人命的女人——红梅和雪梅姊妹俩，正在家磨着两把杀人刀！再就是寻死觅活断后路，叫你不能推不能躲——今儿俺来恁家脱鞋上炕，就没有想过再穿上鞋出去！最后要是石小彩真跳出来，那就真得赶紧跑！没法，刘备领着赵子龙，不也是到处藏到处躲？

所幸的是，盖狗剩翻了翻眼，“潮道”还没有喊几个，石小彩旋风一般地飘了个无影无踪。哼哼！那兵再好，指挥的元帅要窝囊，能有个好结果？

边老拐喝了一大碗冬凌草茶，不凉也不热，浑身上下舒服了以后，又想起了那天的事，心里就不无激动。张红梅赶紧坐起来问：“咋了？味不好？”

边老拐说：“哼哼！好，俺就寻思，一个娘生出来的俩闺女，咋……听说，旧社会恁那边的俊闺女，年年都送给皇帝当贡品？”

张红梅头一扭不高兴，边老拐接着说：“那个事要不是俺……那老大，还不叫那股气给憋死？哼哼！这会儿，那俩人，说不定正变着法地高兴呢。哎，过来，给俺挠挠痒痒，原先咋就不知道，都是个痒痒，别人挠跟自己挠，就是不一样！这边，往上点儿，哎！哎！哟吔——使点儿劲儿，哟哟哟——哎哟——喂——”

鸡冠山的那一亩半坡地，魏老大虽然还照样种，但不知为什么，他总是高兴不起来。那天和过去的三次一样，他放出来肚里的那股气就能吃饭了，歇息了半天，又要到那一亩半山坡地看看去。张红梅一直劝再躺两天，张雪梅说："叫他去吧，看看他的地，比吃俩人参都管用。"

果然，他趔趔趄趄地走到地里做了半天活儿，热气腾腾的一身大汗回来后，放下镢头和锨，就"咚、咚"地跷着大步担水去了。

后来，盖狗剩给他说的那张文书倒也写了，盖章的时候盖狗剩说："老大吔，毛主席叫走社会主义的路，你就是不听毛主席的话，地要都成了自己的，那不又回到了旧社会？穷人可咋活！"

魏老大猛地高声喊："你说啥？谁？谁？谁不听毛主席话？——你说俺？毛主席给了咱房和地，还叫俺……哎哟哟，不好……"

话还没有说完，魏老大拿手一捂肚，说："别吭，别吭！俺肚憋！"

盖狗剩就害怕，双手拉着魏老大说："这章可也盖了，你拿走，俺可啥也没说，就提了提毛主席，你要有事，毛主席你可找不着！"

盖狗剩一边哄一边劝，把盖了章的证明塞到他手里，连人一齐给送了出来。

魏老大回家后，找了纸笔天天划拉，画了正面画反面，画鼻、画眼、画山、画坡……也不知道乱七八糟的都画了些什么，画了几天后，画满了两张纸，天上的、地上的、山上的、树上的……几乎都有了，一个人还不住地嘟嘟囔囔。

张雪梅看了好几回，怎么也看不懂，她问他画个大西瓜啥意思，魏老大说那是个北瓜，不是西瓜；她又说他画的仨鸡蛋不像，鸡蛋上没有眼，魏老大说那是大巧、二巧跟三巧；她又说画的那个山崖不像鸡冠山的地，那上边短两棵楮桃树，魏老大笑得几乎岔了气，他说那是榜样田……

后来，他合起来那两张纸都能嘟嘟囔囔地背，张雪梅听不清，拧着他的鼻子说："个贼老大，说的啥！不像念文章，也不像做祷告，一串一串也不像山曲儿，你还想修门外国语？"

魏老大一掀被窝说："钻过来给你说——就是胡子不咋长，也不在锄地的时候，那锄板不明，瞅不清，嘿嘿——呵呵——"

从秋苗开始锄一直到遍野谷穗黄，生产队过不了多长时间，都要召开全体社员大会，白天自然要参加生产劳动，政治思想工作大都在晚上。

这天晚上，公社专门给安了两个大汽灯，“哧咕、哧咕”地打足了气之后，一点，“嘭——”的一声，三队马棚就给照了个通天透亮。

公社派人参加的大会都是盖狗剩先说，盖狗剩也总是那三句话，第一句是：“全体社员同志们，站的站好，坐的坐好。”

他吭咔两声后说第二句：“开会时，半截上谁也不能往外边跑，该憋住的都得给憋住，小孩儿都给看好了，不能乱闹乱哭；大人都有个正经事，不能乱说乱笑。”

说一声“谁再乱说乱笑不给记工”后，就说第三句：“欢迎老张讲话。”

这天，盖狗剩刚说完第三句，老张刚坐下来准备讲，魏老大突然吆喝一声，跑上台去给老张低声说了几句，老张突然站起来，带头拍了一通巴掌，然后高声喊：“欢迎魏老大讲话！”

魏老大掏出那两张纸，喘了口粗气就开始念：“俺魏老大，自小到大，不会说啥，旧社会累死了爹，饿死了娘，贱命一条不敌狗，谁想拿走谁拿走。没有毛主席跟共产党，俺变不成这会儿的人模样……”

念到最后，魏老大不仅脱离了讲稿，还声情并茂、手舞足蹈地把讲话搞成了“表演唱”：

天是爹，地是娘，毛主席就是红太阳！种地就当娶媳妇，坡地也当媳妇养。粪大水又勤，越养地越壮。人壮生儿女，地壮多打粮。种地就得学大寨，养媳妇看看大巧、二巧、三巧娘。媳妇壮，纺花、织布、生儿女，做衣、做饭、做衣裳；地要壮，栽蒜、栽葱、栽白菜，种谷、种花、种高粱。有天、有地、有太阳，有儿、有女、有媳妇、有地，还有房。魏老大赶上了好时光，俺一定当个好榜样。那一亩半地，多收的粮食自己吃，交给队里的粮食咱就按产量！

魏老大的“表演唱”完毕后，台下欢声雷动，老张一遍又一遍地表扬。

回去后，魏老大夫妻一夜睡不着。第二天一大早，他担满水缸，收拾停当屋里屋外后，队里上工的钟也敲响了。魏老大照样做他每日必做的“功课”，今天他钻进被窝吹的那口气，格外长也格外响亮。吹完了，张雪梅却还不松手，他拿胡子又扎扎她的额头，意思是问还想咋。张雪梅眯着猫猫眼说：“今儿俺高兴，吹俩不行，得吹仨！”

魏老大的那两张“外国语”画，他后来又念了好多次，还到外村去念，一直念到了大雪飞扬的隆冬，那两张纸就残破不堪、面目全非了，他也就不去念了。老张就把大寨精神、毛泽东思想武装起来的新农民、矛盾论、实践论和认识论结合起来讲，尤其是讲事物的发展规律，把螺旋式上升、波浪式前进的道理，又和列宁主义联系起来讲。许多时候，还现场复习现场提问，好多人都怕开会，又舍不得挣的工分，有人就编歌说：

大雪纷纷下，老张来讲话，费了半天劲儿，不知道说了个啥，要论讲得好，还数魏老大！

盖狗剩不受批评，魏老大受了表扬之后，边老拐去了盖狗剩家好多次，每次石小彩都在，他歪扭着站立一会儿就走了。

这天，他在盖狗剩家门口等了大半天，眼看着石小彩出门了，就急忙进去了。盖狗剩正在炕沿上坐着烤火，边老拐说：“咋样？咋样？该给兑现了吧？”

盖狗剩一头雾水，问该兑现啥了。边老拐说：“看，你就是贵人多忘事，就是官大脾气长，小彩许下俺的事，俺想她准给你商量，她给俺说，老大那一亩半地的事，俺要给办好，就给俺铰条裤子穿，还给做好。她红嘴白牙许下俺的，就在井台上，这人证是俺，物证就是她那个红道道裤衩。当干部，人前人后，人模人样，说话就得算数，不管说啥，得兑现！要不，大北沟叫俺锯棵树顶账也行。”

刚说完，石小彩突然回来了，她拿起一把锈迹斑斑张不开口的破剪子，在边老拐眼前晃着说："记性还真好，俺就是当不了穆桂英，也得当个杨排风，吐出去的唾沫，钉上去的钉！先说好，俺做衣裳都是比着肉铰，你先给立个字据，在井台上你喝了一肚脏水，俺踅摸着，这会儿你还臭得不行！俺就不能闻臭味，一闻就头晕，一晕手就哆嗦，要铰到别的啥地方，也是你心甘情愿……"

石小彩说着，弯下腰来就比画，边老拐扭身就走，一边走一边说："还干部家属，哼！像个流氓！"

尽管魏老大把鸡冠山的一亩半坡地当媳妇养，但坡地终归是坡地，地上的土全是夹杂了小石子的沙石土，他在全体社员大会上表了态，按队里的亩单产交粮食，剩余的部分才归自己。

坡地的土薄，不托水分，太行山一带，属大陆性季风气候的少雨地区，队里的许多好地，多数年份也只能收秋季。怕其他社员攀比，又照顾到劳动模范的劳动情绪，大队商量了一下，给魏老大定了每年交二百斤粮食的指标，第一年五月没啥收成，魏老大净余了一百斤秋粮，第二年五月，余了百余斤小麦，秋季缺雨水，魏老大只余下了二十余斤绿豆。

张雪梅越来越不舒服，她给魏老大说："那块地咱不要了，这榜样，咱也不当了，俺这辈子，有个壮壮实实的孩子爹相跟到死，比当神仙都强，就听俺一回吧，啊！不敌省下那点儿气力，给了自己孩子大人。"

魏老大总是哼哼哈哈的，该干什么干什么。

这天早起，队里敲了钟以后，魏老大照例做他的"功课"，扎完了胡子后，张雪梅把伸出来的两只手又缩了回去，噘着嘴给他说："今儿不叫吹了，俺心里头堵得慌，这榜样，也就是个样，跟台子上唱戏一个理，文武场上敲鼓板的'吧嗒、吧嗒'一敲，台上的那个，就得使劲儿翻跟斗，再使出吃奶的劲儿一亮相——戏成了，台上的那个差点儿使死！那亮相万不能年年亮！狗剩、老张，都敲啥敲？这边把人都给使死了！"

魏老大呵呵笑着，摸着腮帮子说："呵呵，铰短了，跟文武场一样，敲鼓没给敲到点上。”他轻轻把门一关，走了 。

魏老大有自己的打算，很早他就发现，他从兔刨井担水往地里浇，浇下去的水总是往地北边的石板下边跑，而且越跑越多。他就寻思，石板下面肯定是暄东西。他从前边邻居蔡改改家借了石匠凿石头的工具，开始把大石板一块一块地砸开来，砸开以后，下面有一层一尺多厚的黑沙土，就一天天地砸，开垦出来的地一天天地扩大，砸开来的石板，也一天天地变薄。

新开出来的地和原来的地连起来有近三亩时，他给蔡改改说：“再往北石板都薄了，拿根钢钎撬开就是一片好地，叫牛牛给略微搭把手，俺估摸着，还能整出亩把地，整出来归你。”蔡改改很愿意，牛牛却大气不冒。

李小旦死的那年，牛牛刚十八岁，如今已二十四岁，除了少了一只眼，挺挺拔拔的小伙子哪里都算亮堂，正因为身上的那个毛病，本应该的许多正常，一下子走了样。按多数人情况，牛牛早过了谈婚论嫁的最好时段，若按地里的庄稼说，别人的麦子秀齐了穗，他这边的麦子才一拃高。

过年时，牛牛在大门口贴春联，恰好边老拐走过来，给牛牛说：“横批错了！”牛牛反复看了看，说：“哪儿错了！没错！喜迎新年，哪儿错了？”

边老拐走过了墙角，把头伸回来说：“咋没错，没听别人说一年一年又一年，今年不如往常年，往年还有个说媒的，今年连个媒婆屁股也没见！该贴‘再等一年’！”

牛牛打小儿就不愿意种地，他总是说：“家有千亩地，不敌有个破手艺，家有万贯，不敌有个破店。没见过搐串？跟土坷垃打交道，一辈子都吃土拉土，连天也不能见！”“搐串”是当地人对蚯蚓的俗称。蚯蚓从生到死，都在地下边钻着，见天日的时候真不多。

牛牛很不爱种地，庄稼主儿看不惯，有人编派他，说牛牛在地里锄谷苗，左看右看，发现前边有一根谷苗很粗很壮，就左边锄，右边锄，前边锄，后边锄，把细小的谷苗都给锄掉了，最后把那棵又粗又壮的谷苗给留了下来。留好了壮苗往前挪，挪到跟前吓了一跳，留下来的那棵又粗又壮的谷苗，突然张开翅膀飞了——原来那是一只“扁担”！

大坡地人对蚱蜢的形象称呼是“扁担”或“担杖”。小孩子们抓住蚱蜢的两只后长腿，蚱蜢因为急于逃命，会连连蹬着后退，和担水的扁担或担杖一样，不住地一颤一颤。“扁担”虽然也是长长的身子、绿绿的颜色，但它不会竖起来插到地里不动弹，和谷苗比也太粗壮了些。

魏老大一个人修出来了最后一亩地，从蔡改改家借来的五把凿子和一个十二磅的大钢锤，都给使坏了。他给蔡改改说：“使坏的工具，俺卖了粮食买新的还，那一亩地俺给修好了，让牛牛种去吧。”蔡改改给牛牛说了后，牛牛打死不干，蔡改改急得骂牛牛：“太懒！太懒！甭光怨眼，谁家闺女也不愿意嫁给懒汉！”

牛牛说：“丑妮穿的那双尼龙袜子一块多，一斤谷子才几分钱，俺就是认不了多少字，不会做文章，加减乘除还会算。林大头的大小子大狗，生的闺女都两岁了，娶媳妇的账还没有还完，土坷垃里头能刨出来几个钱，甭说那坡地——好地白给也不种。”

蔡改改去那块地看了看，不知是不好意思种还是嫌土薄，也不种了。魏老大鸡冠山的那块地，连在一起变成了四亩。他往队里交的粮食还和原先一样，当年，往家多收了几百斤谷子。

后来村子里放映了电影《沙石峪》，魏老大被里边的插曲给迷住了，因为一部片子一个村一个村地轮着演，他又到别的村看了几遍。或许是他天生就有音乐细胞，刚解放上夜校时，就因为超人的音乐天赋，受到过田田老师的表扬。如今看了两遍后，他就能有滋有味地哼唱：

沙石峪山连山，当代愚公换新天，换新天，万里千担一亩田，青石板上创高产……英雄战山山低头，双手迎水上山来……

每当唱起这首歌，他就浑身舒畅，亢奋而激扬。他甚至想，这支歌，说不定就是专门为他写的，就像“天大地大不如党的恩情大”这首歌一样，写歌的就在太行山，只是好多人不知道。

他的嗓音不仅极富磁性，而且厚重苍劲——略带沙哑的嗡嗡颤，似滚滚而来的滚天雷，低沉饱满又极富穿透力。

这天，魏老大哼着“沙石峪”被盖狗剩叫了去。盖狗剩说：“人也不如前边那些年了，不一样了。都说人是猴变的，还就不假。猴子摘到手里头的桃子都不甜，摘了扔，扔了摘，总以为不在手里的那个最甜，真是！再往后，那就得砍树了！你魏老大安上尾巴，还就是比猴精。种地就像娶媳妇，没有媳妇就不叫个家！可热热火火地过了几年，媳妇慢慢就不亲了。

“你看是不是？庄稼主儿改成社员，前些年还行，这几年，有些人都分不清屁股看不清脸了，你看看各生产队的那些地，犁了不像犁了，锄了也不像锄了，那像是庄稼人做出来的活儿？唉！这都是咋了？都像当年糊弄日本鬼子那会儿——你说，本来都是庄稼人，可‘地’这个媳妇都不待见，不待见媳妇的时光能过好？你说，咋办？”

魏老大想了半天，说：“媳妇倒是娶回来了，可伙着的媳妇谁待见？刨上橛，画上号，一二三四五，赵钱孙李周，石鸡子上南坡——咯咕咯（各顾各），看谁敢给锄不好！”

魏老大的意思是，媳妇要靠心贴心的好男人养，五谷要靠实打实的庄稼汉种，都有股有份的土地，和大家伙着的媳妇一样，欢喜高兴的不多。

一伙子人商量了一下，就把生产队里急于锄又都锄不快、锄不好的青苗地，清清楚楚地明确到了人头上。牛牛锄地，也没有给留下扁担去了谷苗，地里还没有几棵草。

有人就说，心劲儿心劲儿，有心才有劲儿；待见待见，待了才能见。但边老拐即使有心也没有劲儿。他给别人说：“俺总共两条腿就给去了一半，汽车四个轱辘不要说去俩，去一个试试？——魏老大你个贼羔子，还种地像娶媳妇，你种了那么些地，再娶个媳妇叫俺看看！”

这天他扛着锄，一拐一颠地往地里去，只觉得肚子里的火气，一股一股地顺着鼻孔往外窜，火辣辣地痛——地锄好没锄好，那得让队长领着社员代表评，两个鼻孔里各长出了一个流脓的疮，倒货真价实。

到了青龙沟，他看见王炳中正在汗津津地锄，想起来王炳中原先羞辱他的好多事，心里忽然蹿出一股无名火。年轻时，他还能跑到王家的门楼里给拉泡大粪，现在就是叫拉，也没有那个心劲儿了，心里就越发的愤愤不平。

他拿锄板在石头上“当、当”地磕碰了两下，算是给那个不顺眼的东西打了招呼。看了王炳中一会儿后，他拄着锄靠着石头说：“恁家老掌柜，算计过种瓜种豆，捉回过斑鸠，还扣过草筛子，闲心劲儿没少操，瞎心劲儿没少费，不光白扔了一个孙子，眼下他的小子还有孙女，谷子棉花都没少锄，倒腾来倒腾去，看不见你哪儿人五！”

王炳中提起儿子早来就无限悲伤，早来是他心上不能愈合的一块伤疤，任何时候都不容触碰，也不敢触碰。今日被边老拐拿起锥子猛扎了一下，他捡块石头就砸了过去：“俺砸死你个牛屎片！靠牛粪起家的，就出不了几个正经货！恁家起升就是能活着回来，也还是个牛屎不如的腌臜货！别走，试试俺敢不敢砸死你个贼羔子！”他还要弯腰拾石头，边老拐已跑远了。

王炳中又骂了两声“贼羔子”继续锄，刚锄到东堰根下，觉得脖颈处有点儿凉，摸了一把什么也没有，刚要弯腰，听见老拐在堰上面喊：“你个贼羔儿连骂带打，天下雨了，还不赶紧跑！”

边老拐扛着锄没有回家，他到了红土岭，想看看自己两天前锄的地到底如何，他费尽气力锄下的那些草，到底死了没有，等检查评工分时，也好有个差不太多的交代。

他晃晃荡荡地到了地里，没有走上几步，脑袋就“嗡——嗡——嗡——”地响。锄过的那些地，也就算实实在在地锄过，那些原地未动的杂草，已顽强无比地从盖上的新土下面挤拱了出来；那些曾经欠了欠屁股，或翻了个小跟斗的，婚姻嫁婴似的又在他处生机勃勃了；还有些锄头没有碰到的地方，已欢天喜地交织在了一起，杂草和绿茵茵的谷苗早一般高了。

边老拐咕咕哝哝的，也不知道是在骂哪个，还是在诅咒哪个，恶狠狠地嘟囔了一会儿后，找了个凉快的去处，就开始四处张望。

王丑妮也正在锄，她把雪白的草帽摘下来，拿擦汗的毛巾搭上去，又拔了些绿草盖上去——她怕麦秸梃编的草帽淋雨变黄了。

李牛牛的地本来在另一边，他却从王丑妮的邻地绕远走，一边走，还一边扭着头看王丑妮，把脚下的青苗蹚倒了。边老拐就喊："那个人是谁！脚上不长眼，头上也没长眼？往该看的地方也看看，把那么粗那么壮的'扁担'，都给踩死了！"

边老拐见回家的人不多，也是故意找事，笑话李牛牛把蚱蜢当谷苗留下来——他想找个闲人扯上几句。李牛牛的心思却不在他这里，翻了翻眼扭头就走了。

第二天，边老拐估计李牛牛的那块地没有锄完，早早地去路口等。看见李牛牛后，他先把天上和地上的事，混混沌沌地侃了一阵子后，李牛牛掏出半盒"红满天"香烟给了边老拐。

边老拐坐在地上，靠着墙伸着腿说："想不想给你说说丑妮？"李牛牛撇着嘴："她比俺大三岁。"边老拐说："是，人家是比你多了点儿啥——岁数大，可你比人家还少了点儿啥——你一只'灯'。"

当天开始，李牛牛一边锄自己的地，一边替边老拐锄地，给边老拐锄了半亩后，到了边老拐家里。

边老拐说："买馍馍使粮票，买布使布票，那大闺女没有定量，也没有人发票，谁家的闺女变成谁家的媳妇……"

李牛牛又给边老拐锄了半亩地，又准时来了。

边老拐说："丑妮那个闺女的性子，又拧劲儿又硬骨，谁也不怕，谁也不服……"

边老拐地里的草真多，天微明下地，一直到了日照半空，李牛牛才把那一亩地给锄完，锄完后根据边老拐的安排往回走，刚从马鞍地走到大西沟，王丑妮正在满头大汗地锄。

李牛牛蹬着明晃晃的锄板，给王丑妮搭讪：“还不走？前晌可是越锄越热！”王丑妮平时就没有看起过李牛牛，仰起头斜眼瞅了瞅，哼都懒得哼一声。

李牛牛走到地中间，像是对王丑妮，又像是自言自语：“今儿起得太早了，也锄得太快了，才一亩半地，打个忽闪就锄清了，要早早回去，俺娘又说俺懒，叫人家又生气，咋也都是咱队里头的地，锄哪儿也一样。”

尽管边老拐没有安排他把一亩说成一亩半，但说完之后，还是按照边老拐的计划，不管王丑妮应不应声，说着说着就开始锄了。

王丑妮叉着腰站直了，抬眼看了看天，擦了一把汗又低头锄，她什么也没有说——边老拐算准了。

王丑妮原本想把李牛牛撵走，她也真累得够呛，看看没锄完的那些地，也就没有多说话。

王丑妮刚锄到地中间，李牛牛已经从那头拐了回来，一身的汗。他解开了怀，结结实实的胸疙瘩，热烈蓬勃地张扬开来。王丑妮脸一红，再也不抬头了。

李牛牛比王丑妮多锄了三四遭，把粗布褂脱下来搭在肩上，倒三角形状的前胸后背，颇有些样式。王丑妮到底没忍住，趁着擦汗的机会，往那片肉疙瘩上瞟了好几回。

李牛牛说他早早地锄了一亩半地，尽管夸大了些，但真要光了膀子干起来，锄的比说的也慢不了多少，将做中午饭时，那块地就锄完了。

王丑妮递过毛巾来，李牛牛没有接，说：“你那么干净个人，俺……”说着就拿肩上的褂子擦了擦脸，扭头要走时，好像不经意，看一眼王丑妮的脚说：“咦？这不是……俺娘老是说，蓝底带红桃的袜子，忘了在哪儿见过，老是说真好看，还就是好看。俺娘一个人，半辈子不容易，咋也得穿一双，这袜子褪不褪？跟不跟脚？啥料？”

李牛牛弯着腰看，想伸手却没有伸手，王丑妮往起逮着裤腿，把脚伸了过去，说：“恁娘就是不容易！这袜子不褪，尼龙的，跟脚，供销社刚到货，一块一，不要布票。”李牛牛双手伸过去，趁机逮了逮那双弹性极好的花袜子，不经意之间蹭到了那条白腿，王丑妮一哆嗦，脚缩了回去。

李牛牛又找到了边老拐，说了说经过。边老拐说：“咋样？俺算计得准不准？俺的地，不叫你白锄吧？嗯，嗯嗯！真是不赖，有个东西要爬进来了，知道啥叫瓮中捉鳖？”

李牛牛又给边老拐锄了二亩地后，边老拐检查完，才给他面授了机宜。

直到李牛牛和王丑妮在背旮旯里挤撞着看电影，他总共给边老拐锄了五亩多地。他给王丑妮买了一块红点点的布料后，再没有找边老拐。

蔡改改和张雪梅很要好，两家又是邻居，就托张雪梅做了大媒。张雪梅给王炳中说了后，王炳中问王丑妮有意见没有，王丑妮哼扭了半天，说：“那个小子，有点儿……那个，嗯呀，这个……咋说，他娘，俺看倒是个实诚人，爹说吧。”

王丑妮嫁的时候，骑着一匹又高又大的红骡子，红彤彤的被套，在红骡子的脊梁上搭着，五六个身高马大的壮汉左右护着，红骡子前额上绑着大红花，尾巴上拴了红头绳。王丑妮骑在上面，头上顶着红盖头，身上穿着红棉袄、红棉裤，下边蹬着红绣鞋，闪亮耀眼的一身红彤彤，上下一颠一颠，前后一晃一晃，像高高擎起来的一支红火把，一大群狂欢无比的孩子，远远地跟在后边喊：

> 媳哦，媳！穿红裤，走一步，屙一步！走一路，屙一裤！到了婆家换屎布！
>
> 媳哦，媳！骑红马，找个女婿树圪杈，圪杈是根枣木橛，娶个媳妇不掏钱……

屎布倒真的不用换，客人走完了，王丑妮仍然低眉垂眼，羞答答地盘腿端坐在土炕上。蔡改改风风火火地说：“闺女！吃点儿啥？都一天了，星宿、月亮，娘给够不着，真要从娘身上拉块肉也愿意！”王丑妮脆生生地叫：“娘！娘吔！快给俺抻展腿，揉揉敲敲吧，自己伸不直了！”

那个骑红马的歌谣，有人说是边老拐教孩子们专门撵在屁股后面喊的，边老拐死活不承认，不过后来他真的给王炳中说：“给你说个事，你也别生气，你也别相信，你不是说俺瞎眼老虎不是好人？那个一只眼的东西更赖——他还就当了恁家女婿！不信你就往后看！恁家的那个事,也就是卖了草驴买叫驴,图啥？图淡（蛋）！”

第四十四章

心念重如山　尿素望不穿

不知从哪年哪月开始，一肚子墨水的白文昌，总感到里外不顺。

那天，周山杏不知看了一场什么电影，里边有一个比花还俊、比水还柔的妖冶女人，称呼丈夫为“达令”。

电影散了场后，周山杏仍然兴高采烈，亢奋激动的一脸笑容，白文昌已好久没有看到了，对她那个突如其来的一腔温柔很是惊惧：周山杏忽颤着肥嘟嘟的大胸，脖子一歪，腰一扭，胯一送，一只手奇奇怪怪地蜷着，一只手跷着兰花指，在白文昌脸前一弯，伸出的食指在他的下巴上，挠痒痒一般地一比画，嘴唇动也不动叫了一声“达——令——”“达”字轻轻地向上挑起，“令”字拖着长长的尾音远去。极其狐媚的动作，把白文昌吓了一跳。

周山杏又叫了几声后给他说：“那些哄汉子妖精，都叫俺回来问问你，‘达令’要说成大坡地话，翻译成啥最贴切？”

白文昌想了好多：“夫君”太文，“郎君”太媚，“他爹”太土，“男人”太俗，“丈夫”太粗，“亲爱的”太肉麻，“当家的”太狭义……想不出一个最贴切的表达。

周山杏又狐媚子一般，嗲着嗓子叫了几个“达——令——”白文昌想了想说：“‘达令’的翻译，也要看对谁，好比你是张雪梅，‘达令’翻译成‘贼老大’

最贴切！”

林先生去世以后，白文昌年年给人写春联。林满仓家每年都需要好多副。白文昌好多时候和林先生一样，求对联的人算好纸张数目后，自己拿了门红纸去他家换。

林满仓是个精打细算的人，他嫌白文昌裁出来的纸太大，太浪费。林满仓家需要的几副对联，按一般的尺寸需要四张，他总是买三张，每年都省一张门红纸的钱，所以总是裁好后再让白文昌写。即使把尺寸裁小，三张纸用起来仍然不足，短个横批什么的，就地捡一块别人丢弃的小条条，写上去几个黑字也就凑合了。

林满仓几乎年年捡，捡起来后让白文昌写，因为一副对联的横批内容，总要和竖联对应上才好。白文昌家人正多，写的时候总要想想该写上个什么。林满仓怕耽误了别人时间，总是顺口说一句：“又是一年！”白文昌笑笑，就给写上了。一连几年，也都是写那四个字。

这年林满仓有事，满仓娘拿着裁好的纸去了，照样捡了一条纸让白文昌写横批，别人就说写“又是一年”，满仓娘拿拐棍敲着桌子说：“写‘有田来了’！”——老太太很是想念孙子林有田。

“有田来了”的横批，在满仓娘的门楣上摞了好几层，林有田也没有来。

满仓娘虚岁八十三，盼孙子盼得有些糊涂，“有田来了”只是一个愿望，或是一个祈盼，写的时间长了，有点儿像咒语，像唱“天灵灵，地灵灵”的人说出来的话，最贴切最能涵盖一切的表达，还是林满仓的“又是一年”。

满仓娘常给别人说，她小时候听她娘说过，毛主席是她家的亲人，她管毛主席叫哥哥，毛主席就是住在北京，说了些啥话她也能知道。

真也是，很早的时候没有人注意，好多毛主席语录，谁也不知道老太太到底听过没听过，一听，还真知道！

白文昌在学校讲课，老太太到学校捡废纸，捎带着给孙女拾丢弃的铅笔头、粉笔头什么的，听白文昌在念：“人在不同的阶级地位中生活，各种思想无不打上阶级的烙印……”

老太太扒着窗户，静静地听，还没听完就大喊：“俺哥哥说的，俺哥哥说的！

错不了，就是俺毛哥哥说的！”

白文昌大惊，给学生布置了作业，关住门出来问她：“你知道那是啥意思？”老太太说：“俺哥哥很厉害，他说的话，俺能懂？咋？你看俺不像姊妹俩[1]？”

白文昌笑呵呵地说：“像，像，真像！半点儿不差。”老太太笑嘻嘻、颤巍巍地走了。

后来她仍然经常到学校去。别的老师说：“白主任，早见她来，就别提‘毛主席’这仨字！那回演毛主席接见尼克松的电影，电影演完了，老太太守着电线杆，愣不叫把银幕放下来，她怕别人把她‘哥哥’的相片给窝折了，一直守到鸡叫三遍睡着了，林满仓才把她背回去。后来天天去公社找，看见那个演电影的，就拿着棍子撵着打。”

后来，林满仓给他娘说：“娘，老了，糊涂了，毛主席不是恁哥哥，要是，咋不回来看看你？”

老太太一听就急，咬着牙跺着脚喊：“他忙！哪有工夫！他在北京那么远，路上谁给他做饭！有田不也是恁小子？天津又那么近，他还不回来看看你！你要再说俺哥哥赖话，看不打死你！你不孝顺俺，也不能不孝顺毛主席！要不是俺哥哥，你能有地种？你能有粮食吃？忘了恁媳妇咋死的？你个秃鹫羔儿！再瞎说，就把你绑到家庙，吊起来打！”

林满仓不知道又说了句什么，老太太就抡着那根歪脖子拐棍，往身边的那棵老椿树上敲，一边敲还一边说：“没经过家法指教，就不知道疼，看清了没有？吊起来，就这样打！”后来好长一段时间，老太太就不给林满仓说话了，送过去的东西也不要。

老太太平时性情随和，肚量也大，无论说什么，她恼的时候不多。

她恼了林满仓以后，好多天一个人在门口坐着，拿着那根歪脖子拐棍，过一会儿就往那棵老椿树上敲一下，敲够了，就心满意足地张望来来往往的行人。因为恼了林满仓，儿子送来的菜也不要。因为没有了菜，看见绿色的东西就高兴。

[1] 姊妹俩：当地习惯，兄妹和姐弟关系也称作是姊妹俩。

武小魁的媳妇胡秀秀，抱了一捆嫩萝卜缨急匆匆地往家走，老太太见了，远远地喊："哎——哎——那是谁？走那么快做啥？抱着个啥？送子奶奶也没有你跑得快！"

胡秀秀停下来，远远地喊："大娘，萝卜缨，萝卜缨！"

老太太把两只手搭在耳朵后边："啥？你说俺老妖精？过来！叫老妖精看看，到底是啥！"

胡秀秀把萝卜缨抱过来，老太太说："还就是个老妖精，看也看不清！叫俺闻闻，咦？是萝卜缨！谁叫你喊俺老妖精，少抽点儿，萝卜缨可是个好东西，滚饭、烙饼、蒸菜团、做黄菜，啥都能！"

后来好多人都知道，满仓娘远远地喊是想吃菜，从地里往回走的好多人，只要手里有，都给老太太丢下一把。老太太很高兴，天天坐在门前，拿那个歪脖子拐棍敲那棵老椿树，敲打够了，再俺哥哥长、俺哥哥短地嘟囔上一阵。

林满仓怕娘急坏了，就去劝，老太太闭着眼敲打着老椿树说："没良心，没良心！要不是俺哥哥，屁也轮不着你吃！俺哥哥领导的社会就是好，没有你俺也能吃饱！"林满仓受了他娘一顿抢白，搔着头走了。

第二天，傻二小来了，老太太还在敲那棵老椿树——也是奇怪，见了傻二小，她就不敲了，拿歪脖子拐棍支着下巴，看着傻二小呵呵地笑。

傻二小直勾勾地端详了老太太一会儿，擦不干的鼻涕流到了嘴里，和着嘴里的涎水又滴到地上。他高高地把腿抬起来，猛地向前一迈步后，再一顿一顿地慢慢落下去，一脸开了口子的黑皮，在老椿树上蹭了蹭，又拿耳朵靠上去听了听，大嘴一咧，流出一串涎水，说："你咋？你咋？你打啥，那是你！自家打自家，好歹这下手轻，没被伤了，要不，就过不了打春（立春）了。可不能再打了。"

林满仓在一边偷偷看着，听傻二小那么一说，猛地抬头一看，树上的椿菇菇（椿树籽），不知什么时候已蔫蔫地干了一少半，于是满脸怒气，走上去就是一声断喝："瞎咧咧！你是神仙？"

傻二小见林满仓着急了，跷着大步趔趔趄趄地跑，一边跑一边说："还甭不信，

还甭不信，前年还有个老鸹窝！”

林满仓想了想，这树上就没有住过老鸹，哪儿来的老鸹窝！正想着，忽有一只老鸹落了上去，“哇——哇——”地叫着。他蹲到娘脸前，献媚讨好一般笑着，老太太说：“厉害啥！又不数你嗓门大！你敢动他，俺就敢……”说着，又往树上敲了一下，半干了的椿菇菇，扑簌簌地往下落。

秋收时，那棵老椿树蔫蔫地死了半个，满仓娘的话，也没有从前那么多了。她整天打瞌睡，瞌睡了也不往炕上躺，随便往什么地方一靠或一坐，眼一闭头就歪了下去，接着就开始打呼噜，呼噜刚打了四五个，一晃悠，有时保不定就歪倒在地上，随后就醒了。一双枯树枝手，抹一把流下来的涎水，翻着眼看看天，自言自语：“天这么黑，离明还早呢，捅俺做啥！”说着，头一歪，又开始打呼噜。

她打呼噜的声音越来越大，一会儿就开始拐弯，嘴里像吹着一个哨子，“呜噜噜噜—— 哧喽—— 吱—— 喽哧”。哨子刚吹了两三个，一歪，整个身子就倒在地上了。她摸着歪脖子拐棍，爬起来，靠在老椿树上说：“哟哟哟，这一觉，睡了多长时候？你个日恷娘的满仓，砍这棵树做啥！要没有这棵树，这可往哪儿靠！”

眼看到了八月十五，林满仓早早地做好了月饼给他娘送。其实就是几个烙熟了的小圆饼。和林满仓一起来的还有两个人，是本村的电工。

大坡地通了电有半年多了，老太太一直怕花钱，每次说架线安电灯，她每次总是一脸怒气，像谁要抢走她的钱：“俺啥也不做，白天看太阳，黑夜数星星，拉啥线，架啥灯！年轻那会儿纺棉花，听声音，俺就知道，纺出来的线子是粗是细，俺那会儿织布，圪挤着眼来回扔梭，就没有点过灯！俺这会儿，塌蒙着眼，也能把你几根眉毛查清，眼要叫太明的东西天天晃，早早就得戴眼镜。咋？嫌俺见日头多了？就是俺哥哥从北京来，多抱两抱麻秸点点，啥也就成了。”

老太太勤俭节约一辈子，到老，在她的计划里，连个煤油灯也要省了——她也真是省俭，伸手不见五指的夜，要是点一根麻秸照照能行，她绝舍不得点第二根。

老太太还靠在老椿树上，林满仓给两个电工使个眼色，两个人蹑手蹑脚地往院子里走，老太太停下来拐着弯的呼噜问：“才过去个啥东西？是只猫？还是只狗？走路那么轻。”

其中的一个说：“奶奶！是俺，想找口水喝，行不行？”

老太太刚要把没有拐转弯的呼噜接着打下去，听说要喝水，闭着眼说：“这会儿的小孩们，都娇养惯了，肚囊子都不行，喝口凉水都肚疼，你还是喝热水吧——热水？那是啥时候？也记不清了，俺烧过一壶，那个壶，也没记着再使过——喝碗稀饭吧，也解渴，进门拐弯，门旮旯后边，小板凳上有个瓦盆……”说着说着，就把那个未拐过弯的呼噜打圆满了。

林满仓蹲下去，仰望着那个干核桃皮一般褶皱的脸，叫：“娘！娘！”

老太太舒服透顶地拐过了最后一个弯，闭着眼说：“喊啥喊！早闻见你身上那股尿臊味了，跟小时候一样，一呛就是几十年，就不搭理你！也不用吃美美（奶）了——你还有娘？”

林满仓“嘿——嘿——”地笑着，两只大手抓挠一阵并不痒的头，又揉了揉什么也没有的鼻子，拽住那双只见筋骨不见肉的手，还是“嘿嘿嘿”地笑，纯纯净净又幸福满满的神态，像还没有长大。

两个电工接好了灯，从梯子上下来时，老太太终于发现了，她扬着手里的歪脖子拐棍说：“俺说满仓不孝顺，满街人还都不信。孝顺孝顺，娘想干啥干不了啥，差了样就不算孝；娘想做啥他不做啥，差了性就不叫顺。你就不孝顺，就不叫俺心眼舒坦！要绑不住俺手，俺就得拿龙头拐棍，把那根线给钩断。”

林满仓把手伸到屁股后面摆了摆，他的两个孙女林江丽和林江红，蹦蹦跳跳地跑了来，一人拉住老太太的一只手，摇头晃脑地开始唱：

> 不打雷，不打闪，就是晃得睁不开眼；不敢摸，光敢看，钢碾子钢磨嘟噜噜转。能纺花，能织布，能洗衣裳能做饭。大喇叭，高高安，十里八里都听见，那是啥？猜猜看，是毛主席给咱送来了电！

老太太随着两个重孙女的一扯一拉，身子来来回回地晃，却跟不上节奏，一双再也睁不大的眼，看看这个重孙女笑，看看那个重孙女也笑，下巴上垂下来的松肉皮，像被两根软绳拉着，忽悠悠地来回晃，两个重孙女又唱：

看天看地看星星，哪儿也没有咱家明。绳一拉，亮堂堂，白天黑夜分不清。想做活儿，一拉绳，纫针不用戴眼镜。八月十五云遮月，正月十五雪打灯。云遮月，咱不怕，满街路灯比月明；雪打灯，也不怕，灯笼里边是电灯。不怕雨，不怕风，满街都是红彤彤！咱们赶上了好光景，别惹毛主席不高兴，毛主席，就是好，咱们谁也忘不了！

林满仓说：“这电灯安不安？要真不安，俺舅舅可真不高兴。”

老太太扶着歪脖子拐棍，忽悠悠地站了起来，认认真真地看着林满仓说：“这孩子！咋啥也不懂？啥舅舅，老舅！”老太太尽管让林满仓又小了一辈，但电灯她还是让安上了。

八月十五的晚上，老太太喜悦满怀，仰着头一直看吊在房顶上的电灯泡，看了一会儿，一脸惊惧地说：“那个灯，比老阳还毒还明！”

明晃晃的灯泡要是看久了，再看别处，总会有一个小黑团，像个小黑洞。老太太接下来说：“看！看！多圆！还就是个月亮，月亮黑了，那是叫二郎神的天狗给吃了，快点儿，快点儿！快敲碗，快敲盆，快敲桶，能敲响的都敲！响声大，天狗就给吓跑了，把月亮就给吐出来了！”

八月十六这一天，老太太喝了两碗稀饭，一直在门外的老椿树上靠着，眯着眼。八十余岁的她，见过了太多太多的稀罕，却从来没有过这一天的心烦意乱，整天眯着眼歪着头，连一个完整的呼噜也打不成了，刚要迷糊睡去，突然一下就醒了，嘴里一直嘟囔：“出事了，真要出大事了！”

“二八月难坐街，冷地方冷，热地方热。”半后晌以后，在阴凉处，八月十六的风，着着实实的有些凉了，满仓娘再也眯不上眼，还是靠着老椿树，眼神却分明有些凄惶。

边老拐的孙子边玉富、边玉成领着边玉辉，“嘀嘀咚咚”地跑了过来，满仓娘更惊惧。她看见三个飞跑过来的孩子，忽地站了起来大声喊：“慌啥！跑啥！过来叫俺看看！”

三个孩子跑到她跟前站住了，慌慌张张地说：“大事不好，大事不好！毛，毛，毛，毛主席，不在了！”

老太太忽然扯着嗓子问了一句：“说啥？小贼羔儿说啥？”

三个孩子说了声“毛主席真的不在了”扭头就跑，老太太的两个嘴唇，忽然哆哆嗦嗦说不出来话了。她拄着歪脖子拐棍就撵，喘上来那口气后就喊：“哪儿跑出来仨没拴牢的妖怪！妖怪！哟哟——喂——吔，来个人吔，把那仨胡说八道的妖怪，快拿镢头给刨死……”

正喊着，大队的高音喇叭奏起了哀乐，奏了一会儿哀乐，就念毛主席逝世的讣告。老太太还在“哟哟——喂——吔”地喊叫着。

魏老大担了一担谷子正往回走，听到广播后，傻愣愣地不走了，老太太猛地向他身上一扑又一拽，肩膀上的那担谷子，“扑通”一声掉了，魏老大也几乎摔倒。

魏老大扶着满仓娘，撇着嘴说：“大娘吔，了不得！了不得！不能活咧！毛主席……离开咱了……”魏老大没有说完，就地一蹲，哭开了。

大皂角树下的谷场上搭起个大棚子，那是祭奠毛主席的灵堂。大队和小队都编了柏灵花圈，魏老大把楮桃树的长枝，一捆又一捆地往回砍，楮桃树的树枝又直又长还容易弯，他砍回来供人们做祭奠的花圈用。

一群又一群的人往后谷场上拥，除了那些等不得的要紧活儿，人们什么也不愿意干了，那个插满柏灵、堆满鲜花的灵堂，变成了大坡地又一个不可取代的中心，那里除了呜呜的哭泣，就是静静的肃穆和庄严的悼念。

学生一批又一批地去，老师一批又一批地去，大人和孩子都一批又一批地去。满仓娘一路上翻了好几个跟头也去了。静静地坐着的人很多，皂角树下，后来就哭声震天。

魏老大在谷场南边支了一口大锅，他为吊唁的人义务烧水，让那些哭哑了嗓子的人润润嗓子，润好了就再去哭。后来就连水也没有人喝，魏老大从家里拿来了米，给熬稀饭。

满仓娘每天都去。她哭够了之后给别人说："都有多傻哟，毛主席要不是俺哥哥，灵堂能设在大坡地？还甭不信，俺哥哥还认了个干儿，不知道？那不是，就在那边，就是魏老大！正给熬稀饭。孩儿哟，孩儿哟！快喝去，快喝去，就是喝半碗，哭起来嗓子也没那么干，喝了饭使劲儿哭，俺哥哥事大，最少得排九，今儿是第八天，赶紧哭赶紧哭，这人一埋，再哭就啥也看不见……"

听话的人一惊，都说满仓娘糊涂了，那咋能！算了算，还就是第八天！

老太太几乎天天都喊，喊着喊着自己就躺倒了，直到无法抓住那个"咔嗒"响的电灯开关绳了，还喊："满仓！满仓！赶紧给恁老舅刻块碑……"

老太太后来几天就不吃饭了，连水也不让林满仓喂，见了林满仓就喊："满仓，记着啊，叫大圪梁的石匠，给恁老舅刻块碑，记着啊——满仓……"

老太太舒舒帖帖地笑了一阵，拉着林满仓的手，一直往跟前拽，声音很小，林满仓把耳朵伸到他娘嘴跟前，老太太说："有田，他不回来了，俺走了以后，就排三，别等，等也没用——记住了？再孝顺一回，排三，行——那，恁老舅，那块碑，刻好了？给你钱……"

老太太从被窝里艰难地伸出手，把一团黑黢黢、皱巴巴的票子递给林满仓，林满仓数了数，总共九元九角。

大坡地一带，逝去的先人在家停灵几天就叫"排"几。当地风俗，就是那些儿未娶、女未嫁的人也要排三，满仓娘让排三，她怕停灵天数多了多花费粮食、钱财。林满仓其实一直是个孝顺儿子，也就排了三。

当地还讲究，自先人故去的那天开始算，七天算一个小阶段，每逢一个七天的轮回，嫡亲的孝男孝女，都要披麻戴孝到坟上祭奠，直到过了七七四十九天的"尽七"之后，才会小告一个段落。祭奠时除了众女眷再呼天抢地悲恸一番，男性后代会为先人的墓冢填上些新土，以示后继有人，且表示深深的敬挽和怀念。

老太太头七之后，林有田和那个天津"鼓敛毛"，才一齐到了家。

有田媳妇的鼓敛毛早拉直了，可惜的是，他的天津女人只会一声接一声地号哭，尽管又响雷又下雨——有哭叫声也有扑簌簌的眼泪，悲悲戚戚的样子倒也实在，但她不能和大坡地的土著女人一样，既悲哭又悲诉——一边哭，一边还能把故去之人苦累的经历、温良的性情、高尚的品格、宏大的业绩，以及后人无限的思念和挂恋等等，用了顶针、对仗、排比的句子哭诉出来，把痛不欲生的哀伤说给天、念给地，再表白给有关或无关的行人和看客。

傻二小见了大哥大嫂也稀奇，他踩高跷一般，围着大哥大嫂转了几天，流着涎水说："给你说，还甭不信，俺早就说，老神仙自己打自己，就过不了打春，还不信！也不怕，老神仙走的时候，俺给同仁们说了说，都照顾的不赖，老神仙也高兴，她往一个大山城去了，她非得先看看毛主席去，俺一直往那边送，远远看见大殿了，刮股风就到了，俺就回来了。不怕不怕，牵马的童子，是窑头村的，这会儿早到了京城，进了一个大殿……"

全家人都不敢相信，家里的"老神仙"，真到了一个大山城？还进了一个大殿？而且，窑头村确实死了一个不太大的男孩子，和老太太故去只差一两天；而且，傻二小大字不认识半个，如何他就知道"同仁"这个词汇……

满仓娘往那边走了，连同门前的那棵老椿树，也随着她一起走了。

有人算了算，从满仓爹去世到满仓娘死，老太太总共守了四十多年寡，四十多年苦熬苦度的时光里，她就像牛头垴上的那棵皂角树，迎候着每一个旭日东升起，安守着每一个月落黄昏后。

每年的春暖花开之后，牛头垴上的那棵皂角树，都是一片耀眼的新绿，浓艳欲滴的蓬勃，掩映在苍山叠翠之中，她把栉风沐雨的每一天，都写在突兀不平的树身上，都融入迎霜傲雪的树冠里。除了一九六〇年，那棵树几乎没有人碰过，也没人敢碰。就是一九六〇年，快锯和利斧也没有把它奈何，后来更无人敢碰。

老太太也没人敢碰，除非眼瞎，没人敢试。那时她还年轻，那天，老太太在静峦寺下边的山沟里砍了一担柴，由于砍得太多了，她担不动，走上个一二十步，就停下来歇一歇，头顶的太阳早就回家了，天上只有忽闪闪的星星，没有月，静峦寺灯火如豆。

老太太那时的年岁真不大，确信前后左右真的不会再有人，她放下柴担解开怀，坐在路边的矮堰上娇喘吁吁、大汗淋漓，把没有谁看见过的春光留给了夜色。突然有人从后边抱住了她，因为怕她喊叫，一只大手还去捂她的嘴，由于脸上的汗多，她的头又来回摆，一滑一滑的捂不住。女人声音不大颇具威力："狼吃人才从后边下手，咋还敌不上个畜生！"

男人停了停，低下头来就在她的后脖颈上，一阵乱拱又一阵乱舔。女人说："舔啥舔，那是汗！跟尿一个味，还没见过哪个正经人，拿尿解馋！"

男人吧唧了两下嘴，吐了两口唾沫，不舔了，嘟囔着说："还真咸。"说完后，他索性在她后边的矮堰上坐下来，两只胳膊没有松，还在后边抱着她，两只手伸到前边乱摸。

女人找个机会，把后脑勺猛地向后一磕，正磕到男人的嘴上。她的后脑勺先是一阵麻木，再就是一阵疼痛，男人的嘴唇垫着她的头，磕碰的劲头不小，她的后脑勺没有什么事，男人的嘴唇却被撞烂了。

男人双手捂着嘴，"呜呜哇哇"地一边吸溜一边吹气，女人顺势捡起一块石头，飞快地往他的裤裆里砸了好几下，男人松开捂嘴的手，捂着裤裆满地滚。

根据她的判断，要真砸准了，那个人至少该往起蹦几蹦，可是没有，就说："咋？俺没砸准？想你那个潮道东西，准没有茅坑里的蛆大！再敢潮道，拿大石头砸你大掌柜[1]！大掌柜大，不用看不用瞄，那可砸得准！"男人一直蜷曲着不吭声，女人冲着他啐了两口说："你那点儿出息，啃脚也轮不上你！也不睁开眼看看，谁你也敢给较劲儿！"说完担上那担柴，走了。

满仓娘真的是个好女人，脾气好，心透亮，手也巧，裁剪、缝纫、描花、刺绣哪项都能，纺线、浆线、经线、安机[2]、织布样样都好，婚丧嫁娶的风俗礼仪

---

[1] 大掌柜：脑袋。

[2] 浆线、经线、安机：浆线指为加强棉线硬度，织布前用面汤浸泡。经线和安机都是手工织布的工序，村子里不是每个女人都会干。

知道的也多，安排得也周到详细，凡当家操持的活儿，左邻右舍的女人们都找她帮忙。

埋了满仓娘过了十多天，林有田和他的天津女人，到坟墓上又痛痛快快地哭了一回，哭够了之后，回天津去了。

林有田走了之后林满仓什么也不说，心里想什么只有他一个人知道，送林有田走的时候，汽车翻过了青龙岭，他一个人在林有田上车的地方，呆坐了半天。

林大头也是什么也不说，他的五儿子五江，提起大伯一家人的时候最多。五江说："城里的小孩儿都菜[1]，不会紧腰，穿着个吊带裤，不方便穿也不方便脱，一口一个三哥哥、四哥哥、五哥哥，不就是三江、四江、五江？两口子一个二叔叔、三叔叔、大妹妹，弄得俺好几天都犯迷糊，最难听的就是那个'大伯伯'，谁知道整天'伯伯'个啥，啰啰唆唆，簸（伯）了好几簸，还不就是个大爷！"大坡地人都把"伯父"称呼为"大爷"。

陈宝妮把眼一瞪，曲起手指头，在五江的头上连连击打了好几下，"梆梆梆"的闷响，说："还说，还说！恁大爷过年回来，说惯了嘴，到时候可就不由你了，叫你乱说，叫你乱说！把恁大爷的牛肉罐头，吐出来！"

五江跑远了回头喊："那盒罐头俺就没吃，俺还藏着呢，你也打俺，牛肉罐头你也就看了看，也就成了坏蛋王连举了！"王连举是《红灯记》里的一个叛徒。

牛肉罐头林有田偷偷地给了四麻子一盒："兄弟，哥哥没什么东西给你，这个，一定要自己吃了。本来亲兄弟，一辈子在一团也待不了几天，哥哥给这个家做不了啥，也给兄弟做不了啥，心里难过。这个，算哥哥一点点儿小心意，这次走了，不知道什么时候才能回来。"

那盒牛肉罐头，四麻子藏在屋内窗户上边的墙洞里，过两天拿出来看看，自己舍不得吃，也不知道到底该把那盒罐头给了谁。

四江早早地吃了自己的那盒罐头，那天，他使了十八般招数把五江哄好了，五江把自己的宝贝拿了出来，两个人分着吃。弟兄两个把那个铁盒子敲得山响，

[1] 菜：思维迟钝混乱，办事能力极差。

欢欣鼓舞的样子，比猪八戒吃了人参果还要喜气洋洋。

小玉的闺女林白鸽和林静鸽，在一边静静地瞅着。林白鸽十岁，林静鸽七岁。林静鸽自小就腼腆，偷偷地瞅了两眼后，就去抓石子玩了。林白鸽自小就泼，一把夺过五江手里的牛肉就给扔了，怒气冲冲地说：“谝啥谝！叫你谝！叫你谝！气不死，气你个老牛眼！”

五江哥两个都给气成了老牛眼，正要打架，小玉来了，赶紧拾起来那块肉，附近找了水给涮了又涮——那块肉在地上来来回回滚了几滚，涮不净。

四江尝了一口还有碜，给五江说：“老五，坏了，这么好的一块肉，再不能吃了。”

五江本来是个小顽皮，听说不能吃了，心里一急，就地一躺哭叫起来。

小玉内心着急，拿着还未绱完的鞋，往林白鸽嘴上一抡，嘴唇硌到牙上，眨眼工夫起了个大血包。小玉说：“叫你手快眼馋！出出火就安稳了。”

林白鸽捂着嘴大哭，刚好四麻子走了来，他冲着两个侄子就是一声喊：“远——远——都——滚——蛋！”

后来，四麻子本来想把那盒牛肉罐头给侄子吃了，但想起来小玉那天的眼神，心里就不好受，就一直留着。

他一直矛盾了好多天，想给小玉送去，怀里揣着那盒罐头，到小玉家门口去了好几次，刚要敲门，摸一摸头顶上的那块疤，就又回来了。

那块疤是小玉敲的，当时没记着怎么疼，却破了。

四麻子在生产队当保管已经好几年了，自从日本首相来中国访问后，中国进口了日本好多东西，其中就有日本尿素。日本尿素的包装有两层，里边是一层不渗水的牛皮纸，外面是一层尼龙布。大坡地的百姓，原先很少使用过尿素，很少见过尼龙布。

最神奇的就是那个尼龙袋子，那个袋子撕下来，能做衣裳穿，比毛哔叽都结实。

当时，再富贵不过的人家，也只穿了双尼龙袜子，装日本尿素的袋子，比尼龙袜子薄多了，柔软润滑轻飘飘的感觉，能美死人！刀子都不容易划破。做条裤子穿在身上，柔柔的垂垂的，一跷腿一投足，绸缎一样满身晃着，风一吹，呼扇扇地荡，像一面飘扬的旗，想穿蓝染蓝，想穿黑染黑。

印在尼龙袋子上的字，想啥法子也洗不掉，即使又染了色，印在上面的40、25、日本 ×× 株式会社、尿素等字样，照样能看清。看清就看清，照样拿来做裤子穿。况且尼龙尿素袋子也不多，许多干部家属都搞不到一条，确实是个稀罕物。好不容易搞上一条，上边印着字，那也是门路广的象征，供销社主任的亲戚，也不是人人都有，公社干部家属，也合不住一人一条。在大坡地，当时的“日本”和“尿素”，确实像后来的“皮尔卡丹”“香奈儿”，一般的人，用不上。谁要穿上一条尿素裤，到石碾街上走一走，人们定会刮目相看。

洗不掉的那些字，做好裤子后有时在腿上，有时在裆里，那要看哪个女人裁铰，也看裤子的长短和大小，但“日本”和“尿素”，一般会一个留在前边，一个留在后边。人们都这样说：“干部见干部，比比尿素裤，前边尿日本，后边屙尿素，腿上写‘40’，裆里吊‘25’。”40 或 25，是标记上去的成分含量或重量什么的。

四麻子因为是生产队保管，后来日本尿素也比原先多了，他搞了两条尼龙尿素袋子，给小玉送了去。小玉很高兴，染了色，裁了、铰了、缝了，就穿上了。

那天，小玉穿着尿素裤，在街上远远地看见了四麻子，扑闪了两下眼珠子后，嘴角一咧就笑，腮上的两个小坑，能盛下两个黄豆。

那是一个令人陶醉至极的美好！小玉像一朵绽放的花，正冲着人笑，被落在花枝上的翠鸟一蹬，花就低了头，羞了；小鸟，就飞了。

小玉轻轻盈盈地往远处走，尿素裤不停地抖，风摆柳一般的步态，就像一只鸟在飞。四麻子登时感到，他有个什么东西丢了。究竟是个啥东西？不知道。心仿佛骤然间失去了一块，浑身空荡荡的，憋得难受。

四麻子感觉，那天晚上要不去小玉家，他真就死了，头昏眼花浑身烫。他想，都说二哥有良咋长咋短，去哪儿转几天，哪儿的附近就得死人，要对着谁“呵呵”笑两声，马上再哭两声，那个人就没有个好！哎哟哟，阴间的鬼比阳间的人真差远了。小玉也就看了看他，她一歪头又一低头，腮上边的两个小坑，一个装了他的三魂，一个装了他的七魄，他的魂魄就都被那个女人给收拾走了——那黑白无常，要是不穿身大孝衣唬人，要是不吐个长舌头吓人，要是不再拿条阎王的锁链锁人，他两个加起来，也还是个大熊包，能整走谁！

四麻子躺在他的土坯炕上，太阳落山时，浑身滚烫得要命，挨到月上树梢头，两只脚冰凉冰凉。

四麻子从土坯炕上往起一爬，心里想，咋也活不成了，小玉你就是一头猛虎、一匹恶狼，俺今儿，也把头伸到你嘴里，叫你嚼嚼吃了！你个要人命的骚狐狸，真比俺二哥哥厉害多了！

推开小玉家的大门，他还浑身烫，进了屋门坐下后不久，浑身就不烫了，开始凉——出了一身冷汗。

四麻子坐在织布机旁，一直听“吱呀、吧嗒、哐！吱呀、吧嗒、哐！”。

“吱呀”是踩下脚踏板，提拉综[1]上下运动，形成梭口[2]的摩擦声；“吧嗒”是手里的那只织布梭，飞快地钻过梭口的磕碰声；“哐”是机杼将纬线猛磕到梭口的撞击声。

小玉在织布机上坐着的，是一块三四寸宽的横搭着的木板，像一条颤悠悠的扁担在担着她。扁担颤，人也颤，前倾的身和略弯的腰，演示着一个说不来、道不来的优雅。梭口里鱼一般飞蹿过来的织布梭，小玉的一只手轻轻接住，屁股也不用掉，忽闪一下，就从梭口的这边飞蹿到另一边的手上。

小玉织完一梭子后停下了，扭头看了看四麻子，腮上的两个小坑还没有凹下去，扭回头换了梭里的线。三个闺女都睡了，四麻子身上不烫也不凉了，胆儿也壮了，他就问：“裤子咋样？”

小玉扭回头，一笑，腮上的俩坑就有了——能盛下两个玉米粒。

四麻子的胆更壮，看着坐在“扁担”上的小玉，神飞扬，魂飞扬，飞扬够了

---

[1] 综：读 zèng，手工织布机上的一个主要配件，用于提拉经线形成梭口。

[2] 梭口：当地手工织布，经线被综上下提拉，形成一个上下分开的菱形口，便于织布梭在中间来回运动置入纬线。

之后，小玉又该换梭子里的线了。四麻子心旌摇曳地说：“你那裤子，是前边尿日本，还是前边尿尿素？”

小玉把坐着的“扁担”往后一挪，“咔嗒”一声响之后，“扁担”颤了几颤，“吱呀——吱呀——”地响。四麻子感到自己像喝醉了酒，胆儿格外壮，话也格外稠。他以为小玉没有听清，又说：“嗯？都不是？连屙日本带屙尿素？屙多了就得垫屎布。”

小玉还是没有吭，“吱呀、吧嗒、哐”的响声更响，一声紧接一声，一声比一声急。

四麻子如饥似渴地看着那个没垫屎布的屁股，隐隐约约地印着两个字，他伸过手去一逮又一摸。小玉一挥手，把那个刚蹿过来的织布梭顺手一抡，不偏不倚敲在四麻子头上。

织布机上虽然用铁的地方不多，但因为织布的梭最易磨损，两头都用铁皮裹着。村子里就有专门镶梭的手艺人。梭上的铁皮砸到四麻子头上，登时破了，鲜红的血，顺着四麻子的指缝往下流。小玉还不让四麻子吭声，顺手从那边的桌子上撕下一块棉花递过去，压低声音说：“不能叫！敢吼喊半声，把狗头砸烂！”

林白鸽和林静鸽年岁小睡得死，林梦鸽听到异常响动后醒了，睡眼惺忪地抬头问：“娘——咋了？咋了？”小玉说：“没啥，睡去，俩‘老鼠’打架！”梦鸽翻个身睡去后，小玉又找了块棉花烧了烧，把棉花灰揞到那个破口上，又往上捏了点儿白面——那个疤，就成了。

两个刚打完架的“老鼠”，一个大喘着粗气，一个浑身哆嗦。

小玉打在四麻子头上的口子不算大，过了几天也就好了，只是落下了一个疤。嫂子陈宝妮看见后问过他：“那么大个人，正头顶上咋碰了个窟窿？敢是到了一个啥好地方，碰见了一个天仙女，眼一晕，头一蒙，翻了一个倒栽葱？”

四麻子抓抓脸又挠挠头，叹声气说：“走着走着，天上掉下来块石头——这人真是，不走时气，放屁都砸了脚后跟，走了时气，盐罐子里都能长豆芽。”

陈宝妮扒开四麻子的头发看了看，给盛上半碗黄菜捞饭，弯下腰看着四麻子说：“哎！老四，啥时候也操点儿心，给嫂子也整两条尿素袋子穿穿？尿日本还是屙日本，你说了算！再给你做两双新鞋，还给套个新棉花大盖体。”四麻子把那半碗黄菜捞饭往门墩上一放，扭头走了。

四麻子一边走一边想，挨了一梭的事，别人应该不知道，小玉应该也不会给别人说，陈宝妮你能成神仙？但四麻子更怕见到小玉。

这天他从地里回来，正踢踢踏踏地往回走，后面跟过来一个人，回头一看正是小玉。他不由自主地撒腿想跑，小玉脆生生地哼了一声后，他猛然就不跑了。小玉走过来后，笑盈盈地问：“没有老虎，也没有狼，人又咬吃不了你，跑啥？”

四麻子努力地注视着那张脸，看那俩小坑能盛下绿豆、黄豆还是玉米粒——坑大的时候，小玉就高兴，他也才敢说点儿什么。

或许是因为天黑，他连个绿豆大的小坑也没看清，心有不甘地伸过头去看了看，小玉停住脚步，仔仔细细地打量着他问：“看啥？”

四麻子一激灵，赶紧看小玉的两只手——他怕打。小玉的两只手，根本没有要动的意思，于是把脖子一挺，说：“看坑！”

小玉头又一歪：“是呃？坑在你脸上，俺没有。嗯，看坑做啥？”

四麻子说：“看坑大不大，要不高兴，俺也就不说了，也不去了。你那手，太狠，也太快！”小玉一仰头，腮上的两个坑，忽然比玉米粒还要大。

四麻子长舒一口气，说：“有点儿东西想给你，要不要？这手，你也得管住点儿。”

天黑以后，四麻子把墙窟窿里的那盒牛肉罐头，拿出来揣在怀里，先在小玉门前远远地转悠一阵，确信四下无人，才轻手轻脚地进了门。

开罐头盒子的东西，是个钥匙形状的小铁棒，小铁棒的一头砸扁了，上面有个孔，罐头盒子上有一截小舌头样的铁片，把“小舌头”插到钥匙的窟窿里一转，一圈一圈地拧下去，罐头就开了。几个人都是第一次见到这种奢侈品。四麻子胡乱捅了一阵，“小舌头”断了，后来就拿剪子扎，拿刀子割，最后拿菜刀切开了。

小玉的三个闺女，都甜甜地管他叫“叔叔”，那是对他表示的友好和奖赏。

四麻子的手上割了一个口子，这次是他自己被菜刀划伤的。

三个孩子都睡了后，他又坐了很久才回去，他的心里被一个梦想久久激荡着，再想不起来织布的梭砸头的事。

小玉家茅房的房顶快塌了，由于家里缺人手，总想修也没有修成，四麻子临走时，小玉怯生生地说：“要能，就抽个空儿，把那个房顶给揭了吧，要不，砸着人不是个事，要忙，就后边再说……”

四麻子双手叉腰，双脚一跺，说：“说了个啥，三锨两镬头的活儿，赶明儿吧！”

第二天只用了半天，四麻子就把房顶给揭了，把落到茅坑里的杂东西又给掏干净。因为露了天，四麻子从山上扛回来两块大石板，把另外的多半边茅坑盖住了，一来怕雨水杂物往里落，清理起来费事，二来也怕家里的小孩子不小心掉下去。蹲人的茅坑边，又给安上一块平展展的茅连石。

吃过晚饭后，四麻子又坐了一阵子，鸡早钻窝，狗已睡觉，孩子们都去梦里玩耍了。小玉笑嘻嘻地说：“老四，别走，给你整碗汤喝！”一边说，一边在屋门后边的脸盆里洗了手，蓝底白花的小围腰也紧上了。

四麻子一哆嗦，真有些支撑不住，也不知哼哼了一句什么，就鼠遁而去了。

回到家里后，他一直被什么东西激荡着，在他的土坯炕上，辗转反侧了无数次之后，才在无限满足中睡去了，他做了个梦：

层山叠翠、峻峰突兀的太行山上，万绿丛中的断崖，很像小玉一双迷离的眼，断崖上倾泻下一道雾蒙蒙水连天的瀑布，“哗啦啦、哗啦啦”地跌落之后，变为一条至清至纯的河，浩浩荡荡地涌向远方。河里有鱼有虾，岸上有草有花，平平整整的绿草地上，有一排齐整整的蓝砖房，房后的田地里，种着葱、种着蒜、种着姜，凉凉爽爽的风一吹，沉甸甸的谷穗涌来一浪又一浪的金黄。房子里有一个女人，是小玉，还有个男人，应该是自己，但脸上咋没有了麻子？

尿素望不穿

第四十五章

队长敲大钟　顽童四野风

“驴骡”马改转把该做的一切都做了，却向来不被多少人看好。要说，她也算齐齐全全的一个人，洗衣裳、做饭、纺花、织布、喂鸡、喂猪、播种、收割……样样都能干，六个儿子荆条、蒿子、圪针革、糠窝、菜团、玉蜀面，一个个也都健壮，和别人家的孩子比起来，只是衣衫有些不整，也没有那么光头净面。

马改转生老六玉蜀面时，血水流了半茅罐，白锁住以为她死了，吊孝一般先领着孩子们哭叫了一会子，抹了抹泪正准备到马改转娘家报丧去，马改转忽然睁开了眼，说话的声音，还没有蚊子哼哼的响声大，白锁住把耳朵贴到她的嘴上后才听清：“你个大叫驴，俺真不是年轻那会儿了，这生孩子，还真是个出力活儿，光吃俩窝子，真顶不住了，快给整点儿带油的东西，叫吃下去压压，这身子，在半天上飘着。”

白锁住飞也似的跑到石碾街，向阳饭店只剩了二斤多不到三斤麻糖，他全买了，飞也似的跑回去后，马改转闭着眼吃得只剩下了两个。菜团还小，吃了一个就跑了，剩下一个，哥几个目不转睛地盯着看，白锁住一跺脚，就给放到了柜顶上——那里高，谁也够不着。白锁住放好了后，看着一脸失望的哥几个说：“谁敢吃！那是恁娘的命！都说说，要娘还是要麻糖？”

从此以后，其他几个还好些，老大荆条，就是再好的麻糖也不吃了。

马改转爬起来后，对白锁住说：“哎哟哟——亲娘吔，去阎王殿打了个忽闪，给阎王爷亲了个嘴，真要再长俊点儿，说不定叫哪个给拽住回不来了，也还好，晃晃悠悠、将将就就还是回来了，该做的活儿，俺给恁家做得也差不多了，再不能做了，这可是最后一个。”

白锁住看着马改转蜡黄的脸，头点一下，腰就弯一下，屁股也往下蹲一下，诚惶诚恐是真，下不为例也是真，他不住地点着头、弯着腰、下蹲着说：“差不多，差不多！再不做，再不做！最后一个，最后一个！”马改转说了还就算，该做的都做完了，还真就不做了——后来再没有生。

马改转就是马改转，那些能做不能看、能看不能说的话，她还是一如既往地照样说。

玉蜀面一天天大了，马改转的身体也一天天地好了，尽管家里家外的活儿仍然苦累，但蛤蟆蹦三蹦还要喘一喘，在喘一喘的工夫里，农家夫妻的欢乐，就在极简单又最复杂的交融里震荡着。

那是一个酷寒天气，炕沿下的火台上，炉子里的火，红通通地照耀着。冬天天短，天黑得早收工也早，晚上十点多钟光景，菜团和玉蜀面顽皮了一天，累了，早早地躺下睡了。马改转纺了一会儿线，腰疼，白锁住在队里开会喊了半天，嗓子疼。

马改转倒了两碗水在火台上晾着，又拧了根“大炮”递给白锁住，白锁住从炕席下抽出根干谷草，在炉火上点了烟，两口子各把一条腿伸到对方的那边去，相拥着那笼热烘烘的火烤着，两个头一会儿就你拱我、我靠你地抵在了一起。

两个人正在高兴，感觉身后有些什么，扭头一看，菜团已披了半个被子，正伸着头，从两个人的脑袋缝里往前边看，白锁住一急，甩手就打了菜团一巴掌。菜团六七岁的样子，挨了一巴掌，就扯天扯地哭开了。两口子正无趣，不想，玉蜀面在菜团身后拍着手说：“使劲儿打，使劲儿打，打得轻！一直影着俺，啥也叫俺看不见！”

马改转的大脑和大嘴几乎没有关卡，天然自然、原汁原味，进什么出什么，全凭心性，全看高兴不高兴。在埋怨孩子多，一个接一个，耽误了她许多好生活时，顺嘴就把“影着俺，啥也叫俺看不见”的事给别人说了；在拉呱六个儿子吃得多，喝得多，常常让家里青黄不接时，把“逼得他老子没错也得犯个错”的事张扬出去了。

自从王家的老烧锅酒坊，变成后来的三队马棚，大坡地历史上的第三生产小队，除了吹哨子或者敲梆子那会儿，队里的第一口大铁钟，挂在了马棚北边的皂角树上，第一次敲响三队大钟的，就是白锁住。那时候白锁住两口子，着实地万分重视又万分欢悦。为了让嘹亮的钟声更悠远更激荡，大钟吊得很高，撞击大钟的钟槌，就需要一根长绳拉动。马改转专门跑到小圪梁村，请那位祖传数代的纺麻绳工匠，给特制了两条粗细适中、柔软细腻的五股麻绳。

白锁住拉住那根五股麻绳敲打一阵子后，总是背了手，在后谷场来回巡视上几遍。大嗓粗气地呼上几口大北沟的四面风；遥想一遍做小账房时的烧锅酒坊；再眯起双眼，找寻一下三队社员王炳中来了没有。尤其是看到王炳中半眯着眼，耷拉着头，在哪个背阴的角落蜷曲着，兴奋到极致的快感，就会争先恐后地钻遍他体内的角角落落。

社员们集中到差不了几个时，白锁住便浑身一震，斜起膀子扯开嗓子，问一遍、吼一通头晌或头天都做的什么活儿，都做得怎么样。分派完新的活儿，再喊一遍如何如何之后，人们陆陆续续地走了。白锁住倒背上胳膊，一边走一边想，是先去看一看哪块地的庄稼长势，还是先去瞅一瞅哪个美女社员。

每逢此时，“驴骡”马改转合着白锁住的心电起伏，每每的沉醉不已，每每的心花怒放。未能紧跟白锁住的统一号令齐步走的是，白锁住家不仅人口多，而且儿子多、年龄小，饭量大、吃得多，劳动力却不多，家里的粮食，常常捉襟见肘青黄不接。白锁住时不时缩着头，把四麻子叫到背旮旯去，说：“家里，真没有东西吃了，这大人能扛住，这孩子，都正长骨头，总不能叫孩子挨饿吧？你看，就当借，这事，还得你去。”每当这个时候，白锁住都特可怜，落汤鸡一般的酸苦相。

四麻子咂摸一会儿嘴，趁着夜色去给打开仓库门，白锁住就扛一布袋谷子回去，有时也找个借口，给四麻子要了钥匙，寻个机会自己往家里拿。

队里清点仓库时，白锁住斜着膀子，咋呼来又咋呼去：“全体社员都眼睁睁地看着，四麻子把大铁疙瘩‘咔嗒’一锁，谁能进得去！这咋能脱了库？麻子！要说不清，看你在三队咋混！”社员们走了后，他仍然把眼一瞪，说：“你可不能往恁家拿一斤粮食，那可都是大家伙儿的血汗。”

白锁住的那些事，时间长了，次数多了，就是四麻子不说什么，社员们不傻不茶，不聋不瞎，几年来，三队的队长也就换了几次。

第一次换的是武小魁。武小魁当上三队队长后，胡秀秀人巧心盛，她把大钟上拉钟槌的五股麻绳，摘下来扔到了大北沟里，换上了一条自己手工编织的辫绳。新辫绳的包芯，由更细的五股麻手工搓制，外部的辫子，用平时缝衣服的细线，加了七彩的绣花线搓在一起，再编辫子一样辫上去裹住绳芯，拴上去后不仅光彩耀眼，还向人昭示了新队长家的娘儿们，不仅精明利索长相俊美，还有一手难得一见的好女红。

马改转当时就说：“甭犯贱！老爷们儿的事，要叫娘儿们掺和进去的太多，那就没个好儿！再好的江山，都呛不住娘儿们折腾！不信看看，用不了几天，还得俺锁住干！”

武小魁当了队长后，好多小女人都围着转，为的是挣个轻巧的工分，多分两个萝卜，少担两趟粪，吃上个秤砣在秤星外的口粮，占点儿队里的小便宜。尤其是白文昌的媳妇周山杏，跟武小魁碰到一起时，和悄悄事有些关联的俏气话，说起来无边无沿。

武小魁刚做了那个“二十五品”官，心也正盛，意也正酣，听了那些亦甜亦酸、有暖也有寒的话，止不住的兴奋，常常有些飘飘然，就像吃惯了炖猪肉的人，冷不丁吃了一顿烧猪肉，熟悉的内容别样的风味，让他欲罢不忍。

武小魁的戏唱得不错，做人却糊涂。他当了队长后，用的保管还是四麻子，他不知道，要当保管，用女人最合适——女人对心爱之物看管得最紧，尤其是看管同类。大坡地人都说：女人防女贼，不用谁操心。打折贼胳膊，还得抽贼筋！

武小魁的媳妇胡秀秀，她就不愿意听自己的男人，给别的女人说那些俏俏气气的话，更不愿看那些捅捅挠挠的事，别说到别人的河里洗两把手，带露水的地她都不让蹚！

她给武小魁说："没事？那是还没到时间，那是还没碰到那个能办成事，又没人见的安生地！那些打滚、尥蹶子的牲口，迟早都得脱笼头！芒种麦断根，货到地头死！那不是唱戏！"

每次胡秀秀说的时候，武小魁总是"嗯、嗯"地应着，有时也附和着胡秀秀，说些一本正经的话，胡秀秀总是说："贼东西！老鼠算卦，落爪就忘！"

据传，人之外的生灵老鼠最精，不论天上还是地下，有人待的地方就有老鼠住，即使几百米深的煤矿下也有，而且还有人说，有老鼠的矿井，大都诸事顺利，所以十二生肖里，才把老鼠排在了第一位。老鼠每从洞里出来时，总要把两只前爪抱在脸前，摩拳擦掌之后，再"吱、吱"地叫两声——那是老鼠在算卦。它能算准哪里有一罐子油，却没有压死老鼠的坯；能算准哪里的一块肉，没有连在铁夹子上。算准了以后才行动。可惜的是，那两只爪子一落地，再也记不起大土坯和铁夹子的事。

这天，武小魁就忘了坯，也忘了铁夹子。当时正是锄二遍谷苗的时候，周山杏为了多挣工分，和男劳力在一起锄，一趟过去，她和男劳力一样，要锄几垄都得锄几垄。女人在气力上到底有些欠缺，锄了几趟后，有些坚持不住。

她给紧挨着的武小魁飞了几个媚眼，武小魁就劝她撵着妇女们干算了："你那点子腰劲儿，使到锄上不行。"周山杏笑嘻嘻的，不知给他咕哝了些什么，武小魁满头大汗地赶紧锄。

本来每人锄两垄，工夫不长，周山杏就只锄了一垄，武小魁锄了三垄。周山杏怕被别人看见，时不时地回过头来给打气："看那点儿腰劲儿？怨不得没人待见少人疼。"武小魁擦了把汗，又往手里吐了两口唾沫，索性解开怀，扯住两个前襟往后背一绑，喘了几口粗气就跟了上来。

武小魁正想再说些什么，疼他的胡秀秀就站到了身后，手里掂着一把半明不明、还豁了个口子的歪头锄——为了怕武小魁累，她每次都把明晃晃的好锄让武小魁使。

胡秀秀鼻孔里“哼”一声，嘴里又“哈”一声，阴阳怪气的就不是个好声音。“哼哈”了几声后，把歪头锄往武小魁脸前一戳，说：“换换！劲儿大没处使，掂住这个豁嘴，再使劲儿浪！”武小魁红着脸，翻了胡秀秀一眼，说：“你这换镰不换锄，换锄使不服。”

胡秀秀不说话，夺下武小魁的那把锄，“呸”地啐了一口就走了，一摇一摆的腰身，能撞倒一座山。

周山杏不是个吃亏受屈的主儿，可人家胡秀秀是说自己男人，想找个话茬也搭不上嘴。胡秀秀走了后，她总以为自己吃了亏，不住地找武小魁的茬儿。

生产队里做活儿，凡拖家带口的妇女，到做饭的时候都可以提前回去。胡秀秀一边往回走，一边和同行的女人们，说些沾腥带荤的骂人话，说骂到了精彩处，就“嘎嘎嘎”地笑上一阵，往周山杏这边瞅上两眼后，再哄哄地乱闹一阵。

周山杏心里越来越不是滋味，她咳嗽了两声，大声对着白锁住喊：“锁住！驴毛塞住耳朵了？锁住！快去！有个尖鼻子男人腰不壮，黑夜没伺候好家里边的浪货，浪货的贱病犯了，听浪叫的声音，浪得不轻！非你个大叫驴降不住，快去快去！后边还选你当队长！”

武小魁摸了摸自己的尖鼻子，瞪了瞪眼，嘴里的那句话还没有嘟囔完，周山杏又说：“咋？恁家挂着免战牌？甭说还数不着你长得俊，就是数你长得俊，你一个人也扛不住，浪货的肚都大，她吃不饱！那饿死鬼见了羊粪蛋，都想抓起来当黑豆吃！看啥看，说错了？她跟谁也能浪得巧叫唤！恁家门口也没有长圪针，盖体窝也没有种蒺藜，恁媳妇身上的那个东西，又上不了锁，你又不能不吃、不睡、不做活儿整天看着，有本事找块纸，写上个‘武小魁封’，给她贴上去……”

后来，胡秀秀说什么也不让武小魁当队长了。

三队开始重新选队长，选队长的前几天，白锁住刚好听别人说了“影着俺，叫俺看不见”的事，就埋怨马改转：“你个驴骡，啥事也能往外说？”

马改转说：“没偷又没抢，那么些孩子都是咱自己生养，就是开开门不给别人说，别人也知道你关住门干了点儿啥！”两个人说着说着就吵了一架。

选队长的那天马改转说：“你个大叫驴，还说娶了俺后悔了，真后悔就叫恁娘把你给填回去，今儿黑夜要是少了俺这张票，‘二十五品’你还就当不上！”

选举的时候有人偷偷看，马改转在盖二愣的名字下面画了个圈，盖二愣恰好比白锁住多了一票成了队长。知道的人就说，马改转的一张嘴，有毒！

盖二愣当了队长后，他的媳妇“狐仙”，尽管算是一位一等一的“妖人”，按说，人多少带了些妖气之后，总该做些大开眼界的奇事才对，至少要夫唱妇随，给新队长配一条上眼的敲钟绳，最好超过胡秀秀给男人专配的辫绳，最低，比马改转为白锁住配备的五股麻绳不差。

或许是盖二愣的“狐仙”之“狐”，仍处在修炼阶段道行尚浅？再或许是盖二愣的“狐仙”之“仙”，正忙于别处的翻云覆雨无暇此顾？可以肯定的是，胡秀秀当年亲手辫的那条辫绳，经过了时间不算太长的日晒风吹、霜打雨淋，只剩下了钟槌下边的一小截，盖二愣踮起脚，刚拉拽了没几下，那一小截也给拽没了。

盖二愣不讲究，找来一截骡马大车上废弃的旧套股绑了上去。套股有大杏般粗细，纯牛皮材质，结实度和耐久度相当受用，盖二愣用来拉钟槌敲大钟，算是大材小用。只是拉了没几日，牛皮套股绳经了日晒雨淋之后，硬邦邦的不好使唤，敲钟时不能自由随势来回游荡。好在大钟原有的声韵没改变，社员们仍辨别得出来，是三队皂角树上的大钟在响，只是敲起来像喝醉了酒。后来人们也习惯了，听到“乱撞钟”，就知道是三队的。

因为有了乱撞钟，马改转后来就喊叫盖二愣“傻和尚”。其实，马改转自始至终，不仅没有看起过傻和尚的乱撞钟，更看不上他的媳妇“狐仙”。

在马改转看来，“狐仙”尽管比盖二愣小了好几岁，但毕竟也是快四十的人，生了个“大黄毛”像盖二愣，又给生了个“二黑毛”那像谁？那个“三卷毛”就是差不了盖二愣的种，“二黑毛”总算不敢保！那么大岁数的一个人，比张雪梅长得还能俊多少？看见是不是个样子的男人就先笑——你就是真喜欢，说不定人家还不高兴！碰上个二豁郎当，也先眨巴眨巴眼——骚死你，说不定人家还就不好那一口！还有，她那个贱头也总好歪，总想自己就是一朵花，落上去只蜜蜂也得颤几颤！那个贱媚眼，给锁住还使过好几回，哼！——你敢！生了俩闺女倒也不算丑，就是能算上两朵花，也一个是臭金莲，一个是指甲草[1]！——其实人家的闺女，一个叫“金莲”，另一个叫“玉莲”。

别人选盖二愣当队长，除了因为他年轻力壮什么活儿都会，还因为他是盖狗剩的叔伯兄弟，万一盖二愣有个什么不合适的事，也好让盖狗剩管一管。在大坡地村，从盖大全到盖狗剩，没见他们做过什么下三烂的事。

盖二愣的为人倒也不算坏，但大事小事没有个统筹安排。他还是个没事找事、有事怕事的人。时间不长，连马改转都不相信，盖二愣能当好队长。

马改转说：“队长跟县长差得远！县长拿个稿子念，这生产队队长全凭喊，官品越高，会的活儿就得越全——说多了你不懂，这么给你说，队长就是个放羊的羊倌，先要认清羊，还得查清羊，不光要知道饿了喂，渴了饮，该领就领，该撵就撵，还得扯开嗓门使劲儿喊，嗓门小，羊都听不见，那谁听你！该打也得打，打也得会打，打得轻羊不听，打得重就崩了圈[2]。”

那天在地里干活儿，眼看着有人磨洋工逃懒，马改转看不过，先给盖二愣说了一通“羊倌理论”，接着就说俺锁住如何如何。盖二愣不爱听，说：“找你的壮汉说去！”马改转急得乱翻了一阵眼，手指头戳指着盖二愣的头说：“除了那个骚‘狐仙’，你个傻蛋还知道个啥！俺家那个就是壮汉！像你个三寸丁，使劲儿蹦蹦也才一小钢炮高，那正经地方也长不了多大，最多能算个小叫驴，跟俺壮汉差得远！”

论个头儿，真要站到一起比，白锁住最多比盖二愣高上半拇指，只是比盖二愣力气大了许多。盖二愣撇着嘴，一连哼哈了好几声，站起来说：“好，好，你

---

[1] 指甲草：学名凤仙花，花瓣捣碎加明矾能染指甲。

[2] 崩圈：一群畜生受惊乱跑。

也真不简单，打了二十年灯笼，找了个壮汉！今儿黑夜，好好儿伺候伺候壮汉，使劲儿咬！”

盖二愣说完就走了，马改转冲着盖二愣的脊背喊：“嫁壮汉嫁壮汉，穿好衣裳吃好饭，白天汉养活，黑夜养活汉，‘二十五品’官，还得锁住干！”

盖二愣当了队长后，三队的生产一直停滞不前，公社开大会时，老张让他在会场上站起来做检查，盖二愣丢了颜面，回来就不干了。

马改转知道了以后拍手叫好，她给别人说：“那么薄的一个脸皮，哪能当成个官？没听人说，当官的脸皮厚，小钢炮也打不透。”

马改转比白锁住更关心那个“二十五品”官。大队支委总共三个人，关于三队队长的事，一连讨论了两个晚上，对外说是开“诸葛亮会”。

大队里开会时，马改转坐在门口一直等。她去之前，白锁住不让去，他怕她冷不丁再说出些什么不好的话，把好事也给整成坏事。马改转自从上次投了盖二愣一票，总感觉自己欠了男人，未偿还之前，从不敢给白锁住大声说话。她给白锁住拧好几根“大炮”，拿一根塞进他嘴里，给点上后，学着石小彩的样子，柔柔媚媚地说：“壮汉——从今儿往后，要是没想好，肚里头的那个大屁，俺愣叫凉气攻心，也不在人前丢丑。”

大队散了会后，她猛地拽住盖狗剩的胳膊：“狗剩吔，甭看俺半夜拉你，你可不能往歪处想，俺是个正经娘儿们！俺说到底开了个啥臭皮匠会？啥时候开花，啥时候结果？”

盖狗剩歪着头，看了马改转半天后，说了句“明天再讨论”就走了。

第二天晚上的会，比第一天散得还迟，盖狗剩刚走出大队部的大门，又让马改转一把拽住了，盖狗剩说：“哎呀呀，你真比门神还殷勤！俺几个人，只说了个方向路线，不能决定！”

马改转以为盖狗剩搪塞她，一听就急了：“谁稀罕你撅腚，撅腚也是个臭屁股，不撅腚，也知道肚里边憋着泡大粪！”说完就风风火火地走了。

三队重新选队长时她更操心，由于会议时间较长，墙角的背影处有人打瞌睡了，盖狗剩喊了两声，那人抬了抬头，眼也没有睁，又把头埋了下去。马改转“咚咚咚”地跑上前去，低声喊着说：“大掌柜跟二掌柜钻到裤裆里边，亲了一黑夜，嘀咕了一黑夜，算出来个啥卦？”

那人把头一抬，眼也不睁说：“说出来的啥话？啥话不叫锁住都说了？喊啥喊，喊！你还想咬俺？”说完，又把头栽到了裤裆里。他连马改转的大嗓门都没有听清，把“算出来个啥卦”，当成了“说出来的啥话”。

白锁住又当了队长后，马改转比任何时候都生动。她又专门跑到小圪梁村，请那位祖传数辈的老绳匠的孙子，给做了好几条又柔又细的七股绳，而且七股染了七种颜色。绑上去之后，马改转和白锁住思谋了好几天，最后定名为“七彩绳”。之后，马改转比白锁住第一次当队长时还要积极。队里的谷子刚锄了两遍，有人就不愿意锄了，马改转替白锁住在社员大会上喊：“锄头有雨，杈头有火，要想多打多吃，最少也得锄三遍！”

论做活儿，白锁住真歪了脖子、斜了膀子，不用叉开两条腿，好多人都撵不上。坡上边、山跟前的地，大车上不去，割下的谷子全靠人担。白锁住专管绑捆子，绑的捆子还大，自己不担，专监督别人担。每担谷子轻的有百十斤，重的有近二百斤。那些地大都偏远，路远没轻担。盖二愣本来个头儿小，加上心里不舒畅，担起来走了没几步，叫了声“草鸡”就扔下了，马改转马上喊：“草鸡？爹开翅膀嬎个蛋，算你草鸡！”说完把担子往肩上一搁，担起来走了。

担了那担谷子后，马改转就病倒了。白锁住刚埋怨几句，马改转就歪着头说：“光靠喊，这个法子早不灵了，你没见那么些人，一个个屁股朝着天，那不是在使劲儿干，都是在装蒜。唉！你喊得那么急……俺要不再带个头，这，这……”

白锁住浑身一哆嗦，蹺腿就往外走，马改转又喊：“锁住！把那股劲儿也使出来！咱满满担，谁不担就叫他看，一天看不到头，保准有人替咱管，没看过打仗的电影？司令坐辆小卧车，戴着白手套喊了一顿，领上个破鞋悄悄跑了，下边那个驴长（旅长）把马就给杀吃了，机关枪盒子炮也给卖钱花了！锁住！这满窖子红薯，可不能先从咱这块烂！”

这天晚上，白文昌搬了一摞学生作业在家批改，周山杏洗了脸，搽了雪花膏后就要出门。白文昌不高兴，虽然嘴里不说，但是心里不悦，他把眼一翻，几乎能打出一口井来。

周山杏看见了，“啪、啪、啪”地跺了几跺脚，说：“你又不参加科考，俺又不是狐狸精，咋也不能半夜里，端碗葱花挂面汤，敲敲门：‘相公——开门，将养身体要紧，奴家送汤来也。’”

白文昌扭回头说：“那叫‘红袖添香夜读书’，你也不会，俺也不盼，这辈子，俺就是绿肥红瘦的命！”

周山杏听白文昌的话，明显是在贬低她，就说：“酸，酸！啥红啥绿，就是加上黄蓝，坐到你跟前，就想不起来啥！”

“确切点儿说，叫没感觉，啥时候叫狼咬一口，感觉就有了。”“驴啃一口也行，你就是一身酸，就不能叫人心里有个味道。”“噢，知道了，那是嫌不浪漫。”

周山杏听了那个“浪”字，以为白文昌骂她，在他的后脑勺上戳了两指头后，又“嗒——”地打了一个脆响：“说啥？你？浪啥慢，浪啥快？今儿解释不清不行……”说着，拧住了白文昌的一块肉不松手。

白文昌急急地说：“浪漫就是慢慢浪！快了就不叫浪漫，叫流氓！”

白文昌对“浪漫”的解释，后来好多人都知道了，连白锁住喊那些偷懒的社员，都会不点姓名说：“这边没碰见个狐狸精，那边又不是个俊相公，也值得跷跷腿，别别脚，卖卖眼？慢慢地浪里格浪，都再慢慢浪，苗就荒了！”调皮又好事的学生，找字典查了查，白老师的那个解释，字典上没有。

白老师或白主任在家里，对特定的词汇有特定的解释，在学校里管理学生，也有独到的办法。

或许是遗传下来的血统，边起升的儿子——边老拐的孙子们，除了老大边玉富，边玉成和边玉辉，自小就顽劣成性且屡教不改。

边玉富在边家算是独树一帜，不仅身板阔大而且老实厚道，不多言不多语的脾性像一个天外客；边玉成除了和上辈一样的小眼睛，再就是把祖辈的狡黠刁顽糅合，全部承继了下来；边玉辉除了一身的细白肉，简直就是祖辈和父辈的原模翻板，特毒的一双小眼睛，阴冷又刁钻，因为是老三，人称“三老鼠”。

边玉成是年纪差不多的孩子们的首领，有时也领着年纪小一些的孩子玩耍，为的是骗一些东西吃，再哄一些东西用。

孩子们的娱乐、游戏，大多也参照看过的戏剧电影类，把小伙伴化为八路和日本鬼子、解放军和蒋匪军，总之是好人和坏蛋两类。分好了以后，两帮孩子就开战，晚上在街里打，白天去地里、山上打，直到把一个打得哭声连天，或有一个见了红伤才算完。而每次的始作俑者，几乎都是边玉成。下手最狠的刽子手，就是“三老鼠”边玉辉。

边玉成的弟兄三个永远是一帮，对方的人吃了亏以后，总会拼死一搏，或寻个机会把便宜捡回来。“三老鼠”下了死手总是即刻逃遁，边玉成见事不好早跑了，边玉富总怕追着打的人，撵上两个弟弟后吃亏，每次总是断后，每次总是被人痛打一顿。孩子们中间又几乎数他大，无论什么后果，总是他一个人担当，在外边该挨的打也挨了，回到家里该受的骂也受了，该背的黑锅也都背了。

到了下一次，再挨打的还是他，再挨骂的也是他，背黑锅的又是他。边玉成和边玉辉都说：“你那两条腿也不短，就不会跑？”边玉富说：“人家说，躲过了初一躲不过十五。”边玉成和边玉辉几乎一齐喊：“你个大傻！”

一次边玉富又挨了打、挨了骂、背了黑锅，边玉成和“三老鼠”说：“你两条腿一般般长短，咋还没有咱爷爷跑得快！”边玉富说：“俺要跑走了，玉辉你准得挨打。”边玉成说：“你个大傻，老三出手就见红，他们倒真是躲过了初一躲不过十五，谁敢动他！”

对方次次吃亏，边玉富回回挨打，时间久了，就像天天喝红薯稀饭，不仅不顶饥，而且伤胃。

那边的小头目，是马改转的六儿子玉蜀面，军师就是陈宝妮的五儿子林五江。玉蜀面和林五江商量说：“咱每回都把大傻打一顿，没劲，没见那电影里头，像大傻那样的人，就是在真打仗的时候，他当不了汉奸，也成不了特务，不像那个

"三老鼠"，不化妆就像个坏人！闹革命那会儿，要连个"三老鼠"都治不了，那革命准不能胜利！一定要扫清革命道路上的前进障碍。"

两个人信誓旦旦地说："壮志撼山岳，雄心震深渊，誓把那座山雕埋葬在山涧。"

林五江制定了详密的计划，要实施的时候，玉蜀面说："老猫整天吃老鼠，老鼠军师生了一计，要给猫脖子上挂个铃铛，猫一动，铃铛就响，老鼠们就知道猫来了，老鼠们都说此计甚妙！可铃铛准备好了，就是不知道该叫谁去挂！你个狗屁军师，此计无效！"几乎所有的孩子，没有谁敢跟边玉成、边玉辉单挑。

军师林五江说："谁是老鼠？姓边的是老鼠咱是猫！要说也是，这座山雕凭山险、占要道，不能强攻，威虎山、华山都靠智取。"于是他们决定智取。

边老拐的门前垒有一个猪圈，里边有一大一小两头猪，是玉成娘白小连喂的，忽然有一天，猪的大腿和脊梁上被划开了几条大口子。白小连纳闷，这多少天，没听说过从山里跑出来狼，啥东西有这样厉害的尖牙和利爪，能给糟蹋成这种模样？

又过了几天，小猪就不能吃东西了，一看才知道掉了几颗牙。白小连想，准是三个孩子在外边惹了祸，被别的孩子拿家里的猪撒气。边玉成咬死牙关什么也不承认，边玉辉蹦了几蹦，还对天起了誓。白小连急得团团转，恰巧边玉富给羊割了一担草，刚担着进了门，准备把担子放下，白小连就拧住耳朵给了个下马威："快说，在外边惹啥事了？再不说，把你耳朵给扯掉！"

边玉富咧着嘴说："别拧，别拧！俺说，想不起来啥时候了，考试忘了拿纸，俺从三巧的作业本上，悄悄撕了一张。"

陈宝妮家的门口，有一个树枝围起来的栅栏，她养的几只羊就圈在里面。忽然有一天，一只欢蹦乱跳的小羊，在最高的一个树枝上了吊。羊不会自己拴绳子，咋就吊死了？陈宝妮没有骂也没有打林五江，白天让林五江端着碗去门口吃饭，晚上让林五江在门外，待到后半夜才准回家睡觉。

林五江跟玉蜀面偷偷商量说，阶级敌人疯狂反扑了，再不发扬"一不怕苦，二不怕死"的革命精神，革命队伍就要全军覆灭了。

这天陈宝妮回了白口镇娘家，林五江和玉蜀面，一个人拿了一根削尖了的棍子，一个人掂了一个柳笸箩，领了一帮孩子，来到边玉成家附近。

柳笸箩又叫“柳盆子”，是用柳条去了青皮后编的圆笸子，用来盛装馒头、窝头之类，光滑又白净的柳条，透气又不粘。两个人拿柳笸箩，是防备有人突然袭击时往头上扣。

林五江带头骂了两声后，就把柳笸箩扣在头上不吭声了。玉蜀面说在革命年代，五江准当叛徒。五江说，知道个啥，毛主席都说，在战术上要重视敌人，在战略上要藐视敌人。

不知谁喊了声“老鼠出洞”了，这边的人“呼啦”一声都跑了。跑了好远后，也不见有人撵，林五江就喊：“一切反动派都是纸老虎，看起来样子十分可怕，其实并没有什么了不起的力量。”

好长时间都没有人理他们，林五江说：“看看是不是？俺就说咱是猫，姓边的才是老鼠。”孩子们壮了胆以后，又到边玉成家门外叫喊。林五江想起了他家那只吊死的羊，忽然怒火中烧，一会儿就开了骂：“俺日死恁娘边玉成！日烂恁娘边玉成！恁娘不叫日，绑到树上日！恁娘不叫日，插到棍上日！再要不叫日，吊到天上日……”

边玉成家门前有一个土坯茅房，半截土坯墙，能遮住多半个人。林五江正在骂，白小连“呼——”地从里面站了起来，大喊：“哟——吔！谁家的孩子那么大能耐！谁说不叫日，他娘在这儿，快点儿来！快点儿来！谁家的孩子，那么大本事，回去问问恁娘，干那事，啥地方也能？快来快来！先跟俺试试！”她一边喊，一边提着裤子往外撵，一群孩子喊叫一声就不见了踪影。

尤其是林五江，鼠遁之后再不敢正眼看白小连，远远地看见后，就早早地跑了。别的孩子们都笑：“五江才是真老鼠，俺们都是猫。”

林五江说：“都知道个啥！咱都是猫！猫病了，老鼠才能逞英雄。除了俺奶奶，谁也没见过，老鼠去罐子里偷油吃：一只老鼠抓住又咬住另一只老鼠的尾巴，那只老鼠下去了，自己先喝一口，嘴里再噙一口，叫上边的那只老鼠给拉上来，把噙在嘴里边的油，吐给上边的那只老鼠后，再咬住尾巴送下去喝，再噙一口上来。”

别人问：“下边的那只，不会多喝几口再上来？林五江说：“它不敢，也不会。不敢是因为怕上边那只松了口，它掉下去再爬不上来，就是少喝一口油，也不能丢了命！所以，老鼠才是团结合作的高手！要跟人一样你算计我，我算计你，早就死绝了！人要有老鼠那点儿本事，一辈子都吃不清喝不清，那就是人精！边家的三兄弟，老大玉富是只傻老鼠，迟早叫猫给吃了；老二玉成，他就是咬尾巴偷油吃的那只老鼠，那是只老鼠精；老三玉辉就会打架，是只老鼠兵，衣裳鞋袜箱子柜，啥都能给咬破了。俺奶奶早就说过，精不过偷东西的老鼠，打不散采蜜的蜂……”

从此之后，大家都管边玉成叫“老鼠精”，管老三边玉辉叫“老鼠兵”。老大边玉富，因为不太像老鼠，还照样叫他大傻。

从上小学开始，除了大傻，边家的两只“老鼠”，除了白主任，没有哪位老师能管得住。

边玉辉一年级刚开学，新书还没有发下来，就把同学的书包扔到了茅坑里，除了没有抓住现行，大家都知道是边玉辉干的。边玉辉却死活不承认，照样蹦跳着对天起誓。

教一年级的张老师把白小连叫了来，那个案还是没有破成。张老师向白主任做了汇报。白文昌给学生们布置了自习作业，把边玉辉叫到办公室后，又叫了其他两个学生，白小连在窗户外边伸着头往里看。

三个孩子都在墙根站着，白文昌折了三支一般长短的细木棍，三个学生一人发了一支。白文昌说，三支棍子，老师都给施了法术，谁扔了人家的书包，手里的那支细木棍会变长，能长出自己的手指头那么长。

白文昌去门外咳嗽了几声，四处看了看，回去后往回收那三支细木棍，玉辉手里的那支细木棍变短了——他怕那支细棍变长，折去了一截——那时都叫他“三老鼠”，不叫“老鼠兵”。

孩子们的脸就是六月的天，说变就变，孩子们的关系也是个狗皮帽子，没有个反正。没过几天，猫们和老鼠们又到一起开始了游戏。

那是个晚谷长到齐腰深的时节，地里长出的小红薯，刚有大拇指粗细。“老鼠精”边玉成爱演坏蛋，他就扮了鸠山，他将一把木制手枪往腰里一别，找了半块西瓜皮扣到头上去，狗尾巴草编了个眼镜往耳朵上一挂，鸠山就成了。玉蜀面扮了李玉和，其他人就是众宪兵和游击队。李玉和进了宪兵队要戴铁镣裹铁链，一条条绿茵茵的红薯蔓一扯一编，铁链和铁镣也有了。

边玉成还把拇指粗细的小红薯刨了一堆，边走边吃，边吃边扔。一大块绿茵如毡的红薯地，让孩子们祸害得七零八落、惨不忍睹。

不巧被白锁住远远看见了，他斜着膀子、歪着脖子找到了白主任，给不出个结果就是不行。不想边玉成比他弟弟还硬，他给白锁住说：“谁刨生产队红薯，吃生产队红薯了，抓住手了才算贼！离那么远，你又没有望远镜，穿戴一样的太多了。”

白锁住歪着脖子、斜着膀子、叉着腿，冲着白文昌喊：“这小鬼再厉害，也有阎王管！这阎王要是管不住，你头上顶着的那个小帽，就是偷来的、抢来的、哄来的、骗来的……你，你！俺管不住阎王，能管住阎王娘娘，从今儿开始，就不给山杏派活儿，也不给记工！你不光要破案，你还得给处理清，要不——哼！哼哼！”

白文昌把边玉成叫到了办公室，拿起一个搪瓷缸递给边玉成，说：“给！英雄！喝口水。”

边玉成不敢接——他吃了一肚子生红薯。白文昌说：“不喝水？怕肚疼？那就不好说了。”

边玉成接过水喝了一小口，白文昌猛地一拍膝盖说：“这张老师，咋又给俺那个喝水缸子换了，那是张老师的刷牙缸，给给给，这个才是俺的喝水杯子。”张老师爱抽烟，满嘴黑黄的牙。

边玉成接过白文昌重新递过来的缸子，一口一口地猛漱嘴。

白文昌指着边玉成的漱口水说：“行了，行了，甭漱了，该漱的都漱出来了，再漱，连昨天吃下去的饭，也保不住一起吐出来了。”边玉成终于明白之后，什么都晚了——嵌在牙缝里的生红薯渣子，让他都给漱出来了。

白文昌说：“自己给锁住说去吧，要说不好，不光不能上课，公社里头要知道了，那可是破坏农业生产……”

后来，边老拐不知道想了个什么法子，白锁住就不吭了。

瘦三说白文昌能连升三级，白文昌升了第二级后，成了大坡地初级中学的主任，仍教边玉成。边玉成在白文昌的班里，是管纪律的班长，还是管劳动的班长。学校实行开门办学，大队给划出一片地，给学校的红色接班人当试验田。

白文昌在全体学生大会上说：“咱学校的试验田，能不能种好社会主义的种子，能不能长好社会主义的苗，关键就看边玉成会不会当领导，这对所有的学生都是个锻炼，对边玉成，更是个严峻的革命考验，同学们，欢迎边玉成做表态发言！”

会后，边玉成给白文昌说：“白主任，你选俺算是选对了，俺老姨父，就是个种地模范，他的种地经验，轻易不给外人谈，也轻易不外传，俺也没有别的条件，你给找个顺溜点儿的女生，啥也不用做，就当当记工员——女生心细不乱。”

大坡地初级中学的试验田搞得最好，不仅出经验，还出模范。模范白文昌讲了一个故事，也广为流传。

他说，孔子一生有三千弟子七十二贤人，学生毕业时，总要专门拜拜老师，让老师给留几句临别赠言。子路去的时候，孔子说：“祸从口出，病从口入，要慎言。”颜渊去的时候，孔子说：“话是开心锁，灯不拨不亮，话不说不明，要善言。”别人问孔子：“为何如此矛盾？”孔子说：“子路敢说敢干，性格暴躁、脾气大、话太多，所以就要他少说；颜渊性情内向，就要鼓励他敢说敢干。这就叫因材施教。”

有人迫不及待地追问：“历史上真有记载？”白文昌说：“有！子曰：‘言未及之而言谓之躁，言及之而不言谓之隐，未见颜色而言谓之瞽。’[1]孔子的好多话都精妙绝伦，要不怎么能称为圣人！有时间的话，多看点儿经典，受益终生！不学，就无术。”

[1]“言未及之”句：不该说的时候急于说就是躁，该说而不说就是隐瞒，不看环境条件乱说就是瞎眼！

每每说起这些事，白文昌总是喜形于色神采飞扬。周山杏总是说："不就是一块试验田受了表扬？连孔老二也抬出来了？又臭又酸！"白文昌却按捺不住自己的那份喜悦，摇头晃脑地吟："不愤不启，不悱不发，举一隅不以三隅反，则不复也！"[1]

周山杏给他乱瞪眼，他心里仍然美滋滋。谁也没想到，后来因为那个故事和那些话，白文昌受了批判，从此之后，他再打不起精神来，周山杏就更不高兴，她给白文昌说："'达令'就是'贼老大'？'浪漫'就是'慢慢浪'？你也真敢编！过两天再造个字典！造出来就给边起升做伴儿去了！"当时边起升还在监狱里服刑。

[1]"不愤不启"句：不启发未经过思考的问题，不开导未达到百思不得其解的问题，不能举一反三的学生，再不好教了。

队长敲大钟

第四十六章

披毛仙儿灵　大山女儿红

菊花黄雁南飞的时节，八月十五又要到了，张雪梅碾了米，磨了面，一番整理又一番洗涮之后，家亮堂人也亮堂，到处都喜气洋洋。她想了半天，扑闪着猫猫眼，又把“贼老大”端详了半天，说：“馋不馋？——这锄板也不使了，胡子也较短了——吃个啥？前边改改在家杀羊，要不，咱也整一块？”

魏老大叼了一支崭新的黄铜烟袋，他原来的那支用的时间太久了，坏了，张雪梅专门请人给打了一支新的。他吸溜去最后一口蓝烟，眯着眼绷着嘴，打了个停顿，蓝色的烟雾从鼻子里往外冒，一股，又一股，终于浓浓的都钻出来之后，他就舒服透顶了。

魏老大舒服够了，张望着张雪梅那张丰富又生动的脸，像单位里的二把手给一把手商量工作：“这个，那个……咱家，还有一大罐棉籽油，你生出来的棉籽油，那是真香！这花椒面、茴香面、葱丝、姜丝、白萝卜条、红萝卜泥，这一搅一拌……”

魏老大正说着，张雪梅已把煮好的萝卜条捞到了案板上。魏老大卷起两只袖子，一只手攥着一把刀剁了起来，“嗒嗒嗒、嗒嗒、嘣嗒”，庄户人家的节奏和欢快，传遍了大街小巷。虽然多数人没有钱去买蔡改改的羊肉吃，庄户人家传出的节奏和欢快，照样在大街小巷里飞腾，照样在大街小巷里，欢度那个令人振奋的节日。

蔡改改经常跟别人说，一等人一看就会，二等人一学就会，三等人教也教不会。蔡改改杀羊或许比李小旦的手还快，她把羊牵过来，摸一摸羊的头，再抹一抹羊的眼，把羊往案子上一哄，长三角形的柳叶刀一闪，冲着羊耳朵后边那个软绵绵的地方……羊就死了，眼还睁着瞪着，却成了个有眼有珠却什么也看不见的死羊眼！

剥了、剔了之后，肉就卖了——刚够买羊的价钱。羊心、羊肺、羊肚、羊头、羊骨、羊皮等，还有内脏上撕下的一块块雪白的油脂，那就是所有净赚的东西。

“嗒嗒嗒、嗒嗒、嘣嗒”，魏老大刚把白萝卜条剁成泥，蔡改改隔着墙头冲后边喊：“哎——哎！答个声！嫌少也不多给，想多要也没有，捏扁食、蒸包子，记着也叫俺尝尝！”

蔡改改递过来一大块羊油，雪白雪白的一疙瘩，馋死人，还有润滑无比的那个感觉——真是，怪不得和田玉的极品，叫羊脂玉！

张雪梅双手捧了来，魏老大吸溜溜地闻个够，欢天喜地说：“哎哟哟！真是好东西，叫俺掌柜的一作务，一罐子棉籽油倒进去也比不上！”魏老大一高兴，张雪梅就变成了他的掌柜！

张雪梅把那块羊油在火上熬好了，舀出了小半碗，两口子合计了又合计，给姐姐张红梅送了去。

张雪梅端了一碗羊油馅饺子，给蔡改改送了去。蔡改改把饺子留下了，又给送过来少半锅羊汤，张雪梅往里面续了两碗水，孩子们喝饱了以后，还剩下两碗，张雪梅闻了闻，说：“这是只绵羊，膻味太大，呛人！”

魏老大说：“啥绵羊！那张黑羊皮，还在改改家的南墙上钉着呢！是黑山羊，黑黢黢的黑山羊！”

张雪梅说：“是黑山羊，种也不纯，它老爷爷、老老爷爷，再不就是老奶奶、老老奶奶里头，准有一只是白卷毛的白绵羊，味太大，快快灌到你肚里头去，呛死人！”

魏老大说：“说的啥！哪能？白绵羊跟黑山羊，哪能？你还是喝了吧，暖和，呛啥呛，恁娘家那边不是都放羊？不是还有个歌叫《五哥放羊》，你也会唱？俺看见羊粪蛋都恶心！还是你喝了好！”

孩子们吃了羊油白萝卜条饺子，又喝了羊汤，早都暖烘烘地睡了。两口子头拱着头，都说剩下的那两碗羊汤，真呛得不行。

魏老大找来了半瓶烧酒，张雪梅捅开火，把那两碗“呛人”的东西热了热，两个人划起了剪刀、石头、布。

当那轮圆圆的明月挂到牛头垴巅，张雪梅的脸红了，猫猫眼眯成了细细的一道线，她掂起魏老大的铜烟袋抽了一口，抽了一口之后，就把铜烟袋上的烟荷包抡了起来，拿那个烟袋嘴给魏老大一比画，魏老大立刻心领神会，马步一蹲，张雪梅跨到了他的脖子上，还唱了起来：

石榴榴开花一盏盏灯，勾住那个媳妇一颗颗心，虽说没光分外明，照得媳妇心发昏，只要把它来使用，说不出来就哼哼……

张雪梅给姐姐送去了小半碗羊油，张红梅也包了一顿羊油萝卜条饺子。边老拐自从吃了那顿羊油饺子后，再也安分不起来了。他终于打听到，蔡改改杀的那只羊，是周大中卖给她的。

好多年以前，大坡地大队养了那群羊，并且一直是周大中放养。从大坡地向西过了大圪梁，山多坡大人烟少，是一处很好的放牧场所。那群羊由刚买来的二三十只，经过几年的繁殖，后来就有近百只。开始的那几年，还不时有人念叨大队的那群羊，后来，除了几个大队干部，多数人似乎都忘了，老鸹沟的南坡上，还有大坡地的一个羊圈。

边起升干着的时候，无论大小，周大中每年都杀一只羊给送过去，后来就不给送了。

养羊的利润，一个是每只羊身上长起来的肉和毛，主要的还是新生的小羊。一群羊每年究竟能增加多少只？除了放羊的，别人不会有个确切数目。周大中看中那个羊倌，除了活儿轻巧，一年能挣三百六十个满工，再就是，谁也不知道一年增加多少只羊。

山坡上的羊吃了睡，睡了长，长大了以后在山坡上、绿林间打闹嬉戏，嬉戏够了之后，羊子、羊孙、羊曾孙，也就欢蹦乱跳地来了，有谁还能数得清，到底有多少只？都知道大旱三年饿不死造厨人，铁算盘就能算清几只羊该有喜？盖狗剩倒也惦记着，每隔半年左右，都要随机派几个人，到老鸹沟清点几次，报回来的几个数，却每次都不一样。大队每月给社员演两场电影，过一段时间，就牵回一只羊送给向阳饭店，杀掉变成钱以后，演电影的账就结清了；五保户军烈属要照顾，牵三五只羊回来，该照顾的也就照顾了；大队里吃个便饭，鸡蛋汤麻糖类的，在向阳饭店记了一大溜，年终的时候牵几只羊送过来，也就两清了……

边老拐很是不平，村子里那些殷勤女人，一个接一个地生，好几个都是七男五女的命，炕外边三个头、八只脚，一会儿炕里边四个头、四只脚，炕那边只看见三只脚，头也不知道钻到了哪个被窝去，数着数着就数不清了，再数鞋，数了几遍后少了三只，还是没数清，叫孩子爹给一齐数，孩子爹累了一天，动都懒得动，说了句“管他咋！鸟都知道黑夜钻窝睡”，翻个身又睡了。第二天才知道，老六的一双破鞋在院子里甩着，老七的鞋被老鼠拉走了一只。

那些殷勤的黑山羊，一窝生个两三只、三四只也不稀罕，山上的草又不用使粮票，哪一年到底有几只羊，恐怕周大中也只知道，自己吃了几只，又卖了几只！

边老拐算计好之后，跟张红梅打个招呼，就往老鸹沟走了。

大队的羊圈，在老鸹沟口南边的一块缓坡上，仔细看，除了有些君临天下之气势，也颇具匠心之机巧。它的大部分，临了百丈斧削峭壁——除了天然斩绝歹人歹意，还能省却好多垒羊圈的人力物力。

灰白色的石头墙近一人高，羊圈的入口处，有一个大馒头似的石房子，石房子上有两边通透的两个门，一个门在羊圈里，一个门朝着外边，站在外边的那个门口朝四下看，就是一个站了绝佳位置的瞭望哨。老鸹沟向外的十里河滩上，要是眼好使，过去只兔子也瞅得清、看得见。石房子的两个门，人走羊也走，入夜之后，羊群进了外边的门，再穿过里边的门，周大中把两个粗壮的木栅栏，往两个门上一堵，羊和人便在自己的一方天地里，和平共处互不侵犯。石房的四面墙，都有向外张望的瞭望孔，想往哪边看就往哪边看。

边老拐刚走过河滩，爬上那个缓坡，一股浓浓的羊膻味扑鼻而来。天还不算太冷，冬小麦也刚刚透出个嫩尖尖，因为山高风大，周大中早早地把一件薄棉袄穿上了，花白的头发，乱蓬蓬地纠结在了一起，像傻鸟搭起的懒窝，下巴上一绺不甚粗壮的花胡子，随着一抖一抖的嘴唇哆嗦着，怀里抱着一支长筒子土枪——当地人俗称“鸟枪”。

边老拐看到那群羊很兴奋，他给周大中把星星和月亮的事说完了，夸赞了周大中几句就开始夸羊。周大中早把那支鸟枪擦好了，填满了火药。边老拐开始数山羊时，周大中猛地搂了火，“砰——”的一声闷响，老鸹沟里随着这边应和了好几枪。吃草的羊听到枪响，“轰隆”一声都向山上跑了。

边老拐吓了一跳，他一腔怒气看着周大中，周大中一直瞅着那支冒着蓝烟的枪管，山羊一般的翘胡子一撅一撅，藏掖不住的一腔兴奋，在满脸的皱纹里流淌。

边老拐怒气冲冲地说：“嘴都咧到耳根子上去了，高兴啥！就那个破玩意儿，还没有俺条串那个屁大！”

周大中兴奋不止，解开怀，爽爽朗朗地笑着，说：“总算来了个两条腿、会说人话的东西，要不，整天跟四条腿的东西打交道，舌头都快不会打弯了。”

边老拐踅摸一遍那堵羊圈墙，半眯着眼，找宝贝一般，把四周的山和石头看了一遍，一本正经地看着周大中说：“这几年，你吃了那么些好东西，也不见身上多长块肉，你待的这个地方不好，半夜里准碰见过啥东西！那边是虎头山，这边是老鸹沟，虎头山下边，埋着十几个日本鬼子，那么些回不了家的洋鬼祟，他能安生？这边老鸹沟里，多少年一直有妖精！”

周大中说：“咋不是！还变了个白胡子老头儿，天天黑夜来俺石房子里头坐着，一袋接一袋吸俺的烟。这老鸹沟口的风，真凉也真冷，黑夜，俺叫那个弯角角大骚货[1]给俺做伴儿，白胡子老头儿吸足了俺的烟，就玩耍大骚货的宝贝，那个大骚货真贱，还跷起来腿叫他玩耍。那一年，那么些奶羊，不是怀不上羊羔儿，就是生些鬼都害怕的怪羊羔儿，见光就养病，见风就拉稀，一只只还烂腿烂屁股。

“过了一年俺就觉着蹊跷，这才明白过来，那个白胡子老头儿，那么大岁数的人，哪个不是孙男娣女的一大堆！要是个正经人，漫田野地的，天天找到这儿做啥！俺接了一碗母羊尿，从家里逮了只大白公鸡，往羊尿里掺了白公鸡血，太阳刚落山，俺把那碗东西，往门口上洒了洒。到了黑夜，白胡子老头儿果然进不了门，扒着那个小窗户，嚷嚷着要烟吸。俺也不吭声，一直往鸟枪里边瓷瓷实实地装药，他在外边一直喊。俺说，俺又没招你惹你，叫你吸了俺那么些烟，也不图你个啥，你倒把俺的羊，弄得都生不了一只正经羔子了！

“那个白胡子老头儿说，那个大骚货领着那么些奶羊，大奶、二奶、三奶……费劲儿有了个小骚货，不是叫人给骗了，就是叫人给吃了，还是只留着那么个脏东西，它比原先的皇帝还舒坦！啥东西只要一跟人打交道，就都变了味！不跟人打交道的那些羊，该吃草吃草，想喝水喝水，哪只跟哪只配一对，至少也得碰会子犄角抵会子头，出了些气力以后，才能定下来。俺就是羊公公，都给俺告状，俺就得管！不怀好羔子的那些奶羊，也就得了个花草病！——叫吸袋烟，给你说说该咋治。

“俺就把鸟枪筒子，从小窗户里给伸出去，白胡子老头儿说，今儿黑夜这个烟袋真大，叫俺猛猛吸两口解解馋。说着，拿嘴噙住了鸟枪管，俺趁机搂火，‘砰——’的一声响，白胡子老头儿说，哟！哟！哟！这个大烟袋，味道真冲！再不敢吸了，俺也再不来了，那个治病的方子，俺也不给你了，那大奶、二奶、三奶的花草病，它传染……”

周大中还在说，边老拐却没有心劲儿听了。他指着不远处的几只羊说：“这大奶、二奶、三奶，哪只都行，俺得吃一只，你要不叫，俺也整只大鸟枪，去石碾街上放一枪，要不，干脆就去公社院，把该叫社员们知道的都喊喊，到时候，

[1] 大骚货：领头的大种羊。

那花草病，恐怕也就不用你管了。”

周大中一激灵，说：“你想明抢？”

边老拐说：“别说那么难听，这也就是个悄悄事，大块的肉叫你吃了，也得叫别人喝口汤不是？”

周大中望着边老拐不阴不阳的一脸怪笑，想了一会儿说：“悄悄事？你要能悄悄不叫俺看见，那就算——可说好，只要俺瞅见，柴火棒，也不能往恁家拿半根！”

边老拐一听，扭头就走，说：“行！丑话咱说在前，到了天崩地陷，也不能算俺偷，只要拿的时候你没见，进了俺家门槛，就算你白送。谁要说了不算，恶雷劈他家祖坟！”

周大中把边老拐的胳膊一拽，说：“那也得有个时限，明儿了开始算，三天，就三天！”

老鸹沟口十里大河滩，河滩中间，有一块半间房子大小的石头。第二天吃了早饭，周大中把那支鸟枪擦了又擦，填满了火药后，又检查了几遍，然后往石房子前边的缓坡上一坐，静静地等了一天。他心里想，别看俺的羊满山跑，除了从这里过，给你拐子安上条腿，再安上俩翅膀，你也飞不到山上边去，还想吃羊肉？等你个拐腿爬上去，羊尿也早晒干了。

天擦黑，周大中点亮了看羊的马灯，吊在石房子的顶上，拧足了的灯芯子，突突地冒着黑烟往上蹿，石房子前的那片缓坡上亮光闪闪，连串门的兔子也绕道走了。

周大中在石房子里，扒着窗户往外看了一会儿，觉着不妥，心里想，这光看见前边看不见后边，那岂不是顾头不顾腚？就又到羊圈里边，一圈又一圈地转。转了一会儿还是觉着不妥：这么大一个羊圈，转一圈差不多能吸掉两袋烟，这腿快能有眼快？这黑处藏身，高处望远……盘算好了以后，爬到羊圈里石崖上的一个黑影处。那个地方很高，看得很远。那个地方又潮，又湿，风又大，能容下一个人坐，却容不下一个人躺——就是能躺下来，也不敢睡。

周大中躲在半崖上的黑影里，脑子里乱哄哄地理不出头绪，心情也渐渐烦躁。

河滩上过来一个人，一晃一摇的样子像个拐子。拐子提着盏马灯，到了那个大石头跟前就不走了，和鬼一样尖叫两声后坐了下来，一会儿就藏到大石头的后面，把马灯挑在一根长棍子上，等上一阵子来回晃几下。

周大中从那两声尖叫里，听清了是边老拐，他圆瞪了两只眼，几乎眨都不眨。边老拐过上一阵子，就把那盏马灯晃上一阵，像在示威，又像在打趣。周大中在那个半崖上躺不下，坐着又太湿太凉，一直在那里蹲着。

东方大亮，边老拐提着那盏马灯，拄着那根半粗不细的槐木拐棍，一摇一晃地走了来，笑呵呵地给周大中说："这昨日黑夜，看得真紧，下不了手，既然是三天，白天肯定得算。"说完就走了，周大中白天也没有敢合眼。

这天晚上，边老拐又故技重演，每过一会儿就晃晃那盏马灯，黎明时尖叫了两声，天明以后径自走了。

周大中连早饭也没有吃，心里一直纳闷，老拐晃了一夜马灯，敢是也累了？或许是有了别的事？想来想去，得出了一个线条清晰、色彩明朗的新结论：边老拐就是一个无所不为的赌徒！偷牌、换牌、藏牌、调包、记暗号、打手势、送眼色、千术、巫术、鬼术防不胜防，最若无其事的时候，不是在寻机下手，就是正在实施……

正想着，边老拐一瘸一拐地来了，一只眼上包着白纱布。不等周大中说话，就和晚上一样又尖又细地高叫了两声，伸出长舌头舔了一圈干嘴唇，又给扮个鬼脸，周大中忍不住笑。边老拐说："要饭吃的打了碗——狗得可意[1]，这昨日黑夜光顾晃马灯，忘了棍子上还有个杈，把眼给戳了，还得等两天……"

周大中辛辛苦苦地熬了两天两夜，浑身酸痛，连脊梁骨都快竖不起来了，脑袋里像有个碾磙子在"轰隆隆"地转。他不等边老拐说完，就急急地说："眼里冒黑水了没有？冒了黑水，那只'灯'可就再不能点着了！要说也是，哈哈！本来黑夜，又不是牲口，没长夜眼，哈哈哈！冒股黑水你也看不见！"

看了看边老拐一脸的苦痛相，他又说："才刚刚说啥？等两天？鬼沟子里埋

[1] 可意：对心思，高兴，喜欢。

了那么些人，你要能给随便扶起来一个，那咱就能再商量，驴屁股上挂麻糖——净由（油）着你了！”

边老拐很着急，他把那根半粗不细的槐木拐棍，往石房子上一抡，“咔吧”一声折了：“咦？呵，这两国交兵还优待伤兵，这恶鬼都不给残废人较劲儿，论心狠，你真能当个县长，论心眼，可当不了个队长。看着一群羊，整黑夜都不敢睡，整黑夜在那个半山上蹲着，一晃悠要下来了，那可不是一个羊的价钱！”边老拐的拐棍折了，走的时候要拿走周大中的那个放羊铲。

放羊铲是一支三尺多长的木棍，前边安了一个条形铁铲的牧羊工具，有牧羊鞭的作用。天冷时羊倌赶羊，不用弯腰也不用伸手，用铲子撩起石头，去打那些不听话的羊，是牧羊汉不离手的亲密物件。周大中自然不让拿，边老拐气哼哼地走了。

这一天周大中照样没敢合眼。当苍茫的山野又隐入暮色里，边老拐又提溜着那盏马灯到了河滩上，周大中也点起了石房上的灯。因为是最后一个晚上，半山崖上他的那个藏身地，也被边老拐发现了，总觉着藏在哪里都不适合，他一会儿爬到石房的顶上，一会儿蹲到羊群里，一会儿又爬到坡上的草丛中。因为已经熬了两天两夜又一个白天，浑身酸疼，眼皮子格外沉重。河滩里的那盏马灯，每过一会儿仍然晃荡几下。

周大中也许迷糊了一会儿，也许没有，混混沌沌的头脑，像在驾着云四处游荡。天空里没有一丝风，周大中一直晃晃悠悠的，迷迷糊糊的两只眼，死死地盯着河滩里的那盏马灯，那盏马灯，隔一段时间就晃荡几下。直到东方大亮，那盏马灯还晃，周大中才感觉不妙，他急急忙忙去河滩中看：马灯在大棍子的顶上吊着，用一根绳子拴着，绳子的另一头，在一只兔子的腿上绑着，绳子从固定了的两个铁圈中间穿过，兔子一蹦一跳，那盏马灯岂能不晃！

周大中见到边老拐时，他的眼上早没有了纱布，两只小眼睛眯成了一条线，他给周大中说：“你还就连个队长也当不成！这瞎子耳朵灵，哑巴鼻子尖（尖：灵敏），拐子啥最值钱？眼！不能跑又看不见的拐子，你见过？”

丢了一只羊之后，周大中再不放羊了。过了好长一段时间，他在石碾街上给别人说：“洪太尉洪信，那个贼羔子到了伏魔殿，先祖天师早就告诫‘今后潜入，不许擅开’，八九代祖师都不敢开那把铜汁灌铸的锁，叫他一声断喝，找把大铁锤就给砸开了，砸开了大殿还不算，还非要打开那个伏魔盒，结果把里边的妖精们放出来了，也才有了这满世界的生灵涂炭。尤其是那些丧尽天良的妖人，谁要叫他喘匀了那三分气，那了不得！了不得！”

周大中后来就有些癔症，时不时地给人说些颠三倒四的话，大坡地人没有谁不相信，他早已中了邪，着了魔，只有韩老等和她的儿女们，知道周大中得那个病的缘由。

周山杏脾气不好，没人的时候见了边老拐，咬牙切齿地咒骂，把她能够想起来的最恶毒、最下流的话，全让边老拐学习领会一遍。周山杏的那些话，常人听了后，白天会吃不下饭，晚上会做噩梦，再刚强的人，也会打几个冷战，再起一身鸡皮疙瘩。

边老拐抹一把不再油光的嘴——那些穿肠过的东西，早到了生产队的哪块地里，也应该早变成了一个别的什么东西。他翻着一对小眼睛，仰着头，扫视一圈并无二致的蓝天，给周山杏说：“你也生儿养女，你也吃五谷杂粮，人身上进进出出的那种地方，可不能乱叨叨，啥地方的劲头要使绝了，就没个好！上边的那个，舌头能拧成绳，再不能吃东西，那就得饿死；下边的那个，能关死后门，再不能透气，那只能憋死！嗯？嗯！别整天埋怨别人，你回去问问恁爹，他是不是拿鸟枪，给个白胡子老头儿当烟袋吸了？这小老鼠跟老猫攀个亲戚，倒也不算啥，要想把老猫的舌头剁下来红烧吃，恁爹讲话——那了不得！”

后来周山杏不骂了。大家都知道周大中放羊，让一个披毛赤脚大仙，抽了他一袋很冲很冲的烟。

后来的事也似乎证明了，披毛赤脚大仙的事或许不假。周大中不放羊以后，那群羊换了好几个羊倌儿，母羊还是怀不上羔子——谁知道到底有没有人真的想过，母羊怀羔子，本来就和羊倌儿没有什么关系！于是又往羊群里，换了好几个领头又配种的大骚货，母羊还是怀不上羔子！所有的羊倌儿都一致说，羊身上的花草病真传染，找再壮的骚货也白搭！再加上，有时狼也叼，有时也摔死，再加上大队要顶账，时不时地牵走三五只，羊就一天天地减少。后来那群羊就没有了。

周大中只要往北圪台儿上一蹲，总是给人说："都别吭，都别吭！披毛大仙早给俺说过，《水浒传》里头开伏魔殿大锁的，是洪太尉洪信！洪信叫信不信——不信先人有锁魔之术，自信妖魔能奈太尉几何！大铁锤砸过之后，后来的事，就只能信不信由你；俺周大中叫中不中——半世精明，临老不能中而行，就得碰见妖精！别说他吸了口鸟枪，他就是噙住台大炮吸一口，再给拉出来几个放羊铲，也不见得就不能！说不定拉出的几个铲子里，还有边老拐一个，好让他当拐棍！披毛大仙还说，洪信早就来了，给个花草病那算警告，大不了把那些大奶、二奶、三奶，杀了、吃了，或卖了、扔了，以后，要真传染上了人，得个花心病啥的，烂嘴烂眼烂屁股，那如何了得！——俺还是快点儿死吧，洪信真把伏魔盒里边的妖精们放出来了！跟俺一样的那些好人，叫你活不好也死不成！"

魏老大听说了那些杂七碎八的事，偶尔碰见边老拐，善情善意地说几句，边老拐把脚一跺，说："你也跟着疯子说些疯话！他没疯？没疯咋就不知道，有大嘴吃还得有大屁股拉出来！拉不出来，比吃不进去还难受，能憋死！你还不敌他，你就是天生的穷鬼命，鸡刨命，要不天天儿磨那俩爪子，长出来的指甲，绊得连路也走不成！啥洪信放妖！"

边老拐说完后，一脸的诡秘莫测，又加了一脸的幸福无比，舒心惬意的程度，不亚于他当年战败盖狗剩。

魏老大和张雪梅的大闺女大巧，很早就不上学了，刚过了二十岁，到了一家有女百家求的年龄，有人给介绍了一个小青年，叫"大山"，小窑头村的。

大山的个子不算高，不白也不黑的皮肤，匀匀称称的个子，结结实实的身板，端端正正的五官，双眼皮下边两只大眼——单论人，连正经闺女的魂，都能给勾走。

那天大山来到张雪梅家，张雪梅正在扫院。大山进门先叫了声"婶子"，后说了声“忙着呢”，说着说着就去夺张雪梅手里的扫帚，张雪梅急急地把扫帚放到了一边去，推着大山到了屋里。

张雪梅看了大山没几眼，就感到天也亮，地也亮，一对猫猫眼在大山身上溜达了好几通。小板凳、小木桌、大花碗、滚开水，看不见刻意矜持，听不见花言巧语。庄稼主儿待客简约简单，心诚意诚。

大山坐下来，两只大手叉开，五指互搭着，斜眼看了一眼魏大巧，又看了一眼张雪梅，后来一直看桌子上的那碗水。张雪梅像一根砌在墙里面的柱子，再大的眼也看不见承托的分量，平平静静的语态，像在麦糠火上洒水，动静不大，效用不小。像家有几口、兄妹几个、父母如何，诸如此类的寻常话，张雪梅漫不经心地问，大山低着头，实实在在地答。

大山最后说：“俺也知道，俺家里，弟兄多，姊妹多，头大子难当，要多受苦，多担当，要给兄弟姊妹们带个好头，当个好榜样。俺家里人多，不能多靠爹娘啥，就得靠天、靠地、靠自己——俺爹俺娘早就说，男不在分家，女不在陪送。”

大山偷偷地抬头看时，张雪梅实实在在地打了一个冷战。大山看见了，感觉自己的天灵盖里，有一股寒气钻了进去，把脑子一下子给冻住了。他后悔不迭地笑了笑，就给扫院去了。

他扫完了，也拾掇完了，猜想自己话太多了——第一次相媳妇，哪个不是说自己家这个好，那个高，把猫给变成一条狗，再把狗给说成一头驴，再把驴给夸出一匹骆驼来？有哪个人见面就给人说，自己短这个又少那个的？自己短缺得再多，又不该向丈母娘要！

大山看见张雪梅打的那个冷战，心想还是走吧，自己的好事，让自己的屁话给搅黄了。刚要开口，张雪梅斜靠着门框，又细又长地从鼻孔里哼了一声，扑闪扑闪的猫猫眼，又在大山身上扫了一遍。那个比探照灯还毒还亮的两道光，大山没有敢正视，忽颤颤地说：“婶子，别见怪，俺说了几句实话，也是实在不应该。要没啥事，俺走吧！”张雪梅看一眼大巧，大巧脸红红的，歪着头，正“咕咚、咕咚”地搓洗水盆里的衣裳，盆里的水，洒了一地又溅了一鞋！

张雪梅说："恁家里要是有要紧的活儿做，可不能在这儿绊住腿。哟——喂！大巧，看看看看，娘给忘了，咱家里头，还有个大活人干活儿没回来呢！那个人就犟，做不清，他就不回来！大巧，你去给恁爹帮个忙，大石头你要搬不动，就给恁爹俩人抬。"

大山是个灵性孩子，听张雪梅的话就知道了——半夜里走路，有人给照了一盏灯，还不知道该干啥，鬼都不待见你！于是他赶紧说："咱家里有活儿，婶子也不早说，搭手千斤力，叫俺去吧！"魏大巧一低头，"咕咚、咕咚"地把衣裳搓得更急。

"领上小山去……"张雪梅把大山喊成了"小山"，还没说"去"了之后干啥，大巧就站了起来，两只手一抡一甩，在腰上"啪、啪"地一拍，说："还得叫人领？不会自己找？又不是没见过鸡冠山，哪块地最高、最平、最齐整，就是俺家的，小村子上的人，就没见过啥！"嘴里说着，掂了把镢头往肩上一扛，小步碎摇地走了。大山一笑一挠头，"吭吭"两声，转身跟着去了。

张红梅一直在家里坐着，两个孩子走了后，张雪梅说："姐姐咋也不吭？"张红梅说："咱姥姥，就给你传了点儿真经，俺啥也不懂，以后，俺就是小董永进庙——多磕头，少说话！"

张雪梅说："姐姐真要啥也不说，俺可要去地里看看了。"张红梅说："快看去，快看去，丈母娘看女婿，越看越有趣！"

张雪梅没有到地里去，她擀好了面条就做臊子，臊子里打了三个荷包蛋，张红梅看着雪梅笑嘻嘻地问："咱小——山吃俩，老大吃一个？"

张雪梅把大山的"大"给改成了"小"，张红梅也故意把那个"小"，给拖得很长很长。

"家里有老大，他再大也是个'小'，鼻涕不能往眼里边流，老大俩！小山一个也不少！"

灶上锅里的水刚开始热气腾腾地翻滚，魏老大和大巧、大山都回来了。张雪梅给大山盛了满尖尖一大碗面，那个荷包蛋，在上面摇摇晃晃，嫩白的鸡蛋清，裹着一团耀眼的金黄。大山又拿了一个碗，把那个荷包蛋和半碗面条，一齐挑到了那个空碗里，笑呵呵地说："俺从小儿，就不待见吃鸡蛋，就待见喝酱汤！"张红梅一直在看，大山的那只碗里，只有一个荷包蛋，魏老大的碗里，实实在在的有两个。

张雪梅喊了声"小山！小山！这孩子"，来回夺了几次碗，魏老大也嘟囔了几声"这孩子"，悄悄地给张雪梅说："这孩子就是还行。俺年轻那会儿，傻叽叽的，就多吃了一碗面，就把个……"魏老大还没有说完，张雪梅在后边砸了他一拳："个贼老大！多少年前的傻事没忘净，就忘了一个大屁！"

魏老大端着碗蹲到了一边去，张雪梅悄悄地问："这孩子，给做了多少活儿？"魏老大说："哎哟哟，你还真会打算，剩下的两块石头，往起一摞就成了，俺就算早看了这孩子一眼。"张雪梅一想，大山、大巧两个人，去了很有些时候了，这不对！

她把猫猫眼向后边一翻，大巧哼了一声趴到她的脊背上，说："咋？就不兴往别处拐个弯？"张雪梅朝后边拧了一把，喊了声"远远滚"，大巧就"滚"得不见影踪了。她又问魏老大："人咋样？"魏老大想了想，说："这孩子还行。比俺年轻时那会儿，劲头小不了多少，算能受[1]！"

大山走了后，魏老大问张雪梅啥打算，张雪梅说："三条都齐了，成！那就是咱女婿！"魏老大问哪三条，张雪梅说："能劳动，人实诚，有灵性。"

大巧仍然趴在张雪梅的后肩上乱哼哼："娘！还不知道人家愿意不愿意，就乱说！"

张雪梅说："俺的傻闺女吔！凭咱这三条，他们还能不愿意？"魏老大问哪三条，张雪梅说："品端，貌正，身轻[2]！"

后来的事果然如张雪梅所料，大山回到家后，给他娘说了说经过的事，他娘说："嗯！人家要是没啥意见，咱可不能再说啥！她要个天，咱给她个天，再

[1] 能受：能干，特指体力活儿。

[2] 身轻：人勤快。

许她个地，那个闺女，咱就得娶！”

大山爹猛地哆嗦了一下后，就开始来回晃荡，晃荡了好一会儿，才瞪大眼睛急急地问：“说……说……说啥，你说啥？为……为……为啥，那为啥？”

大山娘一字一句地说：“那个闺女俺倒没见过，闺女的娘，俺见过两回，在大坡地的集上卖鞋，看看人家做的那针线，看看人家长的那眉眼！哎哟喂！谁见了谁待见！闺女娘，连心肠，哟——哟——哟——呀——呀——呀——要不说，你还真啥也不知道，你除了犁地、锄地、耩地，啥也不懂，去！红土跟朱砂，它能一样？”

大山爹惊惧地看一会儿大山，惶恐地看一会儿大山娘，谁也不再说话。他把那个油光闪亮的酸枣木烟袋往嘴里一塞，把烟荷包里的烟丝抽完后，捏了两片烟叶出去了。

大山爹在外面转悠够了才回到家，回到家之后，又给大山娘叨叨了半天，合计了半天。最后，老两口儿咬着牙跺着脚说：“行！行！行！这么好个闺女，咱一定得娶！她要个天，咱就给她个天，再许她一个地！”

大山爹这辈子，连个铜烟袋锅也没有舍得买过，他那个天然一体的酸枣木烟袋，到底好用不好用，他自己倒也没有说过，自己种出来的烟叶，也舍不得满满足足地抽，这个全家人都知道。

晾干、压平又捆成小捆的烟叶，他一年大约要抽十小捆，每年他都要多种一些。背上一些去集市上卖的时候，他总要把卖的和留的分两堆，来回倒腾几倒腾——放过去拿回来，拿过去再放回来。掂弄够了之后，咬咬牙再跺跺脚，原计划留下来自己抽的十小捆，就只剩下了八小捆——不用说再许她个“地”，魏大巧就是只要一个“天”，大山一家子的那个“天”，一直是满天窟窿，一直属于阴间多云的天气，即使“天”有意，也无法落下一场透雨。

当时的婚嫁风俗，除了绣花的枕头、大红的门帘、大红的被褥、大红的新衣等等，好多人家必买四大件：蹬蹬、转转、听听、看看。蹬蹬是自行车，转转是缝纫机，听听是收音机，看看是手表。魏大巧也要这四件。大山爹就是连那个酸枣木烟袋也卖了，四大件他也备不齐。

二巧就给大巧打气，说："要备不齐四大件，准叫别人疑惑：那么不值钱，娶来的准是个赖闺女！要不就是个傻闺女！准有毛病！"

大巧闭着嘴一直不吭，二巧把那个讯息传递给大山后，大山找到张雪梅说："娘！以后，整不好，也就喊你这一回了，那四大件，真买不起。给俺爹说说，鸡冠山那片地，不用去了，俺给犁好了——以后，也还给犁，那边离俺家近点儿。娘！走了……"

大山说着像要哭，看看又没有哭，想走倒是真的。快到大门口时，张雪梅喊："回来！烧火做饭！嗯？先给担水去！"其实魏老大早起刚把缸给担满。

二巧跟大巧说："这嘎小子有心计，他用了擒贼先擒王、釜底抽薪、欲擒故纵三条计，这些书上边都有，不信你看，'老佛爷'要投降了，主战派要遭殃了……谁要再不服，就要给推到菜市口问斩了。"

二巧比大巧多念了几年书，上学的时候成绩也不错。张雪梅不知道菜市口是个干什么的所在，她让三巧和子安都到一边去，把大巧、二巧和魏老大叫到一起，说："恁爹那时候都有啥？除了四面墙，还有个大破水缸、一条半破盖体，可这些年，娘活得舒心，活得乐意！娘就是再死十回，再活十回，除了恁爹，还谁也不要！为啥？恁爹有的东西，他别人没有！"

魏老大突然又要吸烟，他划了好几次火柴，一次都没有划着——那双大手在抖。

张雪梅说："没有那个蹬蹬，也没见谁两条腿磨短，庄稼主儿要个蹬蹬做啥？蹬蹬能犁地、耢地、耩地？没有那个看看，抬头看看天，也知道啥时候该做饭！啥时候该种、该收，那得看二十四节气，看几点几分几秒不管用！庄稼主儿，没有表，哪个起得也不迟——地里的活儿催着，有表看也没用——正晌午锄地最好，草死得快！哪个也不用掐时间。点种收割论垄论亩，按分按秒都不能算！没听人说过？骑车戴表，一天两毛！不能天天进，光见天天出，省一个是俩，再挣一个顶仨！有个转转，再有个听听就行了，手里头有活儿，心里头有戏，只要俩人好，那还不就是个神仙？"

张雪梅的意思是，有台缝纫机，再有个收音机就足够，一边做着活儿，一边听着戏，就成了和和美美的俩神仙。大巧突然说："娘吔！说得真好，没听人说，过了四月八，一天比一天热，要不是咱俩人好，俺还不给你说。除了咱，还有谁知道！那吃了冬至饭，一天长一线——嗯呀，哪儿跟哪儿呀……"

可惜大巧早早地就不上学了，如果一直上，或许会作出许多精妙绝伦的文章来，她把该说清的，故意没有说清，没有说清的，让人想清了以后，也就不用再说了。

魏老大打了个哈欠，又伸了个懒腰，张雪梅说："贼老大困了。"

进了腊月，张雪梅领着大山和大巧，去白口镇赶了一趟集。到了中午，集市上的羊汤饼折[1]馋死人，羊汤一角钱一碗，饼折五分钱一个。大山掏出五角钱，买了两碗羊汤六个饼折，他说他不爱喝羊汤爱吃包子，就找包子去了。

张雪梅和大巧吃完喝完，张雪梅刚说了句"这孩子"，大山就吧唧着嘴跑了来。张雪梅正在看那个蹬蹬怎样穿针引线，大巧偷偷地塞给大山一个烧饼说："一边吃去！你在那边吃啥了吃，俺都听见你肚子咕噜噜响了，山西老醯[2]，舍命不舍财，饿死活该！"

大巧嫁的时候，张雪梅给姐姐张红梅说："闺女的大山，跟俺的贼老大不相上下！"

---

[1] 饼折：小米面、绿豆、麦子面磨成稀糊，加上花椒面等调料，摊成薄饼，折叠成四页，配热羊汤吃别有风味。

[2] 老醯：醯，读 xī，醋。山西老醯，本意是山西老醋，比喻人和山西老醋一样的酸憋，不舍得花钱。

披毛仙儿灵

第四十七章

毛驴车电影　擀面杖风情

魏老大鸡冠山的四亩山坡地，每到了收获季节，他的辛苦就化作了一捆捆、一摞摞的辉煌，他一担又一担地往家里担，不知道有多少人在艳羡之余，痛下决心，再信誓旦旦地干上一番。

不想，从北山到西山到南山，干了三年后悔了三年——流出去的汗、使出去的力，和收回来的那点儿东西比一比，简直就不是个正比！最后再到鸡冠山、青龙岭一带试一试，试过之后，就不言不语了。

陈宝妮还是那副硬邦邦的铁匠性子，对砸不扁、捋不直的任何一个铁物件，烧了再砸，砸了再烧，整不出个称心的形状就是不罢休。尽管男人林大头也是百般的不情愿，他还是在陈宝妮的坚持不懈下，成了学习魏老大的那伙人中，坚持留下来的最后一个，但学不来魏老大的稳扎稳打和锲而不舍，找不到那个挥洒如意、天人合一的感觉。

大坡地的天气，干旱的时候很多。林大头在魏老大的地下边，也开垦出来一块地，鸟不飞、树叶卷、狗吐舌头、地冒烟的时节，魏老大光着脊梁，粗布毛巾往肩上一抡，掂上个喝水罐子，在地里一遍又一遍地锄——那些坡地，要说总算块地，扔了可惜，但要实实在在地种，无论如何，也抹杀不去那些不尽如人意。

他很反感那块坡地，罪不少受，粮食不多打，看见就是一腔无奈，要不是陈宝妮死活不同意，早扔了十八回了。

林大头领着闺女江丽和江红，也在下边的地里锄，江丽和江红玩累了，跑累了，也肚饿了，早就想回去。林大头听着上边地里“哧啦啦”地响，不愿意回去，教两个孩子喊：“老天爷快快下，谷子高粱刚耩下！”两个孩子喊了几通，林大头自己也烦了，冲着上边喊一声：“该回了，这么旱的天，这种坡地，草苗都不长，忙啥！”

魏老大答：“锄湿不锄旱，不是个庄稼汉！”林大头走了，他还在锄。

到了伏天，终于等来了一场小雨，林大头很喜欢，他又教孩子喊：“老天爷大大下，高粱谷子没长大！”轻如梦、薄似纱的细雨，一直飘飘洒洒，再锄也能锄，回家也行。林大头又冲着上边喊：“该回了，这下雨的天，赶明儿也能锄，急啥！”

魏老大答：“伏天蹭破皮，顶秋后犁一犁。”林大头走了，他还在锄。

连绵的细雨下够了之后，殷勤人锄四五遍，不殷勤的才锄了一两遍。少锄了几遍的地，谷苗慢慢地长，杂草也跟着谷苗一起长。林大头有些着急，只要雨不太大，也不回去了，孩子还是嚷着走，他又教孩子喊：“老天爷，别下了，高粱谷子长大了！”喊了一遍又一遍，雨却越下越大，他冲着地上边喊：“该回了，地给下软了，拔不出来腿了，想锄也不能锄了！”

魏老大倒也没有锄，他蹲在一把破雨伞下边，答：“在家怕鬼，在外怕水！”林大头走了，他还是不走。

山坡上滚到一起的洪水，本来就是个拍脑门、拍胸脯拍出来的糊涂官，忽涌一下脾气上来了，辖区之内的所有人，谁撞上了谁叫苦不迭。

大雨过后，林大头那块地的石头堰被冲塌了，谷苗也被冲跑了，没有冲跑的也倒了。魏老大地里的一片庄稼，忽涌涌的嫩，崖上的两棵楮桃树，绿油油的翠——那次的雨真的不多见，那天魏老大要是不在地里，他修的泄洪水渠照样戗不住劲儿，地里的庄稼，早让水给冲跑了。

魏老大这样的庄稼主儿真的不多见，就是他的亲家，大巧的公公，虽也是地地道道的庄稼主儿，和魏老大比也差得远。大巧回娘家，想来想去没有什么拿，婆婆给拿了十多斤干红薯片。大巧噘着嘴来了，张雪梅笑吟吟地接住，像刚从河曲来的那会儿，满身的阳光灿烂。她抓起一把红薯片左瞧右看，说:“恁婆婆晒的？看看，看看！多干净的人，多巧的手，没看错人吧，白年年，薄凌凌，俺闺女找了个利索婆婆，以后可得学着点儿！”

大巧一甩手:“咳，有啥！家里头，也就那点儿红薯片了，谷子也就剩百十斤了。家里人口太多！”魏老大听罢就出去了，等了半晌才回来，大巧还是噘着嘴。

张雪梅给大巧舀了半布袋玉米面，说：“回去吧，家里有人等着呢，还有那么好个婆婆，俺要能有一个，还不高兴死！”

大巧还不愿意走，魏老大说：“回吧，回吧，家里头有两百斤谷子了。”

魏老大觉着大巧家的那两百斤谷子，又变成百十斤时，又给扛过去一布袋。后来大巧就不让扛，魏老大说：“咋！咱也不是地主，人家大山给伙种、伙收，出力也不小，就是地主，也得给个工钱呢！”

在石碾上碾过米的人都知道，谷子碾到最后，吹出来的糠又薄又小，那叫细糠。饥荒年月里，那也是个好东西，能救人的性命。后来，张雪梅就把细糠留下来，和熟透了的红柿子掺在一起，晒干后，碾子上碾细，就成了柿糠面。

柿糠面蒸出来的饼子和窝头，甜丝丝的，不算太好吃，将就着也能咽下去，那是和真正的粮食，贴近又贴近的东西。早先的日子不说，就是近些年，棋盘山里的那些庄户人家，没有几个没吃过柿糠面的。

张雪梅吃柿糠面窝头时，常给孩子们说：“哟，哟，好东西！一九六〇年低指标那会儿，哪儿能有这东西！柿糠面窝头，也得悄悄捂着吃！”

魏老大紧接着说：“这是细糠，四二三年，粗糠都找不见，要不，能死那么些人？这叫忆苦思甜。”

和多数人家比起来，魏老大家的粮食不算少，但除了给队里交一些，再卖一些，也就是每月多吃上几顿小米捞饭的事，如今再接济大巧一些，就显得力不从心了。后来，张雪梅把细糠之外的粗糠也磨一些吃，两口子却仍然很高兴：“二愣家早就开始借米了，咱家还有一瓦缸，刚好能等到新粮食下来！”

周山杏后来，也时不时地跟张雪梅坐一会儿，她把那些听懂想通了的事，也回去给白文昌说，想过了、说过了之后，周山杏也就还是周山杏。

白文昌说周山杏：“真佛向来不多话，‘达令’就是‘贼老大’。”

周山杏就追问：“哪个是真佛，你？”白文昌答非所问：“想清的说不清，听清的想不清，鸿蒙自古混沌。俺可修不成佛。”

不经意之间，周山杏看见了一件事，“贼老大”原来如此。

魏老大家的大门虚掩着。院子里，魏老大掂着那把明晃晃的锄照着，张雪梅拿了把剪子，在魏老大的膝盖上坐着，她在给魏老大铰胡子。魏老大一只手掂了锄，另一只手，极不老实地干着点儿别的什么。张雪梅手里拿着剪子，身子还配合着魏老大的另外一只手。

周山杏想看，又羞，扭回头想走，又迈不动腿。她主要还是想看看，白文昌如何把“达令”变成了“贼老大”。

周山杏瞪大了眼，羞羞地觑着院里边那两个没羞没臊的。周山杏羞的时间长了，才知道张雪梅嫌把贼老大的胡子铰短了。

贼老大不埋怨张雪梅的手，也不埋怨张雪梅的剪子，他埋怨那个明晃晃的锄板不平。说，锄板上照出来，明明留着一韭菜叶儿宽长短，使手一摸，这咋就不够了！——“贼老大”不知道略鼓些的锄板，就是个凸透镜，他不懂凸透镜的原理。张雪梅也不懂，就更不信，非要照着锄板给“贼老大”铰一回试试！——或者，她就为了找个不害臊的理由，能搂着“贼老大”的脖子，在“贼老大”的腿上坐坐？

也许周山杏真的羞了，也许那些事本不该外人看，轻轻的一股风吹来，大门悄悄地掩上了。周山杏看不见了，没那么羞了更不走，就偷偷地听。

也许是胡子铰得太好了，也许是“贼老大”的技巧太高超了，只听雪梅从鼻孔中哼着叫，还变成了好久都没人听见过的家乡话：“嗯——哟，俄的傻狗狗！”

令人叫绝的是，贼老大的山陕话，也相当标准娴熟，几乎到了炉火纯青、以假乱真的地步：“作甚个？俄亲亲的肉圪蛋蛋！”

回到家后，周山杏给白文昌说：“你的‘贼老大’，有那么一点儿意思思，你的文化还就不行，鼓捣了这些年，哪一回你都没有给整到那个正点点子上！”

白文昌到了学校，他的一个学生，给他提了一个“正点点”问题。那个学生是边玉成，边老拐的二孙子，边起升的二小子——尽管边起升还在监狱里服刑。

边玉成拿着半拃长的一截电影胶片，问白文昌：“就这么个东西，拿个电灯泡照到大白布子上，那人能动，还能说话，到底为什么？”

白文昌倒没有安排边玉成先思考思考，也没有马上溜回去查查字典翻翻书。他说：“最根本的原因，是人的大脑有‘视觉暂留’这个特性。电影，其实是一个综合性很强的科学技术，它包含了化学、光学、声学、机械学、电子学等等等等，也就这么长一截胶片，要马上说得那么透彻，也不可能，所以说，同学们一定要好好学习，已有的科学，需要我们掌握，未来的科学，需要我们开发，这就要求我们，不仅要爱劳动，还要爱学习，要德、智、体全面发展……等等等等。”

第二天，边玉成连“老鼠兵”边玉辉也领来了，边玉辉手里拿的胶片有半尺多长，还是问那个问题，说：“俺把那些学习好的全给弄到了一起，说了半天，都弄不懂到底啥是‘视觉暂留’。俺生下来就爱看电影，要弄不懂胶片上的人为什么能动，那不白活了？”

白文昌说：“晚上来学校，老师给讲讲什么叫‘视觉暂留’。”

边玉成不愧为“老鼠精”，走到一边后给“老鼠兵”说：“咱爷爷早就说，要得会，跟师傅睡，这半点儿不假，还是师娘了解咱白主任。”

“老鼠兵”一跺脚，说：“想电影你想疯了！啥师娘，白主任他娘早死了、埋了、烂成土了，还师娘！”

边玉成一皱眉，说：“老三你还真是不行，你连咱那个菜老师的那点儿菜本事也没有，他还知道悄悄跑到一边，查查字典再说，你不管懂不懂，掂起来就满嘴乱说，成不了大事！去，你去问问，到底啥叫师娘。”

白文昌还没有走远，边玉辉一蹦一跳撵上去问白文昌。白文昌说：“师娘？哈哈！咋想起来问这个？就是师傅或老师的妻子。那俺给你说，师娘，那就是山杏！哎，你这个孩子，先学会自然知识，然后再学社会知识。哎！这又给你多说了，说你也不懂，能懂的你也不学。咋？你也想放牛小子掌管天下？给你说，那个人叫朱元璋！”

边玉辉给边玉成说：“怨不得别人都喊你‘老鼠精’，你又叫俺白跑了一趟腿，那个白老师，又给画了些大括弧、小括弧，连你都迷糊，俺能不迷糊？他给括弧了一通后，最后给蹦出来个山杏，这山杏不就是周大中的闺女？她能当谁娘！她是她孩子娘！你往后要再遛俺腿，你就是个‘老鼠精’！”

边玉成说：“俺跟你说，那个白老师，他就菜！山杏跟他，啥也没有睡出来，咱那个假老师的真师娘早就说，白老师弄不清的问题，悄悄找个机会先查字典，自己还是没有弄清楚，就板起脸，训一通。其实那是大糊涂蛋，在教训一个小糊涂蛋，不信？等等你看！”

抬头不见星月的晚上，边玉成和边玉辉都到了学校。白文昌从家里拿来一截鸡蛋粗细的艾草绳。艾草绳是用艾草拧编出来的，晾干了以后点燃，能长时间燃烧，冒出的烟，有一股幽幽的清香，有祛瘟、辟邪、醒神功效，还能驱蚊蝇。

白文昌把艾草绳点燃后，让学生们远远看，夜色里只看见一个小红点。他把那截艾草绳一抡，并且越抡越快，成了一个圆火圈，停下来之后，火圈消失了，夜色里能看见的，仍只有那个小红点。白文昌说：“这个小红点跑快了，就变成了一个红火圈。那个红火圈到底有没有？有？在哪里？没有？明明都是亲眼见。为什么？都想想。”没有人能想通。白文昌说：“这就是‘视觉暂留’……等等。”

边玉辉拿出那截半尺多长的胶片，说：“老师你给‘暂留暂留’，叫这上边的人都动动，上面的哪个人也不能动！”白文昌说：“你这胶片，才几帧相片？一秒钟得放二十四帧……等等那光学、机械学……等等。”

最后，弟兄两个谁也没有听懂。“老鼠精”边玉成说：“还是咱师娘说得对，他先翻书查字典，再就板起脸，最后弄出来俩糊涂蛋。他教了俺这些年，啥也没教会，啥大括弧、小括弧，多少年括得俺迷迷糊糊，到后来数都数不清了。听说以后，还要学‘还数’（函数），还得数！因为咱啥也记不住，他才给说了个二十四帧，到底是哪个‘帧’？俺就知道那个真假的‘真’，到底他也真说不清。咱俩人，到底也真是弄不清——恐怕他也弄不清。这么些年，他呜呜啦啦讲了那么些，还就那个‘浪漫’当啥讲，俺记清了，那也是俺从师娘那儿听来的！啥等等，一个等号后边该写几，都还不好整对，那么些个等等，不弄迷糊了才怪……”

哥两个商量了一阵子，就想搞一段几丈长的胶片，再让白老师给讲讲，胶片上那些画上去的小人，咋就能动。“真要知道了，供销社那么些塑料布，咱也买回一卷来，画上山，画上水，画上人，不也就能演电影挣钱？想看啥，咱就画啥！”弟兄两个商量好了后，一直找寻机会。

大坡地公社有一台放电影的机器，放映员从县里拿回一部片子来，从这个村到那个村，全公社的村一个一个地放。头天晚上放完后，把所有的放映工具装箱打包，寄存在大队部或附近的可靠人家，下边该到哪个村去，就由哪个村派人派车去拉。

正是谷子弯头的季节，地里长着的庄稼，离收割还有些时日，那些人口多、工分少的人家，再遇上个不会算计的女人，就到了借米下锅的时候。

张雪梅比魏老大小六岁，生儿子时，尽管还没有到了“四十五，努一努”的年龄，毕竟也快四十的人了，半路得子，岂有不娇生惯养的，玉米面都不能敞开吃的日子里，两口子总要想方设法，整上些白面贴补儿子。除此之外，两口子还想节省些粮食周济闺女，家里的粮食有些紧张，细柿糠面窝头，也变成了粗柿糠面窝头。魏老大饭量大，即便是粗糠面窝头，一顿也能吃上三四个。

他的胃口极好，吃下去不撑不胀，每次吃的时候，总是大嚼大咽，吃完了，吧唧着嘴片子再吸溜几下，喜滋滋地给孩子们说：“甜滋滋，甜滋滋！好吃，好吃！恁娘搓出来的柿糠面，就是好！”

若是不看他碗里的东西，单听他嘴里的“吧吧唧唧”响，都会以为，他吃了什么美味佳肴。

尽管这样说，那毕竟是糠面，吃的时间长了，再好的肚囊，也不能那么滑溜顺畅，拉出来的东西，像一个挨着一个的算盘珠子，那些终于见到天日的“算盘珠子”，似乎敲一下都能“当当”响。

到后来，每当有了那个感觉他就害怕，开始的时候不想蹲，蹲下去后起不来，一头又一头的大汗之后，留在肚里的“算盘珠子”，总也不知道还剩下几个。无可奈何地提起了裤子，小肚子仍憋胀得难受，屁股又疼得要命，如果还有要方便的意思，就找个圆乎一点儿的石头坐上一会儿。待满头大汗都让风吹跑了，为了那个难耐的苦痛，也不至于再龇牙咧嘴，就慢步挪上一阵子，才渐渐地淡忘了“算盘珠子”的事。

这天早起下了地，因为昨日的“算盘珠子”没有数完，魏老大到了地里一直不好受，他弓着腰歪着脖子，还一直皱着眉头。多少年来，他不管是给队里干，还是给自己干，从来不偷奸耍滑。

王炳中什么时候都眼尖，他问魏老大：“咋了？家里有了啥事？没有？那外头有了啥事？那是又憋了一股邪气出不来了？还不是？那咋回事？嗯？光摇头算咋回事，给放个大屁听听！”

王炳中知道魏老大的毛病，要是不能……那就真成了大病。他知道魏老大能小便了以后，就让魏老大给“放个大屁”，意思是让他给说句话。

魏老大憋胀得要命，一股气非要往下钻，不想下边早堵死了，也早糊严了，那股邪气拱了一阵子后，又回过头往上钻，走错了路的东西，就在里面横冲直撞。王炳中问话时，那股气正在他的肚子里来来回回地钻，他恨不得把手伸进去掏一掏，哪里还能说话？就只有点头或摇头了。

魏老大一直没有说话，等弯下的腰直起来以后，就飞也似的往下边的堰根跑了。等了好长一阵子，不见魏老大回来，堰根的一棵椿树，一哆嗦一哆嗦地晃，王炳中就过去看。

那棵椿树胳膊腕粗细，魏老大双手抓着椿树半蹲着，过上个三五秒钟就往后拽一下，拽了无数下之后，才抬起头来给王炳中说：“哎哟！这人，还就不敌驴壮，那骡子、驴，净整些圆粪球，也没见有多受罪！”

魏老大从堰下爬上来后，照样的满头大汗，不过已能撇着嘴说话。白锁住看了两眼，冲着他喊：“听说公社这回来了两部片子，一部打仗片，一部戏片，轮着给咱三队演了。老大，早早回去吃点儿饭，前晌套个车，去小圪梁把机器拉回来，后晌找两根杆子，就往后谷场皂角树前边栽，咱看得近，神仙也看得近，还没有人给提意见！”

在平时，为了大家都不跑远，一般演电影都在石碾街。平时演，大都是一部片子，三四卷胶片。但就是那三四卷胶片，对好多有关的人来说，是个大问题。

因为多数人家的主食，也就是在小米稀饭里煮上几块红薯，拿上块白萝卜咸菜一吃，喝上几碗红薯稀饭就是一顿饭。那些汤汤水水，到了肚子里后，往下走得格外快。

农村放电影都是一台放映机，一卷胶片放完后，需要换另一卷胶片，换胶片的空当，大家“轰隆”一下四处去方便。除了那些年轻的小女人，需要远远地找个隐蔽的所在，大都找个离人远些的背影处，或站或蹲地办完了。再换一卷胶片，“哗啦啦”的雨水声又连成一片。第二天早起一看，像专门下了一场透雨——只是味道不太好。后来大家就商量，如果演两部片子，都到村外去，避免屡次都水漫石碾。

魏老大好久没有看戏了，听说还有一部戏片，一高兴，连没有数完的“算盘珠子”都忘了。吃早饭时，他草草地喝了两碗稀饭，没敢吃窝头——其实想吃也没有，早起的干粮，就是稀饭里煮着的几块红薯。

吃了饭后他套了车，拉车的牲口，是一头灰不溜秋的大叫驴，个子大脾气也大，除了魏老大，一般的人需要小心伺候。

灰叫驴是大黑草驴生的，大黑草驴的个头儿本来不小，白锁住一干人等下了很大功夫，把五队的大红马借了好几次，费了很大周折，最后连个乱点鸳鸯谱的乔太守也没当成。

白锁住想让它给生个像样的杂种驴骡，谁知道大黑草驴犯了哪门子邪，不去大红马的单间马圈吃料，硬跑回原来的大驴圈里吃草！一忽闪之后，又给生了个灰不溜秋的叫驴——大灰驴和大黑驴一个样，驴脾气都挺大。

脾气再大也惹不起魏老大，要不是他还藏掖着几个“算盘珠子”，吆喝一声后，接下来就是唱，不管是哪个牲口，都顺颠颠地听，顺颠颠地走。

灰叫驴安安生生地把屁股撅到车辕里，魏老大闭着眼就套好了，回身往车上一坐，两腿一盘，叫了声“嘚”，灰叫驴言听计从地上了路，那条灰不溜秋的大尾巴，一直在屁股里边夹着。

小圪梁在大圪梁的南边，跟大圪梁只隔了一座山，从大圪梁村却不能走，出大坡地向西南，过了小坡地村再向西。魏老大刚出村，小驴车就爬上来两个人，扭回头一看，是边老拐的孙子边玉成和边玉辉。两个孩子是魏老大千真万确的亲戚，千真万确地叫他“老姨父”。“老姨父”叫停了车，说：“做啥！都回去学文化！兴了考试都两年了，跑来跑去，还能给跑来个啥？看俺，那会儿连个夜校也不好好儿上，到今儿还是个瞪眼瞎！连一百单八将都念不全！回去！回去！”

“老鼠精”和“老鼠兵”死活不走，撵走了那个，又回来了这个，最终都跟着去了——魏老大哪里知道，那弟兄两个，早就想多整些胶片，弄清那个“视觉暂留”。

回来的路上，弟兄两个一直嘀嘀咕咕，快到小坡地村时，魏老大一直想，两个孩子究竟要干啥？他往车厢里看了好几遍，也没有发现什么，疑疑惑惑地又瞅了两眼，总觉得装胶片的铁盒子上的锁子没有了，就问：“那铁盒子，不是锁着咪？”

边玉成说：“没有吧，不盱顾。”边玉辉给边玉成又歪嘴又斜眼。魏老大一看，就说：“准是你，老三！你个小鬼精！拿出来！”

边玉辉马上站起来，往起跳着说：“给毛主席起誓，天打五雷轰！没有，就是没有！”魏老大一急，肚里的那股邪气乱窜了起来，他把灰叫驴往路边的树上一拴，转了两转跑到了堰下面。

也是魏老大在下面待的工夫过长，也是边玉成和边玉辉两个过于顽皮，兄弟二人在路边拔了一堆草，又折了些树枝，仿着电影上八路军打仗时头上戴的草圈，一人编了一个戴在头上，四处张望了一阵，久久看不到魏老大的身影，急急忙忙地从铁盒子里扯了一大团胶片，揣进怀里后，手舞足蹈地闹腾了一阵子。

毕竟是小孩子，没有总想有，有了又害怕。两个人商量：“咱老姨父，这么长时候还不回来，敢是肚里面又有一股邪气给憋住了？要不，就是又看见了一块好地，又捧了一捧土，正盘算着种啥好呢！咱扯了那么长的电影胶片，不如趁早赶了毛驴走，把车给赶到后谷场，小孩子们一围，谁还能说清，那截东西是谁给拿了去？咱俩人还能再过一回瘾，这草帽也编成了，咱也跟电影上一样，当一回侦察兵！”

魏老大赶车，好多时候都不拿鞭子，边玉成折了一截长长的榆树条，后面的树叶子捋光了，前面的叶子还带在上面，抡一下“呼——呼——”地响。解开缰绳后，长树枝刚忽闪了一下，“驾”字还没有喊出来，灰叫驴就撒开蹄子跑了，两个人还唱着“攀高山，跨险峰，我们是人民的侦察兵……”——电影《侦察兵》里的插曲，看得见、摸得着、感觉得到的威武雄壮，小孩子们都爱唱。

两个人坐在车上，一直把那截榆树枝“呼——呼——”地抡。快到小坡地村时有一个岔路口，毛驴越跑越快，本该往左边走，在“嘚——吁、嘚——吁”的吆喝声中，却走上了右边的路。两个人因为嫌车子太快了，一直想象着和电影上的侦察兵一样，吆喝声“吁——吁——”之后，再勒一下缰绳，车就停下来了。

弟兄两个不想，自己赶着的是头驴，不拉缰绳还好，猛地一拉之后，毛驴子看见了那两个飞飞扬扬的草帽，就更害怕，扭着头歪着脖子，疯了一般拼命地蹿！更何况，吆喝棋盘山里的驴，和吆喝大坡地的驴，那些口令还不一样，大坡地的驴和电影里的马，更差了十万八千里。

弟兄两个仍然像电影里一样“嘚——吁”地叫着，毛驴越不听话越使劲儿打。

毛驴生性就犟，更何况执行了口令仍挨打，更加狂乱地拼命跑，两个人一直紧拽着缰绳不松手。由于牵紧了缰绳，毛驴的头一直向后面歪着，看不见前面的路，弟兄两个叫都来不及叫一声，毛驴就从山崖上蹿了下去。

也是弟兄两个不该死，崖边长着一棵大槐树，车子往崖下掉的时候，车辕撞了上去，“嘎——吧吧”的一声响，就扭扭曲曲地折了，车一扭，大槐树挡住了车，牵牵挂挂的绳子，把毛驴吊在了半空中。小车子卡在槐树上一摇一摇地晃，晃了一会儿后，挂着毛驴的绳子断了，车子不晃了，毛驴也看不见了。

边玉成反应快，在毛驴车撞上槐树的刹那，他翻着跟斗从车上跳了下来，崭新的一条裤子也给挂烂了，脸上蹭了些血沟沟，胳膊腿上全是些血道道。边玉辉在小车晃晃悠悠地荡着的时候，才从车上战战兢兢地爬下来。

两个人都在山路上躺着，喘息着，四只眼也看不见什么，两个脑袋也记不起来什么，甚至连那飞腾一跃和那个惊天动地的一声响也忘了，像演电影时胶片突然断了，留下来的，全是一片明晃晃的空白。

半空中吊着的那头灰叫驴，“哗里哗啦”地向崖下滚落以后，边玉成才哆嗦地站了起来，“老鼠兵”边玉辉高叫了一声“亲娘吔！天塌了！”就往起爬，爬起来又栽了下去，扭回头来问“老鼠精”边玉成：“老二，老二！是不是你？这是到了哪儿了？阎王殿也有这么大的山？老二，老二！给答个话！”

边玉成扶着那棵槐树，胆战心惊断断续续地说：“老三，老，老——三，三，三！没死，咱都没死，你，你，你看，毛驴没了。”边玉辉听说自己没有死后站了起来，探头探脑地往山崖下面看了一眼，一转身，箭也似的不见了。

边玉成跌跌撞撞地往回走，他不敢找他奶奶张红梅，更不敢找他娘白小连，他找了个平时玩耍不错的伙伴，把边老拐叫到了村外。

见到了边老拐，“老鼠精”先扯天扯地号叫了几声，把编造好了的话给边老拐哭诉：“爷爷吔！老三给闯了大祸了，俺娘要知道了，把俺胳膊腿，都得给打折了，爷爷吔！要不是还想着你，就不敢回来了！说不清这会儿，阎王爷正叫几个小鬼拿油锅炸俺呢！要不，叫俺给狗剩那会儿一样跑吧？”边老拐很着急，问到底出了啥事，边玉成说了声“老三也没死”，把发生的事给边老拐说了。

边老拐原地转了几个圈，给边玉成说：“恁老姨父，哪儿也找不见了？不是？要是，咱那块石头，就给挤不到茅缸里边去。”

边老拐说的，是孩子们常玩的“挤茅缸”。那种棋很简单，在地上画个大“区”字，只不过中间的“X”很大也很长，和外边半个框的四角连在了一起，“X”

的右边画上一个圈，代表茅缸。每人两块石子，放在“区”字的四个角上，一人一步沿着线走，谁的两块石子被逼得无路可走了，就象征着被挤到了茅缸里去了，也就输了。

边玉成听了边老拐的话，不但使劲儿地点着头，连两个拳头也攥上了。

边老拐继续说：“恁俩人，没有好好儿找找恁老姨父？要说找也找不见，是不是？他一辈子见了地就没命了，天底下那么多地，去哪儿找他？你说是不是？恁老姨父也是，要是个汽车、火车、飞机，也敢给扔到那儿，叫俩孩子给往回开？这也怨白锁住，他就不知道？魏老大除了种地，他还能干啥？除了种地，他还待见啥？一群糊涂虫，要干种地以外的活儿，找谁也不能找魏老大！嗯！忘了，再晃晃胳膊腿，叫爷爷看看。嗯？行！这你得给爷爷说实话，老三，真没事？这真得说实话，你知道，要真急了，爷爷照样抡圆拐棍，照死处敲……”

魏老大还在到处找他的毛驴车时，白小连就一路哭叫着到了张雪梅家：“不能活咧，不能活咧！老天爷，俺姨父咋是个那样的人？咋能叫俩小孩子给往回赶车！毛驴子，毛驴子，它要发了毛，阎王殿也敢走一遭！儿吔，儿吔！俺的小儿吔！不能活咧！要娘命咧……”白小连哭着哭着，躺到地上就不起来了。

边老拐随后也跟了来，张雪梅问清楚了以后，抓住白小连的脖领子给提了起来，说：“先找孩子，这人没事，才啥都好说！”

边玉成回到了家，带着家人找灰叫驴。灰叫驴窝着脖子死在了沟里边，已散了架的小车，还在槐树上靠着。魏老大把翻车的附近找了一遍又一遍，就是找不见边玉辉。后来，白锁住发动了全体社员，都一起找。

白小连一直哭，半夜之后，魏老大两口子也害了怕，边老拐皱着眉头说：“玉辉小时候，俺找人给他掐过八字算过卦，这个孩子，这辈子还得成大事，这个孩子，命不该绝，也不能绝！”

到了第二天早起，才有个孩子说，“老鼠兵”，恐怕还在后谷场的麦秸垛上睡呢！

村子里每次演电影，为了能在一个最有利的位置看，心急的人吃了中午饭，就会拿上要坐的东西，早早放到那里，低板凳、高板凳，小板凳、大板凳，小方凳、长条凳，马扎子、草墩子、布垫子、树桩子、罗圈椅子……都整整齐齐地摆放在那里，孩子们早被一股火热的冲动振奋着，在附近疯跑，疯转，疯玩。

缺少娱乐的日子，不用说演电影，大小一个与众不同的稀罕，都能把人搞得头晕目眩。村子里就是来了一个卖老鼠药的，也能被孩子们围个水泄不通。

演电影的日子，生产队队长都会安排早早收工，各家各户大都早早地吃了晚饭，坐在那里悠悠闲闲地等，等着放映员喊："社员同志们好，今天大坡地公社放映队，给社员同志们，放映彩色（或黑白）故事（或战斗）片，×××！看好孩子，别乱叫，别乱喊，别乱挤，别乱撞！挤到前边影着别人——你就像个树桩子，那不一定数你个子高、膀子圆，也让着点儿；藏到后边旮旯里的，往前凑凑，太远了看不清！下面电影马上开始！"

这天天黑了很久以后，大人们坐够了，孩子们玩累了，电影还不来。有人知道了翻车的事，陆陆续续搬上凳子往回走，边玉辉给几个同伴说："谁也不知道，别的没有，就摔死了一头驴，电影机子没坏！"他怕被别人看见，就约了几个人，爬到麦秸垛上去了。

电影机器真没坏，只出了些小毛病，修了修，尽管有些迟，还照常开演。演完之后，麦秸垛上的孩子下来三个，留下了两个还在上面睡。

白小连后来不哭也不喊了，翻车的损失后来算了算，总共五百多元，魏老大一个人都扛了起来。死了的那头驴，三队凡年终能分红的社员，都分了一块肉吃。魏老大和张雪梅谁也没有敢去领，就是去，说不定白锁住又会喊："欠账户！挤那么急做啥？不会做，光会吃？劲儿不大，嘴不小！干活儿不多，攒粪不少！"

事后，张雪梅给魏老大说："有福伤财，没福伤人，打起个精神，咱腰板挺起来还是直撅撅！咱就是那有福人！"

五百元，对于任何一个家庭，真不是个小数目。五队病死了一头骡子，也就一千多元，社员里边好多人都哭！倒也没有谁笑话——向阳饭店的白面馒头，一个才卖五分钱，谁能撑得住？

过了一段时间，生产队里有社员提意见：“魏老大一下欠了队里五百多元，叫别人活不活？”

张雪梅把手里攒下的一些，把能卖的东西又卖了一些，凑了两百元整数给了队里。她把一沓票子递给白锁住时，好多人都惊叹：“哎哟哟！两百块钱！两百块钱！一个庄稼主儿，从哪儿攒了那么多钱！”

也有人给魏老大说：“把那个体己罐子一扣，圪喳喳[1]的票子点给他，叫他谁再喊！”那人的意思，是劝魏老大早些还了队里的欠账，要不，社员们都有意见。

魏老大一脸的愁苦相，干“嘿嘿”了几声，有气无力地说：“豁子[2]吃面条——谁着紧谁知道！啥体己罐？你阎王爷不嫌鬼瘦，地主老财投生来的？见不得穷人喝口凉水？就上回那些，那真是，屎壳郎驮坯——分量不轻！”大坡地一带砌墙的土坯，每块二十斤左右，屎壳郎驮上，驮动驮不动就不用想了，压死后变成什么形状，倒可以想想看。

魏老大一辈子实诚，但凡给谁说了一句夸大其词的话，他晚上总会睡不好觉。他除了实实在在地耕种他的土地，就是实实在在地做人了，半辈子都没有哄过谁，骗过谁，亏过谁，欠过谁。

魏老大说的真是实话，他还了生产队里的那两百元之后，连正上初中的三巧，都感受到了那块大“土坯”的压迫——真的分量不轻！

在学校里，三巧学习很优秀。白文昌经常给别人说：“这牛毛再多，咱大坡地这头牛，总得长出来俩牛犄角，那俩牛犄角，至少有一个得是三巧！”

白文昌的意思是，高考制度恢复了，大坡地村将来肯定要出几个响当当的大学生，就是只有两个，三巧绝对是其中的一个。

学校里又要交书费学费了，总共四块八。魏子安刚上二年级，每天晚上，三巧到处捡能卖钱的东西，捡了好长时间，卖了两块钱。子安放了学也满大街转，他共捡了十个牙膏皮，每个两分，卖了两角钱。子安在学校里也很优秀，老师给

---

[1] 圪喳喳：甩动新钱币时的响声。

[2] 豁子：嘴唇上有裂缝。

发了一条红领巾，每条一角八分钱，他把剩下的两分钱给了姐姐三巧，三巧没有要，她偷偷地哭了一通。

中药丸的外面有一层蜡，把那些蜡刮下来，攒多了，找个铁盒子放进去，去火上烤一烤就化了，找根棉线绳往中间一插，晾凉了以后，就是一个不花钱的灯盏。三巧总是说，写作业根本用不上电灯，古人囊萤映雪，也照样考状元。

她的那个盒子做得很好，一个个的蜡丸拾回来后，一次次地往里边放，烤化后插根棉线进去，点上后一样的灯火辉煌。盒子的外面画了花花草草，还写着励学格言。子安总想使，三巧一直舍不得给弟弟用。

这天，她把那个盒子给了弟弟，连那些捡回来的小铅笔头、半块橡皮，连同自己从来也舍不得背的那个花书包，都给了弟弟，给了以后，就泣不成声了。

子安还不知道什么叫“泪水顿作倾盆雨”，他只知道姐姐很伤心，自己也很难过。

三巧上五年级时，捡废品卖了些钱，过年的时候，给弟弟买了《童年》《我的大学》《在人间》三本小人书，姐弟俩小心翼翼地翻看了一遍，掀小人书的时候，连嘴里的唾沫都不敢蘸，看过之后，子安就给藏了起来——他怕弄破了，再不敢看。

三巧连眼睛都哭肿了以后，子安拿出来那三本小人书，给三巧说：“姐姐，你以后不上学了，没事的时候，自己翻翻看。”三巧哭得更急，子安害了怕，给爹娘说了。

张雪梅双手捂着脸，面朝着天，来回搓了两把后，回到屋里就翻箱子，找出来那个景泰蓝铜镜，擦了两把，又来回翻着看了看，然后就拿着铜镜出去了。

那个铜镜是她姥姥给她留下的，因为边老拐想要，说上边还镶着一块什么石头，所以，后来就一直藏在箱子里。

张雪梅回来后，那个景泰蓝铜镜没有了，时间不长，魏老大也回来了，拿着两块钱递过来说：“给，借了两块，人家说不急用，啥时候有，啥时候还。”

晚上，张雪梅把五块钱给了三巧，三巧不要，张雪梅把她往怀里一搂，说：

“咋？大姐姐没有念几天，二姐姐没有念到头，到了你，砸锅卖铁，也得念！闺女哟！不怕，没听别人说，娘就是个攒钱罐！”

张雪梅卖了铜镜后，魏老大一直难受，她总是劝。魏老大说：“唉！一辈子，俺都没有往家里置办过一件像样的东西，咱家最值钱的，也就你带来的那个嫁妆——总算是个纪念，咋说卖就卖了？唉！都怨俺，半辈子了，谁也对不住吔……”

张雪梅暖意融融地嗔一声：“傻老大！那个老古董，放着也是放着，又做不了别的啥大用，再耽误了三巧，那可就是一辈子！啥是对不住，俺比小玉可强多了！”

不知是年久失修，还是有人给动了手脚，小玉家临街的墙头，稀里哗啦地倒了。墙上的石头都很大，小一点儿的，一个好劳力仅仅能掀得起，大一点儿的，则需要几个壮劳力抬。瘦三一个人做不了那个活儿。小玉连续找了几个人帮忙，实在推不脱的，最多也给做上半天，饭也不吃，走后再不回来。

小玉不再去找别人，她知道，因为三闺女林静鸽的事，多少年来，大家都指指戳戳，认为她貌不歪却品不端。瘦三也是心知肚明，就自己一个人干，干了好几天，两只手上都带了伤，那堵墙才垒了不到二尺高。

这天她碰见了四麻子，远远地叫了声“老——四”，四麻子一哆嗦不走了，小玉说：“家里有点活儿，要方便，就给帮个忙，要不方便，就算了。”

四麻子给帮了几天忙，一面结结实实的墙就起来了。

做活儿的时候，因为忙，每天中午都是小米捞饭，炒个葱花酸黄菜，或炒个白萝卜丝什么的。四麻子或蹲着或站着，吃上两碗，略略地歇上一会儿，就继续做。因为有瘦三在，小玉不说什么，四麻子什么也不说。

墙垒好了后，瘦三回家去舀了半瓢白面给小玉说：“这几天老四给出力了，换个样，给人家吃一顿吧。老四这人，不赖！”瘦三还急着回去蒸灌肠，放下白面就走了。

家里的孩子数林梦鸽大，已十二岁，林静鸽和魏老大的儿子同岁，刚上一年级。

林白鸽嘴馋，说多少天没有吃姥爷的灌肠了，嚷嚷着非要去，小玉让三个孩子一起去，临出门时给林梦鸽说：“二闺女不听话，给她说，少吃两块，恁姥爷忙一天，不够恁仨人吃一顿，记住了，啊？把院里的那些柴，顺手给捎过去！”

送走了孩子后，小玉“哗——哗——”地把手洗了，两只手腕在腰间别一会儿，又“啪！啪！啪！”地拍了拍。四麻子醉酒一般的心旌摇荡。

小玉把蓝底白花的小围腰一紧，笑嘻嘻地看着四麻子说：“老——四，吃啥？香油疙瘩汤，还是葱花面片？一个疙瘩三根面，要不，吃面片吧，薄闪闪，绒抖抖，饱盈盈地吃一肚，透透亮亮出身汗，再舒舒帖帖睡一觉，试试那是啥滋味！”

眨眼间，半个拳头大小的面剂就和好了，掂起案板往火台上一放，尺余长的擀面杖拿起来，“当、当”地先敲上两个脆响，三下两下，面剂擀好了，又三下两下，擀开的面就卷在了擀杖上。

小玉擀面的姿势很好看，两只脚齐生生地并着，腰弓着，身子向前倾，两只手一顿一顿地向前推，又在一顿一顿中，向擀面杖的两边挪，“哧——”的一声拉回来，两只手又并到了擀面杖中间，再一顿一顿地送前去，再往回拉。拉了几次后，把擀面杖横着一放，“咕——噜噜”地放开，又“咕——噜噜”地缠上，两只手又在上面一顿一顿地跳——那个优美，像一股忽涌涌的水。

四麻子有些撑不住，他感到身子里打了一个闪电，又响了一个炸雷，一个久违了的妖精，张牙舞爪地在他的五脏六腑里乱窜。

究竟为什么？他努力地去想。从一九六〇年他给她送那半袋谷子开始，他就把她当成了村口的那棵皂角树，没有想过为了什么，也不全是没有什么，总之，不见的时候想，见了的时候怕，总感觉有一股割舍不断的感觉，把他牵扯得焦头烂额支离破碎。那个不经意的歪头一笑，就忽涌一下把他全吞了去。他忽然感觉，漂浮在汪洋大海一般无所适从了，嗓子有些烧，也有些堵，“咔咔——哧、咔咔——哧”地叫了两声，不是咳嗽，也不是呼唤，甚至根本不是一个正常声音。

小玉扭回头，嫣然一瞥，腮上的两个小坑里，像盛开了两朵要人性命的花。她的那个神情，像很明白他的意思，又像在引导他，可以做点儿什么，或快点儿做些什么。

四麻子又“咔咔——哧”了一声，小玉扭回了头，两只明晃晃的眼，穿透了他的五脏六腑，还有那两个晃晃荡荡的活宝，分分明明，正向他招呼着什么。

四麻子终于忍不住，肚子里的那个妖精，好像也在瞬间跳了出来，他结结巴巴地说：“俺，俺……真的……想……也就一回吧，没有啥……别的，你……也知道……”

小玉以为四麻子有什么要紧的大事，扭过身弯下腰，两条弯眉微蹙着，胸前那两个颤颤着的活宝，一起一伏地渐渐变大，越来越大……四麻子双眼模糊，眼前那两个忽涌忽涌的活宝，早排山倒海一般地，把他包裹得密不透风了……

那是一条大河，很宽很阔，他拥着那条河，或是那条河拥着他，一高一低的水浪，温温的、柔柔的，他感到自己快死了，简直到了一个无法忍受的程度，激情澎湃地高叫了一声：“娘！娘！亲娘——吔！”

“当！当！当！”小玉拿了擀面杖敲案板，四麻子一激灵，什么也看清了，他正半蹲着搂着小玉的腰，小玉的那张俏脸，正面对着他，腮上的两个小坑没有了，案板上的面片切好了。

“当！当！当！”小玉又敲了几下案板，说：“你个四骡子，才刚刚叫啥？”

四麻子以为小玉要拿擀面杖敲他，一松手就往外跑，跑到院子里，往茅房门口扫了一眼，也不知道看见了什么，大叫了一声后，跑得更欢，只听得小玉在身后喊：“你个四骡子，跑啥！哎！俺敲你两擀杖！”

四麻子跑得飞快，一直到家，满脑子都是忽涌涌的一片海。

毛驴车电影

第四十八章

香歌软绵绵 羞羞杏子衫

又是一年麦穗黄，又是一年谷上场。大坡地人还是总爱说那句话：林满仓贴对子——又是一年。

在一年又一年的日子里，林满仓家一直保持着那个习惯——不吃窝头。一样的玉米面，在林满仓家必须蒸成饼子。

陈宝妮刚嫁过来时，她殷殷勤勤地发了一大盆玉米面，又颇下功夫地往手上蘸着水，捏了两大笼光鲜闪亮、端端正正的玉米面窝头。

下地做活儿的人回来后，陈宝妮兴奋地揭去了铸铁笼的盖子，清香四溢的一团团白汽翻滚着，亮闪闪、金灿灿、胖墩墩的窝头，像一顶顶喜气盈盈的小蒙古包，"蒙古包"的顶端，有一个浑圆浑圆的尖。

林满仓看见后，狼咬了屁股一般大声吼："捏碎，捏碎！糙手[1]，糙手！谁叫你捏窝头！"

陈宝妮好像被一个昏官乱打了一阵板子，她不知道，公公为什么会突然发那么大的火，猜想自己捏的窝头，太光太圆了？像一个别的什么？

林大头悄悄告诉她："在林家，谁也不能捏窝头吃窝头！俺娘死的时候，连

[1] 糙手：动了不该动的东西或做了不该做的事，有一点儿贱手的意思。

王家特殊‘恩典’的那个硬邦邦的窝头，都没舍得咬一口，她就去了。娘吔！你！咋敢捏窝头！”

后来，陈宝妮的儿子大狗、二狗、三狗、四江都娶了媳妇，她总要一个个地细叮嘱：在林家，谁也别提“窝头”这俩字！要记不住，能见面的老公公和见不了面的老婆婆可都不高兴。

林满仓家对不吃窝头的坚持，是代代传承矢志不渝的，那个透入骨髓的伤痕，是任何寒来暑往的日子，都填不满抹不平的。

好多年前，周大中在闺女、女婿的鼓动下，把他家的大黑驴牵给了社里，那时叫高级社，还不叫生产队。那头曾为周家立下汗马功劳的大黑驴，使他时时牵肠挂肚，屡屡痛彻心扉，他也因此在乡政府被关了三四天的禁闭。出来之后，他的驴只剩一张钉在墙上的干驴皮了。一个又一个的春夏秋冬之后，那头大黑驴，渐渐地被模糊淡忘。

周大中的儿子山民两口子在外工作，周大中的两个孙子、两个孙女齐排排地长，逢年过节时，一家六口都回来，两个孙女像两朵耀眼的小花朵，抑扬顿挫的北京话，像摇了两串小铃铛，铃铛摇响之后，自有邻居们一大堆惊羡不已的赞叹。除此之外，她们头上戴的、身上穿的、脚下踩的，就连玩的游戏，大坡地的孩子们见都没见过。

周大中的两个孙子更耀眼，把城里的好多新鲜人、新鲜事，给翻译成半像不像的大坡地话：“电影院里一排又一排油光闪亮的座椅，放电影的银幕嘛，就是你们村里的小屁孩儿说的那个电影布，比你家，还有你家，所有房子的墙加起来还要宽，还要高，还要大；城里也有山，是人造的假山，就在公园里，不高，造太高了也没用，谁爬得动？又宽又长的大马路，大汽车小轿车满街跑，红灯停，绿灯行——大坡地咋没有？安上十个也没人遵守。不信？城里可没人拿砖头揩屁股，那不卫生！城里的茅房都叫厕所，茅坑也是瓷做的，光叽叽、白年年——啥叫瓷？没见过碗？那就是瓷！不过，你家，你家，还有他家，你们家的那些大黑碗不算，那个瓷不好，也就算个粗瓷……”

孩子们刚被惊倒一片，忽然有人喊：“不好！不好不好！城里人真脏！茅坑跟碗一个样！假干净，尿刷锅，茅房旮旯蒸馍馍！咱赶紧走吧！赶紧做炮去，一硝二黄三木炭，俺都给配好了，找俩干脑瓜瓢去，碾成面面配进去，做出来的老鼠子[1]，光往人的裤腿里钻！”说着说着，有人放了一个自制的土炮，闷声闷气的震耳欲聋，又有人点燃了一个老鼠子，“哧喽喽”地尖叫着，摇摇摆摆地转着圈、冒着烟飞上了天。

周大中的孙子从制服兜里一掏，把包着红纸的一挂鞭撕开来，一点，“噼里啪啦”的一阵脆响，那团蓝烟还没有散尽，村里的孩子就大喊：“俺的老天爷、老地奶奶！城里人就是有钱，这样放炮，谁戗住劲儿！”

周大中的大闺女周山花，随安社长回了原籍，安社长后来恢复了工作，也是蒸蒸日上的好时光；二闺女周山杏家，有人挣工分也有人挣工资，小日子过得衣食无忧……

周大中给大队放羊的那些日子，他总是肩扛那杆锃光闪亮的鸟枪，酸枣木柄的放羊铲往腋下一夹，夏季时背上一把黄油布的大雨伞，不紧不慢的步态里，有几分从容淡定，也有几分骄傲和安然。

无数次的翘首期盼之后，终于盼来了那个步履蹒跚的身影，韩老等喜滋滋地接过他的鸟枪，端端正正地给挂到墙上，再接过他的放羊铲摸索一阵，端详一阵，几分疼爱又几分不情愿地开始叨叨：“吔！吔！哟喂，这都多少年了？嗯？多少年了？那么长的一个铲，磨得剩下这一截了，这撩起来的石头，老鸹沟也快填平了！俺说，咱不干了！这几年，俺也老了，胳膊腿都硬了，自己捏捏使不上劲儿，脊梁后边痒痒，又够不着挠，拉熄灯睡觉——一个人光梦梦，端起碗吃饭，还是一个人，吃啥都不香……”

韩老等还在说，周大中从怀里掏出一个痒痒挠，看不出来是什么木头，前面的五股树根，用火烤了之后折弯了回来，像五根小手指头，后端的柄上烫了一个

[1] 老鼠子：当地孩子们自制的一种小焰火，点燃后冒着火花到处飞蹿。

窟窿，里面穿着一根山羊绒搓的细绳子。

韩老等看了看，好像不稀罕，说：“没有俺手大，比俺手还粗还皴，不好，不好。”

周大中“吭——咔”了两声，韩老等低下头，斜视着他的脊梁嘟嘟囔囔：“死老头儿！铺着地盖着天，头底下枕块羊毛毡！一身的羊膻味，都快没有人味了！”周大中扭回头瞥她一眼，大嘴一咧，神秘兮兮。

韩老等抓起那双大粗手说：“小子、闺女都捎信问，今年回来，给买些啥东西来？”

周大中每提到儿子和女儿就兴奋无比，他左看看，右看看，一脸满足地说：“这米有，面有，铺有，盖有，吃穿咱哪样都不缺，俺也不想吃画眉舌头，这过年，能要啥？闺女要花，小子要炮，老头子要顶旧毡帽，老婆子要俩绵核桃，找个背地旮旯，你一个我一个，砸砸吃了。”

周大中家的日子，就像一条载负不重的小船，在风轻云白的季节里，荡悠悠地逍遥着。但后来的一切，竟慢慢地变了。

按理说，他连当年那头大黑驴，都能慢慢淡忘了，又如何在乎一只羊？但自从边老拐给他打了那个赌，白吃了他一只羊之后，他就不再放羊了，不放羊之后，是有些癔症？还是有些痴呆？——说不清，反正大脑一天比一天不清楚。

开始的时候，他在北圪台儿上给人说：“洪信早来了，他把伏魔盒里边的妖精们都放出来了！还是快点儿死了好。”好多人都以为，他确实碰见了妖精，就时不时地逗他。逗够了之后，可说来说去，他总是那么几句，除了半夜里的披毛大仙，抽了他一袋很冲很冲的烟，就是大奶、二奶、三奶的花草病，再就是洪信砸开了伏魔殿的大锁。慢慢地，就没有什么新鲜，也没有什么稀奇了。再慢慢地，愿意和他搭话的人就少了。他也到处转悠，整天自言自语，嘟嘟囔囔，说一会儿，笑一会儿，再怒一会儿，有时也跑到老鸹沟口，去叫喊一会儿——大家都以为他疯了。

直到有一天，他躺到武小魁家不走了，大家谁也弄不明白，周大中究竟怎么了。

不知道什么时候，武小魁神不知鬼不觉地拉起了梆子剧团，还专唱古装戏。

传说这梆子戏团在外地闹腾好长时间了，折腾得很是红火，对多数的大坡地人，也仅仅就是那么一说。直到有一天，忽然把戏台子搭在了后谷场的皂角树下，还唱《蝴蝶杯》，北圪台儿上的人们又一次坚信：那交头接耳、掩鼻捂嘴的好些事，往往比喇叭里唱的和纸上印的都准确，没见过那些明搂明抱的？哪一个也没有正果！那些斜眼看、远远躲的，才确实刮擦出了一团又一团的撩人火！

当天晚上散了戏以后，周大中跑到了武小魁家，大衣箱、二衣箱、三衣箱，盔头箱、杂箱和把箱……满满当当的一院子。周大中把一个个箱子掀开来看，蟒袍、官衣、斗篷、宫装、罗帽、凤冠……看了一遍后，一迭声地喊着："净是些帝王将相、才子佳人、不敢看，不敢看！"

喊够了之后，他把武小魁拉到了一边说："武小魁！你准是个特务，要不，这些个东西，咋能藏那么些年！"

武小魁不爱听，他就躺到武小魁家炕上不走了，说："可不能再弄那些装神弄鬼的事！那林秀山，不比你唱得好？你去问问他，还敢唱不敢唱？老大不小的人了，咋能听见狗咬，你就上墙！你也真不是个东西！说不清啥时候，大喇叭一喊，大会一开，大牌子一挂，有你个牛鬼蛇神好看！"

后来，周大中还找到了二女婿白文昌。白文昌还是那副笑眯眯的样子，他正在给学生们油印复习资料，资料的封面有一幅画，是《钢铁是怎样炼成的》里的主人公保尔。保尔头戴一顶布琼尼军帽，手握钢锨，大衣被狂风漫卷着，一脸的沉思凝重和威武不屈。

图的上方有一段话："人最宝贵的是生命，生命属于我们只有一次，一个人的一生应该这样度过：当他回首往事的时候，不因虚度年华而悔恨，也不因碌碌无为而羞愧……"

当时的学生，好多人都会背这段话，白文昌给了周大中一份资料后，说了好多和周大中一样的颠三倒四的话，才笑眯眯地去了。

周山杏望着白文昌的背影说："臭老九，酸、臭！不说自己钱不多，一件花布衫，就成了资产阶级作风？要再穿件的确良裤子，就成了资本家？酸！臭！边老拐在公社铁矿的小卖部，早开了张，呼啦啦的票子，大把往家里拿，你咋不把人家拉出来斗一回？”

放上个大炮白文昌也听不见了，周山杏回头给周大中说：“爹，别光听那些没用的，不管他啥阶级，啥成分，谁能叫咱吃好喝好，咱就赞成谁。披毛大仙，也光想白吸咱一袋烟，管它啥洪信放妖，管它啥牛鬼蛇神，有钱使得鬼推磨，没钱逼得猴上杆！没见边老拐钱包鼓了，拐腿子瘸起来，也人模狗样了……”

也许真让王炳中说对了，小彩姥姥坟地的那个黑山沟，当时盖狗剩听了王炳中的话，种了柏树苗，播了柏树籽，如今十多年过去了，当年筷子粗细的柏树苗，已长成镢把粗细，种下的柏树籽，虽然稀稀疏疏，但也是绿油油的一片，粗细也足够做个放羊铲了。

自从倡导社队办企业之后，那个荒凉贫瘠、无人问津的黑山沟就热闹起来，公社在那里开挖了一个铁矿，矿井不深，都是褐红色的铁矿石，可以直接上高炉炼铁。

因为那个沟属于大坡地村，盖狗剩领了一伙人去公社找了几次，除了找回来一个“研究研究”，还找回来一个“商量商量”。正研究商量着，黑山沟里又开了一个井，新开的一个井还归公社，但公社每年都会给大坡地村一定数额的经济补偿，那些补偿，除了大队的零碎花销，每人过年还可以分上二十斤白面、二十斤大米和几斤油。那个补偿，后来几乎成了大坡地人的一个固定收入。正如许多年前王炳中所说，那个黑山沟，真像个金元宝，是大坡地村的气眼。

除了公社铁矿的一干人等，最先在那个气眼跟前活泛起来的，边老拐差不多是第一个。尤其是第二个矿井开挖之后，黑山沟里，每天都有几百人的队伍，那里离村子又远，吃、喝、用的一应东西也有需求，边老拐家的大坡地小卖部，就应运而生了。

小卖部究竟每天有多少纯收入，没有人知道确切数目，但边老拐家，几乎是全村第一个有电视机的，每天晚上，他家的院子里都坐满了人，直到播音员说了再见之后，人们才恋恋不舍地离开。

后来边老拐又在村里开了一家小卖部，大孙子边玉富，除了仍旧做他的农活儿，忙的时候过来帮忙，其他的一概不问。二孙子边玉成，在学校时学习成绩本来不好，早早地帮着干活儿，也是自然的事。

令边老拐始料未及的是，边玉成上学时，数学成绩就没有及过格，一旦动了真金白银，许多时候心算起来，比别人拨拉算盘珠子还准还快。

三孙子边玉辉和边玉成比起来，除了念书更加愚钝，就是打架对仗的时候，出手快，下手狠，而且下手之前从不张扬，小眼睛翻上几翻后，下嘴唇就吸到了嘴里去，能抓到手里的任何一件东西，只要使出去，不见红伤的时候不多。“老鼠精”的算计，加了“老鼠兵”的手，大坡地一带，不害怕的人没有几个。

边玉辉给人下手后，边老拐总是在暗地里，一歪歪一歪歪地笑不停：“一招先，吃遍天，软的怕硬的，硬的怕不要命的！这世界上的江山，有打来的，有抢来的，有偷来的，有骗来的，还没有听说过送来的、让来的，要抡不圆大刀，就砍不出一条血路！险是险了点儿，不过有老二，也该不会有啥事……老三要能好好儿念上几本书，要遇到打仗那会儿，还真说不定……他那号人里头，能出将军，唉！这个老三……”

这个老三，从上一年级开始，凡是和文字、数字联系起来的所有事，几乎全记不住。

那时候尤其注重阶级成分，刚调来的老师又谁也不认识，需要搞一个造册登记，让学生先报姓名再报成分。轮到边玉辉时，他想了又想，说：“俺叫边玉辉，俺是地主农（成分）。”

老师问了其他同学，都说不是，就让边玉辉回去问家长。

边玉辉跑回家问了张红梅后，蹦蹦跳跳地回到学校，老师问啥成分，边玉辉皱了一会儿眉头，说：“咳！光顾蹦了，问了，又忘了。”

老师让他再回去问，工夫不长，边玉辉回来了，老师说：“这回没忘吧，啥农？”边玉辉又皱了一会儿眉头，说：“可能是……贫下中农！”

家里开了两个小卖部后，进进出出的东西免不了要拉，人力三轮车，是个拉得多又不太费力的好东西，边老拐想买上一辆，又舍不得花那份钱。

边玉成去漳水的一个什么地方看见了一辆，那里也是一个小门市，每天晚上，三轮车都在门市外边锁着。弟兄两个商量了一下，找了一把新老虎钳晚上去了。令人想不到的是，主人不仅锁着三轮车，前边的一个轱辘也卸了——他害怕半夜被人偷走。那个东西又不好抬着走，两个人就回来了。

第二天晚上，弟兄两个预备了一个前轱辘，拿着老虎钳又去了，不想主人又把一个后轱辘卸去了，由于后边的轱辘载重、轴粗，前边的轱辘安不到后边去。边玉辉说："要不咱回去，明天晚上，咱背三个轱辘来，他把三个都卸了，咱也能整回去。"

边玉成蹲着想了一会儿，给边玉辉说："老三，这户人家不吃好粮食，本来能安安生生地便宜一个轱辘去，谁知道他吃错啥药了，他就硬不捡便宜，他还坑害咱，一遭遭地白跑……"他给边玉辉嘀咕了几句，边玉辉掏出怀里的刀子，三下两下就拨开了那人家的门，把刀子架到车主的脖子上，让车主从家里找出了那两个轱辘。"你心眼太坏，成天琢磨着害人，今儿俺得主持个公道，你咋摘下来，咋给安上去！"车主给安了上去后，弟兄两个骑上去，唱着"打败美帝野心狼"走了。

白文昌仍然在钢板上刻蜡纸，保尔的那句名言，还在激励着埋头苦读的学子。那天周大中也在学校，边玉成和边玉辉兄弟两个来了。当时多数学生放了寒假，少数学习用功、学习优秀的学生在补课。弟兄两个一人戴了一副蛤蟆镜，大喇叭裤的裤口像两把扫帚，"唰啦唰啦"地一路扫了来，瘦小的短裤腰，紧裹着不太肥壮的臀，一扭一扭的样子，像专门穿了一件瘦臀器。由于太紧，村里人把那种怪裤子，连同那个瘦屁股，形象化地称呼为"网兜提肉"。

边玉辉手里提着一台卡带式收录机，里边一个娇滴滴的小女人，软绵绵、骚叽叽地用半个嗓子唱。那种感觉，像迫切地需要什么，或急于得到什么，或急于伸出手来，抓挠、抚弄一下别人的什么。

周大中在白文昌的木床上歪着，感觉那个软绵绵的曲子，一会儿像他的小羊羔儿找母羊，一会儿又像母羊发情后，乱蹦乱跳的那种急切。听见那个声音后，他忽地坐起来大叫：“咳！咳！都听听，都听听！俺的羊，那花草病好了！羊都兴羔儿（羊发情）了，兴羔儿了！老天爷！多长时候都没有听过，那个软绵绵的叫了！”

当他终于知道了，是边玉辉手里的那个大方匣子在唱，忽地一下又躺了回去，大喊着：“啥？歌星？那就不是干好事叫唤的声音！叫大骚货听见了，那花草病准就又犯了！关上！关上！关上！咋？那也叫歌？连奶羊找骚货，骚货找奶羊，都叫不了那么软和！哎哟哟——这大奶、二奶、三奶，真的没救了！老天爷，这世界乱了！洪信真来了！把伏魔盒里边的妖精们，都放出来了！叫俺早点儿死吧，迟了就没人埋了……”

从此，周大中再不能听那种软绵绵、荡悠悠的“山羊歌”，听见就犯病。可满大街窜来窜去的“山羊歌”，铜墙铁壁都阻挡不住，甚至连尚未断奶的小幼童，不仅把“娘”叫成了“妈”，而且在“妈”的后面，拖了一个颤巍巍的长音后，又多了一个软软和和的“咪”，成了“妈——咪”！

再后来，周大中的病日见沉重，每天早晨起来，都要左右端详一番，拧拧脸，再掐掐胳膊腿，然后歪着头，一脸惶恐地问韩老等：“老老，老等，你说，你说，俺还活着？俺真还活着？哎哟哟，老天爷，俺咋还不死！你再看看俺，真还活着？”周大中天天都要这样做，这样问。

那些“山羊歌”，时不时地在大街小巷里飞着，时不时地让那些穿得花花绿绿的男女，高一声低一声地传唱着。北圪台儿上的人们，也都或急或缓地议论着、嗤笑着，好多人无以复加地感叹着、担心着。

后来，不再那么激越昂扬的曲子，收音机里也会时不时地唱上那么一两段，时间长了，听见的人也就见怪不怪，习惯成自然了。那些感叹着、担心着的人，也免不了偷偷地听上那么一会儿，听完了之后，也免不了偷偷地哼上那么一两句。

周大中盼望自己早些死，他后来变得连真的羊叫唤也不能听了，但那个大匣子里的软绵绵的歌，好多人都爱听，而且还有人悄悄地哼着唱：

阿妹阿妹你别走，哥哥想拉你的手，白白的皮肤细细的肉，一粒一粒相思豆。阿妹阿妹你快来，哥哥领着你发财……

终于有一天，周大中真的走了，与遥遥红尘道别时，他简直惊恐万状。

那天，周大中一个人在炕上躺着，周山杏一个人寂寞，在院子里拿了台便携式半导体收音机在听。

她虽是四十大几的人，或许是因为不愁吃穿的好光景，或者是因为自小生来的脾性，总有一股追风尚、爱时髦的弄潮之气。收音机里在唱，她也软绵绵地跟着哼，哼着哼着，还就差不多了。或许不为了什么，也或许想起了什么，周山杏渲染出来的调子，哀哀婉婉地振荡着，飘摇着："阿妹阿妹你别走，哥哥想拉你的手，白白的皮肤细细的肉……"

周大中在屋里大叫一声后，周山杏赶紧跑来，周大中已裹着被子，跌落到了火台上。她把周大中扶回炕上后，周大中摇着她的胳膊，抖抖地问:"啥？你才刚刚，是唱还是哭？是唱？咋比哭的，还难听？准是哭，俺还没死，你哭啥？嗯……"

韩老等也接着埋怨，周山杏不服气，韩老等说："都多大岁数了，哼哼个啥！恁爹连那羊叫唤都不能听，不知道？嗯？你那是唱？还嘴硬，那叫个歌？那个调调，像个没人要的老闺女，憋死憋活急着找婆家！"

周山杏总是想不通，像闺女大凤、二凤、三凤，经常在收音机里听那些外国歌。或许是人们习惯了李铁梅式的坚强和小常宝式的威凛，新流行的那些歌，歌里边能伸出来一双软绵绵的手，把人心肺里的东西给掏挖出来，让人软绵绵的像害了相思病。柔柔的调子，像轻舞着、漫洒着的雨滴，让人打不起精神直不起腰，还能把许多懵懂世事的人，勾引得如醉如痴。像大凤、二凤、三凤那些人，哪个都爱听。

那天，白文昌从学校回来得迟，二凤和三凤，还是拿着那台半导体收音机，正在偷偷听一个海外电台，里边只有半个嗓子的女人，正在细声细气地唱……

白文昌前所未有地暴跳如雷："都在做啥！那是敌台！将来死无葬身之地！

你！你！你连勺星朝哪儿能吃北瓜都不知道！你连马改转都不敌！”

马改转十八岁嫁给了白锁住，那时锁住爹还活着。锁住爹小的时候弟兄多，家里穷，父母把他送给了一个富贵人家当儿子。在那户人家，他不愁吃不愁穿，还读了几年私塾，谁知道究竟为了什么，《大学》《中庸》和《诗》《书》《礼》《易》学个差不多时，拽也拽不住地跑了回来，吃糠咽菜也不走了。

那时，媒婆领着白锁住，跟马改转见了一面后，他给他爹说：“嗯！那个傻闺女，身板不小——啥也图不了。”

他爹说：“是，没看差，好身板，鼻子、眼、胳膊、腿都齐全——你还想图啥？要多长点儿啥，你不害怕？”

白锁住说：“你就是个常有理。那个闺女，俩傻大眼一直瞪着俺看，俺都叫她给看臊了，她咧开大嘴就笑，还问俺，天又不冷，哆嗦个啥？俺不吭，她就说，哆嗦得再红，也还是那个事，痛痛快快给放个屁，到底愿意不愿意？俺说，愿意跟不愿意，不都叫你说了！她又说，哼，这大村上的人，身板不大，脾气挺大……”

他爹重重地“啊哼”了好几声，白锁住不吭了以后，说：“行，有这两条就行了。好身板——年轻时候，能做活儿养家，家里多了把手；老了以后，能多陪你几年，临老不孤单。大脾气——命大福大的人，肚量都大，要扭扭一个性，掉掉一个脾气，当奶奶供着太小，当孩子哄着又太大，使不死你，也得急死你……”

他爹还没有说完，白锁住就着急地喊：“那个东西，身板像头骡子，头脑像头驴，还是头傻驴！那就是个不够数！心里就没个算计！”

白锁住爹把眼一瞪，瞪了好久，拿烟袋锅子敲一下板凳，就是一个重之又重的“嗯——”。

“嗯——嚷嚷个啥？嗯？没算计？没算计的把谷子当成米，也就外边多了一层糠！日本鬼子打中国的时候，你知道有多少人算计了又算计？谁也没有算计准，输了个精光光，最后再吃美国俩原子弹？那些算计的人，哪个也不比你傻！

“嗯——你倒是老婆吃琉璃，听起来咯嘣脆，你敢试试，那得多好一个牙口？

孙猴子要真能反了玉皇大帝，那可不数他胆儿大！你也刚能说成个囫囵话，知道啥是个算计！

“嗯——鸡嘴尖，鸭嘴扁，老牛吃草舌头卷，哪个事，是算计出来的？铁算盘敲烂自己手，木算盘算成个糊涂蛋。你知道会算计的人都能耐？凡事看得淡，那叫憨！憨娘儿们都好支应，好打发，她也知道把好东西往家里攒。凡事看得太穿，那叫尖！尖娘儿们眼都高，心都欢，能满世界替你找高兴，怕你供不起盘缠！

“嗯——气死个打算太到的，急死个半傻不俏的，憋死个会比会照的，吓死个磕头祷告的。不会算计的人，挡不住老天爷，把你手里头的那俩数，使了加法再使乘法；太会算计的人，也禁不住老天爷，把你手里头的那俩数，使了减法再使除法……”

白锁住的爹真学过孔子和孟子，读过《诗》《书》《礼》《易》之类，但他说的这些，那些书上真不一定有，但白锁住还就稀里糊涂地倒了下去，又稀里哗啦地化作了一团乱七八糟。把他击打粉碎了的，一个是他爹，一个是他爹的威严，还有就是“嗯——”之后的，那些听起来齐齐整整，想起来半懂不懂的好多东西。有了那些东西，就是比白锁住还硬的骨头，恐怕也不敢把膀子再斜起来。

白锁住娶了马改转以后，好多人都说，她看中了白锁住满脸的红疙瘩？看中了白锁住永远立不直、站不正的腰身？她看中的是白锁住“二十五品”的那个生产队队长！

其实，许多人都忘了，马改转嫁给白锁住时，白锁住才是个生产队的记工员！后来，他才成了那个“二十五品”官，而且，那个“二十五品”，也还是马改转给算出来、说出去的。

马改转兴奋有加、激动无比，人又不太多的时候，总是喊一声“你个大叫驴”，其他人无法体会、更无法接受的柔情蜜意，就一丝不挂地传递给了白锁住。在背旮旯里，她还会在他的什么地方摸上一摸，舔上一舔，或咬上一口，是大家千真万确看见的。

马改转对那个“二十五品”的仰望，令好多男人嫉妒得要死。

修磨盘沟水库时，每个公社，每个村，每个生产队，都要派一些青壮劳力去，派去的青年男女不叫民工叫民兵，一个生产队的人合起来叫一个民兵排，一个村的人合起来叫一个民兵连，一个公社的人合起来叫一个民兵营。

民兵们手抬、肩扛、车拉，干了好些好些年以后，磨盘沟水库纯手工打造的大坝终于建成了。磨盘沟水库终于建成并投入使用后，相关部门要举行庆典，省、地、县各级领导都要来，大坡地人听都没听说过的文艺团队也要来。大坡地民兵营因为被评为先进，指挥部邀请代表参加。

在平时，白锁住除了喊叫些什么人或什么事，真要在大庭广众说上些像模像样的，就是进行一番专门培训，他也是枣核解板——三两句（锯）准完。

磨盘沟水库投入使用前，坐落在周围山梁上的村庄水资源奇缺，有时候生活用水都成问题。传说某干旱年份，姐妹俩要去走亲戚，因为太缺水无法洗脸，出门前，两个人各自用手指去自己嘴里蘸了唾液，脸对脸帮助对方抠洗了抠洗。而如今水库周围的村庄到处青山绿水、果树成行，白锁住应该是触景生情之后突然灵动，联欢会上，他第一个自编自演了诗朗诵：

高高山上一条路，那边过来个小闺女。脊梁上背着喷雾器，腰里边掖着洗脸盆儿。上边两坡青苹果，下边一沟清凌凌的水。要不是毛主席好领导，不能洗脸咋像个人儿！

白锁住表演完诗朗诵回到大坡地，好多天都不愿意抬起头来看人，也不敢喊谁了，更不愿意到人多的地方去了。这怎么行？队长起码天天见社员，时不时地，还要去哪里开上个大会，对付了，也总要在大会上说上几句吧？不敢见人，说话怯场，这怎么得了！马改转一天给他打三遍气："俺的壮汉，俺打小儿活到今儿，就没有听见过那么好听的文章，在咱大坡地，在没咋念过书的社员里头，要没有魏老大，俺壮汉准是第一！"

马改转和白锁住两个都能干，家里的男劳力又多，土地承包以后，收到家里的粮食，真的比当队长时多很多，但那个渐行渐远的失落，白锁住总有些难以释怀。按说，马改转的肠子，向来没有那么多的弯弯绕，粗粗细细的好多事都能通过，忽然有一天，她有些怒不可遏了。

那时老六玉蜀面还上高中，且要参加高考，正在紧张的备考阶段，家里家外的所有活儿，马改转都不让他干。那天玉蜀面正在家里复习，不知是想起来了什么，就唱了起来：

漂亮的妹子红红的腮，就像一朵桃花开，变只蜜蜂飞过去，一下钻入你的怀。漂亮的妹子细细的腰，走路就像水上漂，变条小船荡过去，把你拥入我怀抱……

马改转刚从地里回来，听到玉蜀面唱的那个调调就大喊起来：“浪叫恁娘的个啥？那么难听，肚里边窝着泡大粪做作不出来，憋得那么难受？”马改转气愤至极，怒火中烧，狠狠地砸了玉蜀面一镢把。

也许是没有砸巧，玉蜀面好长时间都没有喘上来气。马改转捶打着自己，埋怨下手太重了。问明了是从边玉成的收录机里学来的，抬脚出门就找边玉成去了。

马改转走到石碾街，边玉成的收录机在北圪台儿上放着，里边一个挤着半边鼻腔，还吊着半个声带的女人，正唱着一曲妖妖气气的“山羊歌”。边玉成和边玉辉，还有好几个半大不小的男女，正在跳着一摇一摆、一蹦一蹿的舞蹈，那个舞蹈，像幸福无比，又像痛苦难耐——和马改转说玉蜀面一样，是急着方便，又啥事也做不成的那种感觉。

马改转本来一腔怒火，跑到那伙人的中间大喊大叫起来：“都是谁家的孩子？有娘生没娘管！自己不学好，教调别人家的孩子也学坏，都要脸不要？那台收录机里边哼哼着啥？唱歌？那也叫歌？那是在干啥？喘不上来个气？比窑子店做作出来的声音都难听……”

马改转正在喊，边玉成使个眼色，边玉辉就是一声大叫：“恁个串种们，平时那些眼尖手快的，可都预备好了，半路上蹦出来头老草驴，她家的那头老叫驴，黑夜没有把她整舒坦，来这儿横踢腾来了，这回可都给整利索点儿，一下是一下！”

马改转也就是马改转，她听到边玉辉的号令，不容对方有什么反应，看准一个小个子，一个巴掌就给扇倒了，正准备扇第二个，边玉成一把拽住了她：“你也真狠！俺说，盖体窝里边的事，你都敢满街喊，别人咋就不能舒舒心心唱个歌？啥也不懂你捣啥乱，啥‘山羊叫’，那是最流行的演唱法！听不懂气死你！”

马改转不等边玉成说完，一脚就把那台收录机给踹翻了，插卡带的盖子，“哗啦”一声撞开了。边玉成心疼得不得了，马改转一蹦一跳咄咄逼人的气势，足以掀翻一个麦秸垛。

边玉辉吆喝一声，从腰里拔出一根尺余长的钢棍，在手里抡了几个花样，几个人把马改转围了起来。

正闹着，白锁住不知什么时候到了，他攥着一根柳木棍跳到台阶上，大喝一声：“都想咋？一堆的流氓啊！想打架？俺见过狗刨地，见过猫拉锯，见过蛤蟆放大屁，就没见过唱歌喘不上来气！哪个皮松肉贱的活腻歪了？今儿就看看，谁敢捅俺家娘儿们一指头！俺六个小子，谁也用不上，俺一个人富足有余！谁先上，你——”

白锁住抡着棍子开始喊叫时，边玉成掂起那台开着盖子的收录机溜了，白锁住拿着棍子喊了一声“你”，刚比画了一个，那边就跑两个，第三个“你”还没有喊出来，边玉辉也溜了。

那天真的没有谁捅马改转一指头，但她还是躺到炕上不起来了，没有人知道究竟为了什么。白锁住问来问去，马改转拿被子包着头，一句话也不说。

白锁住害了怕，在一起生活这么多年，他第一次感到，他的家没有了马改转意味着什么。除了老六玉蜀面，五个儿子都娶了妻分家另过，马改转往炕上一躺，嘴一闭，眼不睁，话不说，家里和家外，顿感一片凉冰冰。

白锁住找了边玉成几次没有找着，掂着那根三尺余长的柳木棍子，在石碾街上截住了边老拐。他把棍子递给边老拐说：“俺家娘儿们，叫恁家俩孙子给欺负了，这会儿还在炕上躺着没起来。这样，你先捶俺三棍子，恁那俩小阿飞，俺就得一人捶他三棍子，要捶不倒，俺真服他骨头硬，要是捶倒了，俺就得给他说说，别以为戴个黑眼镜，再弄个‘网兜提肉’，就敢把老君炉给掀翻！谅他也没有孙猴子的本事！咱可先说清，改转以后要有个好歹，三棍子也不算清。”

边老拐把那根柳木棍子双手递了回来，说：“大兄弟！别着急，大小你也当了多少年干部不是？俺这就回去问问，那俩兔羔子要真有点儿啥，不用你动手，俺替你管——好歹等俺个回话！”

第二天晚上，边老拐到了白锁住家，说了一大堆之后，拍着白锁住的肩膀说：“老白兄弟……”过了一会儿，他又叫了一声“老白”。

马改转忽地从炕上坐了起来，说：“老白？嗯！就是老——白！你可还是老拐！你走吧，啥事没有，俺家老——白，可不是小肚鸡肠的人！”

边老拐惊惊愕愕地走了，马改转给白锁住说：“俺今儿总算翻清点儿了，俺早就当了奶奶的人了，半辈子都不会说话。唉！以后，俺就叫你‘老——白’，这个好听，跟小玉喊叫麻子的那个‘老——四’一样，真好听！咱玉蜀面，俺领上他去老大家坐坐，俺得叫他知道，老白、老大，就应该是差不多的两家！”

马改转递过一支“大炮”，白锁住抖抖地接住，颤颤着头说：“老——白，好，俺就是有点儿不习惯，也觉着有点儿架不住，老——大，倒也行，他欠队里的账，还没还清……”

边玉成和边玉辉赶翻了生产队里的车，魏老大背起了队里的五百多元债，还了两百元之后，剩下的欠账，就成了一根扯不断的线。

前些年，魏老大家每年还能分上个近百元的红，二巧嫁了以后，家里又少了一个劳动力，每年也就分个几十元。张雪梅每年养两头大猪，再喂几只羊，养几只鸡，除了穿衣、点灯、吃盐、烧煤……再供了两个孩子读书，买了过年贴春联的门红纸后，家里连一张十元的票子也剩不下了。直到白锁住敲响了生产队的散伙钟，魏老大还欠生产队两百多元。

三队的大铁钟还在后谷场的大皂角树上吊着，白锁住到底敲破了队里几口钟，没有人数过，也没有人算过。大凡遇到白锁住不高兴或太高兴的时候，三队的大铁钟，不是要被敲破了，就是要被敲哑了。

生产队里上工做活儿，都是一天三敲钟，除此之外，开会、分粮、分菜、算账……所有需要召集社员的事都敲钟。每到了该上工的时候，大坡地七八千口人的村子，二十多个生产小队，“当——当——当——”的钟声一声接一声响起，那应该是一个前无古人的壮闻，许多许多年之后，还应该是一个后无来者的壮闻。

在耙犁耪耩、春种秋收的年年岁岁里，魏老大永远是魏老大，白锁住仍还是白锁住。三队大铁钟的位置，几乎是大坡地的最高处，要是敲响了，村里的每个角落几乎都能听见。大凡那个钟敲得特别响或特别急时，听见的人就会说，三队又该换钟了。或许有时话还没有说完，那口钟突然“噗——噗——噗——”的没有那么响了，那是钟哑了，当地人叫“闷了”；有时钟声突然“嗡——嗡——嗡——”地乱响了，那是敲破了。

后来，白锁住专门去白口镇定制了一口钟，比一般生产队的钟大了整一倍。有人说，他往化开的铁水中，加了一截钢轨，做出来的新钟响亮又清脆，震耳欲聋的感觉。往皂角树上挂的时候，白锁住给帮忙的好多人说，除了静峦寺的大铜钟，这是大坡地村有史以来，最好的一口钟。

可惜，那口钟只敲了半年多光景，家庭联产承包就开始了，那口钟也就没有用了。后来，连拽钟槌的七彩绳，也被人摘了去。

那根拴钟槌的绳子，马改转当年一次准备了七条。绳匠的孙子，比他爷爷的手艺还好，手拧的小细绳，不仅柔软细腻，而且极度的光滑顺溜，瓷瓷实实，匀匀称称，又软和又上手，既耐雨淋，也耐日晒，每每想起，白锁住都惋惜不已，后悔没有把七彩绳解回自己家里去——其实那口大钟，比那根绳子值钱得多。

那天，白锁住把马改转备用的第七条，也是最后一条七彩绳拴上去，要拉绳子时，他还在回想着马改转的话，说不清是愤愤不平，还是恋恋不舍，攥紧那条七彩绳时，满腔的壮怀激烈。

他本想响响亮亮地敲打上一阵，刚敲了没有几下子，那口大钟“扑通”一声掉了下来，把他吓了一跳。是拴大钟的东西不结实？他分明清楚地记得，他专门去供销社，买了两米八号铁丝拴上去的。定下神来后，他上前一看，真没有记错，还是他拴上去的八号铁丝，总共缠了四圈，老虎钳拧起来的死结，仍然细麻花一般紧紧地拧着，那四圈吊大钟的铁丝，竟齐生生地断了！

当时有人大喊："天意！天意！这生产队早该散了！都看，都看！这八号铁丝，一根根都是新碴口，大老虎钳一下子也铰不断！"三队的几个老女人，马上召集善男信女，在皂角树下点蜡、燃香、烧纸箔，善男信女还没有全部散去，三队能分能卖的东西就处理完了。

人们还没有顾上去北圪台儿说些什么，好像只是个一愣神的工夫，大坡地的二十多个生产小队，就全部载入史册里了。

那天魏老大也去了，白锁住或许看见了他，也或许没有看见，但白锁住说出来的每一句话，看不见立地成佛，也明显地脱胎换骨了。原先在生产队里，分蔬菜或分粮食的时候，见到那些孩子多、孩子又小，工分少、劳动力又少的欠账户，白锁住往往会斜着膀子，歪着脖子大声喊："少工缺布袋的往后靠！做活儿的时候没人干，吃饭的时候嘴不少！"

那天白锁住的嗓门却很小："所有的东西，都要现钱，队里欠个人的，顶账以后两清！"

他回过头来，再向魏老大这边张望时，晃了晃膀子，像笑又像哭，一字一句地说："现钱——这有欠账，也得先现钱还清账，再现钱买，没欠账的户，也才能挑捡。这生产队，俺活着，怕是再看不见了，要给社员们扔下笔糊涂账，那死了没人埋，能叫二孝子往坟上抬？"

大坡地一带，除了死者的亲子女，对其他同宗同族的戴孝人，统称为"二孝子"。如果死者生前人品不好，或威望极低，帮忙抬棺材的乡邻一旦不去帮忙，棺材也就只有二孝子去抬了，这将是一件极其丢人现眼的事。

魏老大什么也没说就回去了，还没有走多远，白锁住又开始喊叫了，问了问别人才知道，队里有两个耩地的耧和一个大铁耙不见了。后来魏老大又听人说，剩下的东西还没有卖清楚，就被那些手快的人给哄抢了。

地分开了种以后，魏老大家吃的东西，就实实在在的风雨不透了，尽管没有分到生产队里的牲口和农具，但他有一身的力气，两口子并着膀子起早贪黑地做，白面馒头也能敞开吃，只是经济上拮据。

张雪梅终于攒够了一百元，除了两张十元的票子，其他都是一元、两元、五元的，平平整整地放在一个绣了花的荷包里。

后来张雪梅往那个荷包上，缝了两条又长又结实的带子，黑夜白天都在腰上拴着，夜黑人静之后，闩了门，才会把那个荷包从腰里解下来，两口子认认真真地再数一遍。他们合计着，不管做啥不做啥，总得先买上头驴！十多亩的地，总不能老借别人牲口使，人也一天天地老了，不能总靠两只手和两个肩膀头子。

两口子刚把一百元攒够，三巧就收到了大学的录取通知书，那一百元就没有了，还去外边又借了一百。

庄稼主儿收获的粮食都已仓满囤满，就连原先少工缺布袋的家庭，也把粗粮看不上眼以后，魏老大的那几亩坡地，还有那个兔刨井，就没有几个人再能想起来。但魏老大，仍然是人们羡慕不已又念念不忘的品评对象，像三巧那样的大学生，还去北京念，沙水县多少年也没有几个，大坡地村多少年也才有了一个，也还就到了魏老大家！

放了寒假，三巧回来了，还拿回来一张同学们合影的照片。在张雪梅看来，照片上的那些学生，哪个也没有自己闺女生得好、长得俊，但哪一个也比自己的闺女，打扮穿戴得时髦闪亮。三巧穿的，还是她给做的那件红方格粗布褂，大坡地女人精工细织的手艺，到了北京，无论如何看不见那份应有的体面。

两口子数算了一下，又商量了一下，第二天一大早，给三巧说了两个人的心思。三巧想了一会儿，高高兴兴地拿出来一张纸，上面记载着“幸子[1]衫编织法”，娘儿俩高高兴兴地，买回了两团雪白的毛线。

张雪梅不识字，看不懂“幸子衫编织法”，三巧自己看着织，织了两寸多

[1] 幸子：二十世纪八十年代初日本的电视剧《血疑》里的主人公，由山口百惠扮演，容貌清纯秀美、靓丽怡人，是一代人的青春偶像。

宽，毛衣针就把手指头磨破了。张雪梅翻着猫猫眼，来回翻着看了几遍后，说：“嗬哟哟！俺闺女是捉笔杆子的手，哪儿使得了这个，娘给织！”眼看到了腊月二十，该为过大年忙活了，张雪梅却不慌不忙，嘴里念着：

二十三，神上天；二十四，扫房日；二十五，做豆腐；二十六，去割肉；二十七，把面发；二十八，蒸馍馍；二十九，打回酒；三十黑夜闹一宿（xiǔ）；初一上街扭一扭！

念着念着，幸子衫就给织好了。三角形的大领口，敞开着一个时尚；宽松的衣身和略短的腰，要的就是那个风韵；长长的袖子，是想藏起来那些不愿示人的妩媚——爱美的小女子，谁不喜欢那个清纯似水、娇柔似花的幸子！

三巧往身上一试，张雪梅的猫猫眼眯成了一条线：“啥日本鬼子！啥杏子、李子、桃子，俺闺女才真叫个俊！”正笑着，马改转领着玉蜀面，不打招呼也不吆喝，“叮叮咣咣”地闯了来，张雪梅赶紧把三巧推进里边屋，把门也给带上了。

张雪梅的意思，是怕马改转看见幸子衫后，再满大街地乱喊。毕竟这个时尚的幸子衫，在村里穿太过时尚，长袖子小短腰，又配了一个大领口，把可以露出来的地方给藏了去，把应该藏起来地方给露了来。大都市的人穿出来，那是潮流，大坡地的人穿出来，怕是潮道。

还是夏天的时候，武小魁的闺女玉香，穿了一件花的确良衬衫，浅灰的确良裤子，不想正遇了一场大雨，衣服全贴到了身上去。

那种布一旦遇了水，真抵不住庄稼主儿织的手工粗布，的确良盖着的东西，几乎能全部看见。马改转登时大喊：“看，看！小魁唱戏发了财，挣了俩钱，花到哪儿不好，非得整身的确良。快看，快看！啥都能看见！”马改转要是不喊，看见的人也会装作没看见，没看见的人，也许永远看不见，再加上正下着大雨，该看见的人，也不一定顾得上看。

不想三巧往里边屋藏的时候，马改转早看见了，她给张雪梅说：“恁家下凡了一个天仙女？咋也不是偷的，见了俺就赶紧藏，怕俺看见，还就得专门看看！”

正要推门，三巧出来了，笑嘻嘻地说：“才织了件毛衣，知道婶子人封建，怕你看不惯，看看，能穿不能穿？”

马改转一愣神，前后左右端详了一阵子，嘴里“啧、啧、啧”了一阵子，说：“俺当是谁，才刚刚差点儿打了俺眼！哎哟哟，是俺三巧！还就是女大十八变，会变变个莲花瓣，不会变变个牛屎片！这么大个领口子，太露！要是别家的闺女穿，那就咋看也不顺眼！俺三巧，穿上就好看！俺去老拐家看过电视，俺三巧穿上，就像从电视里边跳出来的！唉！要不是俺跟老白都老了，真想再生个闺女……”马改转夸完“俺三巧”，又夸“俺老白”，满脸忽涌涌的幸福无边，久久没有消散。

张雪梅的猫猫眼又眯成了一条线，她想，“恁老白”好不好俺不知道，俺三巧，连米汤你也没给喂过一口，咋一眨眼，就成了“恁三巧”？

第四十九章

乡音逝云天　耕夫半痴癫

到后来白锁住才明白，包括马改转在内，没有几个人在乎他那个生产队队长。过去白锁住不高兴的时候，马改转总会说：“咳！咱家往前数八辈，连衙门里边担水扫院的也没有过，现时咱家出了个‘二十五品’，那么些人今儿干啥，明儿做啥，都得听咱说，分粮分菜咱还捉秤砣，够使！够使！”

那个“二十五品”云散雪消时，一群群的人争抢队里的牲畜和农具——庄稼人离不了地！种地用得上的那些东西才是他们的命根子。犁地耩地要紧的时候，给开来一架飞机都没人理你！马改转却先把那口加了一半铁，又加了一半钢的大钟给扛回了家。

白锁住说：“要那么个东西做啥？口朝下，它的顶太尖，不能当板凳坐；口朝上，它放不稳，又不能盛东西；躺着放，它滴溜溜乱转，也不能当球踢！像个锅，它不是个锅，像个草帽，它不能戴……”

马改转扛回去后，在院子中间刨了个坑，把大钟倒过来往里一埋，像个朝天开放的喇叭花。她又往大钟里边填满了土，种了几株凤仙花，粉红、粉白、大红、浅红的蝴蝶状，一团一团的鲜艳，阴雨连绵的季节里开得最旺，但白锁住总不爱看。

收到家里的粮食，比当队长时还要多出好多，马改转“啪啪”地拍着那个铁“喇叭”，给白锁住说：“俺说，老——白，这口朝下，咱是队长，这口朝上，咱成了皇上！天天儿烙饼、馍馍、拽面，烙饼、馍馍、拽面！也不用钻到门旮旯后面悄悄吃了，咋，还不行？不管它口朝下，还是口朝上，咱里外都吃糖！”

白锁住慢慢才明白，不够数的马改转，让那些算计得太精准的人看，就不能够数。

穿着幸子衫的三巧放假在家的时候，马改转抽空就往人家家里跑，她热切地期望，自己家里也出一个大学生。她专门打听了一下，那大学生，毕业分配就是“二十品”。她真希望三巧把玉蜀面好好地教一教。

三巧给玉蜀面辅导了好多次，玉蜀面到底也没有考上。马改转激愤难耐地骂：“咱家最多能出个队长？黄狼子[1]下老鼠——一窝不敌一窝了！赶紧往地走！高中毕业生，白费两年工，叫你担茅子[2]，你说臭不噔，叫你算个数，你也闹不清！”白锁住听了后，斜着膀子走了。他真的很不高兴，这白家祖祖辈辈的人，论窝？

他从地里回来后仍然不高兴，马改转早忘了，或许她根本就没有记下什么。她照样把拧好的“大炮”递给白锁住，再擦根火柴点上，说：“老——白……”

白锁住说：“你还是该叫啥叫啥吧，这一窝一窝的东西，加上那个‘老’，就更不好！俺听你叫的那个‘老——白’，浑身上下不自在。”

马改转倒完白锁住鞋里的土，也拍打好了，扔给白锁住说：“你还别不待听，老——白！这个名就是好，俺听过，小玉那回叫四麻子‘老——四’，真好听！俺要是个男人，也想搂着她睡！”

在马改转看来，小玉称呼四麻子的那个“老——四”，是再幸福不过的一件事。其实不仅是她，但凡听过的人，那声包含了许多内容的呼叫，大都会细细地品味一下，四麻子不止一次被那声呼喊，给撞击得无所适从。

那次他给小玉家垒完墙，恍恍惚惚之中，就飘摇到了云雾里，两只眼睛什么也看不见，只感觉，有一个渴求已久的神圣或至爱向他涌来，那种感觉，积聚成

[1] 黄狼子：黄鼠狼。

[2] 茅子：大粪。

一个所向披靡的无所畏惧之后，他把那个渴求已久的神圣或至爱，竟喊成了一声响当当的“娘”。

在他的记忆中，娘连一个模糊的影子也没有，此生此世中，他不仅没有娘这个最最可亲可敬的人，也不敢再有除此之外的任何奢求了。他娘死的时候，除非饿了或哪里不舒服，他连哭一声都不知道。

他一声又一声地喊过之后，小玉应也不是，不应也不是。她把酸枣木的擀面杖“当、当”地一敲，那团迷人心窍的妖雾，就在顷刻之间迸散了。他慌不择路地拼命逃遁，往外跑的时候，他清清楚楚地看见，林秀山从茅房中跷着四方步出来了，还冲着他嘻嘻地笑！一路上，只感到两条腿不由自主地拼命飞奔，小玉嗔叫的“四骡子”，一遍又一遍在脑瓜子后面响。

他的家本来没有院墙，从东河滩拾来些石头蛋子，摇摇晃晃地堆砌了一个院子的形状，供人出入的那个“门”，平时放有一根五尺多长、小腿粗细的大木杠。出门的时间要长，就把那根杠子，往摇摇欲坠的石头蛋子上一搭——告知来来往往的君子：主人已不在家了。

其实就是不横那根杠子，就是非君子之人，也懒得往他那个烂窝里看一眼，所以好多时候，他也就忘了放。

而偏偏那天晚上，他出门时就放了上去。那根杠子横放着，也就半小腿高，往回跑的时候，他一条腿把那根木杠子磕出去老远，另一只脚又踩了上去，他连摇晃一下都没有，就猛冲着向前栽，刚把手伸出来准备扶地，头就率先撞到了墙上，两只眼一黑，满天的星辰转了几个圈一晃悠，好像都钻到了他的脚底下。

过了好一会儿，他想往起爬，爬了几次倒了几次，终于能坐定时，感觉所有看得见的东西，还在忽高忽低地围着他乱转。后来，浑身软绵绵地又倒了去。

那天晚上，他不知道在地上躺了多久，直到上下冰凉满身潮湿，恍恍惚惚中，看到林先生夫妻和林秀山，都在冲着他呵呵地笑。他一惊，一骨碌爬起来蹿到了屋内，“叮叮咣咣”地关上门后，拿他那张破桌子加了破板凳顶住了，爬上炕拿破棉被把自己包裹了起来。

他等了好久好久，只感觉胸膛里“当、当、当”地在敲着一面锣，连喘息的声音，都像在拉着一个“呼——嗒、呼——嗒”的大风箱。直到确实憋闷难耐，有些真受不住，才从被子里露出半个头，确信四下绝无动静后，才感到一条小腿疼痛难耐。斜眼从破窗户向外看一看，外面黑洞洞的没有一丝光亮，再摸一摸，腿似乎没有破，整个头顶软乎乎的，像顶着一个刚出笼的大发面馒头。

天要放亮时，他胸膛里的那面锣不再敲，那个大风箱也不再拉了，全身放松以后，和一个死沉的布袋一样，向旁边一歪。他急着要睡，真的困极了。谁知刚迷糊上，睡梦中又和林秀山打了起来。

太阳高照，林先生还在梦里大喊大叫，直到把他打了一个跟头后他才醒来。卷起裤腿看一看，小腿的正前方，有一个深陷下去的大坑，用手摸一摸，钻心地痛，头顶上的那个“大发面馒头”还在，麻麻木木的感觉，似乎是另外贴上去的一张皮。

他爬下炕往回搬桌子时，又看了看那条腿，除了乌青的颜色和肿胀并没有折，只是痛得钻心。打开门一看，那根叉门子的大木杠，竟还端端正正地放在那个“门”上！他突然脊背发凉毛骨悚然，总感觉有一股阴风围着他转，如果不是朗朗的丽日和一声声的鸡鸣，他真会一头再栽到地上去。

后来，他好多天都不敢走夜路，实实在在地相信，那天晚上，一定有一个什么蹊跷所在，林先生一家三口，或许一直在一个什么地方阴魂不散！后来，看见小玉家那个黑黢黢的门洞就害怕，更不敢再到那个门洞里去。

过了好多天以后，他腿上的那个坑，不仅慢慢地鼓了起来，还鼓出来老高，掉了一层又一层的血痂后，留下的一个大硬疙瘩，就再也下不去了。

那根令四麻子魂牵梦绕的魔线，也许他根本无法扯断，也许是小玉脸上的那两个坑，能健忘他所有的疼痛，能激发他所有的豪勇。尽管好长一段日子，他一直躲着小玉走。

那天他远远地瞥见了，那个妖娆无边的一身灿烂，他在心里边清清楚楚地告诫自己，应该尽快逃走，但两条腿无论如何不听使唤，最后竟鬼使神差地蹲了下去，捡了块石头，去砸镬头上的硬木塞——其实那把镬头，牢绷绷的并不松动。

小玉旋风一般飘了来，似水的双眼忽闪了几下，头略略一低，两腮上的小坑里，堆起两团幽怨：“老——四？那个要你性命的阎王，把躲着俺走的令牌，啥时候给收回去了？没有？是呃？看，也不敢抬头，还把镢头砸歪了。”

四麻子使劲儿摇了摇脑袋，镢头的铁头子，“咣当”一声掉了。“唉！老——四，你真是……”

小玉走了好远好远后，“唉！老——四”的那声叹息，还在他耳边久久回荡着，并且在顷刻之间，把他所有的刚强，堆积成了一方厚绒绒的白雪——一大堆皎洁剔透的冰凉，无可阻挡地穿透了他铮铮的筋骨。可每当要做些什么时，小玉那张笑嘻嘻的脸，又会在顷刻之间，把他化成一摊水。

日日夜夜的煎熬，把他的肚肠都要搓成了绳子，他才复活了那个难舍难弃的牵挂。

青龙沟里葱葱茏茏的一块玉米地，张扬着一片耀眼的兴旺，满目的青枝绿叶茁壮挺拔，一棵挨着一棵，玉米头顶上的雄穗，撑开来一把把小阳伞，微风拂过，浅绿微黄的玉米花，扑簌簌地寻爱去了。地里没有多少杂草，小玉却还在拔。

四麻子前进后退了好多次，终于在小玉身边站定了，一副欲言又止的样子。满目的青翠静谧安详，极目张望，看不见再有别的什么人，即使有别的什么人，也看不见自己的什么事，他却一遍又一遍地四下张望。

小玉正蹲着，看到一双大脚后，长长地哼了一声，慢慢地仰起头，送来一缕不怒不喜的恬淡，四麻子感到，脸上的麻坑，热辣辣地烫。

小玉慢慢站起来，拍打着手上的泥，“啪、啪、啪”的脆响。她歪着头盯了四麻子好一会儿，腮上的两个小坑又深又圆。他涨起一腔所向披靡的豪壮。

他给小玉说了那天晚上的事，尤其把林先生夫妻和林秀山的三张笑脸，描绘得活灵活现，他想收到两个效果：一个是解释清，后来他躲着她走，真在她家里看到了什么，他怕；再一个就是，听听小玉如何对待死去的那几个人，要真放不下，别再一声一声的“老——四”喊他，要真放下了，那他们就正正经经明明白白地，敲起梆子，打起锣鼓，配上弦子开始唱！

小玉皱了一下眉，四下看一看，说：“是呃？俺咋没见过？你那是心虚。”

四麻子急急地说：“俺不亏谁不欠谁，俺咋心虚！”小玉摇摇摆摆地走，回过头一笑，说：“想做贼的人，还没见过几个气粗胆壮的。”说完脸一红，冲他招了招手又疾步快走。“俺想找个地方脱点儿坯，炕面坏了，收了秋想赶紧拾掇，到了冬天，铺上新谷草，咱也暄乎乎地睡它几个舒服觉！”

小玉像牵着一根不长又不短的绳子，四麻子在后边，不远又不近地跟着，颠颠地走。他本想试探的两个答案，一个也没有得到，她粉腮上的那两个小坑依旧，也还是那副无风又无雨的眉眼。

四麻子想，那两个小坑里究竟装了啥？一个是做贼心虚？一个是炕面上的土坯？那是个啥？那是和对付生产队队长一样的小把戏！这边队长问，今儿半天锄了多少地？那边社员答，青龙沟里的黄豆苗，叫兔子给啃光了。那是个啥？

他心里就渐渐地恨：除了马改转，天底下略微有些眉眼的女人，几乎都是一个师父调教出来的徒弟！她们把心里头好些个明明白白，都给整成混沌糊涂叫人猜，合了自己的心，对了自己的事，就着台阶骑上驴就走了。一旦不对了自己的卯榫，或把脸一沉，大闹一顿说是受了别人害；或把脸一捂，大哭一场说是受了坏人骗——自己根本就是只知了猴，把最外边的那层皮一蜕，叫都不叫一声就远走高飞了。

四麻子忽然隐隐的不快，但还是跟着小玉，到了一个能取土的空地。小玉刚刨了几下子，他就抓过那把镢头说：“回去等着使坯吧！俺真想吃顿面片汤！”

小玉擀的面片汤，在半年多的光景里，四麻子吃了好几顿，小玉的那个土坯炕，自己不动手，也就有人给盘好了，干透了的新谷草铺上去，暄腾腾的温暖。门外边垒了一个新猪圈，都是齐生生的大青石。院子里东边屋子的山墙外，又接了一间不太高又不太低的小房子，锨、镢、锄、镰类的农具，水桶、扁担、粪筐类的用具都放进去，不担心雨淋，也不怕日晒。屋子里新垒了两个大粮仓，水泥抹了里面又抹了外面，瓦蓝瓦蓝的颜色，像两个平平整整的放衣柜。

分生产队的时候，四麻子贴了小部分钱，把生产队欠他的钱合在一起，买了队里的一头小牸牛，才两岁多的牛，一身明晃晃的细卷毛，四麻子赶着他的牛车，一趟又一趟给小玉家拉东西。

他赶着，她坐着，那个不紧又不慢的晃悠悠的颠簸，使他猛然领悟了，传说中的那个牛郎，活得有多么滋润！

他紧紧地拽着卷毛牸牛的大尾巴，心里边十分的渴望，化作了十二分的癫狂之后，另一只手脱下一只解放牌的大胶鞋，“啪、啪”地打着牛屁股说：“光知道拉石头拉土，啥时候，你也变个老牛精，给咱也做个大媒？”

小玉好像什么也没有见，什么也没有听，晃晃荡荡的身板，加了飘飘摇摇的眉眼，和头顶上的蓝天白云一样，纯净又澄明，恬淡又宁静。

牛郎的那头牛，给牛郎做了织女的大媒，那头牛也就是个老牛精，四麻子的那头卷毛牸牛，不仅成不了精，而且费了好多次周折，竟连只牛犊也怀不上！它“啪嗒、啪嗒”地为小玉家拉了一趟又一趟的石头和土，只为它的主人挣下了一碗又一碗的面片汤。

每次做完活儿、吃完晚饭之后，再坐上一阵子，小玉总要用那个双耳半大锅，做上多半锅面片汤。小玉和好的面剂，一次比一次大，四麻子总是说：“面太多，面太多。”

小玉总是说：“又不是原先，又不缺面，多啥！稠杠杠、糊搅搅的喝两碗，出身透汗，热乎乎睡上个美觉，多舒坦！”

四麻子就说：“太稠不好，太稠不好，烙饼馍馍天天吃，稀朗朗的，才是原先的那个味。”

不太稀朗的面片汤煮好后，小玉炝上个山韭菜花，四麻子再让舀上一碗酸黄菜，往碗里边和半碗，再夹着一口一口吃半碗，酸溜溜、热乎乎、清爽爽的感觉涌遍全身，绵绵软软地往火台上一靠，透汗也出了，困乏也解了，再瞅一眼那个怡人可人的俊俏，细细想来，就多少有了些牛郎的滋味。

其实最令四麻子赏心悦目的，还是小玉和面、擀面的优美。

她和面时，总爱在地上半蹲着，两个脚掌半踮着，用力的时候，浑身一暄一喧地颤，那个姿势，会把衣服揪得绷紧。

过上一会儿，她半羞不羞地瞟上四麻子一眼，瞟上几瞟后，面剂就和好了，“啪、啪”地拍上两巴掌，把面盆往他脸前一伸，骄傲无比又幸福无比地说：“看！咋样？会做活儿的娘儿们和面，手光，面光，盆光，面盆净碾碾，面团软绵绵！”说着说着，不知道是羞涩还是得意，两只眼睛倏然之间晶晶地亮。一回身，就把面剂拍到了案板上，酸枣木的擀面杖，“当、当”地一敲，就开始擀。

她的腰和胯一齐用力，身子一前倾一后移，两只胳膊一开一合儿腾挪，摆几下头，顺便再往后边瞟上几瞟，面片擀好了，锅里的水也开了。

四麻子吃完喝完，身上全落了汗，每当那个应有的乏困悄悄袭来，小玉也就哈欠连天了。要走的时候，他有一些难以抑制的冲动，渐渐地就感到，拿解放鞋打牛屁股的癫狂又回来了。本想去摸一摸她的什么地方，想伸手时，做贼一般往茅房门口看了一眼，浑身一激灵，拍了拍自己的两只手，不无胆怯地对小玉说：“真的，就是那儿，俺可真没哄你，俺脸丑，心眼可不坏。夜也深了，还真有点儿害怕，要不啥时候，你也摆上供、点上香、磕俩头，念叨念叨？”

往外走的时候，四麻子冲着茅房说：“你个鬼东西！那会儿给恁家垒墙头，你出来吓唬俺，有本事你自己垒！这回还是给恁家做活儿，除了吃恁口饭，可啥也没有干！你个鬼东西，净操些废心……”

正说着，小玉在他的脊背上死命地拧了一把，另一只手在他的后脑勺上，打了一个脆响。

四麻子迈出大门槛走到拐角处，两个黑黢黢的门扇，就“吱呀、咣当”关上了，大门闩“哗啦啦”地响过之后，他就没入黑暗之中了。

四麻子感觉起了一身鸡皮疙瘩，头发一奓又想跑，他咬着牙定了定神，跺了两下脚，自己给自己咕哝：“谁做贼心虚？哪个做贼的，赶着自家的牛车，往恁家给白拉，真要再给俺弄啥事，回去就缝个朱砂布袋，配上桃木弓柳木箭，叫你再找俺的麻烦！”

四麻子咕哝了一阵，自觉胆儿也壮了，两只手往后一背往家走，刚跷起腿，猛听见小玉“呀——呀——”地大叫。他赶紧往回走，拍了几下门，没有人答应，静静地听了一阵，再没有什么动静，顺手捡了两块石头紧攥着，一路“吭吭咔咔”地回去了。

第二天一大早，他又去了小玉家，瘦三在那里坐着。瘦三已六十多岁，两年前两条腿就开始疼，如今只能一瘸一拐地走，遇上个刮风下雨的坏天气，走路都成了问题，他除了时不时地到石碾街上卖灌肠，稍重些的体力活儿，几乎什么也做不成了。

四麻子没有说什么，只说借个马尾罗回去筛面，拿了罗后，略等片刻就走了。后来四麻子缝了两个红布包，里面放了朱砂、雄黄，一个带在自己身上，另一个计划给小玉。

小玉拿住那个杏核大小的红布包，端详了好一阵：细密的小针脚匀称而瓷实，算不上一个上等的女红，也称得上一双巧手。看仔细了以后，脸一沉，把红包扔回四麻子怀里，说了句“大男人，看看那点儿胆气”，一声不吭开始纳鞋底。

小玉扎了好几针锥都没有扎进去，一用力，一忽闪，针锥上的大粗针折了，还扎到了手。四麻子正瞪着眼看，小玉两眼眯着说：“瞪着俩傻贼眼，看啥？你还稀罕娘儿们做活儿？要真没见过，找你那个狐狸精去！”

四麻子一时没有反应过来，结结巴巴地说：“哎——哎——狗脸，狗脸！说翻就翻，说翻就翻，没招你没惹你，咬俺咋，咬俺咋！”

小玉反攥住铜针锥，在他头上连连击打了几下子，梆梆梆地响，说：“远远滚！满身的骚狐狸味，呛死人！”

四麻子捂着头喊：“哟——哟——这手就是快，这咋又打上了？”

四麻子等头不太痛以后，才明白为什么又挨了打，他急急地说：“啥骚狐狸！谁给俺缝红布包！俺又没有别人待见，娶不上个媳妇，自己再不学缝几针，要碰不巧跑了俩大步扯了裤子，俺就得光屁股上街？纳鞋底、缝鞋帮、俺都会，就不会生孩子！”

四麻子说完又给钉上了针锥，还给纳了几绳子，看一看纳上去的针脚，真有那么点儿意思。

小玉晃悠两下说："看能的你，你还能成了大岛茂？赶明儿去给钉俩镰。今儿晌午，咱吃顿拽面？"

小玉说的"大岛茂"，是正热播的电视连续剧《血疑》里边，一个帅气十足，且有着沧海一般深沉持重的中年男人。

四麻子断断续续地跟小玉来往着，凡是瘦三不能做，小玉又做不动的好些活儿，他的的确确担负了不少。他去小玉家时，每次都把那个朱砂红布包绑在腰上，胆子也一天天壮。

稍稍令人不快的是，小玉的三个闺女都大了，大闺女林梦鸽十七岁，二闺女林白鸽十五岁，三闺女林静鸽最小，也十二岁了。三个闺女中，林梦鸽的脾气最好，不言不语也最勤快，每次见到四麻子，都会点点头或笑上一笑，大人们的事情，不看不问更不管，有些她奶奶的遗传；二闺女林白鸽，嘴快、手快、眼快、反应快，很像小玉，只是看不见和小玉一样的母性仁爱和纯澈心怀。哪天四麻子要是没有给做什么活儿，林白鸽总是剜了一眼又一眼。三闺女林静鸽，还是自小就有的一身香气，和熟苹果差不多的那种香味。尤其是一身薄汗之后，那种淡淡的苹果香就更加浓郁，小玉总是俏生生地呼叫"俺的香闺女"。四麻子也冷不丁地叫上声"香闺女"，香闺女总是回头一望，留下一个淡淡的微笑，就远远地走了。

小玉的三个闺女中，香闺女林静鸽的身子骨最弱，瘦瘦削削的玲珑，像一个禁不起磕碰的琉璃咯嘣，除了那个单薄的身子骨不像谁，小玉的聪颖灵性和飘逸隽美，连同老林家的厚道沉稳，捆绑在一起之后，香闺女全承继了下来。

每次去小玉家，四麻子就是忘了把木杠子横放在"门"上，也忘不了把那个红布包双手捧住念叨一番，念叨完了，往腰间一绑，绑上以后再拍上几拍，拍不到第三下，他的身心就会蹿升起一股冲天的豪壮来。到了小玉家，拿个板凳往门口处一放，坐上去靠在门板上，二郎腿荡悠悠地一跷，颇有点儿马改转所喊的"壮汉"的意思。

小玉自从那晚"呀——呀——"大叫了一声后，胆量一天比一天小，四麻子悄悄问她，那天晚上，到底在茅房里听见了啥，还是看见了啥。她总是低眉颔首一小会儿，把头一仰，两只眼睛里充满了挥洒不去的迷离，悠悠地叹一声，说：“想听前半截？还是想听后半截？”

四麻子就愕然，也就是“呀——呀——”的一声叫，如何还能分成前后两截？从此他就不再问。但千真万确的是，每当壮汉靠在那块门板上，二郎腿游荡起醉心的孤芳自赏时，小玉的那个风情四溢的腰身，也总会生出摇荡不尽的欢快来：搓麻绳，纳鞋底，擀面片，缝衣裳，扫卫生，闲唠叨……不论干哪一件，一嗔一怒和一颦一笑，就如澄明碧蓝之处涌来的波，一浪推着一浪，一潮高过一潮。

四麻子总感到，在那个不尽深邃的天地交会之处，定会是他天堂一般的美妙所在。

吃了，喝了，坐了，看了，唠了，天也不早了，四麻子意犹未尽，但还是识趣地站了起来，伸个懒腰，打个哈欠，真的要走了。小玉一斜眼，就有一片流光泛起来，那个波还没有兴起，四麻子就明白了，那是夜深了，她害怕。

他就站在院子里离茅房近一点儿的地方，右手拍打一阵左衣袖，左手再拍打一阵右衣袖。正拍打着，茅房里就是窸窸窣窣的声响，他忽然感到头一晕，身子里“咯叭叭”响了无数次后，感觉整个人，一会儿突然变低，一会儿又突然变高，一个必须尽快干些什么的冲动，就在突然之间滋生了出来。

他出了大门，要拐过房角时，扭过头往回看，未完全关闭的两扇大门，一个黑乎乎的脑袋还在外边探着。他的鼻腔里忽然涌出一股酸，大门“哗啦”一声上了闩之后，那股酸就化作了一股以死相报，亦在所不惜的万丈豪情了。

拐过了墙角后，他怕小玉再“呀——呀——”地叫，故意跺着两只脚，“啪、啪、啪”的原声和回声，在寂静的暗夜里此起彼伏——他要让小玉知道，墙外边的壮汉还没有走远，任何一个突如其来的变故，她都会有一个势不可挡的人迎难而上。

后来他又来到了小玉家，小玉送他两缕蜜甜甜的粼粼波光，说：“老——四，嗯！还真有点儿灵性！”

四麻子突然双耳齐鸣，小玉夸赞的那点儿灵性，几乎把他的腰都要给撞断了，若不是到了不惑之年，他真想把那个自天而降的灵性，涕泪交加地给她哭诉上一番。他心里想，他向遥遥的天际深处，正一步又一步地靠近了。

就这样，他每次都站在那个地方，听到大门上闩的一声响，就“啪、啪”地开始跺脚，待屋门把洒入院中的一缕灰黄收了去，才踏破那片沉沉的静寂和暗暗的夜，在兴奋不足、失落有余里，回到他那个放木杠或没有放木杠的院落中去。

那天，四麻子在小玉家刚喝完面片儿汤，满头大汗地打了个饱嗝，看了看剩下的半碗酸黄菜，端起来又给吃了。小玉刚往院里去，林白鸽“呼——”地一下进了来，她一边翻找她上学的书，一边嘟囔：“吃嘴精，挨屁崩，一屁崩到漳水城，漳水城有个卖剪子……”正说着小玉进来了，林白鸽恶狠狠地翻了一眼，晃晃荡荡地出去了。

他一身冰凉地往外走，习惯地一回首之后，一样半掩的大门缝里露着半边脸，啐了一口后，一字一顿地说：“眼尖，嘴馋，不——要——脸！”闩大门的是林白鸽。

四麻子心里不好受，小玉叨叨过几次林白鸽，林白鸽反倒变本加厉了，小玉说：“唉！那雪梅不是说，那米跟糠，要焐出一缸好醋，还真得个时候儿，要太早翻出来，真就啥也不是了……”

四麻子哭笑不得地说：“醋糟子里头加了生水，都开始变臭了，迟早都是坏醋！”

后来他去她家，每次走的时候，院子里的那个地方也不敢站了，出了大门仍然“啪、啪”地跺脚，他不知道，后来，林白鸽把他跺脚的事给瘦三说了。

除了一年四季的荣枯更迭，石碾街上的那两棵大槐树，看不出些许的岁月苍老。秋高气爽的日子，从天际深处涌来的每一阵长风，都会送来不尽的惬意，田野上的庄稼也格外长脸，刚刚还是忽涌涌的满眼苍翠，转眼就摇荡起醉人的金黄了。

石碾街周围的各色商铺日渐增多，边老拐家临街的那个老皮店，重新翻盖了以后，改了个新时代百货店，门店雇了两个年轻女子负责售货。为了招揽生意，店门口放着一个大喇叭，“嘭——嘭——”的音调不高，像一头发怒的驴，拿蹄子恶狠狠地刨驴圈，庄稼主儿俗称“驴榜圈”。“榜圈”的声音，“嘭——嘭——”地震得山摇地动，人的心都跟着“怦怦”乱跳。老鼠兵边玉辉说，那叫重低音。

边老拐是家里几个铺子的总掌柜，他的大孙子边玉富做得最欢，往里进货和往外送货的活儿，一个人几乎全包了。听说，边老拐允诺给边玉富结婚，给买台十八英寸的大彩电，所以他才干得那样欢。边玉成时不时地到新时代百货店看一看，他主要经营黑山沟的铺子。

每天晚上，边玉辉总是领着一大帮子人，瓶装的啤酒灌上一通后，“驴榜圈”的大喇叭，声音开到最大，一伙子人牲口跑青[1]一般地乱蹦乱跳，一个个“网兜提肉”尤其兴奋，灵活的程度像一台电风扇，上下左右，能摆还能转。屁股以上所有的地方像奇痒难忍，又像急不可耐地要把好多东西蹭下来，头和肩膀再一齐摇晃起来，真有人怀疑他们得了羊角风类的急症。高一声低一声的吼叫，是母兽寻子般的声嘶力竭和苦痛难熬。

住在石碾街附近的人不胜其烦，偷偷地去给白小连说：“敢是恁家不用掏电费？要不，就是整了个自磨电？石碾街那一片，整黑夜都明晃晃的耀眼，家里头都不用点灯了！”

白小连火烧火燎地跑到新时代百货店，大身板往百货店门口一站，扯起大嗓门就是一顿喊：“啥霹雳忽雷镗镗个儿[2]！一个个比火烧的长虫扭得还急，是肚里边窝着泡大粪？还是憋着股邪气……”

白小连的一声声呐喊，让石碾街不再喧闹，恢复宁静。

瘦三的腿仍旧痛，而且大有一天天加重的意思，能忍受住的时候，他仍然去石碾街卖灌肠。也许是老了，“灌——肠——咃——”的那个叫卖声，尽管还有些当年的味道，但缺少了底气的吆喝，连那个“咃”字，也没有了抛落到天际的

[1] 跑青：吃草的牲畜类到春草刚发芽时特兴奋，爱乱跑。

[2] 霹雳忽雷镗镗个儿：霹雳舞和探戈舞。

那个感觉了。

他的手倒也不管抖与不抖，都会削出又宽又大的灌肠片。荞麦是自己家种出来的，他也不再和从前一样，在乎那几把面，除了挣个零花钱，也是在家坐不住，往石碾街的大槐树下一坐，看个人来人往，听个逸闻趣事，解个烦闷焦躁。

他的灌肠片尽管比过去大了许多，却没有过去卖得好，好多人都说，他的灌肠，没有以前的味道好了，他总是满脸的不高兴。但凡有人蹲下来要买他的灌肠吃，他总会给足之后，再给添上一块，正颜正色说："给，加一块，不要钱，俺可给你说，俺的灌肠，可是咱大坡地的招牌货，多少年以前就都说，家有万贯，吃不起俺瘦三的灌肠蘸蒜！你慢慢嚼，细细咽，那个味道，它不能变！"

会说话的人就会说："是吔，是吔！三手加六手，你一辈子老九手了，就是吆喝的声音有点儿小，老是听不见。"

瘦三冲着新时代百货店那边一瞪眼："还不都怨那个'驴橯圈'！整天插着电乱喊，叫唤的就不是个人声音！"于是清理一下不再嘹亮的嗓子，屏住气，再信心十足地吆喝一声，"吔"字还没有喊出来，肚子里剩下的那点儿气就接不上了。他又有些沮丧，说："唉！七十二行数年轻，门神老了不捉鬼，这腿也疼，气也短。给你再吃一块吧。"

要是遇上个不会说话的，甚至连他给加上去的那块也放下了，说："不吃了，不吃了，给你钱，不好吃！"瘦三就会把铁盖子往锅上猛地一扣，大喊一声："饿得轻！叫你遇上个四二三年，一九六〇年，粗糠叫你也找不着，嘴就不刁了！还是原先那会儿好，过几天叫小孩们忆上一回苦，思上一回甜，要不，这世界能乱！"

瘦三说归说，他自己有时候也尝几块，也总感觉没有从前的味道好。后来他打听到，上了化肥长出来的庄稼，味道不一样。他给小玉说："咱家的地，往后都别上化肥了，那都是洋鬼子弄出来的东西，没有个好！就是吃不出来蓝眼珠、黄毛尾、大鼻子，看这时候那些蹊蹊跷跷的病，原先听都没有听说过！"

后来，瘦三在石碾街上的吆喝就变了。"羊粪、牛粪、草秸粪[1]，不上化肥，

[1] 草秸粪：杂草或庄稼的秸秆沤出的农家粪。

不吃后悔，灌——肠——咃——”开始的时候很高兴，那是他想了好几个晚上才想出来的。尽管吆喝的底气，仍然不足以支撑那个抛到天际的悠远浩荡，但声音里充满了自豪和兴奋。但喜欢吃的人，还没有他想象得多。

那次小玉不在家，四麻子去了，正碰上林白鸽一边东翻西翻，一边自言自语：“这哪儿也找不见五毛钱。”四麻子从兜里翻出来一元钱给了她。后来林白鸽又故伎重演，四麻子却给了她五角钱。

林白鸽对着四麻子问小玉：“娘！昨日大半夜了，咱大门外边，踢踢腾腾地响，那是啥？”小玉随口答：“骡子，谁家做活儿牵了骡子走，嗯？看你的书去，操那些废心，也使不瘦你？”

后来林白鸽又跟四麻子要钱，四麻子给了两角，她扭过头去嘟囔：“还是个老抠，就知道半夜学骡子蹦！”四麻子不知道，林白鸽后来把“骡子蹦”的事，加了一些枝叶，剪了一些枝叶，又给她姥爷瘦三叨咕了几次。

“羊粪、牛粪、驴粪、草秸粪，不上化肥，不吃后悔，灌——肠——咃——”瘦三可能是嫌灌肠卖得还不够快，吆喝时前边又加上了“驴粪”。前边喊了那么多的粪，后边要是没有“不上化肥”那几个字隔着，那个灌肠，真不太好吃。

四麻子来到石碾街，尽管瘦三还是瘦三，离“老丈人”这个身份，差得还有千万里的路程，可四麻子每每看见那个灌肠摊，肚子里那根弯弯曲曲的肠子，霎时就会涌入一团暖烘烘的气。

和往常一样，在那个不怎么悠扬的“灌——肠——咃——”声中，四麻子若无其事地左顾右盼一阵，再思索上一阵。其实，石碾街上的所有人，包括瘦三，没有哪个会注意到，什么时候来了谁又走了谁。但四麻子，每次都会不折不扣地履行那个铁打的程序，像一只捡拾谷米、草籽吃的麻雀，落地之前总要如临大敌，翘翘着尾巴跳跃上一阵，再叽喳上一阵，把草垛上绝无侵扰、绝无关联的每一根干谷草，全部审视一遍后，再心慌慌意慌慌地，去草垛下捡拾本属于大自然的吃食。

四麻子把那个铁打的程序履行完毕，蹲下去一块又一块地吃。在他的心里，瘦三或许不再是街坊邻里的瘦三，但灌肠，永远是瘦三的灌肠，每次总想多吃上几块，味道不味道的他不在乎，在乎瘦三倒是千真万确。

瘦三一遍又一遍地喊，不知是故意还是因为别的什么，前边喊了好多粪，后边却把那个“不上化肥”给省略了，喊了几声后，连那个“灌——肠——吔——”也给省略了。

四麻子听着不是滋味，看瘦三两眼，瘦三也斜瞪他两眼。四麻子心里想，怨不得小玉的二闺女那么不顺眼，闹了半天，随她姥爷！他说：“前边呜叫了那些粪，再喊个‘不吃后悔’，你的灌肠再好，吃下去也不是个味！谁吃了谁才后悔！”

四麻子刚说完就感到后悔，正想往回再说说，不想瘦三正翻腾着半夜“骡子蹦”的事，心中本来没好气，听四麻子这一说，掂起那个扣锅的铁盖子，照着四麻子的脸就猛扣了去，“噹——”的一声闷响，四麻子向后一仰，躺倒了过去。瘦三还要扣第二次锅盖，早被别人拉住了。

瘦三说：“仨驴出了四两肉，肉不多你杂碎不少——俺就没打算卖给你！”那一锅盖，倒也不至于把四麻子给打成什么，却实实烫得不轻。

从此以后，四麻子再也不去小玉家了，小玉也再不喊他那个“老——四”了。

小玉的三个孩子都上学，她爹瘦三又腿疼，帮不上什么忙，最贴近的亲戚就是白文昌了。生产队分开了以后，白文昌家的地也不少，更何况，他就不是一个做得了农活儿的劳动力，多数时候，总是求别人给他帮忙，也就更管不了别人。小玉的地，只能靠自己一个人耕种了。

庄稼主儿的活儿，尤其是播种和收割，最讲求季节上的应时，山里的沟坡地不规矩也不平整，烧油的机器又少，就是有，好多地也开不进去，耙、犁、耪、耩类的大力气活儿，全凭了吃草料的牲口。条件差些的和人手少的人家，大都买不起牲口，即使买得起，也不一定养得起、伺候得起。养着牲口的人家忙了一年四季，农忙的那几天要忙都忙，自己忙完了，再跟贴近的亲戚朋友一起忙，都忙得差不多了，养着的那头牲口，也就累得差不多了，也该喘息喘息了，愿意把牲口借给别人使的不多。

分开了种地以后，每一次耕种和收获，都是一次家庭基本人力、物力、财力、协作力的综合竞赛和比拼，那些基本要素有缺陷的人家，则要付出更多的辛勤和劳苦，不尽憔悴之后，才终于度过了林满仓一样的“又是一年”。

这年，连缺牲口少农具的人家都正在耩麦，小玉却一个人，还在拿镢头刨她的地，刨了一天累了，又拿锨翻。

四麻子从那里来回走了好几次，心中实在不忍。瘦三打他的那一锅盖，烫在额头上的那块疤，照照镜子还有一块暗暗的印记。他摸一摸想一想之后，扭头又走了。

又过了一天，思索了一个晚上之后，他忍不住又去看了看，那块地才翻了一少半。他跑回去，把他的卷毛牸牛套上车，又赶了哥哥林大头那头犍牛，拉上犁、拉上耢、拉上耙，晃晃悠悠地到了小玉那块地的下边，把车卸了，把两头牛的缰绳一解，赶到堰根让牛慢慢啃草。

四麻子单等小玉言语一声，哪怕只喊了一声“老——四”，他赶上那两头牛，甩上两个响鞭，来回走上几趟就给犁了。小玉还就是不吭，原来脸朝南正面对着他翻土，后来就脸朝北翻，看他也不看了。

眼看太阳向西偏，四麻子走也不是，留也不是，心里越来越烦。后来他就把头往西一扭，只看自己的那两头牛。

他的那头卷毛牸牛已四岁多了，他费尽了心思，它也没有给生头小牛犊出来。他不胜其烦以后，忽然又心血来潮，牵上林大头的那头犍牛，往牸牛的跟前拉，直到把他折腾得气喘吁吁，没有了一点儿力气，那头卷毛牸牛，还是懒洋洋的，对犍牛不理不睬。

他又瞥了小玉一眼想，她就是不喊叫那个“老——四”，就是招上个手或使上个眼色，他也会毫不犹豫地甩响扯牛鞭，痛快淋漓地挥洒一番爷们儿的豪迈和气量。谁知道小玉一直看他也不看，甚至连一个友好的动作也没有。

喘息了一会儿，他又给两头毫无意思的牛拉了一通“皮条”，慢慢就有些累，也有些急，牵上两头牛就想套车回去，顺手折了拇指粗细的一截柳树条，一边走，一边抽打那头牸牛，嘴里还不住地嚷：“贼形！贼形！你也就是头牛！牛啥牛！

嫌那头犍子不俊？要不就是你也得了花草病？不生也不养，你还不敌头骡子……”

他把牛套到车上后，偷偷瞥一眼小玉，又气哼哼地抽打：“贼形，贼形！准有花草病，那么俊头犍子也不待见，杀吃了你！杀吃了你……”正喊叫着，不防备小玉什么时候早跑到了他身后，抡起铁锨照准他的屁股狠命一拍，他就栽了一个跟头。

农忙的日子庄稼人睡得早，四麻子那堵二尺高的摇摇晃晃的院墙，在一片静寂寂的黑暗中遁着，那根粗壮的大木杠子，还在那个出入的“门”上横着，院子里那个四面透风的木棚子里，那头卷毛牸牛咬嚼草料的声音，清脆而响亮。

屋门紧闭着，屋内昏黄的灯光，从每一个透气的地方往外挤拱着，黑苍苍的暗夜，就多了一片幽深无边的火热。屋子里一男一女在说话。

“谁也没问你要工钱，也再不想吃恁家的面片汤了……要不俺能往那儿赶牛？”“那你说贼形，牛头上没长麻子，就是头俊牛？”“你秃尾巴驴自觉虚……恁闺女爹都一个样，嘴到手就到……”“谁又没有使劲儿拍你……”“都不把俺当人看……”“那还是个孩子，俺爹也是上了岁数的人……”“俺这半辈子，还抵不住恁家那块茅连石……”

女人忽然提高了嗓门，好像还拧着一个什么地方：“说！茅连石咋？”男人说：“臭！臭！脏！脏！”“你还想说啥？”“一个茅连石还能有啥！哟——哟——哟——你想多了，松手松手，俺没有别的意思，有也不敢，敢也不叫……”

乡音逝云天

第五十章

妖猫喜开宴　山曲颂夙愿

在那个静寂寂的秋夜里，究竟发生了什么事，除了四麻子和小玉，也许只有天上的星星知道——那天晚上没有月亮。大坡地黑山沟一带翻天覆地的变化，却真真正正地令人眼花缭乱，目不暇接。

和漳水县贴近，又几乎被漳水的土地三面包围的那个黑山沟，到底是不是大坡地村的气眼，后来提起的人渐渐地少了，但黑山沟附近的疯狂和火爆，却是按也按不住的。翻过黑山沟南面的那座坡，坡那边就是纯纯正正的漳水地界，人们对漳水紧挨沙水的那一片荒岭，统称的名字是“黑妖坪”。黑妖坪那边的火热，让人摸起来烫手。

老实巴交的庄稼主儿，仍然小心翼翼地秉持着先人的古训，承袭着祖宗的传统，一如既往地专注着苍天之下黄土之上的营生。也就在一个忽闪之间，黑妖坪一带，竖起了一个个木桩子的三脚架，架子下面的正中间，都有一个或粗或细的井筒子，顺着那个井筒子往下挖，运气好的少挖几米，运气差的就多挖几米，褐红色的高质量铁矿石就找到了。

或许自古以来，漳水县那边无论什么事，都走在沙水这边前头。那个热火朝天的黑妖坪，传说，那里聚集着十八路小怪、三十六路大怪、七十二路妖精。

就是马达震天响、灯火昼夜明的现在，黑妖坪上也不时地发生些稀奇古怪事。那些在矿上干些勤杂活儿，或做些其他营生混饭吃的年轻女子，说不清什么时候，会被哪个妖精看上了，有一天突然给压到被窝里去，不能叫，不能喊，不能动，也不能睁开眼睛，说不定也就怀上了。若是给妖精通融不好，怀上的孩子还不能打掉，孩子生下来后自己不敢养，就都卖掉了。但怀孩子的，大都是些打工的外地人——妖精也欺负生人。

黑妖坪那一带总是热火朝天热闹非凡。鲸吞蛇噬暴殄天物的，虎啸狼嚎声震山冈的，鼻骨倒竖舞枪弄棒的，洋装鸟语酷似侨胞的，袖有三百十指九钻的，鸡鸣狗盗死不干休的，背井离乡乞讨生活的，胼手胝足拿命换钱的……来来往往的人群，像下雨前急于搬家的蚂蚁，比肩接踵熙熙攘攘。

那些人想去黑妖坪或者想离开黑妖坪，必须经过沙水这边的黑山沟。或许黑妖坪的神秘正因如此，要是不怕摔死，走到黑妖坪的最南边，跳下去就到了漳水县；要是摔不死，再跷上几跷腿，闭着眼摇荡上一会儿，也就到了犬吠鸡鸣的村庄里。但还就是不能——尽管黑妖坪的面积之大无法用亩计算，但它的周围全是峭壁，只要到了上面，除了从黑山沟这边走，没有翅膀的东西出不去。

黑山沟和黑妖坪一带，离这边和那边的村子都远，那里的三脚架子多了以后，烂石头垒起来的破房子也就多了，那些破房子主要是给做工的人住，当地人叫“工棚”。一个工棚里，有的能住好几家，这家和那家，中间竖上块木板子，或插一排高粱秸子，或者干脆拉上一根绳子，搭上透气不透气的布单子，在需要的时候往上面一挂，就成了一面互看不见、互听不见的万能墙。

正是有了这些人，边老拐家开的大坡地百货店才日渐活跃，从一家开到了三家。那边的黑妖坪上，没有卖东西的店面，那边寸土寸金，要有那样的地方，他们宁愿再竖上个木架子，再往下凿一个井筒子。

边老拐家的那些店，是一个个名副其实的百货店，从主食到副食，从生活用具到生产用具，样样俱全。小孩子吃的棒棒糖、酸梅粉，大人用的油、盐、酱、醋、花椒面、大胶鞋、牛百叶、猪下水、烧锅酒、干电池、电灯泡、大钢锤……

应有尽有，就连妖精女人用的画眉的笔、涂脸的胭脂、抹嘴的唇膏，也得隔几天往柜台下面放几盒。

大坡地人都知道边老拐家发了财。在大坡地村，他家占了好几个第一，第一台收录机，第一台电视机，第一台拖拉机，第一辆摩托车……尤其是那台冰箱，夏天能自己做冰棍！好些人羡慕，他们想和边老拐一样做些什么，但最终也没有做——不知道该从哪里下手。

后来，那个包含了几多迷茫的大会，令边老拐几近欣喜若狂了。那是大坡地乡召开的万元户公开表彰大会，边老拐也被请到了台上去。张灯结彩的主席台上，他的胸前还带着一朵耀眼的大红花。参加大会的人都惊呆了，不只是因为那个大会，还因为他们从来都没有敢想过，那样一个众目睽睽的耀眼之处，竟能把边老拐包含在里边！

边老拐回到家后，张红梅神魂不定地说："这人怕出名猪怕壮，还是安实点儿好，没见王炳中？人前大屁都不放一个！咱也得掂量掂量不是？说不定啥时候来个运动，一运动啥都得变。小心没大差，不是？"

边老拐乜斜一眼她，把领来的大奖状递了过去，说："倒是有些人，大眼瞪小眼地一直盯着咱不放，乡里开的那个会，不是哪个人自己偷偷组织的，那就是咱脊梁后边靠着的铁案板，这个证书，就是铁证！不管它以后啥运动，就是砍两刀过来，这个铁案板，咋也能抵挡一阵子，比赤手空拳强。再说，叫俺看，这东南风刮起来，再改成西北风，就是老天爷，也得倒腾上一阵子，还没等他倒腾好，咱早把屁股给掉回来了！"

大街上那些"羊叫唤"，后来又加了"鸟叫唤"。"东南风"照常呼呼地刮，那些盼"西北风"的人，渐渐地有些沮丧，一天天地心灰意冷。边老拐在不尽的喜气洋洋里乐此不疲。直到有一天，他撞上了边玉成拿百货店里的东西，以低于进价好多卖给林梦鸽时，他才看着正装货卸货的边玉富猛一惊：自己真的老了？咋就光记着票子，忘了孙子？

在他的三个孙子中，大孙子边玉富的脾气秉性，为人实诚得像一块大青石，无论如何地掂弄如何地放，永远是那种不声不响的扎实。要是刮不起飞沙走石的飓风，那块大青石挪动了半分毫的事，准是又多出来了一双殷勤的手。店铺里进货，给他说雇辆拖拉机拉来，他绝不会找辆汽车拉来。没让过问的事他从来不问，没让管的事，他也从来不管。

那天林梦鸽和林白鸽两个人，到边家的百货店买印花的确良布，本来该十二元还要多一些，看店卖货的女孩子刚要张嘴，边玉成潇洒地一挥手："带着钱呢？没有就先记着。有？那四块！"

女孩子又要说，边玉成就一声喊："去去去！哪儿有孩子比娘大的事，跟老大一起卸货去！"

女孩子到了柜台外，轻轻扯了扯边玉富，悄悄比画比画，意思是说，边玉成少收了钱。不想边玉富不耐烦地说："那些事，俺不管！老二，他还能舍得把自己嘴里的肉，薅出来给了别人？俺也不信，你更别管！"

边老拐远远地看得分明，那两个窈窈窕窕的背影离了好远后，还听到她们两个人议论着。"看看是不是？那个人在，你一去就准便宜，远远地看他那俩眼，俺就知道他吃哪服药！""瞎说，一不沾亲二不带故，那是人家降价了。""昨日玉香买，还花了十二块五，降啥价降！要不你再买一件试试？咋也便宜了。""俺有衣裳穿。"

边老拐心里明明白白，嘴上却不好说什么。他拿拐棍敲打着地满屋子转，哆哆嗦嗦地嘟囔："这，这，啥也不是个啥，你这孩子，也忒大方！忒大方！"

边玉成笑眯眯地扮个鬼脸，又尖又细地打了个哨子，边往外走边说："舍不下孩子套不着狼，舍不下孩子娘，套不住大流氓！"

边玉富把该卸的货卸完，该装的货又装上去之后，问边老拐："送走了，再做啥？"边老拐说："啥也不干了！"

第二天边老拐就领着边玉富，到县城背回来一台十八英寸的大彩电。下了公共汽车后，边玉富拿绳子捆了又捆、扎了又扎，绾了两个绳套往肩上一背，又拴了一根绳子抓在手里，小心翼翼的样子，像背着一块禁不起磕碰的大琉璃。

边老拐在后边扶着那个大纸箱，一瘸一拐的步子，洒了满路一高一低的喜庆，见人就说："哎哟哟，这是往哪儿去？给你说，可记着哟！这可是十八英寸的大彩电，窑头村以西，这可是第一台！买的时候，正预报演《万水千山总是情》，比《霍元甲》还好看，红衣裳红色，蓝衣裳蓝色，白衣裳白色，鲜亮得很！鲜亮得很！哎哟哟，你轻轻摸，这可是一台拖拉机的价钱！"

到了晚上，边家的院子里坐得满满当当，《万水千山总是情》只放了一集，演下一集之前正插播广告，又换成了那台黑白电视机。边老拐抱着拳给人解释："老少爷们儿，老少爷们儿！按说，咱玉富娶媳妇时，那个箱子才能打开，咱玉富结婚时候都可给做证，咱就打开看了一看，还是崭新！崭新！"

给边玉富提亲的人络绎不绝，对方最有些意思的，是本村马三炮的六闺女马六变。

马六变的大名"马变淑"知道的人不多，小名却当当地响。当年马三炮领着一干人等，去盖大全家闹事时她还没有出生，生了她之后，爹娘为了"变"一下，生出个儿子来，给她起了个似有咒语功效的名字"六变"。或许已经六个闺女了，送子奶奶再也禁不住诚之又诚的祈祷，下面的孩子不仅不再是闺女，而且一下子生了一对双胞胎儿子！双胞胎之后，六变娘又生了两个儿子，六女四男的好命，终于给这个女人的生产史，画上了一个气势恢宏的句号。

在大坡地村，最起码在百年之内，马氏家族一直人丁兴旺。马六变的父亲从大炮到五炮，共有弟兄五个，除了上不得家谱的女人，三炮有四个儿子：有草、有料、有财、有宝，其他四个炮有三个荣、四个刚、五个福、六个强，共有二十二个弟兄。五服[1]之内的本家男女，加起来恐怕要有几百口。

马六变生得白白净净，明晃晃的大眼直溜溜的身板，爱说爱笑的脾性，像一只呱呱大叫的鹅，嘴略略的有些噘，鼻子有些扁。花一样的青春年华，尽管沾不上国色天香的边，但也不失秀美可人，花一般的年龄，如果就按花论，那至少是

[1] 服：辈，五服即第五辈。服，本意服装、着装，古制，每一辈和每一辈的居丧服装都有各自定制，故，民间的"几服"有了引申的"几辈"的意义。

一朵不操心不知道，仔细看也奇妙的山菊花。

除了孙子边玉富，边老拐一家人开始时不甚愿意，主要因为马家那个大家族，几百口人的娘家厚待，红事的嫁娶生息、寿诞寿礼，白事的吊孝上祭、送殡埋人，每年二十四回怕都到不了头，谁受得起那样的折腾！

就冲那台拖拉机价值的大彩电，马家的人一百个愿意，边老拐总是一副颇为难的样子。过了一段时间，马家的人反过来穷追不舍了。边老拐又吞吞吐吐了几次以后，马家当即允诺：若成了亲，厚待那边，只来往三服以内的亲戚！边老拐还是把那个不拐的腿脚一跺，说："三服以内的人盘算下来，仨大彩电也不够招待！"

或许那个铁定的姻缘就棒打不散，紧接着的一件事，让边老拐迅速地铁了心。

黑山沟很久以前就是石小彩家的，尽管来来回回倒腾了好几次，但那个地方，毕竟跟她家有着历史渊源，况且直到如今，她的姥姥和姥爷，都还在那里埋着，乡里在那里开了两个铁矿以后，她更是时不时地派三个儿子，去把那个坟墓整修一番。

石小彩早想去那里干些什么，给盖狗剩说过几次。尽管盖狗剩近些年来，已不再动不动就喊她"潮道"，石小彩在家里，也总是说话的时候少，听话的时候多。

盖狗剩说："开了好多会，这就大单干了？也有吃有喝了，这关键还是社会主义！那都是国家的不可再生资源，那是全国人民的公共财产，整那些乱七八糟，给社会主义离得太远，能犯错误。"

石小彩三儿子盖凤朝的媳妇，是武小魁的闺女玉香，玉香娘家的日子很是红火。

武小魁两口子向来思想前卫，刚有些风吹草动，就组织了大坡地梆子剧团唱古装戏。当时，不仅周大中大呼小叫地制止那两个"牛鬼蛇神"，好多人也都捏一把汗，但他们还是做了，挣了。

武小魁的媳妇胡秀秀，有一段日子常到盖狗剩家坐，常对着盖狗剩，给石小彩山南海北一通又一通地游说，总的意思是，两家合作，得在黑山沟里干点儿什么。

石小彩尽管也赞成，但这些年来，无论对与错，她总是看着盖狗剩的眉眼高低说话。盖狗剩或许是碍了亲家的面子，嘴上总是哼哼哈哈，但心里边那个不变的主意，就像吃了秤砣。

武小魁后来也出了马，两个儿子玉宝、玉来，都正襟危坐地旁听，闺女玉香巴巴地望着“孩子爷爷”。有些“逼宫”的意思。

胡秀秀看一眼石小彩，石小彩没什么反应，她跟了武小魁这个唱戏的师傅这么多年，两腿一跷就开始了脆生生的干巴利落：“啥时候不是撑死胆儿大的，饿死胆儿小的？人家边老拐都干了好几年，饼卷肉吃了多少个，上边还给披红戴花呢！你看，俺干了这些年，俩小子俩媳妇，住着钢筋水泥玻璃窗，穿着尼龙腈纶的确良，戴着上海全钢明晃晃，谁把俺咋着了？他们眼气都还眼气不过来！就玉香，戴的那块表还算差不多，也是俺这边她嫂嫌大不戴的。要不这样，咱两家都不干，叫玉香、凤朝干，咱也不挖国家公共资源，那个想干也轮不上咱干，你只管说句话，俺们给拿钱，给凤朝、玉香，往黑山沟里盖上几间，干啥也挣钱！以后真要有啥事，算俺是主谋！跟别人不相干！”

胡秀秀说完两手一搭，眼睛一直盯着房顶看，那分明是一个绝不善罢甘休的姿态。

盖狗剩看了石小彩一眼没有说什么，石小彩“呵呵呵”地笑了一通开了腔：“看亲家说的，拿啥钱主啥谋，又不是想给哪位神灵攀亲戚，啥难事？不就是给俩孩子，往那个荒郊野岭盖两间门店？哎，轻易也都不来，来来来！家里啥也齐全，渴了的喝水，饿了的吃饭，赶明儿，咱就动手干！”

黑山沟里平坦的地方本来不多，边老拐家又先干，肯定占据了最有利的位置，在离边老拐那个店铺不远处的半山坡上，石小彩的三个儿子一起动手，劈出一块地方来。

在石小彩家，要不是有盖狗剩那个威严，她的二儿子盖建朝，也是个无人敢惹的货，老鼠兵边玉辉出手见血，盖建朝有些像石小彩——出手能要人命。

盖建朝三十来岁，身板又大，一身的力气，像烧得正旺的一炉火。他自己买了台拖拉机，因为贷了款，日日夜夜从大圪梁村拉青石块，往窑头村的煤矿上送。窑头村有留长发、戴蛤蟆镜的一帮子人，不知因为什么跟他起了事端，盖建朝凭一个发动车的铁拐把，就砸倒了一伙子人。

石小彩家正要垒黑山沟的房地基时，边玉成和边玉辉远远看见盖建朝在那里，就没有敢到跟前去。边老拐一瘸一拐地去了后，石小彩半眯着眼看着天，鼻孔里哼着说："一边去！你信不信俺不用动手，就能把你给踢翻！嗯？想不想试试？嘻嘻嘻嘻，哈哈哈哈……"

收音机里的《岳飞传》就这样说，金兀术能灭了大宋，但碰见了岳飞就屁滚尿流。自从石小彩嫁到大坡地，跟她交手的任何一个回合，边老拐每次都是大败而归。他们两个的关系，简直就是猫和老鼠，但凡遇见了猫，再精明的老鼠也浑身抽筋，念着阿弥陀佛就魂不附体了：钻洞、翻墙、上房、走电线的本事不见了，腾、挪、闪、掏、钻的功夫也全没有了。

根据以往那些头破血流经验，那只"猫"打着瞌睡，在梦里叫了一声，那只"老鼠"，也就走为上计了。

快走进村时，边老拐才猛然有了一种被侮辱的感觉，比当年在井台上，喝了石小彩的洗裤衩水还不是滋味。石小彩说，不用动手就能把他给踢翻，那踢人本来就不用手！好多事，他总是比她慢半拍。

边老拐跌跌撞撞地往回走，脑袋隐隐地痛，两只眼睛模模糊糊地胀，停住脚晃了晃脑袋，又使足浑身的力气"吭咔"了两声，两只眼睛才慢慢地变得透亮。漫无目的四下逡巡时，前边的路中间，半立着一只肥胖的大灰兔。大灰兔抱着前爪，冲着他甩了甩头，放下前爪，又"砰、砰"地摔砸了几下后蹄子。

他越来越不是滋味，越想越气愤不过——连只兔子，也敢在他面前耀武扬威！他边老拐是何等人？那可是乡政府都给披过红戴过花的！那石小彩呢？这回石小彩可没有洗衣裳，自己糊里糊涂又喝了一口洗裤头脏水，还没事人似的咽了下去！

有人脆生生地叫了一声"爷爷"，抬头一看是马六变。他没有好气，也不记得到底"哎"了一声没有。走了好远后，又突然想起了什么，扭回头实实在在地

“哎——”了一声，马六变小步碎颠地跑了过来。

边老拐“吭咔”了一阵后，上气不接下气，一脸凝重地给马六变说：“你跟玉富的那个事，俺踅摸着，也该差不多了，家里的那台大彩电，俺看也像是给你买的，你看俺这腿也不好使，再走一会儿，怕连那条好腿也给弄坏了，你赶紧回去给恁爹娘说，既然要成亲戚，咱今儿可受委屈了，俺可是回来搬兵的……”边老拐从黑山沟踩着脚走了回来，他的两条腿其实都痛。

马六变一边听边老拐安排一边点头，听完了之后说：“是！是！这人多势众，咱就给她来个‘人民专政’！”因为边老拐刚才说的时候动了感情，马六变也被感染了，她念叨“人民专政”时，明显攥紧了拳头，还不由自主地做了两个往下砸的动作。

第二天，石小彩家的人还没有到，马家的四五十个妇女，就在她的那块地方“轰隆隆”地坐了一大片。马六变亲兄弟的四个有，叔伯兄弟的三个荣、四个刚、五个福、六个强全都来了，近本家的其他男丁也来了二三十个，石小彩的那个地方，找个透针的地方也没有了。

石小彩领着儿子们来了后，看了看那个阵势，正眯着眼想对策，说话不及的工夫，边老拐坐着边玉富开的拖拉机，拉着盖狗剩一块儿来了。

盖狗剩围着马家的人转了转，看了看，回头对边老拐说：“你做作出来的那泡臭屎，不是别人做作不出来，是人家不愿意吃那些坏肚肠的东西！下边俺说两件事，估摸着你也该听。”

边老拐冲着马氏家族连连挥手致意，招呼完毕后，才一脸凝重地朝向盖狗剩，翘翘着山羊胡子说：“你说，听着呢！”

盖狗剩找了块大石头往上一站，还就是个干部模样，他说：“今儿，看来是全都没啥事了，全都闲了，来了这么多人，嗯？可都是边家的正经亲戚，都替边家在这儿干坐着？连个糖球烟卷也舍不得？”

边老拐赶忙从铺子里给拿了五袋糖，又拿了五条烟。马家的女人们每人抓了一小把，五袋糖只剩了空袋子，每个男人一包烟，还短了五包。

“找了这么好的一家亲戚，六变人也不丑，又不是嫁不出去，咋能嫌人家人多！还限制了三服五服？以后的事俺管不着，办喜事那天，红白喜事来往的本家都得去，限制娘家送客来多少人的风俗，在大坡地，还没听说过！”马家的人嚷了一阵，边老拐急忙点头。

“有理不在声高，打架不在人多！马家的亲戚都往起站站，往边挪挪，叫俺看看，那是块啥风水宝地！”

马家的人“轰隆”一声闪开了。

“俺当是啥好地方！不是金蛇缠玉兔，也不见左青龙右白虎，连个猪拱圈也不是。唉！俺栽了那么些柏树，一棵也找不见了，栽那会儿王炳中还说，那东西羊不啃、牛不嚼、贼不偷，到了这会儿，明明白白的啥也没有了！援朝、建朝、凤朝！往西边恁老姥姥坟那边挪挪，那才是气冲牛斗穴！多少年以前，那个风水先生就给看过，说下边有层红石头，还就看准了！有那俩老人家在，人不思鬼也怜，迟早得发点儿财！”

石小彩领着三个儿子，在那个“人不思鬼也怜”的地方重新盖房以后，止不住的狂喜，劈头盖脸地向边老拐涌了来。尤其是马六变说“人民专政”的那个表情，真的令边老拐久久难忘。

以后的多少天，边老拐一直被那个狂喜撼动着、激荡着，有时候，他甚至怀疑那是一场梦。多少年来，他一直想望着，什么时候会突然有那么一天，他挥起一个大榔头，照着石小彩的扁担腰死命砸上去，让那个女人连哼都来不及哼一声，就蜷缩成一只煮熟的虾米！叫他也脸朝着天，屁股朝着地，结结实实地笑上个贼死，爽爽快快地狠呼上几口长气，再舒舒畅畅地放上几个响屁！多少年以来，每升起那个梦一般的想望，他的大肠小肠，都会挤挤撞撞地拧到一起！而如今，帮他实施的那个马家，那黑压压的一片人，轻轻松松地帮他圆了那个梦。

后来有人说，某一个电闪雷鸣、风雨交加的夜晚，有一只“妖猫”钻到了边老拐家。“妖猫”山狸一般的大个头儿，一身令人生厌的老鼠皮，除了尾巴、爪子和老鼠一个模样，头和身子几乎和猫一个形状，三分鬼厉、三分窃喜的嚎叫，足以惊世骇俗。

马六变嫁的那天，边老拐按照马家应来送客的人数，把应预备的各项东西给减去了一半后，还杀了两头大肥猪。院子的正中间，垒了两个比汽油桶还粗壮的八角大火，窑头煤矿的优质块煤拉了满满一拖拉机，明晃晃的大煤块填进去，耀眼的蓝火苗蹿起来，双耳大炒锅往上一坐，眨眼就烧红了，锅太大一个人掂不动，得两个人喊着“一二三”抬起来翻菜。

一块又一块的大肉砍下来切好，往大炒锅里一放，“噼噼啪啪”地响，连冒起来的蓝烟都香气熏人。烧好油之后，放入葱、姜、蒜，再放上酱、醋、盐，加上肉桂、陈皮、丁香和良姜，还有豆蔻、山柰、小茴香……一盘又一盘地盛出来，一盘又一盘地端上去，一盘又一盘干干净净地撤回来。

眼看着一块块的大肉没有了，一筐筐的蔬菜也没有了，边老拐坐不住，拄着拐棍满院子转，高声呵呵地笑，双眼却血红。

转悠了一会儿，他眉头一皱计上心来，拽住白小连悄悄地说：“亲娘祖奶奶！真是天无绝人之路！有救了，有救了！你麻利点儿，快找俩人，把咱那台大彩电，抬到北屋的墙根下，赶紧拧开演！”边老拐感觉，两头大肥猪，真的不够用。

白小连想，那满院子的人，挤挤撞撞，挪腾不开，这会儿电视凑啥热闹！她疑疑惑惑地慢走了几步，边老拐一着急，两只小眼睛瞪得滴溜溜圆：“磨蹭啥！快点儿，救场如救火！”

电视剧开演了以后，在屋里抢糖、抢肉吃的小孩子们最先涌了出来，工夫不长，半大不小的年轻人也都挤到了院子里。那两个熊熊燃烧的八角大火，一会儿烫了这个人的手，一会儿烧破了那个人的衣裳。

边老拐怕被挤倒后爬不起来，他紧贴着墙，高举着拐棍，冲着做饭的师傅招招摇摇地喊：“三胖子！你个日蒙蛋[1]！今儿是咱家的好事，来的都是正经亲戚！看好火，看好火！要把人烫着了，那可不是耍着的！”一边喊，一边冲着

[1] 日蒙蛋：大脑混沌的家伙。

三胖子眨巴眼。

三胖子人也伶俐，铲了几铁锹稀软的煤泥，一路吆喝着，把两个大火都给糊上了。

挤撞着的人，眼睛看饱了，肚子饿瘪了，陆陆续续地往屋里走，院子中间的两个八角大火，早已不再烫手了。腊月里的天气真冷，好几个人歪歪斜斜地在上边坐着，暖着屁股看电视剧，也是舒服难得。那么多的人要吃饭，只有重新点火，可那样的大火，一次就要往里填百十斤煤块，如何能马上点着？

边老拐一副着急又无奈的样子，拄着拐棍满院子转，一遍又一遍地对着众人说："三胖子！三胖子！那个日蒙头！这，这，这，咱准备了那么些东西，嗯？叫亲戚们都不能吃？嗯？日蒙头！日蒙头！急得俺，真想敲折他一条腿，大不了，咱村再多一个拐子！"

马家的人终于开了口："这过事就乱，咱家人也太多，甭管啥，将就将就算了。"

其实边老拐等这句话，比夹皮沟里的李勇奇，盼解放军的心还要急切，嘴里却又大声嚷："这哪儿能？这哪儿能？这也是，三胖子你个日蒙头！咱遇了一家子好亲戚，不争理，咱也不能慢待！这龙头、凤尾、合碗肉、丸子汤，哪样也不能少，生东西你给做不熟那怨火，这熟东西要再给整不热，你给亲戚们说好话赔不是去！"

边老拐说的龙头是鱼；凤尾是鸡；合碗肉是大块的肉提前做好，需要时码在一起放上配料，用两个小碗扣在一起蒸；丸子汤是每个席面的最后一道菜。这些都是提前做好的熟东西，要吃的时候只需要加加热，再放上相应的作料即可。

院子里的两个大火熄了后，也着着实实的有些冷，三胖子抹了一把又一把的水鼻涕，领着一干人紧忙活，劈柴的劈柴，烧火的烧火，做出来的一盘盘、一碗碗的东西，手摸着有些温度，放进嘴里就感觉凉冰冰——边老拐实实在在地省了不少。

马家的长者，早早就把"孩子小不懂事，担待着点儿"说了，迎亲的人照样说：

“着啥急？预备的东西，还多着呢！这么着急走，没吃好，也没喝好！”

马家的人回到马家后，马三炮照样问：“吃好喝好了没有？席面咋样？”这边还是一齐说：“好了，好了！席面也不赖，招待也周到，人也实诚，家也齐整，闺女受不了罪！”往各家走的时候，大家还异口同声地赞叹着：“好加火，那么大一台彩电，真好看！”

众迎亲、众送亲，包括双方亲家，相互之间说了一整天的吉祥话和幸福事，只有“那么大一台彩电，真好看”是千真万确，“那是窑头村以西第一台大彩电”更是货真价实，可惜谁也没有说，也可能是谁也没有想起来。

日日想着，年年盼着，就为了有一头能拉粪、能犁地、能耩地的驴。那个绣花的绿荷包已磨出了一个洞，张雪梅往洞上绣了一朵花，那个洞就不见了，洗了洗又熨了熨，还一直在她的细腰上绑着，晚上脱了衣裳要睡觉时才解下来，解下来之后，就和魏老大头拱着头，把装在里面的东西再数一遍。

他们两口子就像有着前生的默契，嘀咕了很久之后，不用谁喊一二三，两个人攥着绣花荷包的那只手，就一齐猛地攥紧了，另一只手又几乎同时握在了一起，然后齐声说：“买！说成啥，这回可得真买！”再激动上一阵子后，才把那个荷包小心翼翼地放在枕头下。这时，在屋角里藏着，在炕席下压着的那份甜蜜，就铺天盖地涌了来，两个香香甜甜的觉和同样香香甜甜的梦就开始了。

第二天起了个早，张雪梅把那个绣花荷包照样给魏老大递，魏老大照样不接，照样笑呵呵地说：“不敢拿，不敢拿，俺吔，除了犁、耧、耙、耢、镢头、杈，啥也记不住，拿啥掉啥！不敢拿，不敢拿！俺去给看好牲口说好价钱，牵回来你再看看，合适了，你给人家算账。”

好些年来，魏老大从来不拿钱，就是去石碾街买个日常用的东西，也让张雪梅提前算好账，需要多少拿多少。在他的印象中，他拿到手里最大面值的票子，可能就是一元了。那天，他拿了一张开拖拉机的红一元票，买了扣子买了线，买了酱油买了盐，明明记得最后剩了两角，他还把那张长江大桥的绿色两角看了好几遍，死死地捏在手里。刚踏进门，那个“长江大桥”就不见了——张雪梅还让他带荷包，丢了那张绿色的“长江大桥”后，魏老大只想把两个捏票子的手指头狠砸几下！

他看也不看那个绿荷包，带上门就买驴去了。一直到了黑咕隆咚才回来，没等魏老大吭，张雪梅就说：“又长了？”

魏老大一袋接一袋地抽烟，再不说话。他这次看上的这头驴，和上次看上的那头成色差不多，上次看上的六百元可以牵回来，不想这次，八百元少一分人家也不卖。魏老大在集市上转了二十四圈再回来，眼睁睁看着，别人八百五十元给牵走了。

几年来，魏老大和张雪梅两口子，攥荷包的那只手共同攥了好多次，握着的那只手也一齐摇了好多次，终于攒够了三百元，小蚂蚱般的驴却涨到了四百、五百，后来又涨……

下一个集市魏老大又去了，还没有完全长成的大驴驹已卖到了一千元！魏老大打了几个冷战，逃债一般地踉跄着回了家，进了门以后，脑袋瓜子还一直“嗡嗡嗡”地乱叫唤。绣花绿荷包里的钱，刚刚八百！

张雪梅说：“咬咬牙，跺跺脚，再借几个，买了算了！你看，这近几年，除了牛头垴不往起涨，它啥不涨？再说，盖房、置地、买牲口，这都是些大事，哪有不塌窟窿的？等咱攒够了，这价钱又涨了。”

魏老大一口接一口地吸烟，吸足了以后，说：“也许不见得？倒是啥也涨，那‘取灯’，两分钱长到五分后，不是一直没涨，还是五分钱一盒？”

张雪梅皱了一会儿眉头，忽然急急地说：“倒也不敢说，大前年，几月来着？记不太清了，不知从哪儿冒出来一个怪人，是个赊斧子、锤子的，他赊的斧子、锤子，说取灯涨到五分钱一盒收欠账，这早涨成五分了，也没见他来。就这几天，又来了一个人，看眉眼行动，倒也是一个地地道道人，拿了一堆的菜刀、砍刀啥的，也是挨门挨家地串，也是不卖，白赊！也是给他报上名姓，要啥给啥！啥时候收账？这个更玄乎！说等取灯涨到一毛钱一盒，棒子涨到了一块钱一斤，他才来收欠账！这……这能？……老天爷……”

说着说着，火柴突然变成一角钱一盒了。两口子急惶惶地到了前边院子的蔡改改家，坐下来后，谁也不说话，连向来不怵场、不怯阵的张雪梅，也一直翻着猫猫眼，忽闪了一下又一下，就是说不出那句开口告人的话。

谁都知道蔡改改家翻了身，有了钱。她的儿子李牛牛，自小就不愿意种地，去县城做买卖已经好几年了。乡里边的干部，没有几个人能坐上一坐的帆布篷小汽车，李牛牛却“嘟嘟嘟”地开回来一辆，吃的喝的、穿的用的，卸下来一大堆以后，又“嘟嘟嘟”地开着帆布篷走了。

到了将要睡觉时，两个人还是坐着不说话，蔡改改快人快语，一直问有什么事没有。王丑妮透彻一些，她去里边的屋子走了一下，拿出一沓票子递给魏老大：“一千，够不够？”

魏老大抖抖地说：“用不了那么多，买头驴，也就千把多，俺有八百多。”

蔡改改接过魏老大递回的那五百元，又往魏老大手里一塞，喜洋洋地说：“买驴？那还不正好儿！俺家这边正瞌睡，恁家那边就给塞过来一个枕头，恁俩人咋不早说！不就一千块钱，都接住！也不用还，咱就买头好驴，俺拿大头，你拿小头，驴啥时候都归你，忙的时候，能给俺犁犁耩耩就行。家里边那么些地，都给撂荒了，叫别人说个啥！小子们以后不娶媳妇了？还是闺女们以后不找婆家了？庄稼主儿，总得有个庄稼主儿的样才行！”

魏老大夫妻攥着现金，在集市上看着看着价钱又涨了，最后一千两百元买了一头白肚皮、白头芯的灰毛驴，模样煞是好看，只是有点儿瘸。买了驴后，他索性又焊了一辆结结实实的铁排子车[1]，两口子欢天喜地，种地的大件用具，魏老大夫妻在他们半辈子之后，终于一件不少地置办齐全了。

张雪梅整天喜气洋洋，无论什么时候，魏老大的满心高兴，就是她的满心欢喜，两个人把那头瘸毛驴侍弄得亲儿女一般，喂饱了饮足了之后，隔上几天，就给来上一次大洗涮，那个驴圈，也总是务整得干干爽爽。高兴了的时候，张雪梅还给

[1] 排子车：两个轱辘驴拉的小车，也能人推拉。

唱上几句：

一更一点俺就喂牲口，蚊虫儿嗡嗡子嗡嗡不介意；二更二点俺就修驴蹄，寒虫儿㖩㖩子㖩㖩吹凉气；三更三点牵驴去饮水，黑狗子汪汪子汪汪吓你嘞；四更四点忙把驴鞍备，蛤蟆子哇哇子哇哇催人急；五更五点解缰牵驴去，金鸡儿咯咯子咯咯把晨啼……

魏老大和张雪梅两口子的舒心惬意，后来的好多时候，连边老拐也羡慕不已。

唯一令魏老大两口子不安的是，火柴早涨成一角钱一盒了，那些赊到锤子的人，早已把锤子敲砸得面目全非了，赊锤子的人，却也不见来收欠账。等到玉米真涨到了一元钱一斤的时候，人们早把那个赊菜刀人的话，遗忘得干干净净了。

边玉富娶了马六变以后，边老拐也就高兴了一阵子。石小彩把她家要干的门市，挪到了黑山沟的西边去，真沾了马氏家族的光。谁知道那个门市刚开张不久，漳水县把一条宽宽敞敞的水泥路，顺着黑山沟的西边铺到了黑妖坪，石小彩家的那个门市，刚好临了那条公路，门前又开出来一个停车场，后来索性又盖了几间房兼卖饭菜，卖着卖着地方就嫌狭小了，于是全部拆除，盖了一座小楼，起了个名字叫“玉香饭店”，还是凤朝和玉香两口子在那里干。

因为有了那条路，玉香饭店人来人往的日渐生意兴隆。原来从黑山沟东边来往行走的那条山石路，除了抄近道的人，就少人走了。边老拐家的那几个百货店，也就日渐衰微。

大凡经商做买卖的人，对钱都异常地敏感，日日增，不见得能有多少欢喜；日日减，却真能憋出一场病来。收入减少了以后，边老拐日日焦虑。

此生此世，他的每一步举动，他都有一个异常的算计，包括跟马家结的那门亲事。

边老拐每想起来就悔恨有加，自己如何就没有看见，黑山沟西边那个好地方？

他绞尽脑汁动用了百十个“马家军”，也不过抓了一只鸡，大骡子大马，让别人悄无声息给牵了去。直到马六变给边老拐生了个胖重孙后，他才慢慢高兴起来，他给重孙起了个名字，叫“边心来”，寓意“凡事都要按照心里边想望地来”。

边老拐每月都把铺子里的收入算一下，拿出一份给马六变。马六变抱着边心来，把边老拐送过来的那沓票子，往她和边心来中间一夹，喜滋滋地走了。

马六变的扬眉吐气让好多人眼馋，人也更加白胖，衣裳也不断地翻新。边老拐的孙女边玉婷，昨天刚把一条脚蹬裤穿在身上，今天她也就蹬上去一条。尽管那些紧身布料，毫不客气地张扬着她身上的每一块赘肉，但她却终日被那些自豪感动着，就是回了娘家，马六变摇身一变，成了个“当家闺女”。她的四个弟弟、弟媳，但凡因什么事吵吵嚷嚷，她往中间一站，就都不多言不多语了。她唾沫星子四溅一阵，再指手画脚一阵，从兜里掏出一卷票子，往桌子上一拍，每个吵嚷的人都噤若寒蝉，乱麻一般的纷纷乱事，就迎刃而解了。

马三炮夫妻见了边老拐，更是毕恭毕敬，崇敬有加，边老拐一激动，就去他家坐上一坐。马三炮夫妻把边老拐恭维得头脑发胀以后，他一高兴，也说上几句嘴唇发麻的话。每逢这时，马三炮的妻子小换，就会抱起心来，往边老拐脸前一递，说：“看看，看看！上前就是一个‘边家大典’，如意不如意，称心不称心？”

小换变变幻幻的眼神内容很多，其中一个意思，是明明白白地告诉边老拐：你当谁讨了恁家的便宜？那有功劳的开疆大臣，就该受奖励！

马三炮登时特大欢喜，他先是惊讶，大字不识几个的小换，如何竟找到了“边家大典”这个词汇，继而就为那个贴切无比的点睛之语兴奋不已，随后，舞之蹈之地以“边家大典”为题，展开了即兴演讲，竟没有顾及世界上竟有那么一个傻东西，他在给爱听梆子的人，唱了一出二人转。

边老拐离开马家后，“呼——呼——”地抡了几圈拐棍，却没有敲向哪里去，他狠命地往南墙上啐了几口，说：“哼！脆生生的倒像鸟叫唤！啥‘边家大典’，表功、争功、抢功，那都没功，那也不是啥难做得不行的活儿，那一解……不是个闺女，就是个小子，要生个闺女，两口子能给整出个啥名堂？叫‘百花齐放’？还是叫‘春色满园’？啊——呸！啊——呸！真是！”

边家的铺子大不如从前，加上边老拐对马家有了新看法，他给马六变递过去的钱，一天天地变得不尽如人意，马六变总爱吼喊一声，或做上个什么激烈动作，怀里的“边家大典”，会突然大哭大叫起来。

开始的一段时间，边老拐看不惯，但毕竟马六变是他的孙媳妇，不好明说什么，就一遍遍地给白小连说，让她好好儿调教调教儿媳妇。白小连也不方便给儿媳妇说什么，就私下跟儿子边玉富说上几句。

边玉富自小是个不拐弯抹角的性子，开始一听，认为娘说得对，就照本宣科给马六变说了。马六变使上个小性子，在开灯前和关灯后的那些高兴时候，和边玉富慢慢一嘀咕，边玉富一想，娘说的也不全对，后来两口子都不高兴了。边老拐又说马六变如何如何时，白小连就有些不耐烦，说：“爹！没见咱家喂的那俩狗，多给扔块骨头过去，不就不叫不吭了？”

这年的八月十五，边老拐在家跳着脚，把那些“有用人”的十八辈祖宗，一个不落地骂了十八遍，第十八遍刚刚完结，就扮出一脸感恩戴德、永志不忘的虔诚和恭敬，去“有用人”的家里走动了一遍。刚迈出最后一家门槛，就开始骂第二个十八遍。好在，边老拐的第二个十八遍没有骂到头，就收到了“有用人”的可靠消息：为了优化管理，规避风险，确保效益，稳妥前行，乡里黑山沟的东铁矿，计划委托承包经营，条件是，先交足每年四十万元的承包金。

边老拐先跟边玉富商量，边玉富说：“整啥铁矿！一伙子人从个黑洞洞的大窟窿里钻下去，再东放一炮，西放一炮，三块石头夹着一块肉，那就是一窝一窝的地老鼠！上边竖着那个大架子，中间吊一根长绳子，你看那像个啥？那就是个找死上吊的去处！没见黑妖坪那边才死一个，又死一个，这个哭那个叫，黑棺材白大孝，那有啥好？咱不愁吃，不愁喝，不穿补丁衣裳不吃玉蜀面，这就正好！正好！整那么些事不安生，不安生！”

边老拐急得猛抡拐棍，边玉富抱头躲闪，边老拐说：“要不干，也行，店里的活儿，你也甭干了，俺雇人干，用谁也是掏钱！俺就看恁家的谷子，谁给白碾成米！”

马六变使个眼色，边玉富马上拉住边老拐的手，说：“爷爷，爷爷！你说，你说了算！”

边老拐找到了边玉成，不想边玉成的心思，都在小玉的闺女林梦鸽身上，别说承包个铁矿，承包个金矿他都顾不上听。

边玉成自小就是说一不二的脾性，边老拐给他说话，总是和颜悦色。“梦鸽？呵呵，难，难，真难！”

边玉成说：“俺琢磨透了，只要一根筋，铁棒磨成针！哼哼！还就是不信！”

边玉成对林梦鸽的心思，后来小玉知道了，就是家里再需要的东西，就是别处也买不到，宁愿不用，也不让林梦鸽到那个新时代百货店去买了。林白鸽经常偷偷地去，她不是看上了边玉成的人，她是看上了那个对半砍下来的价钱。要是边玉成小心不小心地，在接钱或递东西时碰到了她的手，她总是杏眼一瞪，连那一半的价钱也省了。

小玉知道了后，连摔了两个碗林白鸽还犟嘴，直到小玉要剁掉她的一根手指头，林白鸽才答应，再不进新时代百货店的门。

后来，边玉成半价卖给周山杏一条脚蹬裤，顺便还送了一瓶进货搭配的雪花膏。再后来又搭配送了几斤刚流行的纯毛毛线，周山杏就欢欢喜喜地当上了边玉成和林梦鸽的红娘。

周山杏来来回回跑了一冬天，那个事也没有定下来。再见到边玉成时她很不好意思，说：“婶子可真是，神法鬼法都使了，八字也还没有给画个一撇出来。”

她的心“咚、咚”地乱冲乱撞，只想蹦到嗓子眼去。尽管她也想，边玉成应该不会要回那些东西，但毕竟拿了人家的手软，一直巴巴地瞅着边玉成看。

边玉成皱了一会儿眉头，说：“猴不上杆，不会大筛会儿罗？有羊迟早都得赶到山上。嗯！俺爷爷早就说过，逼不到一定时候，走不够那些步，就挤不到茅缸里边去。”

边玉成说的是好多年前，他赶翻了魏老大的毛驴车，边老拐说的走挤茅缸棋的那档子事。也不知道到底听懂了没有，周山杏一边应着一连串的“那敢是”，一边急急地走了。

直到林梦鸽和窑头村姓吕的人家换了小帖，周山杏才知道她的红娘当不成了，她急慌慌地到新时代百货店告诉了边玉成。她本来以为，边玉成一定会大发一通火，甚至把送给她的东西要回去。但边玉成看也没看她，连抽了两支烟，回身又扯了一身刚进货的新布料，往她手里一塞，说了声“以后媒人还是你”，转身就出去了。

待边玉辉领着一帮人吃饱喝足之后，边玉成皱着眉头交代说：“咱本来想把人家给挤到茅缸里，可不想，人家把咱给挤到茅缸里了……”

一个“蛤蟆镜”晕乎乎地说：“那有啥，俺不管她大玉小玉，今儿黑夜开始，俺就天天儿往她家里扔几块石头，砸不着也叫她不敢睡！要不，叫俺先往她家门楼里，给做作一泡，石头还得到处捡，这个咱可是随身带！”

边玉成使个眼色，边玉辉一巴掌打了过去，说：“你想当俺爷爷？那个法，多少年以前，俺爷爷就使过！做作啥做作！咋做作出来，叫你个串种咋给吃干舔净！那是俺哥哥的丈母娘！以后你得叫姥姥！”

第五十一章

白首拓旧疆　鼠兵横扛枪

"老鼠兵"边玉辉不仅会打，而且会骂，"老鼠精"边玉成也就使了个眼色，边玉辉反手就给了"蛤蟆镜"一巴掌，还让"蛤蟆镜"准备好，以后叫小玉"姥姥"！边玉成如果真娶了林梦鸽，"蛤蟆镜"的"姥姥"真叫成了，那他也就真成了边玉成的儿子了！小玉能不能成为边玉成的丈母娘，是以后的事，没过几天，窑头村姓吕的人家，就差媒婆把订婚的小帖往回要，人家要和林梦鸽退婚。

小玉急了后，媒婆才吞吞吐吐地说了原委：忽然有一天，三四个"长毛""蛤蟆镜"到了姓吕的家，手里掂着一包糖，说是给贺喜。几个人咯嘣嘣地把那包糖嚼完后，有人掏出把刀子，在自己的小腿肚子上划拉了一下，然后指着汩汩流血的腿说："恁家，想娶姓林的那个闺女？行！恁谁也来一下？都不敢？那好，那个闺女，原先是谁的，还得归谁！"

媒婆拿住了订婚的小帖，连坐也没坐，出了大门后悄声说："你还是想开点儿好，庄稼主儿，谁不想过个安稳生活？"

林白鸽知道了后，火烧火燎地找到了新时代百货店。边玉成刚好在，她抄起柜台上的算盘向边玉成猛一砸。边玉成正蹲在下面不知干什么，他急急地往起一站，正要发作，看清是林白鸽后，就拍着手，看一眼还在乱蹦乱跳的算盘珠子说：

“呦——嘿！俺当是谁，花木兰！穆桂英！杨排风！都不是，武则天！你还真会做活儿！俺正想换个新算盘，你就跑过来，把旧的替俺收拾了！”

林白鸽更生气，顺手夹住半卷布就走，边玉成扶着门框探着头喊：“慢点儿，着啥慌！还正想送给你呢！”

边老拐听说了以后，给张红梅欢天喜地说：“看，看，看！咱孙子，那手段，以后必成大器！必成大器！”

张红梅被边老拐怪异的狂喜吓了一跳，自此以后，她就日渐一日地不安，甚至有些惶恐。她感到，边家的那个铁打的血脉，不仅一成不变、代代相传，而且后来居上、出类拔萃。

她在边家尽管早就做了老奶奶，但除了重孙“边家大典”，真心实意地往她身上拉撒过几泡屎尿，家里家外的所有事，她实在触碰不到，也根本无心触碰。

边老拐在去年春天，就下手搞黑山沟东铁矿的事了。他已经看不上那些买回来再卖出去的小营生，心劲儿没少使，气力没少出，麻烦没少找，赚来的那几个小钱，距离他心中的雄伟目标，差远了去了！

过了年之后，经了杏花缤纷落，经了桃花红胜火，直到遍野的杨青柳翠，边老拐每天都要到黑山沟去一趟。整车整箱的带把香烟，整车整箱的瓷瓶老酒，也记不清到底扔出去有多少，那也只能算作投石问路，算来算去，尽管年承包金四十万的数目，令众多的庄稼主儿惊破胆，但也确是一个很“对得起人”的数目，可就是边老拐，也真有些招架不住，四十万，这是县城里像模像样的一排大洋楼的价钱！

后来，边老拐感到那条不拐的腿，也开始隐隐地痛，最终有一天，他躺下了，这一躺就是两个多月。

等到爬起来后，他站在村东的石拱桥上向东看，三百台那边竖起来一个四四方方的大铁架，那是个啥？边老拐揉了揉眼，抬头看一看蓝莹莹的天，低头望一望忽涌涌的麦苗，他真的有些晕，忽然感到自己有些老了！心里只想了想那个“老”字，说不清的恐惧就遍身袭来，他哆嗦了几下后，心里想，俺不老！俺比王炳中还小了那么八九岁，那个贼老头儿，毛都白了，过年的时候还敲战鼓呢！心里想着，就沿着大北沟往后谷场那边去了。

边老拐家在村东南，近两年经常往黑山沟那一带跑，很少到村西那边去。刚从大北沟爬上后谷场，他简直惊呆了。

大皂角树蓊蓊郁郁的浓荫一片，三队的马棚，却什么也没有了：原址上被切割成了两块，后边一个七裹五的大院子，钢筋水泥筑就的高墙气势夺人，绛紫色的琉璃瓦房顶明光耀眼。房子前边余下的空地，比后边那个院落大好多，一亩多近二亩的样子，一人多高的红砖围墙，中间向北一个大门，中间一条黑、白、红三色石砾加了水泥浇筑，配了河卵石浆砌图案的人行甬道，四周全是绿茵茵的地。二茬菠菜刚长出第三片叶，早种的豆角已爬上了架，洋葱、大蒜、黄瓜、茄子，更是一片厚厚重重的墨绿。皂角树下，硬化了一片平平整整的小广场，弯弯曲曲的水泥小路，和大北沟里的大马路相通相连。

边老拐推开花格子铁门进去，院里的东南角打了一口井，潜水泵抽上来的水“哗——哗——”地流淌着，清凌凌的水，欢快地滋润着一株又一株的青翠。林大头的儿子二狗，正在刨一片湿洇洇的地。二狗已三十多岁，偏瘦的中等个子，一张笑嘻嘻的脸，仿佛总有一身使不完的力气——真是活脱脱他爷爷林满仓的孙子。

边老拐的心里，忽然涌出一股无可名状的激愤难耐，他咬牙切齿地抡圆了拐棍，照准围着他转的那只狗，一下子就把翘翘着的狗尾巴，给敲到狗屁股中间去了，然后瞪圆了一双花生豆眼，指了指那片地和那座巍巍峨峨的大宅院，结结巴巴地问：“你？你是，满仓？咋？干啥？俺这是？嗯？”

二狗一脸憨笑地站起来，看着边老拐说：“二爷爷糊涂了？才刚刚你叫谁？俺爷爷？他前年就走了。俺是二狗。你歇会儿？”

边老拐狂愤无比地敲那只狗时，他以为是林满仓的哪个儿子或孙子，把三队马棚买了去，又把那里折腾成地主老财一般的林家大院！他跟二狗坐了一会儿才知道，原来的烧锅酒坊，后来的三队马棚，早卖给王炳中了。这些房子和地，去年春天就整好了，王炳中家的其他地，二狗全种着。院里的那片地，因为有了那个井，能浇，种出来的菜，一年四季都能吃上了。王炳中一个人吃不了几根，还时不时去县城跟儿子住上一阵子，丑妮也不常来，种出来的那些菜，除了自己吃，哪年也能卖它个千八百元。

二狗说着说着，一腔的喜悦和自足就播撒开来，他顺手把一捆绿油油的韭菜递给边老拐说："给，你闻闻，上的是鸡粪，浇的是井水，味道不一样吧？"

边老拐认认真真地端详了一阵二狗，点着两个指头说："要不信，你扒开恁家祖坟仔细看看，恁老爷爷的大棺材头就没有摆正，满仓的也安偏了。"说完后转身就走，走了没有几步，又扭头回来，哭不是哭、笑不是笑的样子，真让人害怕："二狗，俺问问你，九斤黄跟菇菇头的子孙，你猜猜是啥？不给你说，你还真不知道，那个东西叫笨蛋！"九斤黄跟菇菇头是纯种笨鸡。

边老拐说完就往外走，刚走出那个铁栅门，一辆两头尖的小轿车，静静地在大皂角树下停下了，车门一开，王炳中从车里钻了出来。他再也伸不直的脊背，八月的谷穗一般弯弯着，一身的老骨头没什么太大的萎缩，身上的肉却减了不少，头发、胡子、眉毛，仍然一根根的凌傲不逊，却全部透心白，好像专门钻到雪堆里滚了滚，费心地抹了抹，又冻了起来。他的一举一动，被困受拘一般的艰难迟缓，两只眼睛，却滴溜溜的活泛。

边老拐看了第一眼，心中就定格出一只老白狐的形象来。"老白狐"看见一脸惊惧的边老拐，摁一摁小轿车的前边，忽暄忽暄、颤颤悠悠地跳，再摁一摁小轿车的后边，还是忽暄忽暄、颤颤悠悠地跳。

小轿车不跳了，"老白狐"伸个懒腰，回过头看着边老拐说："这东西真好！真好！俺小子的！坐了那么多车，都不舒坦，都颠颠得屁股疼！"

边老拐一直噘着嘴不吭声，他肚里的肠子，眨眼间就一根根地挤撞拧巴到了一起，而且钻心地痛，比王家当年贱收拾走他家的铺子和地，要命得多。待疼痛稍稍缓解后，心里就一遍遍死命地咒骂：驴日的王炳中！驴日的"老白狐"，俺才打了个瞌睡，你个驴日的，不光把烧锅酒坊给悄悄地鼓捣了回去，还坐上了小轿车，还嫌……你到底啥时候死！

边老拐在心里把“老白狐”诅咒了无数遍，窝在喉咙下面的那口气才喘上来。歪着头弓着身子走出后谷场时，心里又开始憋屈，回过头冲着王炳中喊：“哎！哎！给你说，上坟的时候你也看看，恁家的那个大棺材头也放偏了，你想想，恁家老头儿一直到死，头跟脊梁，都是直撅撅的一条线。看你，坐了一回小轿车，没把蛋给蹾掉，倒把脊梁给蹾折了，再直不起来！不信？你挖开看看去！”

王炳中回过头刚张开嘴，边老拐早跑远了。

当年的烧锅酒坊，后来的三队马棚，又变成了王炳中铁桶一般的大宅院，那真是个一转眼的工夫，而且，林满仓往那边匆匆忙忙地走了后，又续上和他差不了几分毫的亲孙子二狗，林满仓家也真是后继有人！而且，在二狗引以为豪的自足神态里，还颇有几分感恩戴德的意思，岂不知道，王炳中就是坐上个屁股后边冒烟的，他还嫌颠颠得屁股疼！

边老拐想，林满仓家的那些人，连建设社会主义的基本队伍都算不上，尤其是那个二狗，那真真的是，菇菇头生的儿女——笨蛋！

那年二狗在白口镇的水泥厂做活儿，家里的房子漏了雨，就急于回家，厂长一刻也不愿意放走他那样的实诚人，说：“白给你一袋水泥，能不能当天走当天回？”二狗高高兴兴地应承了。他从厂里扛了一袋水泥往家走，心想，水泥都没有掏钱买，再花钱坐车？那不合算。一肩膀就把百十斤的水泥扛到了窑头村，到了窑头村有些累，拉人载货的三马车[1]遍地是，他又想，既然扛到了窑头村，再花上几毛钱，那才真不合算。咬了咬牙，一鼓作气扛回了大坡地村。

房子糊好了后，二狗的媳妇还到处炫耀，说二狗真能干，一分钱没有花就糊好了房。二狗早忘记了那一身身的臭汗和刚刚见轻的骨酸肉疼，还喜气洋洋，乐不可支。其实他就不想一想，用那些力气做上些别的活儿，挣回来的那些钱，倒背着胳膊光看，一间屋子的房顶别人也就给整好了！世界上就短缺不了这样的人。林满仓死了，王炳中还没有死，要不再生出来一个二狗，那王炳中他能活？

还有那个王炳中，活生生地叫人折腾了那么多年，按说，也早该浑身僵硬手

[1] 三马车：当地人对三个轮子的小型机动车的俗称。

脚冰凉了，咋就一个鲤鱼打挺，忽然翻腾了起来？人无外财不富，马无夜草不肥，他究竟干了些什么？

边老拐想着，从马鞍地一直走上了龟脊梁，站在高处回头张望时，他首先想到的是，都说人是猴子变来的，那真一点儿不假。

马鞍地里那个“神龟探水”的坟骨堆，还在乱草之中湮没着。十余棵碗口粗细的柏树，高擎着一株株的苍翠。从马鞍地到龟脊梁的那条线上，除了刨不动的青石板，几乎每块地都有一座新建的坟茔。和二狗子一样的那些人，无可奈何地望穿了代代的苦命，就把家业腾达的希望，寄托给先人的遗骨了。

他终于打听到，三百台上竖起来的那个大四方架子，是王会来当矿长的国营大矿，他满肚的肠子，就造反一般胡乱挤拱起来。他冲着“神龟探水”方向叱骂了一通后，那些挤挤拱拱的肠子，才慢慢平息安定下来。他转悠到“神龟探水”的最下边，给正在刨坑的白锁住说：“锁住！你还记不记得，给王家看‘神龟探水’的那个老刘？”

白锁住说记得。边老拐又问那“未初一刻”，还有那个光膀子推小车子的人，记不记得。白锁住说：“咋不记得，就在马河滩上的花鲤溏边，还就在那个时刻，有个人光着膀子推着小车来了！那是人家姓王的福分。咋？那人死了？”边老拐说：“没有，那时候，俺就没有那么狠的心，俺没有下那么重的手，就打了他俩耳光。”

白锁住没有完全明白，边老拐指着他正在刨的那个坟坑，说完“你这个穴地没点准”扭头就走。

白锁住一把拽住边老拐急急地问：“你给说说，那正穴该在哪里？”边老拐一边走一边说：“就是给你点准了，你也打不了那么深，你就没有那个腰劲儿！”

白锁住更是抓住不放，边老拐指着三百台方向说：“看清了没有？那才是真正的好穴地！往下挖上个一二百米，真金白银，‘哗——哗——’地就往恁家流！松手！你到了下辈子，也弄不清啥叫‘神龟探水’‘独占鳌头’！”

边老拐去信用社办了几件事后就直接回去了，不想刚进门，就一头栽到门槛内不省人事了。

全家人登时乱成了一团糟，边老拐醒来后，一直紧咬牙关不说话，双眼直勾勾地看着房顶。他的三个孙子边玉富最先到，边玉富进门就趴到了床上去，一直拉着边老拐的手，低着头一句话也不说。边玉辉没进大门就喊：“娘！娘！俺爷爷咋了？死了？这老头儿，这这这……”

白小连“啪”地打过去一巴掌，玉辉以为自己说了不好听的话，马上改口：“那老了？”

张红梅气哼哼地往门口一站，边玉辉又说：“奶奶，甭生气，爷爷也到了差不多的岁数了，老了也是个喜丧[1]……”

张红梅皱着眉头抡起手又要打，边玉辉风风火火地进了家，摘下蛤蟆镜趴到床边，说：“爷爷？不吭，这俩脸蛋红扑扑的，离死还早呢，谁知道‘三卷毛’瞎咋呼个啥！白耽误工夫，俺还得走！”

边玉辉说着说着就到了门口，张红梅“哎——”了一声他也没有听到，张红梅翻着眼歪着头看白小连，白小连一咬牙，脱下一只鞋向边玉辉砸了去：“你就是只老鼠？窜那么快做啥？”

边老拐长长地哼叫了一声，把头扭向了墙那边，白小连又是一迭声地喊：“他爷爷！他爷爷！缓过来了！缓过来了！”

正喊着，边玉成来了，他在床边站了一会儿，喊叫了两声，边老拐还是不吭，边玉成自言自语：“这事，麻烦！俺也刚有个眉目想整一个，这三百台的下边一直通到青龙岭，都是十几米厚的煤！这手续都快办好了，这，这，这，弄不好就给耽误了！”

边老拐突然大叫一声“说啥”，在场的人都吓了一跳！

或许是边老拐本来就没有什么病，或许是边玉成说的那个十几米厚的煤层，刺激了他的哪根神经。边老拐坐起来后，吸溜吸溜喝了一暖瓶水，出了一身透汗，让白小连快去给他买两只猪蹄子啃啃。

[1] 喜丧：年岁较大者寿终正寝的丧事。

边老拐精神十足地问了十几米厚煤层的事，边玉成最后说：“那青龙岭下边，真藏着个聚宝盆！黑山沟那个小金元宝，也太小了点儿，这回，不管使啥法，也得把这个聚宝盆弄到手，就是眼下资金不太充足，想跟几个朋友合作，人多力量大，拿出老姨父刨兔刨井那股子劲头，能整不成？”

边老拐像忽然想起了什么，刚买回来的猪蹄子也没有心情啃了，他左右看了看找不见边玉辉，憋足力气喊了一声，边玉辉听到那声喊，一边应着，一边跳过去抓过了边老拐手里的猪蹄——他以为两只里边，肯定会有他一只。

边老拐说：“都听着！王炳中坐上两头尖的小轿车了，吃了豆腐，给爷爷骗了半天豆腐渣，跷起腿来尿了泡尿，又打了个旋风脚，那个熊样！他那是抡起来巴掌，往爷爷的脸上扇！他欺侮咱边家，也不是一天两天了，旧社会那会儿，哼！整得咱就不轻，咱也得整点儿啥叫他看看。爷爷可给恁说，冻死、热死、渴死、饿死的人少，气死的人多！爷爷真不想，占那个多头……”

边玉辉一边哼哼，一边拼命啃咬那只猪蹄子，边老拐不轻不重地往他头上拍了一巴掌，意思是让他听清，边玉辉含糊不清地说：“有啥，有啥！不就是辆小轿车，有啥，有啥……”

边老拐很生气，猛扇过去一巴掌：“有啥！你说有啥！你给整一辆俺看看！那得二十多万！那屁股下面坐着的，是一座楼！”

边老拐爬起来后，又在黑山沟和信用社之间跑了几天，他下定决心之后就开始筹钱。信用社规定，贷款每人最多十万。他计划着，也行，他和三个孙子加起来正好四十万，承包黑山沟东铁矿的钱就有了。

他首先到了边玉富家，包矿和贷款的事刚说了不到一半，马六变在“边家大典”边心来的屁股上狠掐了一把，边心来蹊蹊跷跷地叫唤了起来。

等孩子哭够了，马六变也想好了应对的话。她一只手抱着边心来，一只手攥着拳头说：“饿死别当贼，穷死别借钱，俺七老老爷爷，就是借了十块大洋，利滚利，利长利，算盘珠子拨拉出来个驴打滚、羊掉毛，总共还了十五块，还剩下十块没还清，后来就是想还，也不能还了——人死了！借钱那个事，俺不敢！老鹬鹳[1]啃胶皮——啄下来也咽不下去！饿老雕抓驴——那活儿太大！不干不干，打死也不能干。”

边老拐问：“你能干啥？”马六变说：“洗衣裳、做饭、纺花、织布、长针、短线啥也能干，就借钱不干，有本事的人，都往家拿钱叫别人借，时光不能过的人，才借人家的钱，看看那些欠账户，不是因为懒就是因为馋！啥承包，吃撑了的人才包，俺啥也不包！”

边老拐忽然怒火中烧：你，六变？你下边的四个兄弟，你以为真是你给变来的？你也就叫个六变，你榆木疙瘩心肝，砍不平，锯不圆，捋不直，磨不光，啥你也变不转，你就不是个材料！没有恁娘的破肚，你变一个俺看看！

边老拐本想发作，但她毕竟是孙媳妇，他只把两只小眼睛翻了几翻，拿拐棍猛地一戳边玉富，把边玉富戳到了大门外。“周巧巧的小宝，你该认识吧？嗯？就是到了阎王殿，问问阎王爷，不管投生前还是投生后，你比小宝强不强？嗯？强还是不强！”边老拐的山羊胡子一撅一撅，两只小眼睛盯了边玉富一小会儿，扭头走了。

蛤蟆和周巧巧早已去世，留下一个儿子小宝，孤孤单单的不说，单看长相，就没有半点儿周巧巧的基因，比蛤蟆还要圆乎的身子骨，平地里接连快走上几步，都要坐下来喘上一会儿粗气。小宝已经三十大几的人了，连个媳妇也没有娶上。他小事看不上，大事又做不来，浪里浪荡到处鬼混，今儿爬到东家的窗户上瞅瞅，明儿上到西家的墙头上看看，后儿贴到南家的门缝上听听，最后再去唱戏、庙会人多的地方挤挤，到底也没有弄清楚，娶媳妇是个什么滋味。

一年多以前，漳水县后门村的一个铁矿，经营不善又加了时运不济，挖着挖着透出了大水，不用说以后的利润，连眼下抽水的电费也交不起了。前期投资的贷款又步步追逼，原来的那几个合伙人，连拴上吊绳子的心情都没有了。谁知道有人恶作剧，把小宝给介绍了去，小宝撞鬼一般，歪歪扭扭地写了几个字，漳水

[1] 鹬鹳：两种鸟，嘴均细长而尖。

那边欢天喜地地金蝉脱了壳，那个鬼不缠的铁矿就归了他，当然包括所有的债务。

小宝接手之后，天天在那个矿上转悠，天天围着他转的，除了几个别无他法的债权人，剩下的只有头顶上“呜哇呜哇”叫着的老鸹了。谁能想到，下游的一个铁矿，在井下放了一个大炮后，头顶上的老鸹不叫了，下游的那个铁矿淹了，小宝这个铁矿没有水了。小宝因此发财了。从此之后，那么些娇娇俏俏的女子，谁也不嫌他胖，谁也不嫌他丑了，他自己反倒蹬了一个，踹了一个，又戴着眼镜，念着书本，比着尺子挑了好几个！

第二天，边老拐又去找边玉富，黑漆漆亮堂堂的大铁门，凉冰冰地紧锁着。大门外有一块竖长条的石礅子，马六变经常在上面坐。边老拐冲着那块石礅子猛踹一脚，磕得他生疼。他两眼蹿火，拿拐棍伸到贴墙的缝里别了别，石礅松动了，拐棍和脚一齐用力，石礅子“扑通”一声倒了。边老拐斜睨一眼趴下去的石礅，拍拍手说：“哼！再硬，你也是块烂石头，不信掀不倒你！哼哼！”

踹倒那块石礅后，他找到了边玉成。边玉成正准备去找周山杏说林梦鸽的事，顾不上听边老拐说上半句话。边老拐瘦脸一拉，威严顿生，边玉成趔趄一下站住了。“嗯？还没有学会走路，就想安上翅膀飞？嗯？人生胆儿，胆儿生钱，钱生万物！钱多了不光能搬泰山，黑白无常都围着转！说说咱贷款的事？”

边玉成急得，真想把手伸到嘴里打两个哨子出出火，到底还是堆上一脸笑，给边老拐说：“人生胆儿，胆儿生钱，钱生万物！爷爷，俺记住了，这个胆儿不用生，俺不光有，比一般人的都大，爷爷你说话就行，咱也不要多麻烦，咱直接生万物，生万物！今儿黑夜俺找你，给你买只猪蹄，给俺奶奶买个烧饼。”边玉成说完就急急地走了。

边老拐突然心情大好，时间不长就自言自语：“猪蹄？没许过一百回，至少九十九回了，给买个烧饼倒差不多，嗯？不对，这买个烧饼给了他奶奶，连他爷爷也给糊弄了？”接下来他就找边玉辉。

边老拐最了解边玉辉，最气愤不过的时候，不止一次管边玉辉叫“豁三片”“老鼠钻”。边玉辉就是个“豁三片”，他敢扒开鸡屁股去里边掏鸡蛋。

边老拐找到边玉辉时，他正在摆弄一套三洋牌音响，一边摆弄一边哼着唱：

你的屁股像个电扇，又摆又摇又能转；……像块发面，又白又暄又值钱；你的瘦腰像根面条，又细又软又招烧；你的小手像块绸缎……

边老拐拿拐棍一捅边玉辉，做了个数钱的动作又招了招手，边玉辉就跟着他回了家。

边老拐说了一大通，边玉辉最后说："爷爷，今儿，咱能不能来个光脚踢屁股——现呱儿现（即刻兑现）？"边老拐说行。

边玉辉又说："你说一人给俺两千就两千，要不你多给俺一千，俺给办成两件事：第一件，你说王炳中坐了辆小轿车，差点儿给烧包死，那俺给整辆小轿车，叫它载着咱满大街转；再一件，俺大哥哥那边的事，俺担保给办了。"

这天，边老拐备好东西找信用社吕主任，去吕主任那里之前，他照样先把吕主任的十八辈祖宗，一个不落地骂了十八遍。完毕之后，他仍然很纠结：沉甸甸的一大包真金白银给人家，还要讲究个技巧。

边老拐按照他的周密计划，在一个万分合适的时间，万分豁达地进了吕主任的门。最后，他把东西放到了皮沙发的靠背后边。吕主任和边老拐的猜想一样，假装没看见。

吕主任送他出门时说："俺看过了，你的几个铺子，加起来也值不了那么多，你得再给找个值钱的大物件，嗯？"吕主任要边老拐有了抵押，才能贷款。

边老拐苦思冥想了一晚上，这值钱的大物件，去哪里找？大彩电和拖拉机，恐怕都不算，想来想去，终于想到了李牛牛，他那个"嘟嘟嘟"开着乱跑的"帆布篷"，在通往大坡地的柏油路上，一天也见不了几辆，那应该算是一个大物件，不知道李牛牛愿意不愿意，他毕竟是王炳中的女婿！

想起来王炳中，他肚子撑胀得不能睡，晚上躺下之后，又穿起衣服在院里屋里来回走，直到那条好腿又隐隐作痛才爬上炕，自己给自己说："女婿汉，算狗蛋！那时候要不是俺，王炳中，还说不定当了谁的老丈人！”

第二天，边老拐早早地就起来了，简单地吃了几口饭直奔蔡改改家。远远看见蔡改改家门口的那个“帆布篷”时，他高兴得简直要跳起来，因为李牛牛在县城自己做买卖，平时不怎么回来，他本来抱着试试看的心态，还就给碰上了。

边老拐远远地给李牛牛打招呼：“牛牛真出息了，兜也鼓囊了，小汽车也开上了，大人孩子，都欢天喜地了，吃上水，就忘了挖井人了！见了面，就是不喊师父，也该给打个招呼吧？”

李牛牛当年看上王丑妮时，边老拐给出过不少点子，作为前期媒人礼，李牛牛给他锄了好几亩地。边老拐当年的点子尽管有些歪，但不管歪正，毕竟把别人家的闺女，给娶到了李牛牛家里。

李牛牛在乎的是结果，不是手段，啥事只要弄成了，那就是英雄汉，管他使的啥手段。自小到大，包括后来的多少年，李牛牛就是这样的脾性。单论这一点，李牛牛和边老拐，千真万确属于一个道上的人。李牛牛阔了以后，仰起了头，抬高了眼，但对于边老拐，仍然保留着情投意合、惺惺相惜的那点儿小意思，两个人即使偶然见面，说话办事什么的，比一般人方便。

李牛牛给了一个张张扬扬的朗笑，掏出一包太行花牌的带把烟递了过来，边老拐说：“看看，看看！就是长了本事，就是发了财了！这‘太行花’也叼上了，想当年那会儿，猫收老虎当徒弟，可没有教给他咋上树——他还就是学会了！看看混得，比师父还趁钱！”

开始的时候，李牛牛以为边老拐拿他的吉普车抵押贷款，自是一万个不同意，边老拐说不签字画押，只让吕主任看看。李牛牛同意后，开车带着边老拐去往吕主任那儿。走到半路，他忽然给边老拐说：“你可不能给俺玩花花肠子。你这个人，损招太多！哎！恁家不是买了辆小轿车？没有？俺看走眼了？那个人，该是玉辉！”李牛牛正说着，车已开到了信用社。

吕主任围着那辆吉普看了又看，说：“这辆车有点儿破，再说，俺看也不像是你的。”

边老拐有些急:“俺问过了,这‘借鸡下蛋’是上边的政策,这‘鸡’也不是你的,你至多算个饲养员。”

吕主任扭身就走,边老拐一把拽住,悄声说:“别走!‘饲养员’是个文明词,大坡地话,那叫‘看鸡圈的’。”

边老拐四下看了看,把吕主任拉到一边说:“你这座两层小楼不算高,要把人整上去再给整下来,人就变成了相片!说不定比相片还薄!要不,俺拐着腿,脸上抹个七道八道,去县委、县政府的大门口,给他们撇着嘴吼喊上两天?你念书不少,猜猜俺敢不敢!”

边老拐正说着,柏油路上,闹闹嚷嚷地卷过来数不清的人,挤挤撞撞地围在一起,像一团发现了新蜂王的蜜蜂——一层摞一层,一层包一层,黑压压的一大团,乱纷纷地喊着、叫着、嗡嗡着,把“蜂王”围在正中间。信用社最外边的围墙,是一格又一格的铁栅栏,眼看着黑压压的一大团人,嚷着、闹着奔院里而来。吕主任叫声“不好”,大喊了两声,里边的工作人员,攥着满身钉子的大棒冲了出来。

黑压压的那团人“轰”的一声向后退,才看清正中间的是一位“妖人”:头戴一顶黑呢礼帽,眼挂一副花框墨镜,手拄文明棍,身穿白礼服,脚蹬弯头鞋,屁股后面,跟着一辆鲜红色的小轿车。

“妖人”每走上十多步,手里的文明棍,便左右上下地一摇,小轿车就“嘟——嘟——”地响两声喇叭。“妖人”本该坐在小轿车里求舒适,却让小轿车跟在屁股后面闹风光。村子里和傻二小一起送殡的娱乐班杂耍,差不多敢玩那样的把戏。

那伙人快要走到铁栅门时,边老拐才看清,前边的那个“妖人”,是他的三孙子边玉辉!他大叫一声向前猛奔,在场的好多人都看见,边老拐好像突然不拐了!

边老拐半举着拐棍要砸那辆车,却被“妖人”一把拉住了,祖孙两个不知道嘀咕了几句什么,围着的那团“蜜蜂”,像终于找到了蜂王,慢慢地向那辆车跟前凑。边老拐突然回过身,抡起拐棍,“噹——”的一声砸在了小车的机盖子上,那团“蜜蜂”,“嗡——”的一声四处飞散。

边老拐摇荡着拐棍，一脸傲气地指着那辆车，给吕主任说：“这车，咋样？看看该是谁的！给你说，要是长途，俺嫌那个帆布篷坐的时候长了，颠颠得屁股疼！从俺家到你这儿，那是个短途！也就将就着使使！敢不敢试试？你也敲上一拐棍？”吕主任听后浑身一哆嗦。

边老拐回头找边玉辉，抡着拐棍说：“就这一截路，你又找过来咋！”

边老拐猛扬拐棍像要砸边玉辉，却“嘭——嘭——”地敲砸了几下小轿车的轮胎，颇有气势地摆了摆手，边玉辉钻进车里去，小轿车响了两声喇叭，掉个头走了。

边老拐又在信用社待了半天，直到天擦黑才回到家，见到边玉辉急急地问：“多少钱？那是多少钱？”

边玉辉说：“你是问买一辆，还是问租一天？”“你是不敢说，还是听不懂？”“一天一百五。”

边老拐又喊：“俺说的是砸的那个坑！”边玉辉撇着嘴说：“你使的劲儿也忒大，本来给人家说好了，磕碰个小坑算一天的价钱，可那个坑太大了，给人家多算了五天！”

边老拐在床上躺到半夜，想起什么似的，猛然爬了起来，把张红梅和白小连叫到了一起，正襟危坐之后，神秘无边地开始了谆谆教导：“俺说，俺大哥哥进财要是真死了，那也肯定又转世回来了！都给俺竖起来耳朵听，那可不是灵童转世！要是没死，那就是老祖师爷，转世来咱家了！咱玉辉，可比他大爷爷还加火，还要命吔……”

无论是边进财的当年，还是当年的边进财，都是边家永远的痛。

边老拐为一天一百五的租赁费心疼了好几天，后来又埋怨砸坑的那只手：“奶奶个熊，使的劲儿真的太大了。”

这天，边老拐一夜没睡，不到凌晨五点就起来了，他换了一身深藏蓝的涤卡中山装。崭新的中山装笔直挺括，威严顿生，蹬上一双黑亮黑亮的三接头牛皮鞋，又找出那支黑檀木拐棍，那是他做为致富能人代表，随县里的领导外出参观踩着脚买的，平时只是过几天拿出来看看，一直没舍得用。临出门重新洗了把脸，还擦了一点儿雪花膏，然后叫了边玉辉找边玉富去了。

边老拐不坐边玉富家的沙发，边玉富给搬来一把暗红色的半软包木椅，边玉辉给端端正正地放到了屋中央。边老拐端端正正地坐上去，把黑檀木拐棍双手扶在胸前，像一位征战之前的大将军，随时准备把哪个违背军令的拿来祭旗。

马六变拉着边玉富，躲了边老拐好几天，到底还是被边老拐堵到了家里。她本想把心里边品咂熟了的“连珠炮”，再给老公公放上一串，可是，边老拐纹丝不动的黑檀木拐棍，她低着头只看了一眼，肚里的那串“连珠炮”，一下子都摘了引信。边玉辉一脸正经说：“咱爷爷，也就是想借别人的鸡，给咱家嬎几个蛋，魏老大也就往那张白纸上写仨字，年月日都不用管，那一摞一摞的大钱，就都归了咱，看看你那个劲儿，比生孩子还难受？”

边玉辉拿出一张纸，趴到一边的桌子上写了个证明书，意思是边玉富贷款十万，由边老拐和边玉辉代为投资企业生产，边玉富占有企业股份参与分红，投资本金，由代管人负责偿还，其他诸多事宜，与边玉富两不相干。边玉辉写完后签了一个歪歪斜斜的名，拿出印泥盒，把手指头使劲儿在盒子里摁了摁，往证明书上摁了好几个红指印，完了之后给了马六变，然后拿出贷款合同让边玉富签。

边玉富浑身颤颤着左顾右盼，边老拐正颜厉色，又往证明书上摁了几个红指印。马六变正晕晕乎乎不知如何办，边玉富就在贷款合同上，把自己的名字哆哆嗦嗦地签上了。

直到边老拐把黑山沟东铁矿承包了以后，马六变才知道，边玉辉写的那个证明书，根本就是一纸空文，她一遍遍地给她的娘家厚待喊：“哎哟哟！哎哟哟！一家子黄世仁吔……”

马六变喊了好多天“黄世仁”，才知道贷了四十万元后，边玉成和边玉辉当场各拿了两千元。她看见边玉辉就闹：“那个贷款，俺玉富也签了名，为啥不给俺两千块？准是你个豁三片、老鼠兵、老鼠钻使了坏，你就是那个小穆仁智，光想叫那个老‘黄世仁’整治死俺！俺今儿就得看看，你鬼三，长着一副啥黑心肝！”

马六变着着实实地有些急，她一边连哭带叫，一边撕扯边玉辉的衣服，还拽掉了两个扣子，边玉辉撕扯一把就跑，一边跑，一边嬉皮笑脸说："恁签啥签！总共仨字，还叫俺费了那么大的劲儿，还想分钱？那是强奸不算顺奸算！"边玉辉打个呼哨，就不见影踪了。

马六变又找到边老拐，其实她喊"黄世仁"长短时，边老拐早听到了，正一肚子没好气，马六变还没有说上几句话，边老拐就说："你不是啥也能？你喊啥！使那么大的劲儿做啥？有劲儿没处使？先去大西沟锄地去！"

边老拐说着说着就往门外走，马六变撵着喊："你叫谁锄地！谁又不是恁家买来的牲口，俺在娘家还没锄过地呢，喜儿在黄世仁家，也就是烧火做饭，洗洗涮涮！"

边老拐扭回头就是一声断喝："说啥？那黄……你说啥？你在恁娘家没做过的活儿多了，你在恁娘家，还没生过孩子呢！"马六变大叫一声，哭着跑了。

当天，马家来了近百口人，眨眼工夫，就把闺女家值钱的东西收拾个干净。因为找不到边老拐，临走时，把他的拖拉机和黑白电视也给整走了。

边玉富一个人在家，因为没人给他做饭了，天天来边老拐家吃。过了一段时间，边老拐这边没有人过去叫，马六变娘家也没有人过来说，听说马六变天天哭。

不知道因为什么，边玉富去了马家一趟，去了之后再没有回来。边老拐说："去吧，去吧！给马家当养老女婿去吧，少了那个，剩下的这俩，能多分点儿世产。"

边玉辉很高兴，他给边老拐说："爷爷你别不信，要是日本在那会儿，老大准当汉奸！"

边老拐的话慢慢传了出去，马家的人沉不住气，招呼了几十个男丁，"轰隆隆"地拥到了边老拐家，看样子像要打架。

边老拐扔掉拐棍，往院子正中间一躺，看着天说："嗯！来的人真不少，其实要打架，也用不了那么些。今儿，谁敢捅老头儿一指头，要是不能把俺给横着抬出去，叫俺再爬起来，俺把他家就给拾掇得连个孩子羔儿也不剩！矿上不缺的是炸药！”

马家的人招呼一声都走了，回家就把边玉富赶了回来，还让他顺便问问他爷爷，他家的“边家大典”，还想不想叫他姓“边”！

黑山沟东铁矿干了不到两个月，一年的承包金就收回来一半。边老拐把儿子、孙子和自己家的所有东西，都换了新崭崭的一大套，全是太行花牌的家具，他满大街地喊：“旧的不走，新的不来！万里长城永不倒，新的总比旧的好！岳飞大战金兵——笑死牛皋，气死金兀术！”

马六变像害了一场大病，再一个支持不住的就是马三炮了。他也刚刚动了些心思，有了跟边家坐坐谈谈的意思，不料，刚给几个叔伯弟兄透露了一些，马家所受的窝囊气，就怒涛一般向他涌来。他们给马三炮的意见是：你就是浑身没有一根骨头，就凭那几根筋，也得给边家支棱上一阵子！

边老拐家一天天地兴旺着，眨眼间，他的三个孙子，每人一个大院子也盖了起来，要不是刚买了大队的向阳饭店，他自己的那座院子，也要重新翻盖了。马三炮还是那么支棱着，一天又一天之后，要不是脖子里的那根不太长也不太短、不太粗又不太细的颈椎骨，他明显感到，光靠那几根筋，支撑不住。

鼠兵横扛枪

第五十二章

浪子好手段　苦乐庄稼汉

没有人能够想到，幸福快乐就要来临了，顺水又顺风的好命，终于和周山杏相拥相抱了。

边玉成找到她，让她在青龙岭煤矿算个股份。边玉成说，他家黑山沟的东铁矿，三个多月就拿回了全部本钱，从下月开始，全部本金和利润，保证没人动一分一厘，全部投入青龙岭煤矿上去，煤矿见了煤以后，让她当会计，除了本人工资再按股分红。

开始时她有些犹豫，先去黑山沟看了几趟，尽管没有看出太多的名堂，但三脚木架早换成了四方大铁架，一罐又一罐的铁矿石，那可都是钱！她把边老拐新建的几座院子看了几遍，钢筋水泥的房子不说，每件家具都钉着一个太行花的铜牌子，那又得多少钱？

她又到青龙岭煤矿转了转，那个四四方方高耸着的大铁架，比黑山沟的那个更加雄伟夺目，尽管看不见几个干活儿的人，但那样一个大架子一旦转起来，那每天得进多少钱，怕是比印票子也不慢！一连几天，周山杏一直在幸福的波浪里翻滚着。

林梦鸽后来一直找不到合适的婆家，有几家刚刚提了提，提了之后再寻不回个音讯。瘦三和小玉都着急，把明摆着的甲乙丙丁和明放着的子丑寅卯，念了一遍又一遍，林梦鸽的婆家还是不好找。

周山杏后来又找了一趟边玉成，说正题前，顺便问了一句他和梦鸽的事，边玉成说："梦鸽那个事，俺一直等着，咱两家成亲戚，也是迟早的事。这会儿，俺家其他亲戚，最多叫入五千元股份，你要真把那个事给说成了，你入一万，俺给你顶两万！这媒人礼，不算少吧？"

周山杏给白文昌商量了一下，又去瘦三和小玉家跑了几遭，那个冰冻三尺的事，尽管距离"九九不到杨花开"仍然很遥远，但明明已经 "五九六九，河边看柳"了。

周山杏想，那个事要是成了，以后就是实实在在的正经亲戚，入了的那个股份，岂不是水缸里的大王八，想啥时候抓，就啥时候抓！

周山杏思索着、仰望着、描画着好多好多昨天的事、今天的事、明天的事，白文昌似乎被周山杏的好心情给撞晕了，也不能急口就来给说个一二三四了。

周山杏把银行存的、家里放的钱统统集中到一起，还专门去信用社要了一根捆钱的绳子，结结实实地捆好后，拍打着那捆票子给白文昌说："现时这一万就能顶两万，算算，能顶你干多少年？"

白文昌也拍了那捆票子几下，说："唉！我说的肯定不管用。'临财毋苟得，临难毋苟免'，古人说的，怕也管不了多少用。唉，半辈子的省吃俭用……"

边玉成和林梦鸽订婚之前，周山杏领着边玉成到小玉家去了一趟，小玉只说了边玉成一句话："马家那么大一户人家，那么些弟兄，人还叫恁家给撵跑了，都多长时候了？嗯？像俺这孤儿寡母的，闺女到了恁家，那还不是得剁就剁，得砍就砍，得煮就煮了？"

边玉成说："这咋能！都是他们瞎说，早说好了，俺嫂没啥意见，也就是俺那个马大哥，一辈子倔。要说，俩人天天在一团，哪儿有勺子不碰锅的事？那磕碰几下，就砸勺子摔锅的事，边家的家谱里边真没有过。早说好了，俺嫂明儿不回来后儿回来，不信你看。”

马六变没有成为边玉成嫂子之前，六变爹和边老拐一个辈分，边玉成该叫马三炮“爷爷”，马六变嫁给边玉富之后，她爹马三炮也仍是叔叔、伯伯辈分，可到了边玉成嘴里，大一个辈分的马三炮却变成了“马大哥”，凭空又小了一辈！好在小玉也没有仔细听。

好长一段时间以来，边玉富天天跟边老拐生气，到如今也还没有弄出个子丑寅卯来。边玉成思谋了大半天，找到边老拐说：“爷爷，梦鸽那边啥事没有，人家就是说，从俺老奶奶那会儿开始，咱家的娘儿们，都是挨打受气的命！这不，眼睁睁又看着，马六变还不得死到她娘家去？俺许下人家了，说俺嫂赶明儿准回来，俺这就去给咱家老大商量，动硬的咋说也不能，俺兄弟俩去马家走一遭，要不行，俺俩人就给他马家磕响头，再不行，俺也跟老大一样，俩腿一挺，啥也不干了！”

边老拐想了一会儿说：“不用！叫俺去，这下口气，买亩地，俺孙子以后还得顶天立地，俺孙子是个绷着脸使人、倒背手接钱的主儿！这种事，不用你，干这个，爷爷行家！”

边玉成问准备些什么礼物，空手去总不好看。边老拐说：“日本有个空手道，咱中国有个空手套，俺就是传人。回吧！保管没事，杀猪杀屁口，一人一传授！哎，去给恁哥哥说说，别在炕上整天练睡功了，打扫打扫，准备迎接‘边家大典’！”

边老拐到了马三炮家，两口子刚好都在。他进门就把拐棍一扔，往门扇上一靠，一边卷着胳膊和腿，一边朗笑着说：“这要钱没有，要命不给，见外也不走，见里（礼）这礼就来了。咱先说，不管原先谁对谁不对，这一碗水泼到地上了，谁还能给收回来？不过这错俺还得认，恁都看，这胳膊腿都卷好了，今儿就实实在在给恁俩人下一跪！要不解气，拿榜镬随你打——不过提前说好，要真打，就打那条拐腿，咋它也拐了，要把那条好腿打瘸了，还得累咱闺女伺候不是？也别打嘴，就打屁口，俺这嘴跟屁口一个形状，打哪儿也一样，要不先打吧，先解了气俺再给跪。”

马三炮夫妻竟不知说些什么好，边老拐靠着那个“吱吱”作响的门扇说：“看看，看看！俺早就给人说俫，来的时候，在家也议论俫，这大户人家的气度，还就是不一样！咱要真那样整，万一传出去，叫别人说个啥？这亲家见亲家，见面就打架？俺也不跪了，论亲家，也是俺岁数大！不过，就是不跪，咱六变也得跟着俺回去，要不回去俺就跪，要是跪了，那就是恁两口子真恼了，真恼了，咱两家，也就成了街里乡亲了，就是成了街里乡亲，论乡亲辈，恁俩人也得喊俺哥哥……”

太阳刚偏西，边老拐背着包袱颠颠地走，马六变抱着儿子，在后边低头跟着。马六变的那个神情，让不知道的人以为，原来是她在婆家犯了错误。

边玉成和林梦鸽换了订婚的小帖后，周山杏从瓦缸里拿出那捆票子，“民族大团结”的十元票，百张一沓总共十沓，周山杏里三层外三层包得结实，带着满腔说不清的酸甜苦辣咸，悄悄地送给了边玉成。边玉成从中抽出一沓扔过来，周山杏不敢拿，边玉成说：“那是媒人礼，你的一万还顶一万使。”周山杏睁大了双眼惊叫：“这这这，你……说啥？”

边玉成笑呵呵地说：“看俺二姥姥，大惊小怪啥，现金是一万，股份是两万，你想想，俺就是哄了一百个，那能轮上你？”

周山杏在说不清的矛盾交织里，拿着十沓票子中的一沓回了家。她总是想不通，自己省吃俭用、辛辛苦苦攒了那么多年，双手捧着送给人家十分之九，拿回来原本就是自己的十分之一，那还成了人家给的媒人大礼？她心慌慌、意慌慌，吃不好、睡不好。

周山杏一天比一天烦乱，忽然有一天，她清清楚楚想起来，边玉成说“哄了一百个，那能轮上你”，心里真害怕：那一百个之外不用太多，要是再有一个，那不就是自己？那要真是自己……她不敢想了。

密密匝匝的纠结，将她包裹得密不透风，周山杏几天时间就像变了一个人，唯唯诺诺的口气，战战兢兢的行动，无所适从的神态，惊慌失措的眼神，加了忏悔一般的低声下气，着实把白文昌吓了一跳。他在思索猜测之余，也还是小心翼翼——他早就习惯了小心翼翼，忽然竖起腰板，倒感觉百倍的不适应、不舒服。

那天，周山杏并没有显现出多少贤淑温顺，白文昌却有些承受不住，他把一个还原回去的贤妻良母，当成了一个天外来客。

“有事？没事？那你咋了？昨日黑夜，俺真加班补课了，不信你问问别人，再有半年，学生们就要考试了，一寸光阴一寸金，误不得。”

周山杏柔柔地问：“你看过《甘露寺》？到底说了个啥？”“周郎妙计安天下，赔了夫人又折兵。”“周郎？”“是，就是周瑜！”“他真姓周？还狼——狼啥狼！他就是一只羊！”周山杏说最后几个字时，斩钉截铁，不容置疑。白文昌吓了一跳。

周山杏想，哎哟哟，那个周郎，为啥也姓周！赔了闺女折了兵，那周姓的人，就是个羊的命！边家那才是狼！边老拐就吃过周家的羊，咱这又把闺女给人家送过去，还赔上九沓板正正的票子？那可真是人家文昌，从字缝里，一点儿一点儿抠掐出来的，从粉笔头上，一下一下划拉出来的……她想着想着头就晕，晕了一会儿，才明白了父亲晕晕怔怔的那个病，就是气迷病！

周山杏风风火火地找到了边玉成，他家里还有马家好几个人坐着，听说话的口气，像是说入股份的事。边玉成看见周山杏，早早地迎了出来，悄悄地给她说：“正好，你也给当个见证，就说你的那两万，是两千，他们都想入五千，那不能，都是俺哥哥那边的亲戚，那亲戚远也不远，就是那边的人也太多！真太多！原先显现不出来啥，这不，都看见咱那片耀眼的花骨朵了，你看你看，一窝蜂！一窝蜂！撵不走又打不散……”

周山杏一路轻松地回了家，香香甜甜地睡了一个晚上后，那九沓板正正的票子，又在她的脑海里翻卷起来，直到林梦鸽嫁了以后，她悬着的心，才渐渐地放了下来。

鸡冠山不远处的青龙岭煤矿，边玉成是大股东，当然也是实际操控者。大坡地人入进去的股份，结果怎么样没人知道，但最先、最实实在在的受益者，要算魏老大了。那个大架子往起竖的时候，先开出了一条路，那条宽阔的路尽管不太平整，但经了魏老大那块地的不远处，一直蜿蜒到了大架子跟前，和长久以来魏老大走的羊肠道相比，确确实实方便了许多，也绕近了许多。

魏老大赶着他半跛的灰叫驴，拉着他的铁排子车，在不尽欢愉的声声吆喝中，“哐里哐啷”地颠簸上一阵子，两只大脚不挨地，也就到了鸡冠山。他把该回归大地的东西，一车又一车送够了之后，把大地对辛勤苦累的庄稼汉的馈赠，一车又一车地往回拉。他把码放到铁排子车上的收获，用两根粗壮的绳子绞紧了，再把小山一般的庄稼看一遍，把那些没有绞紧的庄稼刮下来，再结结实实地塞进去——辛辛苦苦养护出来的收获，他不会丢弃任何一枝小穗。

收拾完毕后，他冲着“猫猫眼”一招手，张雪梅看一眼忽悠悠的车，望一眼灰叫驴那条半跛的腿，笑吟吟地说：“咱的‘绿吉普’，一个轱辘气不饱，那条胎使坏了，可不好补。”

张雪梅和她编制的那件幸子衫一样，好多时候都能跟上时尚。她把那个满载收获的铁排子车，给夸成了“绿吉普”，把瘸了一条腿的驴，给婉转成“一个轱辘气不饱”。

魏老大畅快无比地应和了几个响亮，笑嘻嘻地说：“这胎带的东西都壮，你仔细看看鸡冠山，真有点儿往西北歪，多少年了它也不能倒！咱的毛驴，再说也是四个‘轱辘’，有一个不使劲儿也不当紧，三马车三个轱辘也照样跑。咳！忘了，咱姐夫俩轱辘去了一个，也没见碍啥事，蹦跳得满欢！听说也就拿了一个拐棍，连个钩镰枪也没使，把马家那么些马腿，就都给砍倒了，还差点儿连马肉也给吃了。”魏老大说的是，边老拐一个人战败马家百余人的事。

张雪梅一迭声地嗔叫：“屁嘴，屁嘴！该拧，该拧！”张雪梅喊着“该拧”却不去拧，她让魏老大一手叉住了腰，一手托住了胯，喊了声“走——”就给送到绿吉普顶上去了。

魏老大一手攥着缰绳，一手抓着车杆，一声声的吆喝，比吉普上的方向盘还好使。因为有很长的一段下山路，半跛脚的灰叫驴，一路向后坐着屁股，魏老大的身子，也在摇摇晃晃的绿吉普上紧贴着，向后边用力地靠着，三条半腿的灰叫驴左摆右掉，把排子车的两个轱辘，给摆掉到平坦些的路面上去，摇摇晃晃的绿吉普，就从鸡冠山的那个坡上，平平稳稳地下来了——都说傻驴，魏老大的那头驴就不傻，或许像边老拐说的“瞎子耳朵灵、哑巴鼻子尖”，那些有缺陷的东西，总会从另一方面，把短缺的那些给补回来。

下了坡后，魏老大冲着绿吉普上面喊一声：“咋样儿？”张雪梅的两只手，抓着那两根绞紧了的大粗绳，结束了最后一个“咯咯”笑，脆生生地答：“山也跳，地也跳，树也跳，人也跳，说不出来的舒坦！你想想，那该叫个啥……”

魏老大像灌下去半瓶烧酒，浑身热辣辣地烫，围着那辆绿吉普前后左右看，颇为潇洒地挥舞着他的长鞭，尽管一下也没有打响，却把那金不换的满怀豪情，播于了苍黄的地，洒向了碧蓝的天。张雪梅在绿吉普上，一会儿坐到这边，一会儿坐到那边，摇摇晃晃的，和魏老大说些摇摇晃晃的情话。

魏老大张雪梅正说着，对面一辆货车开了过来，远远地摁着喇叭“嘟嘟嘟”地响，漫天的烟尘翻卷过来，半跛腿的灰叫驴，把车拉到路的正中间停住了。

烟尘慢慢消散，站在车斗里的三卷毛，嫌毛驴车挡了道，不耐烦地看一眼魏老大夫妻，冲着毛驴吆喝了几句毛驴话。边玉成和边玉辉坐在驾驶室里，边玉辉嘟囔：“这个老姨父，一辈子连个驴车也不会赶！哎哟哟！快点儿走，快点儿走，俺看见毛驴车就害怕！”

魏老大的灰叫驴很犟，魏老大喊了好几声“喔、喔、喔——哈”，灰叫驴眯着眼动也不动，魏老大甩了几下鞭子，照样一鞭也没有没打响。边玉辉龇着牙，探出身子冲着车斗喊：“三卷毛看清点儿！赶车的那个人是俺亲戚，他老眼昏花看不清谁过来了。拉着车的那个东西，它是恁家亲戚，不会说话，它也不长眼，没看见你在汽车上边！你个贼羔儿！”在边玉辉嘴里，魏老大的毛驴不仅突然升了格，而且还突然变了种，忽然成了三卷毛的亲戚！

这是边玉成、边玉辉两兄弟赶翻了队里的毛驴车，魏老大背了五百多元欠债后，从边家讨到的唯一便宜！而且这个便宜，尽管只是上下嘴片一碰又一撞的事，也还是一碰一撞地损了三卷毛一次！

魏老大张张嘴不知说些什么好，那辆货车挤挤撞撞地向前开，张雪梅刚想给车上的重外甥打个招呼，边玉辉就把车窗摇上了。

货车从绿吉普上挂掉一堆庄稼后，卷起一阵烟尘开走了。魏老大叹口气，说："唉！这老鼠成了精，也了不起，一回一回跟驴置气不说，连老姨、老姨父这俩大活人，也不放在眼里，哪能有个好？"

魏老大正嘟囔，马改转追了来，原来是那辆货车碾死了她家的鸡，马改转冲着那片烟尘声嘶力竭地喊："窜种，窜种！甭窜！迟早窜进公安局！迟早窜死你！"

马改转冷不丁冒出来的好多话，说不清什么时候会有个谶言效应。过了不久，黑妖坪那边破了一个流氓案，抓住了几个半夜钻工棚的"妖精"，其中就有老鼠兵边玉辉。

马改转满大街地喊："活该，活该！那进过局子的人，出来连个媳妇也找不成！叫你烧煎！叫你烧煎！"

马改转喊了没多长时间，就被三卷毛给截住了，三卷毛说："听说恁家又少了几只鸡？活该！要再乱喊，恁那只羊，估计也快没了。"几乎成了半仙之体的马改转，再也不敢乱喊了。

边玉辉被抓之后，边老拐好些日子没出门，他和张红梅在家里，一递一声长吁短叹了好多天。白小连干号得没有那么响亮了以后，边老拐把全家人集中到一起说："俺早就说，都操点心儿，操点心儿，他大爷爷回来了，那个挑世产（败家）的要命鬼回来了，谁也不听！小连，小连！你也是，你这个娘，也不知道到底咋当的，这老三，豁三片、老鼠钻，这回没钻好，钻到老鼠夹子上去了！你就知道整天干号，早把那些劲儿，使到正经地方，把老三看住……"

没容边老拐说完，白小连继续哭诉："老三这事怨俺！他大爷爷那会儿，是谁没看好？到这会儿，咋连个尸首也找不见？"

边老拐一激灵，好大一会儿不再说话，张红梅插了两句嘴，边老拐又说："玉成，咬住牙破个大财吧！给人家闺女说说，看能不能整成个自愿，也少判几年！

今儿俺再说一遍，俺亲哥哥，恁亲大爷爷，可真回来了，要再不操心，能捅破天！”

那个家庭会议散了后，马六变翻着白眼给边玉富说：“那种事，早些年家里不是也有过？它遗传！黄世仁家，能干出啥好事来？还捅破天！恁边家就没有天，无法无天！捅啥？就咱娘是个好人，还落了一顿埋怨！光怨那个瓜不好，也没人问问，是在啥蔓子上结的？你个穆仁智哟，不报不报时辰不到，叫你个老黄世仁再笑……”

马六变的话或许只有天记着，地记着，睡了一晚上之后，连边玉富也忘了。边老拐的话，几乎又成了一个精准的预言，仅仅过了半年多光景，他大爷爷边进财，真的要回来了！

边进财要回来的那件事，让过了大半生的边老拐，遇到了从来没有遇到过的慌乱。

那天，乡里、县里来了好多干部到他家，需要注意的一二三四五六七安排好了后，又安排了需要马上做的一二三四五六七，边老拐自始至终，也没有弄明白究竟为何。那些人说完，就要帮着收拾家里家外，连门外的一个废猪圈也要给清理了。边老拐两手一抡，问：“恁都是不是弄准了？那到底是不是大坡地的那个边进财？”那些人说：“错不了，就是咱弄错了，人家本人能记错？”

边老拐又问：“人在哪儿？”其中的一个人说：“这会儿，恐怕还在海那边。”边老拐拍着膝盖说：“哎哟哟，那还得漂洋过海，再一截一截往回挪，还早呢，还早呢，这么早来折腾俺咋？”

那些人说：“人家坐飞机，也就是几个小时的事，耽误不得。”边老拐又说：“他坐飞机还得落到大坡地？那个猪圈，能挂坏他飞机翅膀？那个猪圈，俺还想喂俩猪呢！”于是有的做工作，有的干活儿，那个猪圈稀里糊涂就没有了。

其实边老拐倒也盼着哥哥来，只不过最近一段时间，家里家外的烦心事太多，即使全家上下齐出动，都有些应付不过来：边玉成的媳妇林梦鸽将要生产；边玉辉的事花了不少钱，最后仍要判上两年；尤其是那个青龙岭煤矿，边玉成迈的步子也太大，打了个八米直径的井筒子，凿下去的矿井也刚刚二十多米，两个合作的大股东就把资金撤走了，信用社的贷款也收紧了口子；停工不到半年，大坡地好多入了股的，都围着他家门子乱叫喊，尤其是马家的那些人，几乎要撕破了亲戚脸面。

边老拐真的疲于应付，就是当年在鸽子岭上转悠的那几天，他也没有这样的烦乱。

林梦鸽要往县城医院走的时候，乡里的那些人，还这个叫过来，那个问过去，让他手忙脚乱，边老拐忍不住一声喊：“这大坡地人的时光才好过，他来这儿捣啥乱！”那些人都愕然。

时间不长，边玉成捎回口信说，林梦鸽刚生了个儿子，乡里也通知说边进财真的来了，让全家人都等着。边玉成上午急急地赶了回来，林梦鸽第二天也回来了。

或许是有了马六变比对着，边老拐尤其喜欢林梦鸽，或许是他故意喊那些话让小玉听。边老拐抱着重孙子心疼不已说：“还是这个媳妇好，不多言不多语，还懂礼识性。哟，哟，哟！这身子还虚得很嘞，咋不多住几天院！哟哟哟！这孩子，真俊真好看。”

静静地等了几天，也不见边进财来。林梦鸽一直抱着那个孩子左看右看，人不太多的时候给边玉成说：“俺明明记着，咱孩子胸脯上，那片红胎记大小像片杏叶，模样像个红桃，这咋抱回来，就长成了扑克牌那么大，模样还像朵梅花了？敢不是抱错了？要不，就是叫谁给换了？”

边玉成说：“哪儿有那么巧，医院里俩人一齐都生小子，胸脯上还得都有红胎记，那万不能。”

终于，乡里派了车来叫边老拐，说边进财不来大坡地了，让家里人去县城见面，最多就能去一个。边老拐去了。

边老拐到了招待所，边进财又跟县领导见面去了，他到了边进财住的房间吓了一跳：一个四十余岁的中年女人，大蘑菇一般的乱头发，上面还别着一朵小花，妖里妖气的一张脸，不仅刺了两道眉，看得出来，眼睫毛也是另安上去的。不太高的鼻子，一张血红的嘴，一身的大红大绿，脚指甲也描着彩。她给边老拐递水时，边老拐看见她的长指甲足有半寸长，身上一股浓甜浓甜的味道，熏得他连水也不想喝了。

除此之外，最令边老拐心烦的，是她说话的那个腔调，一声声细又一声声长，永远伸不展的一条舌头，蹦跳起来欢快异常，曲里拐弯的愣听不清，像棋盘山里的鸟叫唤。边老拐心里边把她叫作“鸟叫嫂”。

相认了鸟叫嫂后，领边老拐来的工作人员就想走，鸟叫嫂急急地叫着，就是不让人家走。边老拐干脆不说话，在那个浓甜浓甜的味道里，“哧哧啦啦”地走几步，再心惶惶地坐一阵。

边进财终于回来了，四行默默无语的老泪流淌了好一阵，终于完成了兄弟二人相认的开幕式。边进财的精神蛮好，除了一头雪白雪白的头发，比边老拐显不出多少苍老，只是说话的声音变了许多，但仔细听，也还有些大坡地的味道。边老拐感到舒服的是，用大坡地话和边进财两口子交流起来，再不用外人给变成普通话，或翻译成闽南话。

边老拐问边进财：“刚才嫂子非要县里、乡里的人都留下来，是不是海外那边，叔嫂单独坐着说话不方便？”边进财和女人说了一阵，给边老拐说：“你嫂子的意思是，谨慎些好。”

边老拐知道了边进财夫妻不回大坡地，也是因为“谨慎些好”，他气哼哼地往那个弹簧大床上一躺，小眯了一会儿后，拉了把椅子往屋里的正中央一放，坐上去说：“俺做了个梦，梦见咱爹咱娘了！亲哥哥，俩老人的毛尾，可都比你白！就是死了不用往大坡地埋，也不去看看祖坟？……”

边老拐还没有说完，边进财忽然双手捂脸，喊了一声“爹”，又叫了一声“娘”，“呼呼哧哧”地抽噎连天。最终边进财决定回一趟大坡地。

边进财夫妇和边老拐一块儿回到了大坡地，听说了的乡亲们，都轰隆轰隆地围向边家去，乡干部设了好几道关卡，也挡不住闹嚷嚷的人流。鸟叫嫂张望了一眼黑压压的人群，慌慌张张地跑回屋里，叽叽喳喳地给边进财“鸣叫”了一阵。

边进财夫妻要给家里每个女人一对金耳环。边老拐给边进财悄悄说：“鸟叫嫂的耳垂上，咋啥也没有？谁不知道那边的人，自古净出些贪污犯！要不，能叫撵到海外？凡能沾上边的人，都要往手里搜刮一堆票子、金子、白银、黑钻，这些年，你学得也该差不多了，要真没有，吃不胖打胖的那个活儿，咱可别做！也省着你回去的时候，还得给你凑盘缠，那更不好看！”

边进财说：“海外人嫌戴金子太土气。”

边老拐不屑地看看马六变，说：“回去给恁马家的那些人说说，总共那俩小钱，都是放屁崩出来的豆子，还想生豆芽，还想做豆腐，还想滚豆饭，还想磨杂面，还想摊煎饼，最后啥也整不成！”

边进财和鸟叫嫂胳膊挽着胳膊，肩蹭着肩，脸不红心不跳地跑到村西，摸了一会儿大皂角树，遥望了一会儿牛头垴，两个人拉着手又到了石碾街。两棵大槐树都还在，瘦三也还在，夫妻两个，一人吃了两块灌肠，丢下一张百元的票子就走了。北圪台儿上的人都惊呼。

边进财夫妻还没有回到家，边老拐就知道了，他拿了一把零钱去找瘦三。

因为已经成了亲戚，边老拐嘻嘻地笑着，正在想如何开口，瘦三把脚板一挪，露出一张搓成一团的台币，说：“要不是别人给俺说那是进财，俺的灌肠也不卖给他；他就是吃了，那张票子，俺也不稀罕！”

边老拐飞快地捡起那张票子，满面荣光地给瘦三说：“看看，想多了不是？俺就是想，这进财啥也不知道，这是张台币，台币拿到大坡地，那能花？唉，海外转了这些年，钱挣得不少，老家的事也忘得不少！俺回去叫他给换成人民币……”

回到家里后，边进财正在清点家里的男丁。边老拐先把边玉辉的事说了，他说边玉辉欠了别人的钱，到外边躲债去了。边进财问欠了多少债。边老拐说不太多也不算少，二十多万三十万人民币。边进财思索了一会儿，说先给拿十万。边老拐急忙问，是台币还是美元。

说到边起升时，鸟叫嫂开始让边进财当专职翻译了。对那些事，似乎她更有发言权。边老拐说，起升也就因为女知青那档子事，判了二十年。鸟叫嫂听了后，她要真有翅膀，惊惧得真要飞走了！她叽喳了好一会儿，后来竟有些急，看样子，恨不得把一个个长指甲都拔下来扔了。

边进财翻译说："那不是两相情愿吗？知识青年也是人啦，上床满欢喜，下床就反悔，女知青的人格也有问题噢！那种事，如何能怪罪一个人呢？这太可怕了！怕得不得了呦……"

边老拐又闻到那个浓甜浓甜的味道，心烦意乱地说："唉！那个起升，他就不蹬底！儿吔！受罪怨谁！唉，怨谁！怨就怨，没有早早拿草筛子扣他一回。唉，亲娘吔……"

鸟叫嫂明白了边老拐的话以后，她给边进财说："咱那边报纸上说的都对吧？这边的人，真的太厉害，太厉害……"

边进财走之前，又去石碾街转了一趟，马六变还在记恨着"黄世仁"，她给边老拐说："俺大爷爷那个人，看穿衣打扮，像从海外来的一个文才，石碾街大槐树下，他可丢死人了！他对着人山人海背了首诗：'少小离家老大回，乡音无改鬓毛衰，借问酒家何处有，牧童遥指杏花村。'当时俺就听着不对劲儿，总觉着像一个人上边穿着件红棉袄，下边穿着件黑裤衩，配错套了！跟俺大奶奶身上的那个味一样——呛死人！"

马六变说完，"叭——叭——"地亲着怀里的"边家大典"，留下一大串幸福无比的"咯——咯——咯——"笑，一溜烟地跑了。

边老拐并不恼，他神秘无边又底气十足地大叫了两声，头抵住墙，笑了好一阵子，连拐棍也扔到了一边去。笑够了以后，他兴奋有加地到了后谷场，来到皂角树下王炳中的门前朗声喊："王炳中！俺早就说过，恁小子叫早来，早来他还得早去，俺哥哥叫进财，天不进财地进财，今儿不进财明儿进财，就得发财……"

边进财走后不久，青龙岭煤矿就闹嚷嚷地开了工。不知因为什么，周山杏还是没有当上那个会计。

在边家蒸蒸日上的日子里，张红梅却像有了病，后来她就不敢在自己家里睡，她说一合上眼，就有人追着打，再后来，白天也不敢在家里待了，就到张雪梅家坐着。

张雪梅问："打你的那个人是谁，长啥模样？"张红梅说："披头散发看不清，反正是个娘儿们。俺早就说，那个箱子不能动，前些年，俺说了还管些用，谁想半路上，冒出来进财这么个鬼祟，就都要钱不要命了！到最后，谁知道到底是这边的人占了便宜？还是那边的鬼祟讨了欢喜？到这会儿，阴阳两界黑暗暗，出来个老包也干瞪眼！俺一直说别动，别动，动就要人命！到了妖精出动的当口，谁听俺？都非要动，动了就不得了，不——得——了……"

张红梅正在张雪梅家的土炕上盘腿坐着，张雪梅正想问问那是个啥箱子，比伏魔殿里镇妖的那个箱子还厉害。不想张红梅说着说着，两只眼睛向上一翻，身子向前一栽，就悄无声息地去了。

也许，张红梅天生就是个苦命人，她走得太匆忙，也太不是时候。连妹妹张雪梅也不知道，究竟什么事使她伤了脑筋。

在边家，心慌意乱的岂止是她一个人！那个铁黎木的箱子挖出来后，边老拐哆哆嗦嗦地看了整整一晚上。那个箱子，到底又引出多少个蹊跷？除了他们夫妻二人，恐怕没有几个人知道。后来，张红梅整天像是中了邪，尤其是到了半夜，一会儿变成个粗哑嗓子的男人说话，一会儿变成个娇滴滴的女人唱，猛然间又学小孩子哭。驱妖辟邪的招法，一家人使了好些个，张红梅还是说些听不懂的话。

最后一次闹腾是在大半夜，边老拐在院中央点了一堆干谷草，谷草燃起的大火正旺，他把浑身战栗着的三只雪白的公鸡"咔嚓咔嚓"地剁掉脑袋，一只只抛到火堆里。三只无头鸡，在火堆里刨挠起来的火星星，"呼呼"地蹿到半空中，不一会儿，满院子里弥漫了呛人的焦煳味。边玉富背着张红梅，边玉成和边玉辉两个人在后边扶着，围着火堆转了一圈又一圈，直到那堆火渐渐地熄灭后才停下来。后来张红梅也真的不喊不叫了，话也不多了，只是不敢一个人在家里待。

铁黎木箱子里的东西剩下没几件，边老拐有几天也好像中了邪，他一个人静坐下来时，会冷不丁大喊："狼走千里改不了吃肉，狗走万里改不了吃屎！狗！狗！就是只恶狗！见啥吃啥，逮谁咬谁！"而且永远喊那几句，只字不错。大家不知道因为什么或因为谁他生了这么大的气。

骂归骂，边老拐自有超常的自我修复功能，骂得正凶的那几天，青龙岭上的那个八米直径的井筒子，开始一天天地向下挖，没有几天他就不骂了，就开始为那个黑洞洞的大窟窿担心。

张红梅突然去世以后，他也曾想，王炳中的儿子整的那个三百台煤矿，听说就挖到了流沙上，稀糊状的泥沙究竟有多深有多少，恐怕当年的日本鬼子也没有弄清楚。后来边老拐就不敢去矿上看了，他听说稀的东西就怕，看见边玉成回家就问：“硬的？软的？”边玉成要是说“硬的”，他才能睡个安稳觉。

直到打下去的深度肯定过了流沙层后，边老拐就一遍遍地问：“青的？黑的？”大坡地一带的地下煤层，在青灰色的岩石下面。

终于有一天，边玉成拿了一大包熟猪蹄跑回来给他说：“爷爷！赌成了！咱真赌成了！你不用往那个黑窟窿里跳了——黑的，真出来了！”

边老拐哆哆嗦嗦地往边玉成的车上坐，跷了几次腿都没有跷上去。到了青龙岭，他看了一眼那堆黑东西后，又反反复复地问了几遍，确信无疑之后，高叫了一声就往回跑，像急着找寻一件什么东西。

他先到石碾街买了一大包供香、供烛、纸箔和冥币，趺趺撞撞地一路向北，爬上大北沟之后，直觉着一股酸楚盖顶袭来，一脚踏进边家坟，就把整理了无数遍的悼词或祷词，一下子喷涌出来：“他娘！他娘！走得太着忙，没拿足盘缠，没带足干粮！他娘！他娘！走得太慌张，咱家的好日子来了，你也顾不上端详！他娘！他娘！咱那些东西没有白喂狼，咱清了清老欠账，换回来真金白银明晃晃！他娘！他娘！……”

他把带来的东西一齐点燃了之后，结结实实地哭了一场。他睁开眼，发现有些纸箔和冥币没有烧透，找根小棍子扒拉一下，想把那些没烧透的边边角角再烧一烧，不想刮来一股风，把他刚扒拉在一起的边边角角都给吹跑了，他不无凄凉地说：“哎呀呀，你个苦命鬼，给你送的那些钱，哪个掉了角，缺了块，破了口，你可记着去银行里换换，花不了可记着存起来，谁也别借，听清了没有，你个苦命鬼？在那边可要长个心眼——要有个娘儿们对你好，不是想找你做活儿，就是想找你借钱；要有个男人对你好，不是想跟你睡觉，就是想叫你解腰！你要能真记住，说不清熬几年能上天堂。也别上天堂，你等着俺，等也不能太性急，你也就照着三十年、四十年等俺，在这边，俺就是再找个老伴儿，到那边你还是正房……”

边老拐正嘟嘟囔囔地念叨，忽听身后“咯咯咯”地笑，扭头一看，是盖二愣的媳妇“狐仙”。

狐仙还是一身的细白肉，发福的腰身，仍然彰显着当年的曲线。她瞥了一眼地上的那堆黑灰，一摆一摆地走了。边老拐盯着狐仙的背影说：“看高兴得你，想早早接班？要真有那个意思，俺准能管你白烧煤块！”一边说，一边得意扬扬地朝着青龙岭的方向看，忽听脚下“噗——”的一声响，低头一看，是狐仙扔过来一块风干的牛粪。

那块干牛粪并没有破坏边老拐的好心情，他一路往回走，一路遥想着那个美好的前景。爬上大北沟的南堰后，三百台和青龙岭的两个大铁架，就清清楚楚地遥遥在望了，他越发按捺不住那份激动，万分渴盼到皂角树下去看一看，就兴颠颠地转身向西走。

大皂角树还是那一身幽凉似水的苍翠，树下边除了一群找食吃的鸡，见不到一个人。王炳中家朝北的花格铁栅门紧闭着，花格砖围墙上，一串一串的眉豆正嫩油油的兴旺，未及时采摘的丝瓜、瓠子，摇摇晃晃地酝酿着下一代的生命，院子里的那些地，平平整整地炫耀着二狗的殷勤。

边老拐在铁栅门上“咣——咣——”地敲几下，没有人应，他又敲的时候，皂角树下有人“吭咔”了两声，扭头一看，王炳中不知什么时候坐在了那里。他兴奋有余地冲着王炳中喊：“咦？邪了门了，来无影去无踪，皂角树啥时候给生出来个大活人？这愣是没看见！”

王炳中淡悠悠地说：“俺脸朝东你屁口朝东，有个窟窿也不是管那个用，咋能看见俺！”

边老拐在原地转了两个圈，才弄明白王炳中是在骂他。明白之后的边老拐，却仍是一份好心情，他拿拐棍指指青龙岭上的那个大铁架，又指指三百台上的那一个，在地上画了一个圆圈，又在圆圈里吐了一口唾沫，说："按说你不聋不哑也不傻，你该知道这是个啥意思。三百台，那就是个绝地，那日本鬼子，当年那会儿就在那儿高高地竖了那么好几个，往下边也挖了那么好几个，到底还是高不成低不就，最后，'咕咚'一声，啥也没有了。嗯？想想害怕不害怕？"

王炳中看看天又看看地，一脸诡秘地说："那叫不知道天高地厚，要不，咋能叫鬼子？找张地图看看，一个弹丸之地，大个子躺下去，伸不展胳膊舒不开腿！你知道哪类人最不知道天高地厚？还没有吃过正经粮食，头上还顶着胎毛的那些小东西！不对心思的时候，光想连奶穗也给咬吃了！那鬼子就是！你？嘿嘿！你也那么大岁数了，有个闲工夫，看点儿书学点儿史。恁家那个东西，竖起来倒也不算低，那个内容不一样，你那是个啥？一帮子乡勇团练，一群乌合之众，给你条大渡河你也守不住。这边这个，那才是'经制兵'！哎，给你说，别以为站着总比坐着高，你不是，那狗也不是！"

"乡勇团练"和"经制兵"，对王炳中的老爷爷汪程子来说，不仅是一段刻骨铭心的苦难经历，更是对红尘世界的深刻透视，对红尘生命的绝命认知和无奈，边老拐不会知道！

边老拐想也不想，抡起拐棍，"啪！啪！"地在大皂角树上敲了好几下，低下头来冲着王炳中的脸说："别以为你靠的那棵大树他不能倒！你没看见恁家'神龟探水'那一片，刚挪过去没几天的那些坟，都又往边家坟那边搬？恁家那股脉气，早坏了，断了！那个神龟还能探啥水？那个花鲤溏，早叫那个选矿厂的废渣，给填平以后又堆成了一座山！"

王炳中站起来，伸了伸胳膊蹬了蹬腿，指着东北方向的马河滩说："边家坟不是正冲着马河滩？枪毙杨老歪那会儿，不是一场大水给冲出来一条大沟？那个大陷坑，多少年以前就给预备好了，要是老天爷给安不上翅膀，再给你安上两条腿，你也蹦不过去！"

边老拐挨着王炳中坐下来，把脸凑过去说：“信不信，有人去恁家的坟头上给做作一泡，高兴了再给配个镇物啥的？”

王炳中往起一站就往家里走，走到门口回过头说：“记住那个六月初六！要说你也记不住，都快当了老姥爷的人了，本事也不见长。不过，那个事可得早办，要是办迟了，脸和屁股就分不清了，实在不行，咱就老鼠拉炉支[1]——盗铁（倒贴）！”

王炳中说的那个“六月初六”，是指边老拐尚未婚配的孙女边玉婷。他也只有这一个孙女，眼下，边老拐要做那个老姥爷，那只有靠边玉婷婚前怀孕生了。老姥爷究竟是怎么回事，疯传的不少，眼见的不多；在大坡地，记得当年莲香阁、六月初六的人确没有几个。

许多年前梨花酒楼的那个小莲，不仅和玉婷娘白小连重了一个音，而且边玉婷恰恰生到了小莲咬牙切齿的六月初六！边玉婷自小就不讨边老拐喜欢，说她是个讨账鬼、赔钱货，也只是把那一百个不喜欢说了其中的两个，尤其边玉婷长大了以后，边老拐又把剩余的九十八个不喜欢，加了驴打滚的利息后，早变成了两百个。

恰恰好的是，和当年莲香阁的小莲一样，边玉婷也生了个大额头，娇小玲珑的身板，细生生的腰，“世袭罔替”的一对小眼睛尽管不大，薄薄的单眼皮里，却凭空加了好些水灵透亮，撩撩拨拨的紧盯慢瞟，总会让人生出许多忍不住的想望来。凝脂一般的白皮肤，比莲香阁的小莲逊色不了几分毫，加了那一身无羁无绊的张扬，真像春暖花开之时，嫩油油的一畦鲜韭菜。

边老拐总感觉，边玉婷和当年梨花酒楼的小莲，千真万确有些相像。边玉婷在县城上高中，和韩五爱的儿子白军一个班。不一样的是，白军是考来的，边玉婷是买来的。

白军和他父亲白小现一样的大个子，继承了韩五爱的遗传基因后，更是一个亮堂堂的小伙子，高鼻大眼尤其像韩五爱，学习成绩又好，除了不爱多说话，数、

[1] 炉支：火炉最下边支撑煤炭的铁条。

理、化、音、体、美，样样都很优秀。只是家境不太好，爷爷白老六两口子已去世，父亲白小现虽已能下地活动，但重体力活儿仍然拿不起来，韩五爱又做不了别的什么，几亩地的庄稼就是年年大丰收，也只能落下个温饱，所以白军好多时候，连学费、课本费都不能按时交。

或许是就该有后来那档子事，那天边玉婷正在擦教室窗户上的玻璃，由于个头儿娇小，够不着的地方就往起踮脚，外面的窗户台又窄，摇摇晃晃一磕碰，仰面朝天向后摔了下来。窗户台尽管不算太高，摔到地上总会跌伤，谁知道白军刚好走了来，一伸胳膊就给接住了，边玉婷一回身，恰恰好地把白军的脖子给勾住了。白军愣了好大一会儿神，才把边玉婷放下来。同学们都说，白军让美人砸晕了，再不就是，想抱得美人归了。

从此之后，白军再不担心老师在课堂上点名谁欠交书费、学费了——边玉婷每次都交两个人的钱。就是在平时，但凡白军看了一眼别人的什么书，只要让边玉婷看到，到不了第三天，他也就有了一本。再后来，白军就不用往家拿该洗的衣服和被褥，而且换季的衣服，也不用韩五爱操心买了。

白小现知道后不无忧虑，给儿子说："林先生早就说过，对边家的人，要'敬鬼神而远之'，恁爷爷那会儿，他家就骗了咱家钱不还，要不恁爷爷奶奶，活了那么大点儿岁数就去了？操点儿心好。"

韩五爱望着儿子的背影，一脸的幸福无比，又加了一脸的骄傲无边，说："牛鬼蛇神它也白来！咱又没有问她要，她以后不说啥，那就是加倍偿还，她要真说啥，那也是自愿，别人知道了，她那是发贱！"

白小现又说："人家门楼高，离远点儿好。"韩五爱说，她家的那个窝好，住在里边的鸟不好！咱小子可是个叮当响的俊小伙，给她咧咧嘴，是救灾扶贫，给她说句话，是照顾穷人。她要真拉拉咱胳膊摸摸咱手，俺逮摸着，那得一身衣裳换！"

白小现又说："都是小孩子们，真有点儿啥事，可叫人家给粘上了，咱可咋赔？"

韩五爱说："西山上那么多树，都叫边家砍了挖煤用了，谁拿出边家的斧子锯，去对过口还是验过印？没摁住手就不是贼！就是真有点儿啥事，咱也不认账。锄了犁了的一块地，都知道锄了犁了，谁还能找见是哪个锄跟犁，做的那个活儿？再说她又不是一块地，她爹再有能耐，也砸不破那个铁牢门，知道了也是干上火干瞪眼！她爷爷再有本事，也不能亲自去验验，去比对比对，量他更不能把那个记号抓出来看看像谁！哎哟哟！想起来了，就是她白小连知道了，最多也跟昨日黑夜演的那个电影一样——娘问闺女，'女儿呀，这是谁在你身上留下的罪恶？'个日死恁娘，日烂恁娘的边老拐！"

边老拐知道了边玉婷的事后，先冲着白小连发了一通邪火。白小连说："又教训俺一顿咋？老师天天教她照着书本念，她都学不会，那个谁教咪？……不是！怨那个，那个——怨老子英雄儿好汉，老子反动儿浑蛋！不怨俺！就不怨俺！"

边老拐找到了白小现，还没有说几句，韩五爱一路蹦跳着跑到边老拐跟前喊："哟！哟！哟！叫俺掰开眼使劲儿看看，从哪儿跳出来个东西那么厉害？俺当是哪位神灵派来个牛头马面！哟！不是，身上不齐全，啥也当不成。哟！那个事，不知道，不知道，真不知道！怨谁？那该怨谁，到了夏天，那漫田野地的草都疯长，锄不光薅不净，到了冬天它就不长！要说也不能光怨天，要没有那片地，它也没地方长！你说怨天还是怨地？不给俺说？那咱去北圪台儿上问问别人，看看到底怨谁！不去？你一个人说了也不算，你又不是老天爷！你也就知道个河蚌瓢跟蝌蚪，除了那两件东西，你啥也认不清！咋？守着俺男人，你还想动手动脚？来，来，来，俺就是个烂柿子，也得沾你一身黄汤……"韩五爱说着，就一边解扣子，一边低下头来要往边老拐的怀里撞，边老拐一溜烟地逃得飞快。

边老拐回到家后给边玉婷发脾气，边玉婷拿根绳子就拴在了门框上，问边老拐先铰绳子，还是先锯门框，就是铰了锯了，别处的绳子和门框，也还多得是！

他派白小连整整看管了边玉婷两天，待白小连也嚷嚷着要找门框拴绳子时，边老拐才把硬铮铮的话全拿了回来，又给边玉婷多带了些钱，送她回到学校里。

临近高考的时候，边老拐给边玉婷说："白军那个孩子成绩好，考上大学，可就成了国家干部，他一翅膀上天了，还顾得上回过头来看看你？那个事，还是死了心的好。”

边玉婷脸一红，斜眼看着边老拐的拐棍说：“他敢！就是他有那个心，也得叫他没那个胆！”看到那个情形后，边老拐真想把边玉婷给捶上几拐棍，但他真害怕她再往门框上拴绳子，原地转了几圈后，给边玉婷说：“他不敢？你手里边最多捏着他个知了皮，就是急死你，那只飞走的知了，能在乎你捏在手里的那张干皮？”

令边老拐深恨不已的是，在高考的前几天，边玉婷和白军双双找不到人了——那只能飞走的知了，连皮也没有蜕掉，尽管还是趴在树腰上的一只知了猴，但知了猴和那棵被爬的树，都一齐不见了。

对那件事，边家所有的人向来讳莫如深。每当独坐之时，边老拐一遍遍地后悔，真不该给孙女说那个知了和知了皮的事。他想，这边玉婷也是，下手忒毒也忒快，那只知了猴，倒是再变不成知了飞上天了，可那岂不是蛤蟆种瓜——代价忒大？

蛤蟆在世的时候，生个孩子刚满月就死了，蛤蟆提着往外扔，因为他嫌家里的坟太远，心情又不好，走到半路，在自家地里的堰根就近埋了。第二年，他在那个堰根种了一溜北瓜，有两个北瓜长得奇大。别人问：“使了什么法子，长出来那么大的瓜？”蛤蟆不高兴，没好气地说：“问啥！给你说，你也舍不得那么大的代价！”问话的人本来看不上五短三粗又无甚力气的蛤蟆，一直穷追不舍，蛤蟆忍无可忍说：“那下面埋了俺一个孩子！你能舍得下那个代价？”

或许边老拐大半辈子，就没有做过什么亏本买卖。青龙岭煤矿，眼看着一沓一沓的钱要往家拿，他却总是闷闷不乐。他常给人说，人有两大乐事，一个是看戏抱孙子，一个是牵马领驹子。而如今，就是抱，也是个重外孙子，那有啥乐？至于那匹驹子，大马都成了别人的，那能乐得起来？倒真想哭！

后来趁韩五爱不在家，边老拐试试探探地给白小现说：“恁家，得想法找找孩子。”白小现把脑袋窝在裤裆里说：“手里边，就剩下五个手指头了，要伸伸手指头，有人叫白坐车白吃饭，使死俺也去找。”

白小连发疯一般天天闹，边老拐给边玉成说:“想想法子吧。”边玉成说:“嗨！这都是咋了？值当？玉婷带的钱不少，他俩人高高兴兴在外边耍，耍够了自己就回来了，那算个啥！还是先顾玉辉吧。”

边玉辉从里边出来后，找了他那一帮子人帮忙，没几天，就打听到了边玉婷住的地方。兄妹两个见了面，边玉辉很不高兴，他刚看准修理白军的一件合适武器，边玉婷“噌——”地往前一站，说：“三哥哥，长毛变成秃头了，本事也见长了？咬牙切齿地想做啥？想打架？你伸伸指头试试！”

边玉辉拍了拍手，无可奈何地往外走，边玉婷喊：“跑那么快做啥！给俺丢个钱花！为啥？谁叫你比俺大，是俺喊你哥哥，又不是你喊俺姐姐。哎！回去给咱爷爷说说，要不叫俺遂心，趁早在大坡地给立个闺女坟！俺就不信！”边老拐找了来后，边玉婷早就搬走了。

边玉辉回去给边老拐说:“咱得找白小现、韩五爱理论理论。”边老拐说：“少来！要真掰扯不清，以后就是亲家！就是掰扯清了，你也顶给玉婷安了个喇叭！再说白小现、韩五爱的那个家，他还怕啥！那就是两根穷光棍，俺早就知道，无产阶级最革命，还最彻底！傻不透气才去跟无产阶级斗！”

苦乐庄稼汉

第五十三章

生旦大客串　残生痛革面

黑山沟里一如既往的热火朝天，尽管看不见，却听得清那里夜以继日的喧闹，几乎在一捏米都扔不完的时间里，红土岭上又支起来好些个三脚架子。站在西山上向东望，红土岭上，密密麻麻忙忙碌碌的人，像蚂蚁搬家——有人在自家的责任田下，发现了铁矿石！

震耳欲聋的大炮，整日“轰隆轰隆”地响，墓丘沟两边的土窑里，无处归宿的孤魂野鬼四散遁逃以后，那些朽木烂棺的后代、家眷或亲人，都再也沉不住气，一个个四处奔忙，给他们另寻安息之地。

有人说，凡是好阴宅的去处都是好阳宅，武小魁把墓丘沟挖掘平整了，在那里盖了一片房子，本来是个饭店，却起了个名字叫“百乐汇”。百乐汇正式营业后，一个又一个的建筑，就雨后的蘑菇一般拔地而起了，墓丘沟再也看不见了，那个鬼开会、妖碰头的地方，热闹非凡的气势，大有取代石碾街北圪台儿的意思。

三百台上接近红土岭这边，有日本鬼子留下的几个废弃井筒，尽管早成了一个个幽深的大坑，但大坑旁还是竖起了一个井架，那帮人更有雄心勃勃的万丈豪情。大架子竖起来的同时,挂上去了四个大铁牌子,遇上个好天气，“改”“天”“换”“日”四个大铁牌，在皂角树下就能看清。不知为什么，那帮人干了不久就不干了，那个“换”字也掉了，成了“改天日”！王炳中摸着白胡子整天笑，他总以为那是个别的什么意思。

过了一些时日才知道，那是边玉富的小舅子马有草招呼了几个人在那里干，几个人心急火燎地凑了几个买牛买驴的小钱，就开始跑贷款，不想贷款不像前些年那么容易办了，跑了个腿酥胳膊软之后，怀揣着连一群牲口都养不胖的几个大子，突然间雄心万丈，豪气冲天。

马有草买了一辆小轿车后，一夜之间就成了一个大老板，很有些“腰缠十万贯，骑鹤下扬州”的气度。他招呼的几个人，觥筹交错信誓旦旦一番之后，三百台上就多了那个井架子；再去百乐汇的霓虹里钻上几个来回之后，那个改天换日的雄心壮志，就激越澎湃一泻千里了。

不想打了一个不太深又不太浅的洞洞之后，马有草他们，就成了爬到树半腰的“罗锅”，越来越嫌“前短”（钱短），失去资金支撑的那个大架子，就一天天地显得颓败。

马有草几个人应该改掉的习惯真不好改，连从狂风巨浪里滚爬过来的王炳中，都有些大惊失色看不下去。马有草尽管也背了那么多的债，照样天天吃香喝辣坐小车，只是百乐汇那个地方，由“天天去”，变成“改天去”了。

谁知道没过几天，又换了一帮子人，大架子挂上去了八个字：“解放思想，大干快上。”

边老拐承包的黑山沟东铁矿，还是几年前的四十万，直到断了大坡地人的二十斤大米、二十斤白面和几斤油，百姓们才知道，就是那四十万的承包金，边家也欠了乡里两年了。

最开始传出那个消息的是“黄毛怪”盖二愣。青龙岭煤矿大量出煤以后，盖二愣和“狐仙”两口子赶了个毛驴车，在矸石山一侧捡煤块，后来捡煤块的人渐渐多，边老拐开始按日收钱，盖二愣人小力不足，一天下来捡不了多少煤，还得给边老拐交几块钱。

大坡地当年的那个狐仙，嘴角轻轻地一咧——像是笑了；双眼脉脉地一瞥——像是醉了；脑袋微微地一歪——像是羞了。脆生生的鼻音里，招呼出来的那个似有还无的问候，心不正意不坚的人，应答一声就能浑身麻。

如今狐仙已五十出头，但除了略略地有些发福，仍然该大的地方大，该小的地方小，她皱着眉头忽闪边老拐几眼后，边老拐的那条好腿，几乎要酥软下去。后来，狐仙又火热无边地盯着边老拐看了几回，他那个心猿意马就再也拴缚不住了。边老拐给那些捡煤块的，提高了每日上缴的份钱，大家陆陆续续地都不干了，最后只剩下了盖二愣两口子。

因为盖二愣的外号是“黄毛怪”，胡爱仙的狐仙更不用说，边老拐把他们两口子合称为“妖精”——“怪”为“妖”，“仙”为“精”，似乎倒也讲得通。

经意不经意之间，边老拐会正颜厉色地给推煤罐车的工人说：“往‘妖精’那边倒一车，救济穷人那是行好，比磕头烧香来得快！”于是，“呼啦啦”的一车煤就给倒了下来。

有时候盖二愣捡不完，狐仙就找个差不多的顺眼人帮着去捡，还火火热热地冲着矸石山，对着正在张望的边老拐说：“让他替俺捡！”边老拐浪笑一个，狐仙再火热一个，“妖精”两口子赶着毛驴车，高高兴兴地就去了。那些替“妖精”捡煤，挣了几个零用钱的人都说，狐仙真好。

后来狐仙在经意不经意之间，忽飘飘地去矸石山的那边走一遭，或待一会儿，矸石山几乎每天都会有定时定量的煤流泻下来。

盖二愣很不畅快，每当狐仙从矸石山那边过来，他看见那一张幸福骄傲又神秘张扬的脸，心里就难过，他舍不得那些煤，又不敢惹狐仙。

狐仙听不见的时候，他恶狠狠地破口大骂，替“妖精”捡煤的那些人都说他：“算了吧，算了吧！人家爱仙跟了你，真没少受罪，才有了个人样，你倒龇牙咧嘴起来了。你个干软枣又黑又小，圪蹴到矸石山上，一时半会儿找不见你！”

妖和精尽管分不了家，盖二愣到底也忍不住。有一天，狐仙又往矸石山的那边走，盖二愣做贼一般在后边远远跟着，跟着跟着，狐仙转眼就不见了。盖二愣酸楚无比，一个人在矸石山的旁边蹲着等，直到那些乱纷纷的想象，把他掂弄得再也无法忍受。

他一遍又一遍地在那些遮身掩体之处逡巡着，边老拐笑嘻嘻地走出来好一会儿后，狐仙才露了脸。

盖二愣等那个歪屁股走远后，凄怆无比又痛楚难耐地给狐仙说："你没有听说玉婷跟白军厮跟着跑了，都一年多快两年了，早先时候，那个'不齐全'东西的小子，边起生，弄了人家白军娘，人家白军娘，生个小子白军，就弄他闺女，呵呵呵——呸！呸！那真是报应，报应！咱可得好好儿的，人善人欺天不欺，人恶人怕天不怕……"

狐仙猛一抡胳膊，有真打的动作，却没有真打的意思，盖二愣却一个倒栽葱，从矸石山上滚落下来。

不知道因为什么，后来盖二愣在矸石山附近，被人在头上砸了一个血窟窿，他从此再不去捡煤块了，狐仙还照常去。他的儿子三卷毛，原一直跟着边玉成干活儿，不知因为什么也不干了，三卷毛后来去县城跟着李牛牛干了。

如果那二十斤大米、二十斤面和几斤油照发，边家往乡里交不交承包金的事，也许多数大坡地人不会在乎，可是，把本该属于他们的东西剥夺了以后，几乎所有的人都愤怒异常了。

紧接着盖二愣又给通报说，边家连黑山沟西铁矿也要承包了，大坡地的百姓，就"轰隆隆"地聚集到一起了。

聚集到一起的庄稼主儿，有三条明显的主干，一个是盖狗剩的盖家，尽管盖狗剩总想平平和和一辈子，但他是一村之主，好多事情无法推脱。

再一个是白锁住的白家，他的六个儿子往外一站，再聚起一些人来，总是轻而易举的事——更何况，马改转又把儿子、侄子们叫到一起，往院子当中一坐，把那口倒栽着的钢、铁混铸的大钟，拿石头"当——当——"地一敲，尽管再响亮不起来，但那却是实碰实、实打实的东西，况且，她家还有大集体里未消失殆尽的人脉。

再一个是林大头的林家，因为林大头有五个儿子。

盖、白、林三家人，就像红土岭上竖起来的三脚架，又加了半个马家的人，三脚架尽管摇摇晃晃，不堪负重，但有了力的交会点和支撑点，接下来的好多事就能运转。那个"三脚架子"撑到乡政府大院以后，黑山沟西铁矿就归了大坡地村。

接下来的日子，边家人总感觉不好过。边老拐给家人开会说："这回真吃坏肚子了，这也刚刚开始肚疼，后边总会有些别的东西，都要给盯住了，看紧了，过了这道坎，才算翻过了青龙岭，再走几步过了白口镇，往后就是一马平川了。"

白小连战战兢兢地问："啥意思？嗯？他爷爷，你说的是，眼下这一截，还得摁下去葫芦翻上来瓢？那有事没事？要不，咱去静峦寺讨一卦？要不，咱就找个人给看看咋躲过这一难？"

边老拐不耐烦地说："观世音还手拿念珠祷告菩萨呢，知道为啥？求人不敌求己！啥都不管用！都该干啥干啥去！"

边老拐安排妥当后到了青龙岭，他把狐仙叫到矸石山的那一面，亲热了半天又嘀咕了半天。

晚上狐仙回到家，盖二愣正要脱衣裳睡觉，狐仙横眉一推，他就狗吃屎一般，被一摞被子压住了头，狐仙往他的后肩上一坐，褪下他的破裤头，先左右开弓抽打了一顿，不太白又不太细的那两坨肉，即粉红粉红地鼓胀了起来。

过了一会儿，狐仙一只手在前边打，另一只手在后边拧，还咬着嘴片子不住地嘟囔。打够了嘟囔够了，一只手攥住盖二愣的一个脚脖子，轻轻巧巧地往那边一提，说："谁敢烧燥你也不敢烧燥！屁股不像个屁股，脸也不像个脸，那个屁股比个枣核还尖，那个脸，枯绌[1]得还没有个蛋好看！搐串（蚰蜒）站起来尿尿——腰不硬你犟劲儿不小！嗯？犟劲儿不小……"

尽管盖二愣的脸，尚未蜕化到核桃那般褶皱纵横，尽管成妖做精的蚰蜒，也从未站起来撒尿，但狐仙说着说着又来了气，在盖二愣的另一个丑陋之地，颇下

[1] 枯绌：方言，某物体因水分流失形成了很多褶皱。

功夫地抽打了一阵。

尽管盖二愣的脸并没有那么难看，但从此以后，和盖、林、白那个“三脚架”有些牵连的人，不用说往一块儿凑，他看都不敢多看一眼。

后来的其他事，似乎被边老拐预料准了，县里的好几个部门，把边家的摊摊点点都查了一遍，又处理了一遍。那个风头过去一些时日后，边老拐嫌北圪台儿上的人不够多，他专门跑到热闹非凡的墓丘沟那边转了几天，还费了几个晚上的心劲儿，编了一段顺口溜到处喊：“人咒十年旺，神鬼不敢上。不怕脱裤子，就怕光脊梁！放血不算个啥，咱就吃得胖。水来土掩，兵来将挡！新事新办法，改革又开放！万里长城永不倒，坐着总比站着好，笑死牛皋，气死金兀术！

“嘿嘿！谁想解馋，今儿就去百乐汇，俺炖了一大锅猪蹄——不啃白不啃！太行花烧锅，管喝不管醉！不信？上了一百回当，还在乎这一回？”

想不到的是，边老拐还真在百乐汇宴请了一回，少数信了他的人，真吃了一顿；不信他的人，下次还是不敢信。

黑山沟西铁矿归了大坡地村以后，王炳中不知使了个什么法子，让林满仓的二狗当了矿长，白锁住勉勉强强当了个副矿长，矿上做工的工人，几乎都是大坡地人。大家按钟点上班，按工作日拿钱，每人每月都有近千元的收入。当时，工作多年的乡镇干部，每月工资也不足百元。也仅仅不到半年，村里的纯收入就有了两百多万，别说每人每年二十斤大米、二十斤面和几斤油，这样干上个三两年后就是不再干，每人每年一袋大米、一袋面、一桶油，分上个十年八年也分不完。

自从解散了生产队，好多年都不在一起做活儿的人，突然聚到了一起，久违了的壮怀激烈，又让大家亢奋起来。

可是好景不长，有一天，井下忽然和漳水黑妖坪那边贯通了。开始的几天，两边的人还打个招呼画上道线，各自都在自己的一边挖。

因为那些铁矿石，只要拉到井上就变成了票子，世界上又找不到几个跟钱有仇的人，有了那几张票子，就有了摩擦，双方摩擦了几次就打了起来，而且仗打得一次比一次厉害。最后一次打仗，连刀都用上了。

双方都把一批批青壮劳力送到井下去，再把一个个的伤者抬上来。因为黑妖坪那边都是个体经营，好钢都能分秒不误地用在刀刃上，他们找了一帮缺钱花的勇夫，那些重赏之下的勇夫，最终让大坡地这边吃了亏。

最后公安部门也介入了，地面上属两个县的管辖范围，井下边的战场，更难说清该属于哪个县管。漫长的拉锯战持续了半年多以后，大坡地这边最后一个伤者才出了院，原本收到村里的那些钱，已消耗了大半。

人们重整旗鼓准备再干的时候，才发现原来挖好的巷道已坍塌一片，原准备回采的铁矿石，早被边老拐的矿井挖去了大半，尚在计划之中的矿体，也被漳水那边收拾个精光！相当于大坡地村辛勤耕种的一块田地，在庄稼成熟后，“轰隆”一声全被别人收割了去。

二狗在上次打架时受了伤，矿长也不干了，白锁住领着蒿子、荆条、四江、五江、二黑毛一帮人，使足了炸药，把挨着漳水那边的地方炸了个天崩地陷之后，就开始组织人马，向边老拐家的矿井讨要被挖走的铁矿石。

开始时，边老拐那边死不认账，这边准备的证据快要差不多时，忽然有一天，圪针蓁给白锁住、马改转说：“爹！娘！算了吧，人家早金蝉脱壳了！咱还是算了吧，再硬挺着脖子上，咱这个壳，怕也迟早叫人给捏碎了！”

马改转在院子中间坐着，拿着她那块油光闪亮的河卵石，“当——当——”地敲砸那口倒栽着的钟。她听清了圪针蓁的话后，瞪大了眼睛急急地问：“建军，你说啥？”

圪针蓁说：“甭听大家见了面瞎嚷嚷，其实，都早跟那边钻到一个裤裆了，闹不好，连咱家老二跟老六，说不定也早叛变了——这会儿，恐怕正在墓丘沟那个‘汇’里边‘会’呢……”

马改转急急忙忙地到了墓丘沟的百乐汇，问了好几个人却都像哑巴，冲她又笑又招手又比画，就是不说话。她又转了好几圈，才终于找到了那个“汇”里边的“会”。

门外边两个涂脂抹粉露大腿的女子，拉着不让她进，她轻轻一划拉，那两个小“妖精”，就趔趔趄趄地歪到了一边去。开了那个门转了两个弯，又进了两个门，里面黑洞洞的什么也看不见。马改转在原地站了好一会儿，才看清是个红灯、黄灯、蓝灯等五颜六色的灯一齐乱闪的大舞厅，“驴榜圈”震得她只想蹦跳上一阵。她又转了几个圈，在大屋套着的一个小屋里，找到了蒿子和玉蜀面。

那个小屋红彤彤的，忽闪忽闪的七彩霓虹摇头摆尾，像到了老鼠精的无底洞，马改转有些害怕。年龄不太大的几个女子，每人只穿了一个略长些的小裤头，除了自己孩子和自己男人才能碰的那两个东西，被窄窄的一溜布条盖着。蒿子和玉蜀面两个人跟前，各坐着一个“短裤头”“窄布条”。两个人看见马改转就想站起来跑，短裤头、窄布条两个人同时出手，羊发情一般乱叫唤了两声后，蒿子和玉蜀面两个人，不仅哑口无言，而且手足无措。

“老鼠兵”边玉辉还是明光光的和尚头，小尖牙咬着烟屁股，在嘴里一转又一转。看见马改转后，他把嘴伸向一个短头发，短头发贴上去嘴，变魔术一般，把边玉辉嘴里的那支烟衔了出来，眯着双眼，颇优雅地让那支烟在嘴里转了两圈，狠吸了两口后，一张描画得五官分明的瘦脸向上一仰，一个又一个的烟圈，就“忒儿——忒儿——”地往天上飞。

短头发手上的指甲，血红血红的细长，她把烟圈吐完了，细尖的手指轻轻一弹，那个烟屁股，晃晃悠悠地翻着火红的跟斗，就飞到了墙角去。短头发腾出手来，往玉蜀面的脖子上一勾，另一只手冲着马改转打了两个脆生生的响指，在玉蜀面的脸上，“吧唧、吧唧”啃了两口，跷起一条腿放到了脸前的桌子上，然后脸一仰，歪着头乜斜着马改转看。

马改转喊着要去拉玉蜀面，边玉辉往起一站，双手向下一按，示意马改转少安毋躁。做完那个一气呵成的动作，边玉辉跷起食指，冲着短头发画了一个圈，指了指脸前桌子上的一瓶啤酒，向短头发那边点着头说：“你长眼看不见牛头垴，那是俺亲大娘，恁亲奶奶！把这瓶酒吹了！”

短头发不喝也不动，边玉辉仰了仰头，有两个人上去要灌。短头发和《聊斋志异》里的妖精似的，眨眼就换了一副脸面，尽管看不见獠牙，却也圆睁杏眼说："你敢！甭看你也是个秃头,姑奶奶见多了！你才在里边待了几年？俺大哥……"

短头发还没有说完，边玉辉抬手就往那个油光闪亮的脸上掴了一掌，短头发还没有站起来，上去两个人，就给摁在原地不能动了。

边玉辉朝后边挥了挥手，有人给递过来一个洗脸的搪瓷盆，里边有半盆水。边玉辉不慌不忙，端起那半盆水在短头发的脑袋上，"哗哗啦啦"地浇了下去。短头发挣扎了几下，边玉辉一脚就把脸前的小桌子踹远了，双手拿着那个空荡荡的搪瓷盆，在她脸前晃了两下，"嘻嘻嘻"地怪笑了两声，突然把那个不太结实的搪瓷盆子，往自己头上闪电般地狠命一磕，"噹——"的一声闷响，盆底子就飞到了一边去。定睛再看，边玉辉的头，竟从脸盆里钻了出来！

短头发圆睁的眼还没有眨几下，边玉辉让那个脱了底的脸盆，在脖子上又转了那么几转，给短头发说："你真有本事！走南闯北，冬暖夏凉，自己差点儿舒坦死，还天天儿管别人叫色狼！你知道不知道，不该见的东西见多了，那地方就得给缝起来！"

短头发"扑通"一声给边玉辉跪了下来。马改转杀猪一般大叫着往外跑，听得边玉辉在身后喊："再说说，恁大哥在里边待了几年？那不是上大学读博士，在那里边，道行深浅，不能论年算！"

马改转头上撞了两个包，才从"汇"里跑出来，两条腿止不住地哆嗦。定下神后急于回家，又担心里边的两个儿子，一直在门口蹲着等。

令马改转更震惊不已的是，边玉辉在里边高兴够了往外走，那个短头发，一直搀着他的胳膊送到了大门外，缠缠绵绵的样子，比洞房里的小两口儿，还要如胶似漆，不住气地"大哥、大哥"甜甜地叫。

边玉辉刚下了台阶，马家跑出租车的三荣、四刚兄弟们，小步快跑赶紧迎接，一直到边玉辉一帮子人上了车，短头发那几个人，还冲着车屁股，弯着腰远送呢。

马改转想，魏老大的闺女听说正在读博士，恐怕也没有那个坐监狱的嘎小子气派大！

后来，盖狗剩也销声匿迹了，马改转一打听，盖狗剩的大儿子援朝，已承包了村里原来农场的地，因为远，平时就在那里住着，那个盖狗剩，早跟援朝一起种地去了。

那天，边老拐碰见马改转说："咋样？就剩了一条狗，这会儿也不汪汪叫了——他种地去了，恁两口子，还想不想再论论？不想了？你也就不行，身板倒不小，可除了牙上那点子劲儿，干啥也不中！"

马改转突然喊："你先从蒿子那儿下的手，是不是？那个蒿子，从小儿就不行！你就是一坨屎，净招些苍蝇！"

边老拐说："你还甭说，恁那一帮子，就蒿子心眼多，没看过《西游记》？要真能早早修行，树也能做精！其他的，林家的那三条'狗'，最多也是三条哈巴狗，图咬不能咬，图跑不能跑。剩下的那俩'江'，最多也是个驴尿河子，它翻不了船！"

边老拐说完，扭屁股就走了。他或许是害怕不够数的马改转，忽然说出什么意想不到的话。其实，马改转也没有说什么的意思，百乐汇里边玉辉顶洗脸盆的那一幕，就像一道超强雷电，早把她的心肝肺给击穿了。她此后的好些日子，咬白锁住肩膀头子的心情也没有了，睡梦里也会惊惧得坐起来喊："老天爷！屁股都当成了脸，眉没有眉，眼不是眼，老天爷，这都是咋了吔，劳改犯跺一脚忽暄暄，打不死俺吓死俺！"

马改转还发现，边老拐走路的姿态明显变了，原先他都是一前弓再一后仰，一颠一颠、一高一低地走，现在是一前弓后，歪屁股画个半圆再一后仰，后仰之后，再画个半圆，才算完成了每一步的承转启合。马改转真想不起来，要是腿不拐，他那两条腿和那个歪屁股，还能给玩出什么新花样来。她更加地激愤难耐。

静峦寺下边的大沟里，有一棵碗口粗细的直溜溜的槐树，做个上房用的梯子刚合适，因为地偏远，长的地方又不好，所以才留了下来。

马改转给白锁住说了好几次"砍回来咱使个梯子算了"。白锁住总是说："就是小队散了，大队还没有散，要都砍，用不了几年，西坡就光剩石头了。大小俺也当过个干部，就叫俺在广大人民群众跟前长一回脸吧。”

这天马改转自己动手砍了。动斧动锯的活儿，马改转做得少，加上妇女们的力气到底有些不足，刚砍开了一个小口子就气喘连天。她听见身后有些动静，擦把汗回头一瞅，盖二愣正在一边歪着头看。她没好气地说：“你狗咬老鼠……”正说着，就从那个斜坡上滚落了下来。盖二愣要去扶，马改转抡着胳膊说：“去去去！你跟那伙子人，早钻到一个裤裆里去了！你个‘妖精’瞪啥眼！没钻进去，也尿到一个夜壶里去了，害得俺……”

马改转爬起来双手叉了腰，不知为什么，那个半男不女的姿势，在盖二愣心中，忽然生出许多可亲可近的爱怜来。他以一种从来没有过的正经，给马改转说：“俺给你个好人说说吧，你满大街看看，那猫，这会儿，是不是都死光了？嗯？老天爷，早开始扶持老鼠掌管世界了！”

马改转想，还真是，集市上到处都是“毒鼠强”“七步倒”类的老鼠药，老鼠不见死几个，而且还越来越多，吃老鼠的猫，倒几乎绝迹了。

盖二愣继续说：“真到了老鼠兴盛几天的时候了，那只老老鼠——边起升，先判了二十年，然后变成了十五年，后来又加了八年……倒来倒去，在里边倒多住了几年，这回千真万确要出来了，他在里边修炼了这些年，那道行千真万确是祖师爷辈，出来还不反了天？”

盖二愣帮马改转砍了那棵树，把七股八杈收拾干净后，给马改转递上肩头，说：“以后别说那么难听了，眼能说话、屁口会唱歌的那些人，才能当妖精，像咱这个样，狼咬嫌没肉，狗吃嫌不臭……”

或许盖二愣连马改转的那点儿聪明也没有，边起升刑满释放回来后，并没有看见有多大多深的道行。

接边起升的时候，边玉富、边玉成和边玉辉都去了，边老拐派人找到了边玉婷和白军，让他们两个也去了。不算太排场，绝算不上太冷清的四五辆小轿车，后边还跟着一辆画着红十字的白汽车，小车队尽管没有鸣喇叭放音乐，仍不无风光地从劳改农场直达大坡地，稳稳当当地停靠在边老拐家门前。因为边起升一路上总是晕车，折折腾腾回来得有些迟。

边老拐一遍遍地想象着见到儿子的情形，以及要说的第一句话，他二十余年的离苦煎熬和悲伤思念，他不知道究竟说些什么才能最贴切地予以表达。

白小连哭了几阵又笑了几阵，到大门口急不可耐地张望了几次，端坐在那个太行花牌的沙发上不吭不动了。

大门外“嗡嗡”响的汽车停下来后，边玉富和白军，架着一个佝偻着腰、哆哆嗦嗦的人进来了——和边玉辉一样的秃头，全是花白的头发楂子，慌慌张张的眼神，左看右看又什么也不敢细看。边老拐一阵心酸，这哪里是自己的儿子，简直是一个和自己差不太多年纪的亲兄弟！

边老拐把边起升紧紧地抱在怀里，边起升说了声“爹老了”，边老拐泪眼汪汪地扭回头找白小连，白小连却不见了。他哆嗦着双唇想叫一声，却喊不出声音来，只感觉抱在怀里的那个人，是干柴般的硬瘦。他左右张望一会儿后，白小连从里边的屋子，一步步地往外挪，哭叫一声“你个死鬼呀，这些个年——”却回身把边玉婷搂在了怀里。

悲喜交加平静了之后，到他处游走了二十余年的血脉骨肉，竟像来到家里的一位天外客。

时钟将到晚上十点，一家人刚有了个好心情，边起升就嚷嚷着赶紧睡，十点的钟声刚敲响，就谁也劝不住了。边老拐说了句“天还早”，边起升悄悄附在他耳边，郑重其事地说：“你不知道，有个制度就是好，按时起床，准时熄灯！”

白小连拉着他，让他到那个宽大的双人床上去睡，他又不干了，悄悄给白小连说：“俺一个人睡习惯了，俩人在一起，就容易整一些乱纷纷的事，事一乱，就不好办。”

大家睡得正香，边起升却一个人起来了，战战兢兢地满屋子转，白小连撵着问：“咋了，咋了？”边起升说：“屋子太大，不敢睡，不敢睡，住的人也太少，害怕！”

第二天，边老拐领着儿子，把后来盖的几个新宅院转了一遍，给他说：“咱家在沙水城也有房，在邢州，很快也有。都说狡兔三窟，咱家三个三窟也多。”

边起升猛一惊，诚惶诚恐地前后看一遍，确信四下无人后，给边老拐说：“给你说，那可不对，这思想靠改造，人心靠磨炼，那些歪歪东西，就是一群野驴，往外走，像刮风下雨，往回收，像沙里淘金，真往外放那些东西，拴上个笼头，也是自己哄自己。原本的野东西一旦撒手放出去，那再难收回来，那个真比杨老歪厉害，害人害己！”

边起升整日都害怕，吃完饭，要是忘记了马上去洗那只碗，他也会万分凄凉地说：“看，放出来的野驴，害怕不害怕？”

边老拐想把边玉婷和白军的事给操办了，问边起升有啥意见，他双手捂着脸，看也不愿意看白军一眼，说：“啥也别问俺！要好都好，不管谁，好就好！”

边玉辉总爱做些离奇事，他不知道在哪个杂志上征婚，找了一个大坡地人想看都不敢多看一眼的女子，叫“尹坤坤”。

尹坤坤好像是东北人，大胸、细腰、肥臀，又加了两条修长的美腿，两只弯眼比《聊斋志异》里的小翠还要荡人心怀：闭上后能私语，睁开了会说话，长眼睫毛要是再长上一点点，说不定能把那两只眼当哨子吹！

尹坤坤亭亭玉立的一条曲线，温柔如玉，妖冶似花，一颦一笑万种风情，还有那个内容太多、太丰富的浅笑，莫衷一是又溢彩流光，任谁都怀疑，大坡地这光秃秃的山、歪扭扭的田，能不能长久留下这个天外仙。

见了尹坤坤后，边起升没有再捂脸，边玉辉的态度很明确，也就是“吾意已决，毋庸多言”，就像边家让马家的那些人画董事会选票，画个“O”既顺应民意，又没有自讨没趣，画个“×”就是个挡车的螳臂，弃权也是自己生气——和尹坤坤的事一样，早木已成舟了。

边玉辉指着自己造好了的那个“舟”，赘述一通“舟”的木料如何经久耐用、坚实无比。边起升说：“没有事？好才好。真的没事？好就好。”

边老拐有些放心不下，把那条拐腿揉搓了一遍又一遍，边玉辉搂着尹坤坤的细腰，螳螂打架一般，张牙舞爪地去了。边老拐恶狠狠地吼了声：“豁三片、老鼠钻！真敢去鸡屁股里掏鸡蛋！”

边玉成找到边老拐说：“俺爹都还没啥意见，你当爷爷的，就非得当老法海？再说，这会儿这个戏，跟早先那会儿不一样了，咱家这个许仙，也能叫你水漫金山！咱也得跟着时代走不是？俩人都高兴，就在一团耍耍，耍得来就耍一辈子，耍不来就耍一会子。能拴到一起的事，不靠领个本子，也不靠钉个橛子，就是天天儿照着书本念，谁能保证不念错？想那些看不见的事，真能使死！”

边玉成的意思是说，边玉辉和尹坤坤两个人的事，本就是饥渴的时候，“呼——”地喝一口小米稀饭，如果不爱再喝第二口，可以把碗推回到桌子上，如果还不高兴，就是连那个碗也摔了，也是遵循自然天道的一件小事。边老拐巴巴地把这个新掌门人看了一会儿，又开始揉搓他那条拐腿。

不管“好就好”，还是“好才好”，也无论边老拐把那条拐腿揉搓了多少遍，边家两对新人的事，最后在边家新的掌门人边玉成的首肯下，紧跟着新时代的步伐，一起心花怒放地登上边家的大堂，你侬我侬地正式“耍耍”了。

对于那个或双喜或三喜或四喜的喜临门，边家先在邢州市举行了一次家庭欢宴。看着满桌子五光十色的珍馐美味，边起升颤颤抖抖地问边玉辉：“这粮票带足了没有？都不使粮票了？那钱……”

边玉辉让父亲摸摸他怀里的小皮兜，说：“没事！甭说这会儿，就是那会儿，那香喷喷的羊汤，俺也是白喝饱。咋整？俺喝饱以后，往剩下的半碗里头，给他捏个羊粪蛋。”

边玉辉指了指站在身后的二黑毛，接着说：“这个东西就傻，他也学俺，往里边捏了个干羊粪蛋！叫卖羊汤的识破了，结果挨了一勺子，这会儿头上还有疤，不信你看……”

边玉辉正说着，边起升忽然两手捂住了眼，紧接着双手又抱住了头，大惊失色地问：“恁到底把俺出来的手续给办清了没有？政府的教导，可是实事求是！”

大家全是一惊，四下看时才知道，原来是饭店来了几个大檐帽——几个检查食品安全的工作人员，这才明白，边起升是害怕大檐帽。

边玉辉招呼了两个年轻女子，去门外走了一遭，两个女子回来后，一边一个站在了边起升身后，一阵又一阵笑吟吟的莺声燕语，殷勤的问候比亲闺女还体贴周到。

边老拐看着边起升一头又一头的虚汗往外冒，因为不敢再大声喊，给边玉辉又使眼色又招手，意思是，让那两个女子赶紧走。边玉辉拧一把尹坤坤的瘦腰，把手往她的肩膀上一搭，不无风光地说：“咱爷爷是个老古董，他不知道，那种东西真能壮胆儿，是不是？”

可惜，边玉辉给他爹开的壮胆儿药不对症，而且副作用极大，边起升胆子越来越小，对身后的两个女子，不仅不领情，而且厌烦透顶，他一边冒虚汗，一边气喘连天：“不！不！恁咋都成了妖精！恁想害死俺是不是？”

两个女子给他的盘里搛菜，他冒着虚汗说：“不敢！不敢！”两个女子搛起菜要往他嘴里送，他简直要跳起来：“都别做作俺！嫌俺死得慢，是不是？真不敢！哎哟哟，老天爷，真不能，也真不敢，都行行好，饶俺不死，行是不行？老天爷，真——不——敢——”

那顿饭谁也没吃好，边起升连喊一阵“真不能，真不敢”就逃了出来，终于定下神以后，坐在大门口，静静地观看来来往往的车辆和行人，张着嘴，瞪着眼，专注而好奇的神情，像小孩子猛然见到了突如其来的眼花缭乱，但他真不能也真不敢再回那个饭店了。

边起升坐在大门口好一会儿，身上哆嗦的肌肉才慢慢放松，满眼熙熙攘攘的人流、往来穿梭的车辆、形态各异的楼房。他的心情渐好，仿佛一次山高水险的天涯漂泊，经过千辛万苦的艰难跋涉，终于可以半蹲着小憩一会儿了。

正在看，边老拐静悄悄地在一旁坐下来，他无比感伤地抚摸儿子几把，有意无意地“唉——唉——”了几声。他把天上和地下的一切，都收进两只小眼睛后，感慨万端地把两双小眼皮合上了：“俺儿哟！俺小子吔！有件事，到了今儿，不得不给你说说。恁爹，俺自小儿，就精不过恁大爷，更整不过恁大爷！按说，这个事，也早该给你说，因为它不好说，所以才这会儿给你说，早些年的那个铁黎木箱子，那些东西，甭管咋说，恁大爷给变了现，还给了咱那么些，也才有了咱现时的家业，当年那会儿，他要是盖体窝放屁——独吞，咱也真没有法……”

边起升突然蜷作一团，抽筋一般哆嗦了一会儿，突然把边老拐挤到一个角落里：“你疯了？真疯了？就是疯了！没有！啥也没有！你是俺爹？不是！不是……”

边老拐仍然闭着眼说：“你——你——你——那个箱子，总得给你有个交代不是？俺自小儿就精不过恁大爷，更整不过恁大爷！这到底也没有防住那个败家货！箱子里的东西，咱最多拿到手两成！别叫唤！两成也不怕，恁大爷叫进财，他那个人，一辈子都消化不好，他不攒肚！他吃得多做作得多，上上下下紧忙活，光叫屁股受啰唆！最后他还是，啥也没有。俺叫聚财，就拿剩下的两成东西，置办了咱这会儿这么大的家业……”

边起升突然想跑，被边老拐一把抱住。

大家都出来后，边老拐又给儿子说吃饭的事：“这么大个饭店，蒸、煮、爆、炒、煎出来的东西，还不好吃？你想吃啥？”“不知道。”“饿不饿？”“有点儿饿。”“再回去吃点儿？”“真不能，也真不敢。”“怕啥？”“不知道。”“那就回去吃？”“真不能！也真……真……真不敢！”

一家人往回走，因为边起升晕车，车子不敢开快，直到太阳偏西才到了白口镇。边起升看见一个卖羊汤饼折的小摊子，卖羊汤的是一位大红鼻子头老汉，天并不太冷，一串又一串的清水鼻涕，挥之不去，去之又来。边起升安安稳稳地喝了三碗羊汤，还吃了两个饼折。

除了去邢州市的那一趟，边起升再没有去过别处，话也一天比一天少，人多的时候，更说不了几个字，他的许多不理解，和别人的许多不理解绑在一起，就像好多年前在后谷场演的那场电影，因为边玉成和边玉辉扯去了好长好长的一段胶片，电影里的那个故事没有讲清，看电影的人更是不能了然。

就像历史，断代史尚能管中窥豹，断档史绝对一塌糊涂。边起升的那个“档”继续断着，或许是因为他不敢把可以连接起来的胶片连接起来，但外边的世界，从没有片刻停顿过。

不知道谁给放出来一股风，说盖狗剩遁入西山人不见了，其实是想私吞村里的那一百万，就像原来大队的那一大群羊，开始的时候，大小还能吃块羊肉，过一段时间，就只能喝碗羊汤了，再过一段时间，就只能看见张羊皮，再往后，连根羊毛也没有了，最后编出来个花草病，就算给了全体百姓一个最妥帖的交代。

群众急了以后就找领导，领导震惊了以后，就倾听群众的呼声，马家的大炮、二炮、三炮、四炮、五炮“咚——咚——”地一响，三个荣、四个刚、四个有、五个福、六个强往外一站，大黄毛、二黑毛、蒿子、玉蜀面一干人等，也半推半就地往屁股后边一凑，能说会笑善哼哼的女人们又一搅和，大坡地就来了一场改选——盖狗剩换成了马有草。

马有草当家做主以后先修街道，大坡地村里，能通过车辆的地方全铺成了水泥，尚官道和夏官道，自然也全铺成了混凝土，道中间的青石条和道两边的红石图案，承载了太行山千百年的风雨，阅尽了大坡地的人世沧桑，从此安享地下，沉默永远了。

石碾街上的那两棵大槐树，也被人刨了，锯了，砍了。许久之后，人们才想起来，是做了谁家的门框，还是做了谁家的门板，再不就是被人解开来，做了担水、挑柴的扁担。

边家把黑山沟西铁矿接手以后，又给拿出了一笔赞助款，从村东的石拱桥，一直到大北沟的尽头，清一色的水泥路就一目了然了。

边家拿出来的那笔钱，马改转很是想不开，她一次又一次地问盖二愣：“边家他们舍得拿钱？”盖二愣总是说：“羊毛出在羊身上。”

边家的日子，就像一团摁不住的火，一天天地兴旺，又一天天地蒸蒸日上，边起升却还是那副老样子，丢失了的那一段胶片，再找不回来更接不起来。自从他回家以后，边老拐把家外的所有事务给边玉成移交了，闲下来后，终于做通了工作，边起升同意跟着他到外边转一转，看一看。

到了石碾街，边起升惊惧得直想哭，他给边老拐说：“爹！你可别哄俺，这是大坡地？”

边老拐说：“这能假？谁能给再造一个村？大坡地可是上千年的历史，神仙也给造不来！再说，还有恁爹，谁能给造个假？”

边起升跺着脚说：“嗯？这……这个，你说的也不全对，倒……倒不是说你，娘不能有假，这爹可真能！这真是大坡地？俺总琢磨着，短了点儿啥东西……”

边老拐领着儿子，从青龙岭正往黑山沟走，半路上碰见魏老大，边起升说：“除了魏老大，呃，该叫姨父，还真哪儿也不是哪儿，谁也不是谁了！”

也是遇得巧，边老拐领着边起升到了黑山沟铁矿，齐整整的办公小院，不算太宏大，却也很派气。刚坐了一小会儿，漳水黑妖坪那边过来一帮子人，好像因为井下的什么事，没有说几句，就和边玉辉他们吵嚷了起来。边起升眼睛眨都没敢眨，到底也没有看清，边玉辉如何就把对方的一个人给打倒了。他眼前一黑，黑妖坪那边，好几个人被抬了出去。

他醒来后已到了自己家里，看看这个又摸摸那个，急急忙忙地找边玉辉。边玉辉回来后，他猛然大哭了一通，从此，除了“平安好”这三个字，什么也不说了。

不知道究竟是不会说，还是不愿说，过了好些日子，也用了好些药，除了“平安好”，边起升还是什么也不说，边家的人着了慌，把他送到了邢州市医院。

为边起升看病的，是一个戴着眼镜、文绉绉的俊俏医生，人不多的时候，边玉辉往她的抽屉里塞了一沓票子，眼镜医生摘下她的眼镜后，把脸凑上前，把边玉辉仔细地打量了一遍，戴上眼镜后，厚镜片后面的两只眼翻了又翻，说：“年纪轻轻的，怎么就不能学上一点点儿好东西呢？”

边玉成不知道说了一句什么不好听的话，被人家听到了，眼镜医生忽然停住脚步，双手拧着脖子上的听诊器说：“能有什么？穷折腾！”

边玉成听了那个“穷”字，忽然异常愤怒，他通过熟人，请了一男一女两个老大夫，底气十足地说：“啥药好使啥药！再贵也不怕，给看好就行！”

男大夫皱着眉说：“这没有病理上的反应，生理上也很健康，你说……”

女大夫斜着眼说：“哟！给你个梯子，能摘下来星星？美国总统缺钱？英国女皇算穷人？真是！”

边玉成突然双手叉腰，比医院院长还要八面威风。边起升高声喊：“平安好！”

第五十四章

红尘鬼扎营　黄土洞世明

大坡地，除了村子周围永不见衰老的大自然，除了村子四周那些不老的庙宇，村里的经典之作，一个是尚官道、夏官道，再一个就是石碾街和街上的那两棵老槐树了。

横贯村子东西的那一溜绿莹莹的青石条，光滑平整的石面，相伴了世世代代的大坡地人的春夏秋冬。还有石碾街上的那两棵大槐树，或驮一身瑞雪，或披一身葱茏，相伴了庄稼主儿千百年来的冷暖。它们却在倏然之间，都没有了。

更没有谁能够料到，野鬼哭厉鬼笑的墓丘沟，在一个眨眼的工夫里，就替代了石碾街的红火。

武小魁在墓丘沟盖那片房子时，好多人都说，他就是一个鬼魅！有谁能够想得通，当年他为了雷月琴，毅然决然地抛却了自己的血脉祖先，自卖到大坡地！能做出那样的事的人，还有什么事不能做出来！

百乐汇一天红过一天，又有人说，武小魁的“魁”字，本身就是“鬼”“斗”，他那样的鬼东西，就是要寻找墓丘沟那样的鬼地方，去和鬼祟搅和搅和。

武小魁和鬼祟搅和累了，交给了下一代继续搅和。他的儿子玉宝和玉来，正式接管了百乐汇以后，那里的生意更红火，兄弟两个又找了两个妖精一般的女子，一个叫“小夏”，一个叫“小秋”。

开始的时候，小夏和小秋带着一帮子人，专陪客人“潇洒、锻炼”，后来客人多了，小夏和小秋就身兼数职，后来兼职也不够用了，急于“潇洒、锻炼”的人，都在外面排队等着。里面陷入温柔乡的人，一时又恋恋不舍、难解难分，花光了票子，打个欠条也舍不得走。外面等急了的人，免不了生出些事端来。

为了应急，小夏找了辆车，急急地去白口镇找人救场，不想那边更急，恨不得把小夏也留到那里去。小夏跑到邮局，直接拍电报向远方求援。

小夏急急地写好电文后，一个穿绿制服的女人，看了看就给塞了回来，小夏又看了一遍，“说说摸摸，白吃白喝，人贱钱多，速！速！！速！！！”没错，就是这个意思！

小夏看完之后又检查了无数遍，真真的感到万无一失后，又塞了回去，里边又很利索地把那张单子给塞了出来，说：“没见过拍电报还有使标点符号的，闺女，那也按字算——就是不缺钱，那个感叹号，也不该那么写！”

小夏左看右看，看了一会儿后，觉着那几个感叹号有点儿怪，确实像一个什么不太好看的东西，她又把“速”字后面的那几个感叹号，仔仔细细地描了几遍，顺手往里边夹了一张百元大钞，说：“阿姨快点儿！那一张是电报款，这一张是小费，只要快点儿就行。”

不想，里边的“绿色天使”，用两支铅笔夹着那张百元票给塞了出来，说：“我这个是正经职业，不挣小费！标点符号不能那么用，‘人贱钱多’，也不该那么挣！”

“绿色天使”就是扣留了那封电报不发，恐怕也挡不住墓丘沟百乐汇的火热。连绵不绝的人流，总叫人百思不得其解，有人说，玉宝和玉来，往百乐汇饮用水的大池子里，倒进去两桶春药，要不然，为什么不管多粗的缰绳，也拴不住那些发疯的“叫驴”？

百乐汇里有两只狗，肥胖得满身冒油，偌大的身板加上摇摇晃晃的样子，很像两个日本的相扑斗士。那两只狗的叫声，和村子里的狗都不一样，是“噢——噢——噢——呜——呜——吱——”的那种，一会儿比一会儿沙哑，一会儿比一会儿音低，叫着叫着，像被人一棍子敲死了，和小夏的感叹号一样的效果。

那两只狗和小夏比差得远，小夏似乎是个有情有义又多情多义的人。林大头的儿子五江去了一次，她就把他给迷倒了。

要不是林大头那年得了一场大病，五江或许会成为一名大学生。他颇有些文化功底，又或多或少地有些才情，近一米八的个头儿，一身古铜色的腱子肉，说起话来温文尔雅，端端正正的五官，颇有些时尚影星的意思。他和玉蜀面几个人，在红土岭上打了一个不大不小的井筒，荆条编的大篓子拉上来的石头里，有一半是铁矿石！除此之外，他还买别人的石头卖，尽管是小本生意，做起来倒也有声有色。

五江几个人第一次到那个五光十色的世界，正是小夏陪着他“潇洒、锻炼”的。看见小夏明晃晃的肩膀，还有张扬着的肚脐，他仓皇得像一只见了黄鼠狼的鸡。他搭在她后腰上的那只手，分明感到那个扭动的细腰，要一步步地把他拉入一个深渊里，近在咫尺的一张笑嘻嘻的脸，生动而分明。

他不敢看她——在家里和媳妇睡觉，他从来没有开过灯。小夏那个细长的脖子，他不好意思看，那上面飞出来的香气，他想要是闻久了，就总有把持不住的时候。还有那两个十万分张扬的东西，他更不敢看了……

小夏总是有意无意让那两个东西碰上他一碰。他浑身抖，两个手掌里的汗，不住地往外流。后来他索性低了头，小夏似在他耳边吹着香风说：“江哥哥，不用看脚，听节拍就行，第一回做都不协调……”

小夏说完后，又抛给他一个媚眼，她说的是跳舞，那个眼神，却分明是在说别的意思。他感觉有些急火攻心，急不可耐地想冲个冷水澡去。小夏渐渐地把胸脯往他的身上贴，他就把头仰了起来，看了一会儿花里胡哨的房顶后，感到脖子有些酸疼。

那首曲子终于完了，小夏不知从她身上的什么地方，抽出一方香手帕，替他轻轻地擦了一把后，他也就满脸生香了。

后来小夏就给提来了酒，又拿来一堆只有小孩子才吃的小食品。空啤酒瓶子有了一打后，他忽然就会跳了，而且每一曲跳下来，都热烈奔放而豪情万丈。趁着那股酒精在血液里尚滚烫不止，他装作不经意的样子，把那个活蹦乱跳的胯摸了几下，小夏没有恼，而且，又往他这边蹭了蹭。

去吧台算账时，小夏拉着他的手，蹭着他的肉，双眼里，一片依依惜别的秋水横波，内容丰富地瞥上他一眼后，幽幽怨怨地给吧台的“勾魂眼”说：“江哥哥今日出来得慌张，身上不太方便，我的提成免了。”

结完账后，小夏把他送到了大门外，说了声“等着你”之后，一点点地松开了他的手，再回头时，她的那只细手，还在一抓又一抓地向他招着，那意思不知是说他本不该走，还是说她本来就不想让他走。

回到家里后，他痛痛快快地冲了个冷水澡，在那个一如既往的黑咕隆咚里，辗转反侧了无数遍，眼前还在晃动着那只一抓又一抓的手。那只手抓挠够了之后，他忽然感觉，不该让小夏免那个提成，尽管花出去的那些钱，足够一家三口美美地吃上一个月了，但他总感到，那个总会和自己有些瓜葛的女人，真有些对不住人家。

后来他真的成了六月天里的云，稍稍地一碰，就要或多或少地洒下些雨滴来。无论再急的事，他和玉蜀面一起，总要找出一万条理由到百乐汇去，即使房子着了火，挑担水也得先去百乐汇转上一圈，然后才有工夫把水泼到火上去。

后来，门口的那两只“日本相扑斗士”，连哼哼都懒得给来上一声了。

好长日子以来，五江就像遇到了命中魔星，他让海一般的柔爱给淹死了。

忽然有一天，不知五江听到了什么，还是突然想起了什么，偷偷地溜到百乐汇，找了好几遍，都没有看到小夏。最后他搬了一摞砖，来到一个KTV包房的后窗，把砖摞起来爬了上去，从窗户顶上的一个细缝里，晃晃悠悠地往包间里看——

边老拐一只胳膊搂着勾魂眼，另一只胳膊搂着小夏，茶几上堆了一堆酒瓶子，边老拐好像喝多了，从兜里抽出一张票子，塞进小夏的前胸，就往她的另一个地方掏。小夏抽筋一般大张着嘴，往边老拐身上爬，好像在哼喊着什么。说是幸福，又不像愉悦的表情；说是痛苦，但那个不离不弃的执着，像吃奶的孩子舍不得嘴里的奶头。边老拐哈哈笑着，皱皱的核桃脸，涨满了神仙一般的逍遥快活，两只小眼睛眯眯着，一身的干骨架晃荡着，又给勾魂眼塞了一张票子后，那个勾魂眼，竟幸福满怀地在边老拐脸上亲了起来！

五江脚下的砖擦子开始大晃荡，“哗啦啦”的一声响后，他不知道究竟是前翻还是后仰，稀里糊涂就栽了下去，直到稀里糊涂地坐到那个KTV里，跷起腿又点上了一支烟，小夏才乜斜了他一眼。

五江浑身难受，小夏仍然在边老拐的身上半趴着，只是身子不扭了。边老拐或许是掏摸够了，或许是喝高了，两只手往回一抽捂住了脸，两个肩膀晃荡了好一会儿，才知道那是在哭！

勾魂眼把音响声关小了些，她以为边老拐醉了，边老拐却突然一声大喊：“哎呀呀！俺真老了！浑身硬撅撅，能整个啥，啥也整不成了！这好日子，也开放得太迟了……”

边老拐还没有喊叫完，又大声哭，一边哭，一边拉着勾魂眼的手说：“你说，这好日子，是不是开放得太迟了？要是早他三十年，那个草筛子，不就不用扣了？儿吔！娘吔！奶奶个孙的草筛子吔！”

边老拐刚开始吼喊时，勾魂眼还关爱备至地给他递块湿巾什么的，时间不长就有些烦，她刚把手抽回来，边老拐马上睁开眼不哭了，一把攥住刚抽回去的那只手，两只小眼睛瞪得溜圆：“咋？你嫌俺老了？论岁数，倒也能当恁爷爷，可，可……”

边老拐说着，掏出两张票子，一把塞进了勾魂眼的胸脯里：“嗯？敢就是嫌爷爷老了，啥也做不成了？不是？那你说，这好日子开放得是不是太迟了？”

边老拐说着，腾出一只手，狠狠地拧住了勾魂眼的一块肉，勾魂眼咧着嘴半蹲着说：“不老，不老，爷爷真不老！也什么都能做，都还行，都还行！不算迟，不算迟……”

边老拐闹腾一会儿，头一栽睡了。勾魂眼悄悄地走了后，小夏在五江身边坐下来，笑嘻嘻地逗五江说：“天高任鸟飞，是假亦是真。死活爱一回，管他谁跟谁！”

好日子开放得迟或早，王炳中没有感受到。夏日的时候，他把躺椅搬到皂角树下，安享着那一方倾泻不尽的浓荫，品咂着那一片从岁月里摇曳而来的苍翠，再张望一会儿日渐一日模糊起来的青龙岭、红土岭和三百台。累了以后，闭上眼，静听远处传来的马达嗡响和大机器轰鸣。

冬日里，从大北沟里涌来的风太大也太冷，他一般不离开他家外边的那个院子。心情好的时候，就帮二狗摸索一会儿那些塑料大棚。摸索上一些时日后，搬上个小板凳，坐到棚子里面去，看那一片片杏黄色的幼芽，慢慢地从土里挤拱出来。但凡遇到一个风和日丽的艳阳天，王炳中总是顽童一般，激动无比又兴奋无比，小心翼翼地把大棚上的草苫子，一个一个地卷起来，为了感受大棚里的温度，他会里里外外地钻上好一阵子。

当那一片杏黄，变成绿油油的一片脆嫩，触摸新生命的畅快，几乎要让他返老还童了。碰上个节日、生日什么的特殊日子，儿子、儿媳、闺女、女婿，孙子、孙女、外孙、外孙女一齐来到，太行山一般绵绵不绝的亢奋，就将他团团包围。他会把孩子们领到那个棚子里去，把他们的哪只脚该踩在什么地方都给安置好，再把他知道的知识讲完后，幽远无边地说：“这就是种瓜得瓜，种豆得豆，知道不知道？”

孩子们要把所有的东西都尝一遍，他总是一万个不同意，手摆够了，头也摇够了之后，说：“嘴要馋，先看看天，肚要饿，就看看地，不该吃的吃了去，那真不是个好主意！过上半月，恁要是还来，那就真能吃了！你来不来？还有你，来不来？”

过了半月又半月，孩子们谁也没有来，他一个人在大棚子跟前坐着，一仰头的瞬间，头顶上那片瓦蓝的天，忽然开始飞快地旋转，双眼一黑之后，醒来已是繁星满天了。

儿子和儿媳妇，闺女和女婿，领着闹闹嚷嚷的孩子们来了。他想爬起来，把棚子里早能吃了的东西，摘回来一些让孩子们吃去，但除了两只胳膊尚能活动自如，全身都已绵软一片了。摇头晃脑地抓挠够了，唯一的感觉，就是床上堆着一堆肉。

王炳中总以为，自己没有什么碍事的大毛病，儿子和闺女，陪着他去了几家大医院，折折腾腾地闹了一阵子，也没有什么确定下来的结果。儿女们多些辛苦不说，他在医院里也烦了，天天喊着“老猫归山”回到了大坡地，回来了以后，哪里也不去了。

王炳中躺倒了以后，瘦三和魏老大隔三岔五去他家坐坐。瘦三除了腿疼的毛病外，身体也算硬朗。王炳中见到他，一如既往地投缘。他攥攥瘦三的手，再摸摸他的胳膊腿，再抓一把他骨瘦如柴的脊背，说：“你想想，这人一死，在土里不用钻多少天，就只剩一堆骨头了。人脱光衣裳，都跳到澡池子里去，谁大谁小，差不了多少！穿上衣裳以后，咋就分了三六九等……”

瘦三摸摸自己的两条腿，又摸摸自己的瘦脊梁，再抓抓自己的脑袋，想上一会儿后，说：“你说的，倒也有点儿意思——你想那些做啥！也使不死你？”

王炳中忽然涌出无限的感伤来，说：“看俺，屎壳郎飞过来，撞了一下下，就扑腾不起来了……你个老瘦精整出来的灌肠就是好吃——这会儿，也不想吃了，就能想想那个好了……”

魏老大摇着他的铜烟袋到了王炳中家。他把王炳中的两条腿往里挪了挪，叼着铜烟袋说：“眼气了？给你也弄一袋？”“一根烟卷才几个钱，你也真会过。”“你立着说话不腰疼，那一毛找[1]也都涨价了，咱这个东西，呵呵，呵，不花钱，味道还足！”

王炳中把头扭到了一边去，闷声闷气地说：“老大吔，去恁家，给整碗酸黄菜叫俺尝尝吧？恁家雪梅的手艺最好。俺肚里头真烧呢！老大吔，要说，你一辈子也没有享受过啥，俺咋看，你总是那么舒心？”

正说着，边老拐来了，他凑上前去看了看王炳中，回过头给魏老大说：“吔！不知道你在这儿。躺着的这个人，真是不好了，真有个事，要真叫他知道了，说

[1] 一毛找：售价不足一角的烟，一角钱都需要往回找零，人们将这种烟称为“一毛找”。

不定一口气就憋过去了。要不说，俺又跑了这么远——要不，俺给你说说，可别叫他听见了。俺早就说过，他家那个一只眼女婿，就不是个东西，俺早就说过，他的那门亲，是卖了草驴买叫驴！那个叫驴，在外边早开始胡踢腾了，连野骡驹都那么大了！俺可是亲眼看见的，谁要有半句假话，叫他上下都堵住……"

王炳中"呜——呜——"地高叫了两声，边老拐"哼哼哈哈"地溜了。

魏老大出门时，给王丑妮和王会来说："早早准备吧，没操心？恁爹，胳膊上的老人斑，都净碾碾地掉了——差不多了，家外边院里的那口井，也干了——他怕真要走了。"

魏老大从家里舀了一碗酸黄菜，急急忙忙地往王炳中家送。王炳中像一堆即将燃烧完毕的灰烬，正慢慢地释放最后一缕轻烟。魏老大端着那碗酸黄菜，连叫带晃地折腾了好一会儿，只听到他轻轻的一声哼，耷拉在一旁的手干瘪而精瘦，每过一会儿，从大拇指到小指，都要一个一个地勾挠上一遍。

或许王炳中不服气。他最爱擂战鼓，翻飞起来的双臂盛开的莲花一般，他或许是想让每一个人知道，那个杏黄色的牛皮真不是吹的，那是他王炳中擂的！谁知道震耳欲聋的牛皮鼓，能激起他多少豪情来！

或许王炳中是在数落自己的历史。他的三个媳妇，或许就是天上飞的、地上跑的、水里游的三类，他把这三类不管不顾地放在一个家伙什里，最后还是不欢而散了，还有边家轰然倒地的花斑牛、廷妮擀的杂面条、调了包的大洋、屁三踹的那几脚和扇的几巴掌、山西人吃的泥蛋蛋和百十斤炒面……最可恨的，是漳水六离会的那帮龟孙子，不仅把他的全部家底坑了个精光光，还差点儿把他的性命也给坑了去……

经制兵和乡勇团练的事，或许他早已摆置清楚不用再想了。野桃叶的酸黄菜，却是他临终的唯一惦念。

大坡地人常说，人干干净净地来，干干净净地走——人断气之前会自己净身。王炳中的的确确出了一身透汗之后，干干净净地走了。

傻二小照样早早到了，他规规矩矩地哭叫了两声，晚上就睡在王炳中停丧的草铺子下。傻二小虽然还是干他那些活儿，但人已明显老了，并且口齿已不太清楚，白天他吼喊了两声后，笑嘻嘻地围着那副红松木棺材看，看了几遍后就喊：

“红松柏木材，再好也得埋。不管有多沉，总得叫人抬。谁想省点儿事，谁就自己来！”

有人问他刚才喊的啥。傻二小两个嘴片子来回翻动了一阵子，两手一接，从嘴里吐出两颗牙来，倒也没有流血，只是再说话时，就“呼——呼”地大透气了，他喊出来的话别人更听不清。王丑妮听清了红松棺材如何，给王会来说了后，就把那副红松棺木放了起来，买了一副柏木的。

半夜以后，傻二小忽然在草铺子下边大喊，说上边那个爷爷，尿了他一脸，那个爷爷有点儿急，想叫他帮帮忙，这个忙还真帮不上，他欠了小莲花一桶水，临走，得往地上撂他两回！

或者是夜深人静的缘故，傻二小这次说的，在场的人都听清了。

大家慌慌张张地起来看，并不见哪里有水渍，傻二小闹腾了一阵，跑到大门外喊叫“红松柏木材”去了。

王家人没有料到的是，埋王炳中那天，不知是有意的安排，还是无意的巧合，边家在三百台上刚竖起的一个井架子，也在那天开张剪彩。满大街的人都说，凡是参加捧场的人，都会领到一块镀金手表，村里凡能走得动的人，几乎都拥到了三百台领镀金表去了。

王炳中的柏木棺材又沉，抬的人又少，出大门时，往地上掉了一回。

令人没有想到的是，快到马鞍地时，抬棺木的绳索断了，又往地上掉了一次。去三百台领镀金手表的乡邻，每人领了一袋金手表牌洗衣粉回来后，王炳中已经在“神龟探水”埋葬完毕，九泉无恨了。

埋了王炳中后，王家的大门就锁了，外边院里的那些地，也被践踏得狼藉不堪了，因为那个井没有了水，那些地，二狗也不愿意种了。

有一天，边老拐见了二狗，一脸诡秘地给他说：“二狗，给你说，这人要死了，就敌不上一头驴，驴死了都想吃块肉，就想法往跟前蹭，人死了都怕有鬼，都想法往一边躲——你说是不是？”

二狗想了想没有说话，转头往王炳中家去了，打开外边的大门，把他吓了一跳。

里边那个大院子的窗户掉了一扇，还有一大片烟熏痕迹，他心中害怕，叫了王丑妮和另外几个人，开门一看，那副红松棺木已燃烧尽净，灰烬里有一具烧焦的尸体。如果不是有一只未完全烧尽的鞋，没有谁会想起来，那个烧焦的人是傻二小。

至此，人们才想清楚了他喊的那些话——“红松柏木材，再好也得埋，不管有多沉，总得叫人抬，谁想省点儿事，谁就自己来。”

人们在惊奇和伤心之后才明白，凡是抬王炳中柏木棺材的人，太行花牌香烟管吸还管拿，帮忙出殡的也不过零零星星的几个厚道人；傻二小在阴间的职位虽然不算低，但阳间那些钻头不顾屁股的，有几个是害怕死了以后下油锅的？就是没有边老拐镀金表的诱惑，傻二小也买不起太行花牌香烟，也就只能自己来了。

大坡地人称呼“墓丘沟”的越来越少了，那个位置正式的名称，似乎定成了“百乐汇”。响当当的百乐汇，好像一夜崛起的小城镇。

石碾街的北圪台儿，一天天地变得萧疏而清冷，但不一定全是因为利斧快锯搞掉了那两棵大槐树。如果还是像从前一样的繁华，说不定王炳中家那口干枯了的水井，还有傻二小那首半清不清、未卜先知的歌谣，让大坡地人玩味思索良久之后，给打磨出一个个荡人胸怀的传奇故事来。传奇久了之后，人们也说不定会为傻二小在什么地方，拎上几块砖头，或搬上几块石头，给垒起一座小庙来；时间再久些，也说不定会给描绘出一个三头六臂的神圣来……

终了此生，马改转没有干过什么惊天动地的事，但她总会说一些石破天惊的话，从衣食住行，到生老病死，更包括由墓丘沟“精变”而来的百乐汇。

这天，马改转给白锁住说：“这鬼世界开始了，墓丘沟才整成了百乐汇，叫俺看，咱往村西的鬼台子上整个千乐汇，那里的鬼怪，准顶他一百个墓丘沟，整成了肯定兴旺，要不，咱也真整一个？”

白锁住说：“鬼台子去了那个‘台’就是鬼子，你嫌不动刀枪的东西来得还不快，想杀人放火？”

马改转也就是那么一说，除了万物不生的严冬，鬼台子仍然还是鬼台子，还是日生月长源源不尽的一片绿色。白锁住家在鬼台子上的三亩多地，仍一如既往地呵护着春种秋收的五谷，五谷在马改转的声声吆喝中踏踏实实地长，马改转的踏踏实实，也融化在每一个日出日落里，相拥相随的紧贴，像群山的那一声声应和。

百乐汇的开山鼻祖武小魁，已金盆洗手当他的太上皇去了，他的媳妇胡秀秀，穿着打扮也和百乐汇的人一样，风风火火又花枝招展，乐翻天的神情像个娘娘，大红大绿的颜色，像边老拐的鸟叫嫂。玉宝和玉来弟兄两个，像两条钻入江河中的鲤鱼，左右逢源又荡气回肠的神态，似乎在不经意的某一天，会突然跃了龙门。

武家的兄妹三人，最不如意的要数武玉香了，因为有了两个哥哥的对比，她越来越看不惯男人盖凤朝。

盖凤朝专门到外地进行了考察，回来后，把玉香饭店进行了扩大建设和升级整修，完毕之后，又选秀一般整来了一帮妩媚鲜艳的小女子，领头的两个最为耀眼，一个叫“小甜甜”，一个叫“小蜜蜜”。

小甜甜和小蜜蜜像姐妹两个，却不是亲姐妹，但两个人的模样很有几分相近：略深的眼窝里，两只外国人一般的大明眼，忽闪忽闪的像加了蜜的两汪水，眼眶略略地着了色以后，就成了两个点漆一般的深邃；阔挺的鼻梁高擎着初春的灿烂。两个人都爱穿蔚蓝色的细筒牛仔裤，大坡地人戏称作“宰牛裤”。

到了特定场所，两个人就脱下了宰牛裤，一个是一身水晶绿的超短裙，一个是孔雀绿的紧身旗袍。

其实玉香饭店早在装修时，黑山沟里的两个铁矿就嚷嚷着要停工了，黑妖坪那边，一年前就有些冷清——下面的铁都采光了。剩下的几家，都是热闹的时候挤不上，冷清了以后撞大运的，挖到什么、碰到什么、收入多少，全靠求神拜佛加上玩命去换！小甜甜和小蜜蜜再诱人，一来她们不会去和穷人“潇洒、锻炼”，二来票子不厚的人，大多也不会“潇洒、锻炼”去，那些不挣钱的营生，大都是一副苦身板和疙瘩肉的庄稼汉才会做，他们早锻炼得骨松筋软了。他们即使像范进一样中了那个“举”，中举之前锅里的那把米，也需要拿母鸡去集市上换，更何况母鸡也仅有一只！所以黑妖坪那边，给不了玉香饭店多大的帮衬。黑山沟里的两个铁矿撤走时，不用说下面的铁矿石，就连锨、镢、镐、锤之类现成的铁，也找不到人往上面扛了。

后来盖凤朝很迷信，他怀疑“玉香”这个名字不好，时间不长，他就把“玉香饭店”改成了“云端大酒店”。云端大酒店也仅仅维持了不到半年，连大师傅吃的菜，都放不进去多少油了。武玉香一急，就往娘家走了。

盖凤朝就是一只虎，他也从平阳川上滚落了下来。小蜜蜜白天还在云端大酒店住着，整天地睡，连那个白日梦无幽也生香了。每天的日落西、月东升之后，小蜜蜜精描细画一番就出去了，正时正点像静峦寺撞响的大钟。小甜甜这个流年不济的花仙子，仍然在云端大酒店一枝独秀。

那天傍晚小蜜蜜走了后，盖凤朝给小甜甜扛来一布袋干面条，冲她点个头就出去了。他已顾不上那个欲放还羞的花骨朵，是不是为他绽放开来了一点儿红。

他在云端大酒店后边他老姥姥的坟上，一个人坐到半夜，想起什么似的，一路往家里飞奔。回到家里后，见了石小彩他就急急地问：“早年那会儿，看黑山沟气冲斗牛穴的那个先生，是不是说二九一十八，三七二十一？”

石小彩刚说没错，他就飞也似的走了。不知因为什么他就坚信着，黑山沟的下面还有铁！他想，黑妖坪和黑山沟里的那些井，最深也没有超过一百五十米的，过了那一百八十米，到不了二百一十米，准见铁！

他回到云端大酒店时，也忘了到底是几点几分了，“咣咣咣咣”地敲砸了一通小甜甜的门，小甜甜鬓乱钗横，云梦尚温。他顾不上许多，死死地盯着她说：“只要雷劈不死，必须在黑山沟赌个铁矿干干，要不翻不了身，是死是活，就这一回！”小甜甜问：“赌？胜算几何？你凭什么赌那下面还有铁？”

盖凤朝饿虎扑食一般把小甜甜压到床上说：“就凭你！俺就不相信，这辈子，连个养娘儿们的钱都挣不来！看见你的第一眼俺就想，你就是天上的那棵蟠桃树，俺也得跑到天上，拉车土把你给养起来……叫唤也没用……你还真咬……好唱家，不在乎三股弦两股弦……俺就不管你是谁……哎——哟——哟……”

第二天，小甜甜把那件孔雀绿的紧身旗袍洗了又熨了，挂在窗外的一根尼龙绳上。

盖凤朝在外边待了一个星期，回到云端大酒店时，尼龙绳上挂着的孔雀绿紧身旗袍，还翠莹莹的在那里挂着。早已归了边家的黑山沟西铁矿，看得见的铁矿石已开采完毕，停工一年多了，盖凤朝竟以承接该矿的所有债务为条件，要了一个废井筒的所有权！小甜甜满眼蹿火："肉骨头敲铜鼓，昏咚咚！说着风，就扯篷，跛子系个门槛精！行灶里能推出木柴来？"

小甜甜听完盖凤朝的种种理由，再顾不上盖凤朝听懂听不懂，方言不方言了。她呢喃的一堆转换成大坡地话就是："凤朝你说浑话办疯事！咋能听狗叫就上墙，边老拐是个猴子精！染坊里能盗出白布来？"

不知盖凤朝听懂了没有，他急急地说："接贷款有条件，再贷给咱五十万，你不知道这时候贷款有多难，嗯？怕啥！欠账的是爷爷，还账的才是孙子！你就安安生生当你的奶奶吧！"

盖凤朝忽然想起了小蜜蜜，问："小蜜蜜哪里去了，白天也不来了？"小甜甜把孔雀绿的旗袍穿整齐了，说："夫妻还有如同林鸟，大难临头还各自飞，那个妹妹，早飞了。"

盖凤朝替边老拐背了一百万元的欠款，拿了信用社五十万元的贷款，开始了他的豪赌。知道的人都说，盖凤朝不想往祖坟上埋了。

第五十五章

世事惊田翁　心语寄寒星

石碾街再找不回昔日的神韵，新打的水泥地面，原本就没有石头硬，那些水泥或许比泥土硬一些？没见过什么大汽车在那上面走，“嘎嘎嘎嘎”冒黑烟的拖拉机倒是碾轧了几次，看着看着就一片片地酥了，然后就一块块地掉了。

马有草派了几个人，想把那些坑洼砸大一些，好重新补些混凝土进去，不想那些不该掉的都掉了，该掉的却不容易往下抠。几个人懒洋洋地整了好长一段时间，把那些该糊的和不该糊的地方都给糊了上去后，那个石碾街，既像件懒和尚又破又脏的百衲衣，又像个受了困顿的穷沙弥的癞疮头了。

北圪台儿的最外边，那一溜半尺多宽的青石条，早成了凹下去的弧形状，磨破了无数双的千层底和无数条的粗布裤后，光溜溜的爽滑无比，挨近它的任何东西，再不担心能有丝毫的牵扯不断。头发飞雪胡子花白的，眼花耳聋歪着脖子的，佝偻着腰离不了拐棍的，歪着头不爱说话的，爱说话却透气跑风的，不知道哪里疼也哎哟声声的，知道哪里疼也说不清的……只要日头不太毒，又到了需要晒太阳找温暖的季节，那些人几乎都挤到了那一溜青石条上。

村子里的文化娱乐没有其他什么，逢年过节，或遇上个庙会，把那些大地方去不了，小地方总得去的剧团请上一个，“叮叮咣咣”地闹腾上几天，有心的凑个热闹，无心的听个响动，也就异常欢喜了。

那些没有能力去百乐汇“潇洒、锻炼”的孩子，在山野间疯够了，还是集中到石碾街上来，在懒和尚的百衲衣、穷沙弥的癞疮头上玩腻了，总想望着能看上一场电影。想着想着忽然找到了希望，乱嘀咕上一会儿，竖起指头开始数，有几个坐在青石条上：“一个电影，俩电影，仨电影……”

村子里的老人去世后，哪家都会演几场电影，一为纪念故去的先人，二为酬谢帮忙的乡邻。

那个佝偻着腰离不了拐棍的，他的腿脚不方便，耳朵却不聋，他捅了捅那个歪着头不爱说话的，脱下脚上的鞋，猛地向竖着指头数电影的孩子砸了去。

头发飞雪胡子花白的眼睛很好使，看见一只鞋飞了出去，大声地喊：“谁脚上的东西安了翅膀？”

花白胡子看清了是一只鞋，却故意笑话扔鞋的人气量不大：“谁的本事那么大，给脚上的鞋安上翅膀飞了？”

眼花耳聋歪着脖子的忽然大叫：“谁说俺脖子上长了痔疮？那么好使的一个嘴，咋不敲掉牙烫个边，再安上个提手去百乐汇卖！”

他把“安了翅膀”听成了“长了痔疮”，所以回骂：“应该把你自己的头，改装成便壶去百乐汇卖！”

爱说话却透气跑风的赶紧劝：“哎！咳——嗯——嗯——你，你，发——钉——精（没听清）！”

不知道哪里疼也哎哟声声的，加了“知道哪里疼也说不清的”几乎一齐喊：“周大中？还是王炳中？他们都咋了？”这几个把透气跑风说的“发钉精”，当成了“周大中”或“王炳中”。

提起周大中和王炳中，人们都不吵了，都说已经叫乡亲们看了电影的那些人中，周大中跟鬼一样精，他心眼却太小，没有赶上好时候，他早就知道“大奶、二奶、三奶没救了，这世界真乱了，俺还是早点儿死吧，要不没人埋了”。“他倒也早早死了，百乐汇那一群群的光屁股妖精，除了咱老老老……老祖宗，在他们穿树皮盖树叶那会儿，谁见过脱裤子跳舞的妖精？周大中他甭说看看，听听也不能了！心眼小的人，亏死了！”

“王炳中比鬼还精，他心眼却太大，也赶上了好时候，但他光顾着捣鼓经制兵跟乡勇团练，别的啥也顾不上，活着的时候，叫土地爷送过一程，死了还想叫马王爷送？不想这世道变了，马王爷认钱、认草料！谁管你啥柏木材、桐木材！除了老天爷，再精的东西，也有算计不到的时候！

“边老拐就是不人不鬼的一大怪，咱都胳膊不能举，腿也不能跷了，那个东西的腰咋还那么硬？哼！哼！哼哼哼！这世界，啥时候也兴旺那些不人不鬼的东西？老天爷！你也真是！”

人们说起大坡地的一山一水一草木，比石碾街上那两棵尸骨不全的大槐树知道的还多。人们遥想到云烟一般的往日时光，北圪台儿上又是一片欢腾了。

一辆半新不旧的小轿车，在石碾街上停了下来，黄毛怪盖二愣从车里钻出来，他叉开双腿，前后左右地摆了几下腰，又攥紧双拳，伸展两条胳膊，高高地向上举，脖子和头痉挛一般颤抖着，长而又长地号叫了一声。那个动作，像是做什么活儿累了以后伸懒腰，那个声音，却像老犍牛长长的一声吼。

他吼了一嗓子后，倒背着胳膊，围着那辆车转了一圈，弯下腰来在后视镜上照一照，捋捋头，向四周扫了几眼，再在那个镜子上照一照，再捋一捋头。那样子分明是一只螳螂吃饱喝足了，悬起来两只大爪子，威武十足地左顾右盼一阵，再梳理一下头顶上的两根长须。

盖二愣家前些日子新开了一个煤厂，边老拐是否还给狐仙白送个三车两车的煤，别人倒也不知道。他把从青龙岭煤矿拉去的煤，雇几个人把里面的块煤和面煤分开，大块和小块再分开来卖，里边就有了一个数目可观的利润。

黄毛怪摇身一变当上了老板后，他的儿子三卷毛，出人意料地把林白鸽给娶了！当年的唐三藏误入盘丝洞，以后真要抱个小和尚出来，至多念上几遍“阿弥陀佛”完事。在俗人看来，“闺心坚似石，兰性喜如春。娇脸红霞衬，朱唇绛脂匀”，盘丝洞里净是如此这般的绝世尤物，三卷毛就是再历十八个轮回，连人家后房里的烧水小童，怕他也做不成！他如何就能混入盘丝洞，还给抱了一个蜘蛛精出来，他哪年哪月修炼的道行！

“二愣这会儿吃包子，还是光吃馅？”说话跑风的突然不跑风了，而且也不结巴了，标准的大坡地话，字正腔圆，掷地有声。

盖二愣确实有了钱，大葱羊肉包子只吃馅不吃皮。提起那档子事，脖子没有长痔疮的颇有些义愤填膺，说：“二愣子，你真是个黄毛怪，啥不是东西的事，也能做出来？”

盖二愣抓一抓黄白相间的头发，不屑一顾地说：“知道个啥！你就是个拾粪的命！你还能蹦跶动的时候，不是给别人说，你要当了县长，先把大坡地到窑头村马路上的马粪、驴粪、骡粪都占住？你想都跟你一样？都到啥年代了，还跟俺叔叔一样？蒸了一锅糖包子，一嘴下去没有咬住糖，再使劲儿咬一口又咬过了，又使劲儿咬了一口，把手指头都咬破了，还是没有吃出来糖！这都到了啥年代，除了你老白毛的个头儿不能长，这啥东西不长？一块钱一个包子，赶明儿，说不定就卖成三块五块了！俺就是光吃馅，说不定也是赚！再说那馅也不好吃，再做不出来原先那个味！”

“二愣，你个小贼羔儿，还尿炕不尿？要尿，再借头牛配个季，许就好了！”不知道哪里疼也哎哟声声的忽然忍无可忍地大喊。

盖二愣怒不可遏地往小车里一钻，那辆车“哧哧啦啦”地怪叫了一阵子，却看不见跑起来。司机拿了个铁拐把，刚插到车前边，马改转急急地赶过去，司机给马改转比画了一阵子，马改转抓住那个铁拐把，半蹲马步猛摇了两下，车屁股后边冒了一阵黑烟后，马改转也坐了上去，“呜呜——嘣、呜呜呜——嘣嘣”地开走了。

那辆车，如果换成人，早该坐到北圪台儿外的青石条上了。老爷车的发动机上气不接下气，一边咬着牙关前行，一边“嘣、嘣”地向屁股后边开炮。

盖二愣走了后，北圪台儿上叽叽喳喳的不尽欢喜，像突然找寻回了那两棵大槐树。那个哎哟声声也不“哎哟”了，他把无限的激愤和欢愉掺杂起来，和那些消息灵通的，把盖二愣配季的事，一递一句重述一遍，和那些消息不灵通的，居高临下地把配季的事，再兴高采烈地演绎一通。

盖二愣真的有了花不完的钱。前些日子，连百乐汇他也不怎么稀罕了，时不时需要拿铁拐把捅上几捅的老爷车，盖二愣舒舒坦坦地坐上去，狐仙扭个身方便一下的工夫，他就屁股后边冒着烟到了白口镇，找一个香生生的小屋子，再找上个香生生的“美”大耍上一阵。

终于有一天，他从窗户上刚跳出来，就被狐仙给提住了脖领子。他的身板小，嘴又拙，又恰逢了那种不长嘴更不长脸的时候，浑身瑟缩着被痛打一顿后，给狐仙说：“俺啥也没做，也就光了个脊梁，她半光着屁股，给按摩了按摩……”

狐仙说：“快六十的人了，就是想早点儿死，也不该叫那么个脏东西，敲骨吸髓要了命不是？”

盖二愣穿好上衣后，歪头张望一眼老狐媚子，大惑不解地说：“嗯？敲骨吸髓？她真能那个？比俺大多了的拐……老拐也不见得吧？嗯！想想其实也没啥，也就像牲口配季做活儿，借了人家一头牛，配上咱家的那头驴，犁了一块地，犁了以后一解套，牛还是人家的牛，驴还是自家的驴，地还是那块地，两不相干，倒也有趣！”配季的事，不知谁给传了出去。

后来，盖二愣仍然和别家的“牲口”配季犁地，被狐仙人赃俱获又抓住了一次。也许是狐仙生了气下手重，也许是盖二愣的骨头真的被人给敲开了，骨髓也叫人给吸干了，挨了狐仙一顿打后，他一连躺了好些时日，而且从此就开始尿炕。据说是，边老拐让他白拉了几车煤才爬下炕。从此之后，只要想白拉煤，他就找边老拐，说自己六岁就不尿炕了，快六十了又开始尿炕，这了不得，得了富贵病，就得靠钱撑着！

狐仙翻着眼看他的时候，他态度特好，心诚意诚说：“这回，你再不用操心了，牛头垴顶的老神仙点化俺了，俺立地成佛！立地成佛！啥俺也想清楚了，咱这边，还就是人贱钱多，夜壶扔到茅坑里——都贱（溅）出来大粪了！啥按摩？一个脏屁股骑上去——也不知道到底洗咪没洗，还有俩小脏爪子，‘啪啪嗒嗒、乒乒乓乓'，摁住就给捶了一顿，这凭空挨了一顿打，穿上衣裳坐起来，还兴颠颠地掏出票子给人家！都看看那个贱劲儿，溅（贱）出来的还是一泡狗屎！不过，哪天你给俺热乎点儿，下手也轻点儿，俺还真不尿炕！"

世界上本来就没有秘密，那个事儿，连疼都说不清哪儿疼的都知道了。

马改转坐着盖二愣的车没有去别的地方，她到了自己家。原来，玉蜀面不知什么时候，跟百乐汇的小秋好上了，后来竟把媳妇打跑了，把小秋领到了家里！

白锁住和马改转谁也没有敢动手，因为有了盖二愣的先例，真把儿子打尿了，一辈子什么也没有了！两口子使了浑身解数，玉蜀面还是要把配季的"牛"留到自己家，视死如归的决心，把配季犁地的小秋，感动得相逢恨晚，涕泪零落。

无计可施之后，马改转四处磕头烧香，折腾了一阵子，也不见有什么明显的效验，后来有人给她说："找二愣子问问，能不能洗净不知道，反正听别人说，他金盆洗手了！"

马改转给盖二愣说明了意思后，盖二愣的胸膛里，即刻生出一片竹林来。

他连抽了玉蜀面几根太行花牌香烟，以过来人的口吻说："俺这么大岁数了，啥没见过没经过，那春夏秋冬加起来，也就是遮丑的东西一穿又一脱的事，人家肚里边的真东西，要是给不了你，肚外边的那些东西，叫你天天背到脊梁上也不舒帖，那就是临时租借来的一块肉！你也不想想，她就是再嫩再白，也是一个收费茅坑，谁掏钱谁都能上去圪蹴圪蹴，她就是个五星级的，那也硌硬死人！"

玉蜀面真的很爱小秋，他愤怒无比地说："那你还一个人整俩！"

盖二愣倒也坦然，平平静静的，有点儿像宠辱不惊的尼僧。他说："你也该多去寺里边走走，听听人家讲的那个佛！给你说，一胖一瘦俩和尚过河，恰好有一个娘儿们也要过，河水大不好过，胖和尚背着娘儿们过去了。黑夜回到了庙里，瘦和尚说，男女肌肤不亲，你白天，咋能背娘儿们！你再修不成佛。胖和尚说，要修成正果，得把原先的事都放下，白天背人的事，俺早放下了，你咋还放不下？你才成不了佛！——听听，放下以后，就立地成佛！"

玉蜀面再不让他吸太行花牌香烟了，自己点了一根后，说：“嘀嘀！嘀嘀！这大屁放的，通泰又响亮，不秃舌也不结巴，你叫唤的就不是人声音！那撑死的跟饿死的，能是一个理？”

玉蜀面吐着一个又一个烟圈，盖二愣一看就知道，他那是跟小秋学的。盖二愣揭露了玉蜀面吐烟圈的能耐后，玉蜀面恼了，他把狐仙在砑石山后面的事说了。

盖二愣一边急急地逃窜，一边急急地说：“一身的奶腥气，呛死人！你就知道吃了不饿得慌！皇帝还有三宫六院呢，使劲儿尿泡尿照照——你也配！怀着孩子住娘家，算准日子再想别的，你可千万不能丢了丑！要是把孩子生到了娘家，死了不能上祖坟！贼羔儿！”

马改转最后找到了小秋，把小秋打了一顿。

武玉香领着孩子一直在娘家住着。令人想不到的是，盖凤朝为了养活小甜甜，听了一个二九一十八和三七二十一之后，那个井筒子往下打到两百多米，一个大炮放响了之后，一罐车一罐车的铁矿石还真挖了上来！北圪台儿上的好多人，再不知道该如何评说，如何感叹了。

小甜甜还穿旗袍，也还是孔雀绿那个颜色，只不过一件比一件的料子好了，都说她快要成了云端大酒店的“正宫娘娘”了。

直到有一天，武小魁夫妻一齐到了盖狗剩家，石小彩真的有些大惊失色。

黑山沟里的那些事，其实武玉香早就听说了，她攥在手里的那一截线，也还死死地攥着，直到那只风筝越飞越远了，她才明白了，自己恶狠狠地掐在手里的线，本来就不是什么。

最后一次小甜甜这样给她说：“你驾驭男人的砝码不多，就是关起门来的那些本事，摸摸你的大胖腰，再看看你的枯井眼，一项也不能及格。你知道女子什么时候该做什么吗？想明白了再来找我！”

武玉香正要发火，盖凤朝忽地闯进来指着她鼻子说：“回家好好儿待着！有你钱花，有你吃喝，你要敢瞎闹腾，叫你上吊都找不着绳子！”武玉香攥着的撒手锏，就只有双方父母了。

武小魁两口子一连去了盖狗剩家好几趟，他们夫妻脑瓜灵活，嘴巴更好使，就是平时的那些鸡毛蒜皮，都能给编成戏拿到台上唱，更何况自己的亲闺女，在脸前哭叫了一次又一次！他们真生气、假叫骂地折腾了几回后，盖狗剩再也沉不住气了，他气哼哼地大骂了一通。石小彩说：“别光骂驴不好，驴死笼头烂才对，玉香手里的缰绳，也就没拴住，她也就不会拴！笼头早烂了，光攥根缰绳白来！叫俺去吧，去跟那个甜不甜的闺女坐坐。”

盖狗剩怕石小彩去了后，和马改转一样把人家打一顿。石小彩说：“哎呀呀，人又不是牲口，打一顿就再不敢了？宝妮不是说，那人心就是块铁，要是烧不红，使死也捶打不出来一个新模样——看那把火，能烧着烧不着吧。”

石小彩把小甜甜看够了，腿一跷，两手一搭开了腔。

“嗯——呀！闺女还真不丑，给你说，娘跟前长大的闺女好看着呢，就像天上的那片云，高高挂着，悠悠飘着，那是老天爷种出来的花！要是真跟了谁，那就一下子变成雨了，掉到地上，就落地生根了——是不是这个理？”石小彩说的时候，十二分的真诚。

“没想到你学问高呢，还知道那个叫云雨。知道了，就听你吩咐了。”小甜甜理解错了，好在石小彩也没有听懂。

“嗯！闺女说话声音真脆，一听就知道是个好脾气，是个灵性人。好闺女就是天上落下来的那股清冽透亮的水，啥东西也不能掺，要没有了那个清冽，一辈子就啥也不是，清水没有了清水味，里边就是掺上了蜜，那也真能吓死人！你信不信？”

小甜甜或许没有听懂，或许只听懂了石小彩加进去的“蜜”。她心想，小蜜蜜早跟了别人，也跟别人生了孩子了。

“花一样的闺女，要是没有了那个金不换的东西，一辈子都欠别人的账，那个账没法还，你也还不起！那么俊个闺女，知道不知道？一把钥匙开一把锁才是好锁！”石小彩见小甜甜有些走神，说得很直接。

“新时代了，锁子的钥匙都多。你可能出门少，没见过那些大自然的美。那个美谁也不能独自拥有，都要开发成旅游区，人也一样。”小甜甜答得也直接。

“嗯——呀！那句话咋说？驴给牛抵头——全凭着脸上了，那张脸也真硬！不学女红，也不守个妇道？”石小彩有些愤怒了。

小甜甜终于不耐烦，说了句“打碎了水缸洇过来嗨哇”，就旋风一般地飘走了。

石小彩找到了盖凤朝，她只说了一句话：“女人是股水，男人是块地，浇不透谁也不舒服，要是浇透了，连那块地也得归了别人！没有谁白浇别人的地！”

回到家后她给盖狗剩说：“大热的天气，茅坑里的蛆都快成精了，往里边倒点儿药吧，俺知道，死上一层，用不了几天，还得再生一层，这个天气哟，倒多了，连敌敌畏都买不起！”

盖狗剩说：“省了吧，说到底那也是条蛆！要是变不成明晃虫（萤火虫），吃干那泡粪，饿不死也得互相咬死！”

盖狗剩没有往茅坑里倒敌敌畏，他和大儿子盖援朝套上车，吆吆喝喝地，又去原来的农场种地去了。

林静鸽还是一身的香气，尤其是一身轻汗之后，她身上飘出来的那些气息，香生生的有些熟苹果味道，让贴近她的每一个人，心旷神怡，眉清目爽。

在人们的印象中，她爱穿一件白上衣或白裤子，或肥或瘦的样式，件件都可身合体又耀眼闪亮，香闺女雪一般的清纯，一直在人的心头闪烁着。林静鸽平时最爱穿的，除了白衣服，就是藏青色或宝石蓝的运动装了，穿上那些运动装，她那个瘦瘦小小的玲珑里，又飘逸出一股怡人的飒爽。

她身上的那个香气，像夏日里蒸腾起来的五彩云，万分的遥远，又有几分贴近。有人说，那是因为，小玉怀着她时吃了太行花。后来也有人试，不知是没有吃到真品还是因为别的什么，大坡地的香闺女，至今也只有那么一个。

魏老大的儿子魏子安，自小就和姐姐魏三巧一样，在学校都是顶呱呱的好成绩，在这个火热的夏季里，他拿到了北京大学的录取通知书，香闺女的一身薄汗还没有完全风干，她北京大学的录取通知书也到了。

魏子安和林静鸽站到一起，像一对金童玉女。阳光灿烂的少男少女，尤其是双双成了名牌大学生后，好多人会放在心里面比一比：那真该是，天造地设的一双！

可是在那天，已不太繁华的石碾街上，一个小杂货铺里，金童玉女怦然心动地把手牵在了一起后，令北圪台儿上的人们大惊失色了。

谁能知道，在他们和她们的一辈子里，有几个能像魏老大对自己的土地一样，把属于自己的终生相依和生死相守，在捧着、爱着、惊着、叫着的时刻里，审视一下对方究竟有几根肋骨？——那有多丑！大坡地的庄稼主儿都不会，他们在一阵惊慌失措之后，就有了儿子，再稀里糊涂一阵之后，也就有了女儿。多感激而少澎湃的日子一天天过去，终于能够沉沉着着、端端正正地，把那个或宽或窄的脊背抚摸一遍，再不能激越起多少豪情的那躯骨肉，早弯曲得不成个形状了。

在他们和她们看来，谁敢把关起门也不常见的事，给搬到大街上去？魏子安就在石碾街上，牵住了林静鸽的一只手，另一只手还搭住了她的腰！不想，那个香闺女称心如意地一回首，红红的嫩腮，不仅绽放开来一朵花，还给魏子安倾过去一罐子蜜！少男少女，让别人收获了一连串的惊讶后，北圪台儿上的那些人，就不知道该摇头还是该点头了。

其实，大坡地的好多人，对后来的林家是颇有微词的：就是那个三闺女是真墓儿[1]，但林梦鸽生的那个边心伟，从身段相貌到脾气心性，无论如何找不出边家的半点儿影子来！

看起来，林梦鸽倒像个规规矩矩的闺女，可是，那本该生长出来满地绿豆的田地，突然生长出来一片北瓜，要是说不清其中的蹊跷，就是不能把田地主人给吓死，把地邻也得给吓疯！

小玉曾给她的相好至交说过那些事，她说，梦鸽生心伟时，就在沙水县医院，马上要生的时候，同一个病房里，刚好来了一个要生的女人。她和林梦鸽记得很

[1] 墓儿：女人在丈夫去世前已怀孕，在丈夫死后生下的孩子。

清楚，那个女人留着两条粗壮的大辫子。巧的是，女人的婆婆，也留着两条又粗又长的大辫子。大辫子婆婆看样子五十余岁，结结实实的身板，有使不完的一身力气。

当时，因为边老拐的哥哥边进财要回来，边玉成先回去了。因为是头一个孩子，林梦鸽有些沉不住气。那个大辫子婆婆，在旁边给打气，她的那个嗓音，像一把钢锤敲砸着另一把钢锤，清清脆脆的力发千斤。

“妮哟！那瓶满自流，瓜熟自落！哪个鸡子不嬎蛋？哪个娘儿们不生孩儿！到了憋不住的时候，攥住拳头憋住气，聚住劲儿，一咬牙——咳！出溜出哩就成了，跟方便一回差不了多少！看！笑了不是？还真是！俺生俺老大那年，正大炼钢铁，能动的人都炼钢，家里头就剩了俺一个——哎哟哟，真憋不住了，出溜出哩就来了！俺自己包了包，因为是头一个，当时还害羞呢！俺出溜出哩把孩子往炕洞子里一塞，出溜出哩砍柴去了。砍柴回来后，婆婆正到处找俺，见了俺，她哪里也顾不上看，专看俺肚！见俺变细了，俩手摸着俺的肚，一遍又一遍找那个——妮哟！甭笑！那会儿还真羞！直到听见孩子哭，她才从炕洞子里，出溜出哩把孩子抱了出来……”

大辫子婆婆正“出溜出哩”，医生就把林梦鸽推进了产房。林梦鸽刚走没几分钟，大辫子女人也满头大汗的快要出溜出哩了。大辫子婆婆出溜出哩地去叫人，出溜出哩地一个人回来后，一把抱起大辫子女人，出溜出哩进了产房。

小玉说到这里的时候，林梦鸽总会眯起双眼，大惑不解地接：“也真是！也真巧！俩人差不多就是一齐生，把那个医生忙得手忙脚乱，当时就她一个人，一下子俩，能不忙？俩人生的都是小子！可俺明明记得，俺儿子脖子下的那片红胎记，明明就是个红桃，大小像一片杏叶，这抱回来，一忽闪，咋长成了扑克牌那么大，那个红桃，咋也就，变成个梅花了……”

每逢说到这里，只要边心伟在跟前，大家都会把他脖子下边的那个胎记看一遍，红红的一片胎记倒也没有错，扑克牌大小没有错，梅花更没有错！敢是，当时大辫子女人，也出溜出哩一个脖子下边有胎记的男孩儿？天底下能有这么巧的事？那万不能！一手拿根针，一手扬芝麻，就是扬上半天，能有一个芝麻，恰恰好地掉到针眼里？

每当这个时候，林梦鸽总会低着头咬着嘴唇，沉默上一阵子后，拉住这个的手，又拉住那个的手，一脸惊慌又一脸迷惘地说："就不能！就不能！不是这个，不该是这个……"

小玉思索一阵子后，说："按说不该，按说也不会，可这，这咋能呢？这咋能呢？可是，俺的闺女，也不该，也不会……"

母女二人好多时候会相互攥起手，颤颤抖抖地摇荡上一阵子后，再嘤嘤地哭上一阵子。

听话的人，被这个离奇故事感动上一阵子，不无惊惶地说："这不该，倒也不会，这绿豆，真能变成北瓜？可是，它还就变了。这都连不起来，这咋能连起来？绿豆跟北瓜，差得真太远……"

再过上一些日子，就有人说："种瓜不能得豆，那种豆就能得瓜？当娘的喝了几棵太行花，就能生个香闺女，那闺女该吃点儿啥，生个儿子出来，能把红桃变成梅花？哎哟哟——哎哟哟！家里锁着养汉头，街上跑着风流女！知人知面不知心，比猫画虎，也就画了张皮！可是，小玉的那个二闺女，那个俏生生的白鸽，她为啥就嫁给了三卷毛？"

村东头一个老太太八十多岁了，又齐生生地长出两排乳牙来，不仅咬嚼炒豆子时"嘎嘣嘎嘣"地脆响，而且扔掉拐棍还能大步流星！儿女不说，她的一个孙子，竟也先她故去了。老太太整日地惶恐不安，无人的时候，总是咬牙切齿地诅咒自己说："你还不死！你还不死！又长出来满嘴牙，你还想咬死谁！"

还有那个三闺女林静鸽，和魏子安在一个半近不贴的距离里，把两个脑袋挤拱到一个不即不离又若即若离的小角落，再你一句我一句说上些四字一顿、五字一停、六字一仰首、七字一惊叹之类的话，说到高兴处，两个人再内容丰富地挤碰上几下。

林静鸽也到魏老大家里去，两个人钻到屋子里像燕子一样呢喃上一阵。张雪梅那张忧喜参半的脸，时晴时阴，痛苦不堪，她把两只猫猫眼一眯，两只“燕子”在屋子里又呢喃不止，她总会不失时机，不大不小地弄出些响动。

有一天晚上，张雪梅在炕头上正襟危坐，魏子安靠在火台前摇头晃脑。魏老大瓷瓷实实地摁了一锅子后，两只手开始哆嗦，攥在手里的火柴，划拉了一遍又一遍，就是划不着，又一使劲儿，火柴棍在火柴盒上插了一个窟窿，火柴盒倏地飞远了。

魏老大说：“儿吔，爹和娘一辈子，啥事都叫你说了算，单单这个事，还就不能。”

魏子安不吭声。魏老大又说：“啥东西也是，货卖一层纸，别叫包在外边的东西看花了眼——那个闺女，除了那层纸，恁娘跟俺，都看不见还有啥好！”

魏子安拿出一张信纸给了张雪梅，张雪梅扑闪了几下猫猫眼后把信给了魏老大，魏老大接过来后，认认真真地看了一遍。

如果需要，我愿化作一棵草，就长在野外为你铺路，只要能使你人生旅途顺利，我愿让你踩成泥土。

如果需要，我愿化作一只鸟，就在你面前鸣叫不住，像杜鹃、喋血喉，引你向春的去处。

如果需要，我愿化作一只梭，就听任你的摆布，用我的一缕线为你织梦，用我的灵与肉向你倾诉。

…………

魏老大给里边的好多字临时编了姓名，仍然读不懂，念不通，更弄不清。想了一会儿后，对应着信纸上的每个字，顺顺当当地给作出一篇文章来：

老阳倒笑，赶明儿晒得猴叫，云彩往东就是一场风，云彩往西放牛小子披蓑衣，云彩往南大水涟涟。

谷雨先后，恁家种花俺种豆，种花种豆得把地洇透，不下雨，就担水，还得往里上点粪。

…………

魏老大最后说："听见了没有？她念了那么些年书，也才写了这么个东西，俺也能，那不算啥。"

有一天，林静鸽又到了魏子安家，两个人又在屋子里欢欢愉愉地呢喃。魏老大拿了张锄，在院子里"嘭！嘭！"地敲砸了两下，两只"燕子"惊慌失措地往外边看，魏老大一使劲儿，锄把"咔嚓"一声折成了两截，又"咔嚓"了几声后，他的手上就鲜血直流了。

屋子里有一只"燕子"飘然飞走了，像听到了一声枪响。可是，也没有见那只燕子伤到了哪里，她却再也飞不回来了。

转眼又到了来年的同一个季节。白文昌退了休，又被聘回到大坡地小学。学校在村南，几欲颓败的房屋看一眼就心惊胆战。在学校门口，魏子安看见林静鸽和白文昌向学校里去，林静鸽一身的洁白，和头顶上的白云一样的纯洁。她优雅地捋了捋头发，没有一丝风，魏子安却分明感觉，一股暗香铺天盖地向他涌来。

林静鸽应了白文昌的邀请给学生们讲课，讲着讲着，房顶稀里哗啦透了一个大窟窿。她被送到了沙水医院。

林静鸽主要的受伤部位在头上，昏迷了三天三夜才醒来。又过了两天，她的各项生命体征才算平稳了，只是头痛得厉害。

白文昌没敢让瘦三知道，林静鸽的情况稍稍稳定了些，才给瘦三说了。瘦三知道了后，嚷嚷着非去医院看看。林白鸽和边玉成开着小车去接，谁知道瘦三硬是不坐，而且一句话也不说。他一个人跑到村东的石拱桥，坐上客车去了。

瘦三到了医院，林静鸽头上的绷带已拆去了，只是满头的乌发没有了，乍一看像静峦寺里的归真师父。瘦三哆哆嗦嗦的想哭。林静鸽见了姥爷后也激动，说了没有几句话，又头痛欲裂。大家劝了一回，瘦三回了大坡地。

瘦三走了后，林静鸽因为头痛厉害，当天晚上医生又让她输液。到了后半夜，一瓶又一瓶的液体输完了，忽然变得迷迷糊糊的。她睡梦一般喊叫了两声，出了一身黄汗，黄汗消失了后，关上灯能看见一身微微的荧光，忽明忽暗地闪烁着。

小玉给擦了一遍又一遍，那些荧光没有了，身上的香味竟也没有了！医生们看了一遍又一遍，也反复研究诊断，最后的结论是，因为外伤触及了大脑，里面有炎症，到了大脑自我保护的抑制期。

焦躁不安地迎来了又一个黎明后，谁也没有想到，瘦三气喘连天地又来了。他说他做了一个梦，梦见一枝雪白雪白的花就要蔫了，他拿了两枝缘毛太行花来。那是小玉专门去山里找来给他治腿疼的，他没有舍得自己用。

瘦三看了林静鸽的样子，说林静鸽坐胎就连着太行花，赶紧把太行花熬喝了吧。奇怪的是，林静鸽喝了一枝后，傍晚就清醒了许多，一股淡淡的苹果幽香，又从身上飘了出来。

瘦三说什么也不让林静鸽在县医院住了，大家商量了一下，转到了邢州市医院。

在邢州市医院住了一些时日后，医生说，林静鸽原来用的药，其中有两种药的交叉反应尚不明确，均在谨慎使用阶段。大脑的损伤需要慢慢恢复，今后要保持思想乐观，随着免疫系统的再调整，有可能慢慢恢复。瘦三愿意让她快些回家，他们就回到了大坡地。

林静鸽回来后，又喝了一枝缘毛太行花，头疼的毛病尽管不再经常发作，但断断续续的几次，也实在难熬。

边玉成把煤矿、铁矿、选矿厂、冶炼厂、铸造厂……合起来后，正式注册成立了“洪利来有限责任公司”。公司成立后，组织相关部门到外地参观学习。林静鸽也稍稍稳定下来，小玉和瘦三为了让林静鸽有个好心情，让她一起去了。

原计划二十多天的行程，林静鸽十多天就一个人回来了，除了头痛的毛病又加重了，香闺女连个笑脸也没有了。小玉一遍又一遍地追问，她总是木鸡一般呆坐着。小玉追得紧，林静鸽说：“娘，林家的清白，怕从今儿往后，再也没有了。”

林白鸽回来后，带回好多东西，可她和边玉成，动不动就说，把什么事或什么人“颠了他”，还时不时地互相叫一声“挖修立”。

“挖修立”究竟是什么意思，除了边玉成、林白鸽两个人，没有第三个人知道，看他们的神态，那个“挖修立”，分明不是什么好东西。

每当听到他们互相呼叫“挖修立”，林静鸽总是浑身打战。

第五十六章

狂徒祸及亲　痴汉醉花阴

黑山沟里的盖凤朝和小甜甜，真的有过一段鸳鸯共戏水、彩凤比翼飞的好日子。

那个貌美如花、缠绵似雾、柔媚胜妖的小甜甜，把一腔又一腔的温润细腻，洋洋洒洒源源不尽地倾泻过了，盖凤朝有了不白活一回的切实感觉。

传说，老鼠们把猫们恨了个咬牙切齿，最后仍无可奈何，就出现了一种动物叫狸子。猫们把老鼠们作践够了，也就要老了，老猫都要回到山上去，故有“老猫归山”之说。

老猫回到山上不是因为别的什么，它是去找狸子。狸子是猫的天敌，要是有哪只猫触犯了天条，不用等到老，就会被狸子抓了去，尽管狸子和猫，都有一个大致相仿的形状。

猫见了狸子，浑身抽筋四肢无力，让干什么就干什么。狸子押解着猫来到清水河边，猫一遍又一遍地喝水，再一遍又一遍地往外吐，把肚子里的肠胃全洗刷净了，猫最后把肚一翻，四只爪子朝天，狸子划开肚皮，先把那些肠胃掏吃了。

武小魁或许是一只狸子。当年，为了雷月琴那只爽心悦目、千伶百俐的小猫，顾不得人家已经名猫有主，找了个十斤挂面的由头，闻着小猫的味道来到了大坡地，二十出头的年纪，自己把自己白送给了别人。武老栓算他的养父还是继父？恐怕他自己也不知道，但他还就姓了武！而且，一声声高又一声声低地，把武老栓叫了半辈子爹，还给养老送终。杂毛武老栓到了地底下，怕也不知道捡来的便宜，究竟为了什么。

武小魁天生就是个号叫的命，叫着喊着，小了他整整十岁的胡秀秀，就发疯似的跟了他。胡秀秀的贤淑和温顺，像一片又一片含水带露的嫩草，被武小魁这头老牛卷着舌头，舒舒服服地享用了大半辈子。武小魁自己号不动了，在墓丘沟上盖了一大片房子，勾引了好些人替他号去了，号着号着，他就富得流油了——他就是一个号叫的命，号来了女子，又号来了票子。

细细想来，他真和盖凤朝有些相像的地方，但武小魁肯定是狸子，有效于猫而无奈于老鼠。

那天深夜，亮亮堂堂的月亮，把天地间照耀得一片通明，没有半点儿月黑风高的意思。

武小魁领着小狸子玉宝和玉来，悄悄地到了黑山沟。原来的玉香饭店，找不到一丝残片了，“云端大酒店”的大牌匾，虎踞龙盘一般的金光耀眼，窗户外挂着的几件孔雀绿，银色的月光下，像勾人入怀的艳丽招幡。盖凤朝和小甜甜两个人，在柔爱不尽、风月无边的云端里水乳交融着。

他和小甜甜懵懵怔怔地醒来后，胳膊和腿就被三只“狸子”给绑紧了。大狸子只歪了歪眼，拴在房顶上的一条细绳就预备好了，绾好的绳圈套在小甜甜的脖子上，一只小狸子略略地用力一拉，小甜甜晃悠几下，两只眼乱瞪一阵，眼看着黑眼睛珠就找不见了。盖凤朝开始磕头如捣蒜，那个样子，像在高喊“大王饶命”。

大狸子又翻了一下眼珠，挂在小甜甜脖子上的绳套松了。小甜甜喘上来那口气后，大叫盖凤朝是垃圾废物。盖凤朝猫一般地开始洗刷肠胃，小甜甜痛不欲生地大哭。她一遍又一遍地哀号，哭诉一个比烂香蕉还稀软的大脓包，丧尽天良把自己白睡了。

猫见到狸子，本来就浑身抽筋四肢无力，让干什么就干什么，更何况盖凤朝这只瞎猫！三只狸子又怒了一回，瞎猫就对老鼠小甜甜动了手。或许她太不禁打，盖凤朝样样式式地碰了她没有几下，她的下身就开始流血了。一个还不能算作是生命的东西，和盖凤朝一样缴械投降后，凄惨无比地遁逃了出来。

小狸子在小甜甜身上肉最厚的地方，给留下一个纪念，说她要再不老实，就往别的地方再给留下一个，那可就不怎么好了。回头无岸已命中注定，小甜甜有气无力地爬起来，对着盖凤朝叫喊了几声“小毕扬子，系系特算哉”，双手捂着肚子，趔趔趄趄地向黑妖坪那边去了。

盖凤朝尽管没有听懂小甜甜骂他“小熊逼样子赶紧去死”，但他经了那件事，“三七二十一”的胆子再找不到。后来，他被一伙人半夜里砸了几次大门，院子里还让人扔进来一包炸药，矿上又和黑妖坪那边打了两架后，就把铁矿作价五十万元卖给了边玉成。

加上买井筒时接受边家的欠款，前前后后算起来，盖凤朝最少投资了一百五十万，折腾了不足一年，偿还了欠账后，在气冲斗牛穴赚了几个小钱。边家不仅花五十万清了一百万的欠款，还收回了一个新铁矿。

后来有人说，小甜甜靠上了漳水那边的一个矿老板，而且还声称，要清算小毕扬子们的旧账，对比烂香蕉还稀软的那个货，还有那几只狸子，必将追债到底。和鬼魅搅和了半生的武小魁天不怕地不怕，石小彩一家人很惶惶。

终于有一天，一伙子人找到了盖狗剩家。当时正是锄谷苗的时节，庄稼主儿在高温闷热的天气里苦累了半天，吃罢午饭总要小憩一会儿。石小彩的大儿子盖援朝，仍旧种着农场的地，因为离村子远，种地季节，多数时候就住在那里了。因为盖援朝的地最多，农忙时，盖狗剩也在农场那边住几天不回来。盖建朝两口子另盖房子分开了住，盖凤朝尽管已在县城买了房，平时还是在家的时候多，仍和盖狗剩、石小彩住在一个院子里。

那天中午真热，头顶上烧着，脚下边烤着，连院里的石头都不敢摸，树上的知了也懒得叫一声，武玉香一大早领着孩子去村东她娘家了。石小彩倒了一盆水，在院子里晒着，她想眯一会儿起来后，痛痛快快擦个热水澡。

似乎是在做梦，似乎真有些什么响动，吵嚷了几声后，院子里有人打了起来。石小彩叫声“不好”，一骨碌爬起来，抬眼往院里一看，盖凤朝在院子里来回翻滚，几个人正抡着棍子狠命地打。她连鞋也没有顾上穿，抄起一把菜刀冲了出去，照着一个人的脊梁砍了一刀，又疯了一般大叫着乱舞，等再也没有一点儿力气，才看清院里只剩了她和儿子盖凤朝。她连自己什么时候崴了脚都不知道。

后来才知道，石小彩家正在打斗时，武小魁和他两个儿子的家，同时被人放了一炮。万幸的是，武小魁家在百乐汇新建的巴厘岛洗浴，刚好那天剪彩开张，每场三万元的欧罗巴歌舞团进场助兴，一家人张罗的张罗，凑热闹的凑热闹，全部到那里去了，所以没有伤及哪个。三家被炸塌了两个大门楼和三间半房，赔上了几件家具，左邻右舍受了一场惊。

盖狗剩担心那伙人还要来，加上近几年红土岭、青龙岭、三百台、黑山沟一带，外地做工的又多，五湖四海的，连公安部门也难以登记清楚。为了互相有个照应，盖狗剩把一家子集中起来，白天一起做活儿去，晚上再一起回家住。

尽管日日操心夜夜防备，担心的事还是没有躲过。那天，他们正在农场做活儿，刚到了正午，毒太阳把大地烧烤得像一团火，青草叶都有些卷。田野里忙忙碌碌的庄稼主儿都倦了，累了，顶着毒日头疲惫不堪地往家走。

盖狗剩直起腰来，看看天又看看地，往手里吐把唾沫说：“这清早凉，晌午热，有雨还得等半月——这天儿真好，锄头轻轻一拨拉，草就都晒死了。唉！那两口子也是，为了便宜那三十、二十的，大清早就走了，差不多也该回来了吧？”到了这个时间，盖狗剩也是真累，多两个人的话，应该早早锄完了。盖援朝为了少花钱，两口子早早地跑白口镇买化肥去了。

那块地刚刚锄完，几个人也刚刚直起了腰，土堰下面突然围上来二三十个陌生人，他们拿着棍棒，还有蓝莹莹的猎枪和明晃晃的刀。

王炳中在好多年前，倒也用锄头砸死个日本鬼子，那是在对方毫无防备的时候干的，而且还是一对一地干。盖建朝的手从来就快，他退到堰根抓起石头就砸倒一个，紧接着就把锄头“呼——呼——”地抡了起来。

盖狗剩怕石小彩吃亏，就对着盖凤朝喊："凤朝！领着恁娘跑！"回头看时，盖凤朝早跑到上边的那块地了，他一边往那群人中砸石头一边喊："娘！娘！快跑！"瘸了一条腿的石小彩如何能跑得动！有人冲着上边刚举起枪，盖凤朝早不见了。

盖狗剩又让盖建朝领着石小彩跑，盖建朝抡着那把锄，一会儿当枪，一会儿当棍，正威风凛凛地打。石小彩崴了脚还没有好，盖狗剩怕她走不掉，一时性急，发疯似的喊："串种！啥也不懂！能舍当官的爹，不舍讨饭的娘，你想急死俺！"

盖建朝一愣神就往石小彩身边退，上来一个人，一棍子把盖狗剩给打了个跟头！石小彩拼命大叫："建朝！快管恁爹，要没了恁爹，娘就不活了！"

盖建朝拿锄头砸开那伙人时，有杆猎枪就举了起来，盖建朝回身把父亲往怀里一抱，枪就响了，他感觉谁在脊背上猛推一下就栽了去。石小彩钻到了那伙人中间，死死地攥住那个枪筒子，有一只大手连连地抽打她时，她把那只大手一口咬住不松了。

在农场那一带做活儿的人本来就少，又是正午，等盖凤朝喊叫的几个乡亲赶过来，那伙人早踪影不见了。石小彩拍拍身上的土想往起站，感觉那条瘸腿，无论如何不听使唤了。低头一看，流到地里的血，早已湿洇洇的一大片——她的大腿内侧，不知什么时候被人捅了一刀。

大坡地卫生院不能输血，石小彩那个伤口又深，医生说可能伤及大腿里的动脉了，想尽了办法也堵不住乱冒的鲜血。从农场到医院，近十里的路，他们已经耽搁了好些时间。医生正全力抢救时，石小彩脸庞蜡黄，有些支持不住，紧拉着盖狗剩的手，却一直没有松。

医院里的医生一遍又一遍地打电话，催问送来的血浆走到了哪里！石小彩一直想闭上眼。盖狗剩攥着她的手一遍遍地喊，她半眯着眼，困倦不已地说："真想睡，不敢睡，睡了，就再见不着你了——也总算撵上你了，一辈子，也值……"

石小彩劳累过度一般闭上了眼，盖狗剩攥着石小彩的手一迭声地叫，她的两个指头，在他手里微微地动了几下后，什么也没有了。

也许黑山沟和漳水那边的黑妖坪一样，就不是一个什么好地方，黑山沟西铁矿重新归了边家后，人祸、地祸绵绵不绝、源源不断。这边和那边，打次小仗伤几个人，像庄稼主儿喝了一碗红薯稀饭，打回大仗重伤几个甚至死两个，拿到北圪台儿上也不算稀罕。这边和那边，有时地上和地下一齐打。尤其矿井下，几乎每天都有砸折胳膊、打断腿的，到了后来，地下边的那些活儿，只有外来打工的人才做，他们搭上条性命，家里人从矿上拿上个几万块，就头也不回地去了。

边起升后来连那个"平安好"也不会说了，整天躺着，两腮上的肉早已饱满盈余，却看不到好吃好喝养出来的健壮。

那天，公安来家把几支猎枪收走了，边起升冒了一身虚汗，刚刚灌下去一小勺水，矿上就有人叫边玉辉赶紧去。边玉辉往腰里别了一根长短棍就跑。边起升咬着牙，嗓子里吼吼了几声，攥着拳伸出来的三个手指头，再也蜷不回去了——他不胜惶恐地找寻平安之地去了。

边起升的坟茔很气派，方方正正的坟堆大理石砌了面，墓前面的大石碑嵌着一张彩色照片，外面罩了一层水晶玻璃。墓周围一人多高的松树、柏树，四周修建了一道蜿蜿蜒蜒的围墙，围墙浆砌了琉璃瓦檐。坟前面水泥修了一个小广场，两边都是白石头磨成的石栏杆。

白小连不在乎那些由活人做、给活人看、叫活人热议、给活人长脸的东西。她哭叫够了之后，无论如何也忘不掉，男人临死时伸出来的那三根手指头。百思不得其解之后，她痛苦万分地问边老拐："爹吔，你到底说说，那仨指头，他到底想说啥？还是想叫干啥？他最后那个心思要整不清，俺比矿上那些锯了胳膊腿的人还难受……"

边老拐也为这个事想了好些日子，他解释那三个指头时，意味深长的表情，这辈子怕是谁也没见过。"都听俺说，起升那个意思，也就是瓦匠垒墙，就仨字——平安好。"家里边的人谁也不信。

直到边玉辉跟漳水那边打了一次恶仗，死伤了好几个人，白小连首先恍然大悟："三，三，就是三！他爹那是给咱说，老三玉辉要出事！哎哟哟！这玉辉，也不知道跑到哪儿了，他也不敢回来了，要是叫公安局给整起来，判个十年二十年，俺当鬼，也不能安生了……你个死鬼哟，你给伸了仨指头，谁能猜准你是说老三……”

边老拐急得直跺脚，待他把那条不拐的腿跺麻了后，整个人也几乎全麻了，两个嘴唇哆嗦着说不出来话，两只手本想比画一下，也哆哆嗦嗦的指望不上了。一家人忙忙活活地把他送到了医院，月余之后才回去。

边老拐本没有什么大病，只是邪气乱窜心血上涌，急火攻心后乱了心窍。在邢州市医院的单间病房里住了一段时间后，他竟不想走了，若不是后来和值班护士闹了别扭，他真不想回去。

洪利来有限责任公司成立后，大家不习惯把边玉成称为“董事长”，还把他叫作“边老板”。边老板没什么病，却一天天地胖不起来，他那个细瘦细瘦的腰，几千元一根的皮带，再舍不得扔，也得铰下来一大截。谁也不知道到底因为什么，后来他就不喜欢吃肉，再后来，油大一些的东西都不喜欢吃。他尤其不能吃海鲜，过敏。百余万的小轿车坐着，八十迈以上的速度，就是在数九寒天，也得摇下一截玻璃来——要不他晕。夏天不敢开空调，略略地着些凉，会起一身扁平红肿的大疙瘩。也是奇怪，好多有头有脸的人喜欢他，尤其是妖冶似花的女人。

每每说到这些，他就像一只打足气的皮球，轻轻一拍，就能一下又一下地跳起老高，还经久不息——这时候胃也不痛了，手也不麻了，脸也微红了，神采飞扬又欢乐无比地告诉你：“颠了他！不管是谁，没有给俺交过手的，没有试过俺的手段的，都不知道俺有多厉害！”

听话的人深信不疑。他在县里的一个大会上发过言，尽管错别字念了好多个，但那些参加会议的人，从来就没有几个人会认真地去听台子上念出来的稿子，唯一的印象，是边老板的北京话，真是字正腔圆。

边老板很累，他的神情抑郁下来时，给关系不错的人说，他就像一头驴，拉着一车的好吃食和金银财宝，拉也拉不动，扔更舍不得，吃又吃不多，也看不见什么时候能拉到头，一路上还自己往车上再装，再拉，再装，再拉……

每逢此时，他说着说着就忽然急了，真着急又真生气的那种，突如其来的一声呐喊，能把人吓一跳：“啥事找不到俺头上？嗯？啥也该俺管？俩屎壳郎滚个屎蛋，都比俺高兴！”

边玉成着急归着急，不仅该管的事一件没有少，好在有些事他还找着管。在林白鸽的推动下，小玉住的那个小院落，边玉成给翻盖成了一座富丽堂皇的二层小洋楼，钢筋水泥的间架结构，上覆酱红色的琉璃瓦顶，半西式半中式的建筑布局，别出心裁的室内装潢，从最初设计到最后完工，全是边玉成从邢州请来的一条龙服务。小洋楼的整体质量和别样风格，白口镇以西怕是第一家。

小玉搬进小洋楼后，边玉成和林白鸽连续做了几回红娘。小玉一次也没答应，但闺女、女婿最推崇的一个，还是稀里糊涂跟人家见了一次面。

那天，本来说好自己家人吃顿饭，刚坐下不久，一个圆脸粗脖子男人就来了，一坐，正跟小玉面对面。

那人除了大肥脖子惹人眼，他点菜的方法也很特别，伸出一个指头来，身后的服务员就伸过头去，对着他眯眯地粲然一笑，身上刮着香风飘出去一趟后，不长工夫，就有一个新菜端上来。他的十个指头不止十样菜，如果指头做成了“O”状，或做成个“V”状，或给那个形状加上一个、两个或三个指头，不同的形状表达，都是一个菜。

每个新菜端上来，他都要冲着小玉，做上个“请用”的手势。请用之后自己却不怎么用，他只顾看花、观鸟、赏美人，那个眼神，像鉴赏心仪已久的一件宝贝，又像寻找丢失已久的某个东西。

鉴赏、寻找够了，他往椅子上一靠，蜷起白胖的手，剖解一番心中的“赝品”或“艳品”。小玉坐在那里，怯生生，惊慌不止。她看着“粗脖子”昂扬的神态，总感觉和《水浒传》里打家劫舍的有些近亲：到了酒店后，先将一把豁口朴刀，拍向一张龇牙咧嘴的破桌子，脚踏一条羸弱不堪的破凳子，双手叉腰，环视四周，捋一把胡须，然后大喊：“店家！有甚好酒，尽管筛来！有甚好肉，切上三五斤来！如若怠慢，先劈上三五十个嘴巴尝尝，胆敢不服，割下狗头与洒家下酒！”

边玉成晕了，林白鸽晕了，那个粗脖子也满脸通红，他出谜让大家猜。粗脖子出的第一个谜语是：长的软，短的硬，长的……他出的第二个谜语是：抠抠你那个，摸摸……均打一个生活动作。

小玉一点儿也不能忍受了，如果粗脖子换成四麻子，如果不是闺女、女婿介绍了来，她一定会跑上前打上几个呱呱响。小玉喘了几口粗气，站起身走了。粗脖子紧跟着说："这搞什么名堂嘛！嗯？雅境怡人，赏心悦目，也该差不多了吧？这满园的花红柳翠，都是匠心独运的精工细作嘛，不远万里移植来的六方胜景、四海奇宝，还是可以的嘛！实物实景，能开花还能结果嘀！不信？你摸摸嘛……"

小玉没有摸那些异国情调的花草和树木——她摸一把也不知道该叫什么。小玉这个实物实景，倒是被粗脖子摸了好几把。

林白鸽紧跟上来问："嫌饭菜不对口？"小玉说："那个粗脖子，把脏唾沫都溅到菜里头了，硌硬死人！来这里边的，没一个正经东西！跟墓丘沟的百乐汇，一个祖宗！"

往回走的时候，林白鸽一直给娘解释，说吕爷这个人，办什么事都热心，人也很幽默，他出的那个谜，都是正正经经的事，听的人要不往歪处想，根本不是什么歪东西。

小玉一脸愤怒："那就是恁娘想歪了！恁娘就是个歪东西！"

边玉成和林白鸽仍然不放手，直到青龙岭煤矿出了些事，粗脖子的事才顾不上提。

青龙岭煤矿挖上来的矸石，已堆成了两座大山，煤矿的地下巷道早已四通八达，向西已经到了村东的东河滩下。地下的煤挖了以后，地面就会往下塌，塌下去的地，再不便耕种更不能浇。那些土地尽管都是些坡地、半坡地，那也是大坡地众百姓的祖先们，一代又一代开垦养护出来的，没有那些坡地，这个祖居的大坡地，连同大坡地的内外所有，恐怕早就烟消云散了！该得到的没有得到，不该走的却早走了！连活下去的基本依靠都没有了，田间地头的庄稼汉，再也无法忍受了。

边家出了些钱，想了好多办法，才把那场事平息下来。为了那件事，连四麻子都给请到了百乐汇去！

四麻子没有参加上访告状队伍，边家很是感激。边玉成破天荒地宴请了四麻子一回，还允诺四麻子去煤矿看大门，说好每天七元钱的工资，什么也不需要，只要看管好来来往往的人，不往外边藏掖厂里的东西就行——边家真正的意思，是鼓励一下屈死不告状的大坡地“良民”——老边家，向来是赏罚分明，怜孤惜寡的！

在百乐汇那天，是边老拐领着四麻子去的。四麻子喝了不少酒，到了驴磅圈大舞池，他满身大汗颤抖不止，那些香生生的闺女，嫩光光的胳膊和鲜亮亮的腿，一摇一荡的小猫步，还有那些明明灭灭的灯火，早让四麻子头晕目眩了。

一个露着肩膀的女子，一直“大哥、大哥”颤悠悠地叫。不经意之间，嫩胳膊还划拉了一下四麻子的脸，他有些急于遁逃的冲动，出了一身冷汗后，感觉舒服多了。他给边老拐说想去茅房，边老拐搭着他的肩，拄着四麻子这个肉拐棍一起去了。

四麻子痛快淋漓地方便了，小肚子一跳一跳的疼痛——该做不做的事都有后遗症。边老拐给他说：“看看，看看！这好日子，开放得真是太迟了！俺的尿都开叉了，你说说，你说说！这还能做啥？嗯？这还能做啥？老天爷吔，你也太狠心，有福气的那些人，就不能叫他多玩耍两天？玩耍玩耍，谁也不当真，也不遭罪，有钱的花钱，没钱的挣钱，两相情愿，大家喜欢。死鬼王炳中讲话，闲着也是闲着，死了还不是烂了！那个也不用省俭！老天爷吔，俺再尿不成原先那个蝌蚪咧……”

回到驴磅圈后，边老拐又让四麻子灌下去两瓶啤酒，说：“酒壮熊人胆，不喝点儿酒，你连个熊胆也没有！”

四麻子被肚里的酒精烧灼着，终于壮起了熊胆。他想不起来许多，想起来也顾不了许多，狂乱无比一阵子后，感觉浑身上下都烧着了一团火，总想干些什么。望着舞池里又摇又摆的一对、一对又一对，四麻子晃荡一下站起来，趔趄到了舞池中间去。他感到此生此世，自己终于和那些一对一对又一对的幸福人幸福到一起了！幸福有余之际，他伸出两只胳膊，攥起两个拳头，唯有两个大拇指，力道十足地跷了起来，像是在双双地夸赞别人，又像在双双地夸赞自己。

就这样，他在一对对幸福无比的男女中钻来钻去，跷着两个大拇指，又伸展开来两只胳膊，一会儿这个在前那个在后，一会儿那个在前这个在后，一会儿这边高那边低，一会儿又那边高这边低。身子也跟着一高一低、一捣一换的双臂，忽左、忽右、忽前、忽后配合着摇晃，又匀又密的小碎步，有舞台上俏丫鬟小步快跑的功底——那个动作像一只鸟在快飞，又像坐着一叶小舟在慢摇。

四麻子本来没有过目成诵的本领，但他飞了摇了之后，竟过耳不忘地学会了一首歌！或许在那些奇异之地，总要有奇异之事发生？也保不定还就是。

四麻子平生没有喝过几盅酒，从百乐汇回到自己家，身子里的那团火仍然燃烧着。他之所以没有和别人一样，去县里，去市里，为自己脚下的那片土地击鼓鸣冤，最主要的原因是小玉。

青春少年时，他半夜给小玉送过半袋谷子，从那时开始算，他在肚子里暗揣了小玉十年；偷偷摸摸地念叨了小玉十年；又做贼一般地遥望了小玉十年。最后的三五年，忍无可忍之时，仅仅搂了小玉一次腰。小玉也是措手不及、惊慌失措，拿擀面杖敲了几下案板，他就屁滚尿流、鼠遁鼠窜了。此外，就是到了是可忍孰不可忍，他也只抓过小玉几次手。除此之外，他别的什么也没有干，也不敢干，敢干也没有人让他干。三十多年来，他只是多做了几次关于小玉的梦，什么实际内容都没有。最有实效的，是千真万确挨了小玉几次不算太轻也不算太重的打，还挨了瘦三一锅盖。

那次，因为嫌他的卷毛牸牛变不成老牛精，他脱下解放牌的大胶鞋，狠狠抽打牛屁股时，他就怒火中烧，且无法忍受了，但小玉总给他说："等等，等等，着啥急！"

可是，经过了三十多年的漫长时光，他都五十岁的人了，就是种下一棵公孙树，也早该开花结果了，他如何能不急！小玉又说："等等，等等，等静鸽有了着落，咱啥都叫它准齐，准齐！"

如今林静鸽硕士也快毕业了，他也不知道该在哪年、哪月、哪日，小玉能真的叫他准齐。

四麻子在炕上翻滚够了之后想：不死哄俺半辈子，死了哄俺一辈子，这些年，在她身上看见过的那些东西，都比不上在“驴榜圈”里边看见的多，为了等她那个准齐，俺告状也没敢去，今儿就是再不准齐，嗯，就再等上个一年半载？咋都这么长时候了，那倒也不急，嗯？不行，今儿就是不能准齐，俺也得闻闻舔舔你个小玉！要不，亏死俺！

四麻子想好了，摇摇晃晃地往小玉家走。他原先挂在腰间的红布包，早就破烂不堪了，也早扔了。

小洋楼的院子里两棵龙爪槐，墨绿的颜色深沉又厚重；两株小海棠，胀着婴儿面一般的粉骨朵；一架木质的花架上一边是紫藤，一边是木香，花架下一个汉白玉圆形石桌，四个汉白玉石鼓；一株白玉兰，一株红玉兰，都在争先恐后地盛开着。四麻子推门进去，小玉从卧室里出来了。她刚洗了头，忽悠忽悠的暗香，令四麻子有些陶醉，又有些飘飘然。

小玉一边擦头，一边笑嘻嘻地说：“咦——听脚步，还像四骡子，看模样，可出息多了，会喝酒了！”

四麻子伸过手去，想去她身上抓一把，忽闪一下什么也没有抓住。他看见小玉那两只轻盈的手就想：打是打过俺几回，也没使多大劲儿，要使劲儿，早给打死了。嗯！还有这个腰身，还是这个好，叫人舒舒坦坦的放心！也幸亏，没敢在驴榜圈里干点儿啥。

他接过小玉端过来的一杯水，喝了一口后，清了清嗓子，开始唱那支在驴榜圈里刚学会的歌：

大哥呀大哥，我就要嫁了，今天晚上才知道离不开你了，扑到你怀里再也不想起了，弄脏的红裙子，也顾不上洗了。

大哥呀大哥，天上飘雨了，你的花雨伞早破得不能举了。潮湿的心已随风千万里了，你种下的红高粱，籽也太秕了。

大哥呀大哥，小妹想你了，那个呆小子跟你真不能比了，过了今天我就身不由己了，草垛上的傻鸡子，再吃不到米了……

他本来以为自己唱得很好，本来按原计划也该闻闻舔舔了，小玉的意思却好像什么也不让。他想了一会儿后给小玉说，有个地方真好，小屋在墙里边陷着，电视在房顶上吊着，俊闺女在香油里头泡着……

小玉不爱听，端起一个大痰盂，清理打扫去了。四麻子很无趣，靠在沙发的靠背上，闭上眼，好像又沉浸到消失不久的幸福之中去了，摇头晃脑地自己给自己说："哼！摸摸也不叫，天底下俊人多了去了，花一样的人，哼！嘴里头哼着小曲儿，身上抹着香水儿，脚上穿着高跟儿，手里边剥着瓜子儿，斜靠着门框等人儿……"

四麻子正自言自语，没注意小玉早站到了跟前，她接了一句说："头上还顶着尿盆！"刚说完，掂起手里的大痰盂，"咣当"一声，扣到了四麻子的头上。

四麻子睁开眼后，只觉得四周全是黑咕隆咚的一大片，他努力地摘了几下，那个痰盂竟也没有摘下来，只觉得有一个飞翔着的"嗡嗡"声，围着他一圈又一圈地转，酒也醒了大半。

他跌跌撞撞地走到院子中间，才摘下来那个痰盂。两只脚刚刚迈出大门，就听到身后，"咣当咣当"关大门又上闩的声音。

痴汉醉花阴

第五十七章

灌肠荞麦地　饕餮[1]不识义

不管道路好不好、平不平，大坡地村重修了街道之后，好多地方比原来宽敞多了。这天，林白鸽坐着白军开的车，到了姥爷瘦三家。

瘦三最近腿疼的毛病又加重了，而且双眼也日渐一日地模糊，脾气较从前明显有些暴躁，但两只耳朵却出奇的好使。不知道从什么时候开始，他一句话也不愿意给林白鸽说。当他听到那个“呱嗒呱嗒”的脆响时，把身子一扭，脸就朝向了墙那边。

因为是星期天，白文昌两口子也在瘦三家。周山杏听见林白鸽来了，笑盈盈地迎了出来，嘘寒问暖的样子，周到又殷勤。

瘦三猛地把腰一弓，把双腿一蜷，熟虾米一般卷曲了起来。周山杏和林白鸽两个人，自顾叽叽喳喳地说笑，瘦三眼也不睁，拉了条被子把脑袋蒙上了。

林白鸽感到无趣，一连叫了几声“亲爱的姥爷”，亲爱的姥爷还是不吭声。林白鸽仍是一脸的骄傲，说：“过几天，俺去棋盘山里，给拉一车太行花回来，一天一枝咱天天喝，看那条腿还疼不疼！”

提起太行花，瘦三坐了起来，一边摆手一边急急地说：“净瞎说！净瞎说！

[1] 饕餮：读 tāo tiè，传说中的一种凶恶贪食的怪兽。

你知道个啥！你就知道为了一小块灌肠，扔一大块荞麦地！你不用说给俺买两车太行花回来，有钱你也买不着，那东西不多，就是能买上三十五十枝回来，最多顶两块灌肠，俺静鸽，还有那个‘五行萃’啥的，才是块荞麦地……”

瘦三说的“五行萃”，全称是“五行萃集团”。集团老总叫“黄泽华”，父亲就是当年在太行山抗日的八路军黄连长。黄泽华在日本待了十余年，夫妇二人各做着自己的前瞻性研究课题，黄泽华做的是太行花，爱人做的是小黄杨。小黄杨的课题已做成，正在确认专利阶段，爱人却在一场人为的车祸里送了命。

黄泽华历尽艰难回国，在相关部门的支持下创建了实业，还继续做他的课题。因为我们的老祖宗，奠定了金、木、水、火、土五行学说，他的实业变成集团后，就叫作“五行萃集团”。集团的主打产业是中成药制剂，前年在老鸹沟口，也就是周大中放羊的那个区域，建了一个基地。

黄泽华不像个商人倒像个文人，而且，文人也是周山杏眼里迂腐不堪、酸不可闻的那种。周山杏心想：庄稼主儿走亲戚访朋友，没什么稀罕的东西带，还得蒸上两笼白面馒头！黄泽华坐着一辆耀眼明亮的小汽车，肩膀上除扛着一个头之外，也就扛着一摞书，还宝贝一般的小心翼翼，吃、穿、用哪样都沾不上！本想最后咋也得给唱台大戏，等来等去，临走时，郑重其事的样子端端正正，咳！又把一轴什么书法作品拿出来请白文昌雅正。瘦三倒也行家似的满足又高兴，“哼哼呜呜”的那些个热诚，不仅别人听不懂，甚至他自己，也不一定知道“哼哼呜呜”些什么。

白文昌在黄泽华走了之后仍激动不已，他把那些书抚摸够了之后，又满脸凝重地把那幅书法看数遍，然后抑扬顿挫地给大家朗诵：

海　　祭

汤瓶小山向洋开，千年鬼梦动地来。

大江涛涌连天雪，宋人十万祭崖苔。

朗诵了数遍之后，他又讲："大宋朝崖山之战，十万军民齐跳海，悲烈壮怀震古今；华夏族汤瓶之耻，千年鬼梦生死劫，天罡地煞乱神州。"

可惜他的那些话，懂的人听不见，不懂的人听见了也白听。最终的效果，除了他自己久久不能自拔外，也正像自太行山间积聚而来的那股风——根本不足以撼动山川日月，只是猛抚了几把乡野间的谷子和高粱，暂改了一下区域内的冷暖。

瘦三仍和许多年前听弟弟背书一样，一如既往地屏声静气又全神贯注，懂与不懂、解与不解均无关大局，其结果也和许多年前一样：又丰收了一次自天而降的愉悦和满足。他那样的收获，任何人都无法截获更不能掠夺。

瘦三最后听明白了的，就是林静鸽身上有着和太行花一样的东西，所以也才能有那满身的香气。对这点，瘦三是深信不疑的，因为小玉怀着林静鸽的时候就喝过太行花。

黄泽华还说林静鸽被砸伤脑袋以后，在县城输液泛出来那一身荧光，是因为用了两种不能配伍的药，身上的那个属于太行花的东西就全跑了出来，也才透出了那身光——瘦三就更加地深信不疑，因为林静鸽病得厉害的前天晚上，他分明梦见一朵雪白的太行花就要蔫了，他急急忙忙地拿了两枝缘毛太行花叫林静鸽喝了，喝了之后病也就轻了，而且身上的那个香气又重新有了。因为是喝了变了种的缘毛太行花，林静鸽的那个病才除不了根，所以，那个病，就落下了动不动就头痛的毛病。

瘦三一边嘟嘟囔囔地自说自话，一边遥想着荞麦地和黄泽华的那些事，终于嘟囔、遥想完了，又紧盯着窗外，目不转睛地看了一阵子，躺下去后用被子蒙住了头，他似乎睡了。周山杏寻个话机夸赞起林白鸽来，把林白鸽的脚指头都夸赞完了，就说到了家里经济紧张。

周山杏说："家里的主房盖起来了，配房还没盖齐，恁二姥爷再没能耐，他也往家里挣了一辈子小钱不是？外甥女吃名牌，喝名牌，穿名牌，戴名牌，坐名牌，耍名牌，活人又欠不了死账，再说，是亲必有一顾，总得抬抬手，给个帮衬不是？"

周山杏最牵肠挂肚的，是边家欠她的钱。当初拿出去了一万，就是不给算两万，就是算自己白跑，现场拿回来的一千不算媒人礼，算是还了欠账，那也还剩九千，又不要边家的什么什么股份利润，就是让你白用了这么多年，也该还了！况且，当初的九千元，能在县城买一座上档次的庭院式小楼，这会儿的九千元，仅够买头不像样的懒驴！这事咱也不提，还不行？！

她每想起来那件事，或每看见边家的什么人就生气。自从洪利来有限责任公司成立之后，边家的生意真称得上一个企业了，公司里的大小会计用了十几个，周山杏到底也没有做成她梦想之中的那个会计。对边家，她尽管有透入骨髓的恨意，却永远没有敢对谁说过，更没有敢在脸上显露过。

前些年，周山杏每年都要找边玉成几次，边玉成都是找一次推一次。最近几年，边玉成只要看见周山杏，急事马上就来了，她不用说要账，连带去的礼物，边玉成都没有时间接。林白鸽成了洪利来有限责任公司的财务主管后，周山杏不找边玉成了，见面就给林白鸽说。这天也是随坡就势，周山杏把边家早该还回来的欠账，说成了大方亲戚的帮衬，再一次圆圆满满地把讨账的意思，说了个明明白白。

林白鸽想起什么似的，冲着门外喊："白军，白军！把俺的那个包包给拿过来！"白军把包包送到家里后，林白鸽又喊："哎哟哟，不是这个，不是这个，是旁边那个！"

那是一个棕底黄图案、白背带的肩挎包，看起来很时尚。周山杏谄媚一般夸赞了她许多好，然后故作惊恐状说："得两三百块吧？"

林白鸽顿显一个愤怒不屑的神态，指着包上的图案说："这是什么？世界名牌，这个包不咋好，也就算个中不溜货，才三万多！"

周山杏惊惧到家，却没有惊掉下巴。林白鸽说："这个给你使了吧，买时真的三万多！"周山杏连连摆手："可不敢，也不能，毛驴子挂个金笼头——那个东西挎到俺肩膀上，它坠得疼，咱禁不动。"

林白鸽揪着自己这件裙子说："看，这个是……"

正说着，瘦三在被子里瓮声瓮气地喊："别因为一小块灌肠，扔了一大块荞麦地！”

林白鸽每次来姥爷家，许多时候都是不欢而散，她似乎习以为常了，或许她还在名牌的幸福里沉醉着，或许她自有天地之间的荣光万丈撑着。瘦三的吼喊，至多也是天地间小蚊子一般的嘤嘤声。

白文昌在一边坐着，张了张嘴，却没有说出话来，他冲周山杏摆了摆头，又冲林白鸽摆了摆手，几个人就往这边屋子走。瘦三又喊：“给俺问问，这三闺女，啥时候回来？”似乎只有林静鸽，才是他永远的挂牵。

几个人在这边坐下后，白文昌还是笑眯眯地给林白鸽说：“听姥爷给你说，人活这一辈子，尽管不能用一句话概括，要打个比方，那就是在写一篇命题文章，命题文章要不按给出的条件去做，写出来的文章就叫离题，离了题的文章，绝不是好文章，离了题的人，不管自己感觉如何，那就是个……没法说……”

“挖——修——立！”林白鸽突然尖叫一声，“静鸽的那个工作真搞颠了？”林白鸽明明知道，却明明白白又认认真真地问。

白文昌抬头看时，才知道是边玉成来了，怪不得林白鸽那么尖声细气地叫，像打了鸡血。边玉成还是那个细长的脖子，精瘦的身板，像一根炸焦了的油条。或许有什么心事，坐下后一声不吭。

林白鸽却喜悦非常：“哇——塞，真的太太恐怖了！是调频出毛病了，还是喇叭不好使了？不收音，也不放音？”她那个不合时宜，又有失分寸的惊诧，让边玉成都有些不好意思。她却不在乎——或许是不懂。

边玉成白了林白鸽一眼，扭过身去看着白文昌说：“静鸽的事搞颠了。这几天，俺一连搞颠了好几桩事，真累！不过，也学到了好多东西。唉！俺在学校的时候，想拾个橡皮、作业本啥的交上去，不想总是拾不着，因为想受你表扬，自己悄悄买了根铅笔交给了你，还是不表扬俺是个小雷锋！后来还买过一回铅笔刀，那个雷锋，一直到毕业，也没有当成。”

“哇——塞，好恐怖哟，挖修立！”边玉成正说着，林白鸽双手交叉，捂着两个肩膀，缩着头大喊，像一枝娇柔的花蕾，拼命地鼓呼头顶上的万丈阳光。

边玉成细脖子上的大骨朵，上下乱蹿了一阵，正想说什么，听见瘦三的屋里“扑通”一声响，几个人慌忙去看，原来瘦三想到院子里坐坐，因为腿不好，一个跟头摔倒了。

林白鸽又双手交叉，抱住膀子，“呱嗒呱嗒”地跺着两只脚，斜眼望着边玉成叫：“挖——修——立！去邢州搞颠那个院长，叫姥爷赶紧就医入院……”

瘦三一边往起爬，一边扯天扯地喊：“俺死——也——不——去！打死也不能因为一小块灌肠，扔了一大块荞麦地！”

大坡地小学房顶砸了林静鸽后，仍然是缝缝补补又贴贴糊糊，将就了一日又一日。前些天，教室房顶又扑簌簌地往下掉土，白文昌找了马有草几次，他总推说村里按分工，那个事该盖狗剩管。其实盖狗剩早回乡政府工作了，村里的事早不再参与。

村子里除了四面透气的大队部模样依旧，如今，连买一张白纸的钱都拿不出来了，就是舍下脸皮来，能够筹措物项的地方，一个是老鸹沟口的五行萃集团，再一个就是边家的洪利来有限责任公司了。

因为五行萃的董事长黄泽华，和林静鸽谈了好多次合作开发太行花的事，但家里人，如今把她毕业的去处都给找好了，所以白文昌不愿意去找五行萃。洪利来有限责任公司这边，尽管在青龙岭上盖有总部，但边玉成比五行萃的黄泽华更忙，好多时候，既不在总部，也不在家里。

这天，白文昌打听好了边玉成到了青龙岭，急急地拽着盖狗剩去了。一路上盖狗剩总是问：“找玉成到底咋样？”白文昌笑眯眯地不说话。过了好一会儿，自己嘟囔：“要说，这该能，过年的时候，他给了俺两瓶洋酒，好喝不好喝，那可是值钱玩意儿——这有枣没枣，先敲它三竹竿再说。”

洪利来有限责任公司的主楼坐西面东，风水先生的安排，是借了牛头垴的巍峨气势。那个鲜鲜亮亮的大院子，是参照南方某地市政府的标准建设的。公司内不可一世的阔男人，摇摇摆摆的俊女子，在苍松翠柏和四季花朵间来往穿梭着。

边玉成打发走了一批又一批的人后，白文昌笑嘻嘻地，送给边玉成一幅书法作品：

人猿相揖别，只几个石头磨过，小儿时节。铜铁炉中翻火焰，为问何时猜得？不过几千寒热。人世难逢开口笑，上疆场彼此弯弓月。流遍了，郊原血。

一篇读罢头飞雪，但记得斑斑点点，几行陈迹。五帝三皇神圣事，骗了无涯过客。有多少风流人物？盗跖庄屩流誉后，更陈王奋起挥黄钺。歌未竟，东方白。

边玉成歪着头，细声细气地念了一遍，普通话很到位，可惜读错了好些字。

盖狗剩早有些不耐烦，他快人快语说："今儿，俺俩人，想从你这头牛身上，拔半根毛回去，也不干别的，咱村的小学真该修修了。那年砸伤了静鸽，再砸伤了人，可了不得，也用不了几个，三万也行，五万足够。"

边玉成未置可否，脖子上的大骨朵，上下滚动一阵子，站起来又把那幅书法看了一会儿后，说："写得不赖，这该叫魏体还是魏碑体？"

白文昌笑了，边玉成说："看二姥爷笑得那个欢，你懂的俺不懂，俺懂的恐怕你也不懂，你这个作品还少些功夫，它成不了艺术品，你知道啥叫艺术品？"

边玉成转过身去，拿出一件二尺余高、闪闪亮亮的玉裸模摇晃着说："看看这个，不说怕你不知道，地道的缅甸翡翠，地道的艺术品，陶冶不陶冶？怕你摸摸也不敢，摸也没摸过。"说着，就在玉裸模的一个绝不算脏又绝不算雅的地方亲了几口。

盖狗剩站起身要走，白文昌一把拽住，扭头给边玉成说："不探讨艺术了，钱的事，到底能不能解决？给二姥……俺俩人说说，也没多少。"

边玉成说："钱？能不能？它还真不是啥都能，它不能顶住地球倒着转。恁俩人来了，就得有个交代，可这给村子里拿钱，不归公关部，也不归人事部，不归招商部，不归宣传部，不归后勤部，不归销售部……这该归哪儿？嗯？一时还真不好说，这手续该咋走？这样吧，恁都回去，以村和乡的名义，给俺打个报告……”

刚刚出了洪利来有限责任公司的大楼，盖狗剩急得屁股也想冒火：“打个报告？他是个啥？还叫村跟乡联合给他打，这孩子能比他娘大？鼻涕它能往眼里边流？”

白文昌急忙说：“这，这，这，这也叫，官大脾气长……”

盖狗剩说：“你也是，亏你没说出来‘二姥爷’这仨字，大麻籽[1]掉到锅里头——他就没把你当成个豆！嗯？你才刚刚说啥？官大脾气长？他是个啥官？清罐[2]？茅罐？门插管？罗锅？烟袋锅？俺扛枪保卫祖国那会儿，他还不知道在谁的裤裆里打搭溜[3]呢！”

正说着，一辆白色的大越野在两人身边停下来，开车的是白军，韩五爱的儿子，边玉婷的男人。

白军摇下车窗打招呼，慢吞吞地对白文昌说：“二姥爷回村？上车吧，路远，送送恁俩。”

白文昌皱着眉头上了车，一路上，三个人都不说话。到了村里，白文昌下车后，扶着车门给白军说：“咱都是一个‘白’，还跟原先一样叫‘哥哥’！他们发神经叫他们发，你才当上个部长，就不知道头大脚小了？”

“二姥爷，哥哥，唉，该叫啥俺说了不算，你也别说啥部长不部长，到了啥时候，俺都是劳苦大众。”尽管白文昌比白军大了二十多岁，但白军和白文昌同辈，二人天经地义应为兄弟。白军专门给林白鸽开车后，林白鸽和白军规定，见了她姥爷瘦三和二姥爷白文昌，必须和她一样称呼为“姥爷”。白军有两次没记住，还被林白鸽扣了两百元奖金。

至于公司刚宣布不久的那个部长，包括洪利来有限责任公司的几千人在内，

---

[1] 大麻籽：蓖麻子。

[2] 清罐：当地专门用来夜间在屋子里小便的泥罐子。

[3] 打搭溜：吊着或被吊着。

没有谁把他这个部长当回事。至于白军说的劳苦大众，即使在他娶了边玉婷之后，他这个边家的外戚，仍然属于边家的外人。白军自定的劳苦大众身份，本质上没有什么改变。

边玉婷生了闺女白心蕊和儿子白心钢后，谁知道边家讲的是哪一国的理，连白家后代的名字，都必须纳入边家的“心”字辈。生了儿子时，白军问“心钢”用哪个“钢”，“钢铁”的“钢”，还是“刚才”的“刚”。边老拐不高兴，拿拐棍敲着院里的一个破轮胎说：“你那会儿，还是个学习成绩不赖的，你说该哪个‘钢’？小子家要是心不硬，杀只鸡也哆嗦，那能整个啥？扛石……头？”

或许边老拐想说扛石槽，但扛石槽的事，一下子压垮了白军家的两代人——毕竟是嫡亲的孙女婿，所以他才把“石槽”改成了“石头”。

白军想起边老拐充满奚落的脸就不舒坦，还有那个心比钢硬的名字，比钢硬就管用？还不如“心想事成”的意思好！你个瘸子，咋不起个“心成”的名字叫叫！跟他舅舅边玉成一辈算了！

娶边玉婷之前，他的父亲白小现就说：“十四号的螺丝，要配个十二号的螺丝帽，对不了卯榫的两个，非要拧到一起，那就总得给毁一个，把软和些的那个，做作得不成个形状了，那才能了结。”但他如何能给父亲说，螺丝和螺丝帽是后来的事，早先咋就没有想起来教给他，上贼船容易下贼船难？

边玉婷生那两个孩子，实在是没有办法让别人替，要是能替……别无他法的边玉婷生了之后，她无论如何也不管那个养了。白心蕊和白心钢这两个孩子，从见到空气的那一刻起，就让韩五爱抱了去。两个孩子差了整一岁，如今已能蹦跳着抓蝴蝶玩了，边玉婷恐怕也没有给换过几次尿片。至如今，她打扮出来，分明就是一个未出阁的黄花闺女。

边玉婷参加了工作后，世面也见大了，人也见多了，一身的风流妩媚，又整出些刻意的妖娆来。每次来家转转看看之后，领导视察一般给安排些新工作，布置些新任务。白军给背着包包，在屁股后面紧跟着，她高兴了，跷着腿能在沙发上坐上一坐，不高兴的时候，两只胳膊一搭，两只脚“咚咚”地跺上几跺，鼻孔里哼一声，这边还没有弄清楚什么意思，那边已扭身走了。

白军就赶紧跑，先打开车门让她坐进去，双手再把那个包包给递上去，轻轻地碰上车门，再飞快地钻到驾驶的位置去，综合感觉一下她的整体状况后，再决定车子行驶速度的快慢。

边玉婷和她父亲一样，有个爱晕车的毛病，而且晕车的轻重程度，和当时的心情密切相关。她喜上眉梢的时候，白军可以在一到两分钟内，从一档换到五档；她沉下来脸的时候，则需要五到十分钟了；她一脸怒气的时候，直到车子离了大坡地村，绝不敢挂上四档。

后来边玉婷不用白军送了，她的官职不见有太大的提升，但在一忽闪的工夫里，可以坐着公家的小车来去自由了，领导关心下属一般来到家里，打几个哈哈之后，又领导一般，安排几件逻辑混乱又极其重要的事。白军刚点上的香烟只抽下去少半截，她扇一下不怎么缭绕的烟雾，扭身就往车上走了。白军照样掂着她的那个包包，一脸恭敬地给递到车上去。

那辆车飞快地离去后，白军计算着，消逝在尘雾里的汽车挂上五档的时间——每次最多半分钟，他像被推到了悬崖边上。

一次在外边吃饭，边玉婷和一帮子人在另一个雅间坐着，粉艳无比的她，把那伙人撩拨得有些飘飘然。白军每隔上三五分钟，就偷偷地从门缝往里边看，看不见什么，总感觉会有些什么，那个死不罢休的心境，比边玉婷当年追他的时候还要急切。

后来他如愿以偿了，终于看清了应该有，却不应该真有的事：边玉婷抚着一个男人的领带，三分的醉意掺杂了七分的挑逗："领带真好，这个花色搭配真好看！"

后来也真是，白军到了歌厅里，就爱唱《洪湖赤卫队》里韩英的那段唱："娘的眼泪似水淌，点点洒在儿的心上，满腹的话不知从何讲……儿要看天下的劳苦大众都解放……"

白军专职给林白鸽开车后，两个人常去邢州的"咏叹调"。白军在那里巧遇了盖二愣的二闺女盖玉莲。盖玉莲在那里，人们都称呼她为“玉怜”。玉怜名声很大，是咏叹调里的当牌红。白军遇上玉怜，还是爱唱“劳苦大众”的那首歌，尽管也是男腔唱了女腔，但经过白军绵绵软软的一番修饰，玉怜听了后，“娘的眼泪似水淌”，就变成了“娘子的眼泪似水淌”了。

林白鸽对咏叹调的迷恋，几乎到了梦寐以求、舍生忘死的地步，无论有闲无闲，每个星期，她都要去咏叹调休闲个三两次，如果有事忙忘了，或遇事耽误了，天塌龙叫唤也得补回来。

林白鸽在那里有常年定下的包间，除了她自己和她允许进入的人，其他人一概不得染指。享受完了她喜欢的服务之后，再让市里的一位专业美容师，在她的专有包间里给她做美容。一切完毕之后，白军给要份茶点，点上熏香。心情好了，让白军喊她两声“姐姐”，再让白军给她捏捏捶捶。

白军把一切照办之后，她便瘫软到那个软包床上，眼也不睁了，小曲儿也不哼了，两腮也微红了。神仙般的快活，比魏老大苦累一天后，抽足了铜烟袋里的烟还要消乏解困，还要舒服透顶。

白军回到洪利来有限责任公司，林白鸽已在门口等。林白鸽穿了一件黑色的高腰一步裙，阔挺的面料，仿佛大写意的一件雕塑；枣红色的雪纺衬衫，柔滑的感觉，像摇荡着一片水；红棕色的高跟皮鞋，一声声的脆响，伴着一声声花样鸟语。颇具匠心的一身穿搭，精致又养眼。

林白鸽上车的时候，边玉成很不高兴，他脖子上的大骨朵，上下蹿跳了一阵子，问林白鸽：“你又要去哪儿？”

她叫了一声“挖——修——立”，用沙哑的女中音歪着头唱：“阿拉木汗你去哪里？吐鲁番西三百六！”

她的嗓音不高，是极富磁性的那种——也就是那么一句，边玉成挥挥手，又摇摇头，舒心惬意地回去了。

两个人到了咏叹调，林白鸽要白军去大厅专门给她唱一次“娘的眼泪似水淌”，大厅却让人包场了，林白鸽很扫兴。打听了一下，是五行萃的老板黄泽华包的。因为五行萃想和林静鸽合作，那个黄泽华，林白鸽见过一次面，所以白鸽就要往里边闯。和服务员拌了几句嘴后，从里边出来一个人，个头儿比《封神演义》里的土行孙高出不少，欢蹦乱跳的样子，像《水浒传》里的鼓上蚤时迁。

他仰着头看着林白鸽，说："你的胆量和气度，闯皇宫也富足有余，你不知道，皇宫那看大门的太监，他就不是个人！"

"鼓上蚤"两手抄着裤兜一回身，"哗——啦"一声，大红漆黄门钉的大门就关上了——他的意思是，自己看门的能力，比太监可强多了！

白军去找了玉怜。玉怜给安排后，时间不长就出来两个人，把他们迎进去了。

黄泽华筹办的这次活动，主要是酬谢、表彰五行萃的有功之臣。他的方式很特别，不给那些有功之臣论什么，而是把他们的家人请了来，把应得的奖金赠给他们的父母、妻子或丈夫，还给他们的父母、妻子或丈夫披红戴花。

林白鸽和黄泽华搭讪，黄泽华早已忘记她是谁了。她提了无数次"静鸽"，黄泽华笑吟吟地说："你看过海没有？除了清澈的一片碧蓝，还有一个让人震惊的深邃！我被狗咬过，有后遗症，记忆力不太好，除了对海，对别的印象都不深刻。谅解，谅解。"

主要活动结束后，后边安排的是文艺和互动。玉怜第一个上台，她要把她自己写的一首歌，献给一位最尊贵的客人。

寒侵乳燕无冬裳，蛛丝结空房。满眼青翠入画窗，人物两茫茫。东风软，幽梦长，似闻他年歌悠扬。万朵桃花纷纷雨，是海不见碧苍苍。

雾笼芭蕉换新衫，纤云锁长天。风生水起出碧川，莲叶何田田。北风寒，浮生短，尺素仍寄彩云端。千竿斑竹萧萧风，无雨也得泪涟涟。

玉怜刚唱完，林白鸽扭头走了，白军跟着到了包房。林白鸽斜歪到软包床上一声不吭。不一会儿，有人敲门，玉怜在门缝中递来一盘水果，又塞给白军一个花信封。白军把水果和花信封，放在软包床边的小几上，沏好茶，点上熏香，弯下腰问林白鸽，要什么茶点，让美容师什么时间来……

又有人连续敲了两次门，白军打开门却不见人，第三次敲的时候，白军开门出去，玉怜贴墙站着，皱着眉头，让白军拿回那个花信封，白军回头取，却怎么也找不到了。林白鸽脸朝里，蜷成了一条虾米。

往回走的路上，林白鸽意想不到的高兴，白军趁机打问那个花信封。林白鸽两眼看着窗外，鼻腔里哼着说："俺小姑子靠着人呢，要不也成不了当牌红，咏叹调的老板，不是让她三分，是敬她三分！呵呵，哼哼……"

林白鸽鼻子里的小调刚哼完，白军一本正经地叫了两声"姐姐"，问林白鸽："'挖修立'真好听，不仅音韵雅致朗朗上口，而且抑扬顿挫回味无穷。'挖修立'到底啥意思？"林白鸽忽然拉下脸，猛喝了两声"放驴屁"。白军"放驴屁"后，一路上蔫蔫的再不吭声。

林白鸽回到洪利来有限责任公司时，边玉成正生气，她一连喊了好几声"挖修立"，边玉成脖子上的那个大骨朵，竟动也没有动。林白鸽很纳闷，那个不离不弃又屡试不爽的"挖修立"，本来就是一块自天而降的大陨石，奋不顾身地砸入那摊死水湖，怎么突然就激不起一丝涟漪！

林白鸽就是林白鸽，如果真用心学几天，说不清真能有降龙伏虎的本事。她略略地施展了几个恰到好处的手段，边玉成脖子上的大骨朵，就开始上蹿下跳了。蹿跳了一阵后，就是苦笑，也给林白鸽使劲儿挤出来几个。

边玉成把苦笑给林白鸽挤完了，脖子上的大骨朵，又上下蹿跳了一阵子，说："咱供养的那个人，嗯？真比养个二奶还费心！你颠她的动作太大太猛了，把她给吓住了，她就胡思乱想，以为遇到了流氓；颠她的动作太轻了，她又不舒服了，怀疑你是不是跟别人好上了，是不是不想跟她好了！想来想去，还是原配结发的好！"

林白鸽知道边玉成说的那个人，是近段时间和洪利来有限责任公司冷冷热热的那位领导。她听了边玉成的牢骚，心肝肺突然一齐不舒畅，翻着白眼看着墙说："你还就是个造粪机，再好的东西从你嘴里进去，出来就变味了！啥原配二奶，老天爷又不能叫谁先试试，到底哪个最合适。魏老大种了一辈子地，论技术，真是个农业科学家！可他也不能种啥收啥，长得再好，也禁不住刮大风、发大水、下冰雹！”

边玉成脖子上的大骨朵上蹿下跳了一阵后，给林白鸽说，明天初三，赶紧准备明天的事去。

谁知道因为什么，边玉成非要五月初三去静峦寺烧香拜佛去；谁知道林白鸽又想起来什么，把玉怜给白军的那个花信封，给藏了起来！

青龙岭向西去的路坑坑洼洼，几年来，各企业分摊了几次钱修了几次，每次修好后，好走不了几天，仍然该塌陷的塌陷，该崩裂的崩裂。遇上干燥天气，不用刮风，来往车辆荡起的灰尘，几乎可以遮天蔽日。好些年来，和边玉成说的一样，大坡地蓝蓝的天和白白的云，偷偷地和别人相好上了，对自己相爱几千年的山川河岳，有工夫想起来时，才来去匆匆地回家张望上两眼。或许因为昨晚淅淅沥沥地下了半夜雨，吃了早饭后，尽管还是一个雾蒙蒙的天气，空气倒是有些清爽。

红土岭、三百台和青龙岭一带，早成了千孔百疮灰黑一片的癞疮头，在地下埋了几千万年的那些东西，被一群群张牙舞爪的人挖掘上来后，那些沉默千年的大地，如今蚂蚁也难以在那里做窝了。因为每年的雨季，那些地方总会倾颓溃败，旧貌换新颜，土地上拉裂的大缝，宽的地方，足可以漏下去一头牛！

就是平时在田间走着走着，说不清一声巨响或一阵晃荡之后，大地在一瞬间就改变了模样：一条危崖崩塌下去之后，还要再给留出个大坑来；一座山包陷下去之后，还会生出一张大嘴和几只大眼来。那些大嘴有笑的，有哭的，有歪的，也有正的；那些大眼有圆睁着的，也有半闭着的，有怒目而视的，还有暗送秋波的……

那些怒目而视的，牲口看见都不敢靠近，更不用说人。那些暗送秋波的，看起来草绿花红、鸟语蝉鸣，藏在下面的，实际上是雕心雁爪、鸡肠蛇腹。说不定哪个没有做好梦的，一不小心掉下去，掉下去就不要想爬上来的事，更不用担心百年之后，用多少钱一副的棺材板了，而且永远要做孤魂野鬼一个。

大坡地人不敢相信，这就是曾经的大坡地。有人说："早先要是能整成这个样子该多好！吓死他日本鬼子，也不敢在那里盖炮楼挖战壕，也少祸害多少大坡地百姓！"

边老板的脸，阴沉得像天上的云，他让人准备好了东西后，就准备往静峦寺去。谁知道哪个长了六个指头的鬼，吃多了大粪呛蒙了头，毫无道理地把边玉婷给勾了去。

万山之中的静峦寺，还是那般的幽深苍凉，门前那两棵硕大的银杏树，满驮了岁月的风霜，沉默安详如一对相依终生的老夫妻，遮天蔽日的青翠，厚重而扎实，过往的风霜，都让它收纳到粗壮的枝干里了。卡着鬼子炮弹的那棵柏树还在，曾经在它跟前撒尿的顽童，现如今也都儿孙满堂了，看不见增加了多少的粗壮里，更看不见增加了多少岁月的年轮。

看大门的那个老头儿，还是个老头儿，没有返老还童，也不怎么老态龙钟。腿硬朗，脚硬朗，守大门扫大院之外，每天去山下挑水，浇灌寺里的草木和菜园，累了，就坐下来陪伴尼僧们打坐诵经。满脸褶褶皱皱的纵横，开心的时候，褶皱里浮出的欢喜像个顽童，不太胖的身板，大门口的公孙树一般活力经久。只要想睡，哪里都是床，躺下数秒即鼾声如雷。

青石板铺就的大院里香客如织，大雄宝殿的庄严，威风凛凛地消弭了应有的喧哗。

应做的佛事做完了，边玉成给寺里上了十万元的灯油钱，同来的一行人自然都成了贵客。寺里的尼僧给准备了斋饭，大家用过之后就各自闲逛。

正是中午时分，寺里的香客稀少，白军想起了玉怜给他的那个花信封。

林白鸽又换了一件浅绿色的一步裙，七分袖的大红衬衫上，胸前一片连绵不断的波纹，米色的高跟鞋敲打出来的脆响，有着木鱼一般的"嗡嗡"音，螳螂一般的细腰和一个风情四溢的胯，风吹花朵一般地摇摇荡荡——她在卡着炮弹的柏树下，手托了下巴若有所思。

白军鼓足勇气，踅过去问林白鸽要那个花信封。她一直说"没看见"，后来就让白军叫“姐姐”。白军叫了好几声“姐姐”，她才把花信封给了他，脸就红了，三月天的桃花一般娇艳。

白军拐到房角看：

我想／ 静静地寻一寻／ 大地深处的／ 唐宋华章／ 让蓝天的原韵／云一般充盈在／ 每一节诗行／ 檀板轻歌／由蝴蝶蜂鸟传唱／ 珠玑为骨／ 漫浸了瑶池借来的一缕馨香／ 有玄都观桃花如面／ 遥叩刘郎／ 听开封府云鼓搏天／ 声震汴梁／ 云纱如烟笼娇丽／ 环佩叮咚绕钱塘／ 山河如梦／ 温暖着冷月流觞

我想／ 真真地拜一拜／ 原野似锦的生死故乡／ 那里／ 蛙鸣作鼓／ 莺飞草长／ 瓜是瓜／ 豆是豆／ 高粱是高粱／ 蝉噪幽谷／ 鸡鸣草房／山泉一泓共鱼翔／ 二十四节气作音符／ 羞赧了羽衣霓裳／ 树皮辛苦成老茧／ 绽开了／ 桃红梨白菜花黄／ 榆木扁担吱呀呀地唱／ 老牛暮归／踏碎了遍野夕阳

我想／ 傻傻地访一访／ 域外戈壁万里沙黄／ 那里／ 千年的罪孽／狰狞着亘古而来的疯狂／ 沙棘花歌咏着流蓬／ 滚匝着天尽头的流浪／三叠的阳关／ 车裂了红柳的胸膛／ 妖兽偷天／ 掳去了／ 羌笛曼舞／ 和绣罗遮面的新婚嫁娘／ 从此楼兰入梦／ 永恒为地层深处的／ 一瓢酒酿／沙驼有恨／ 交给了寂寞铃铛

白军正看着，边玉婷急急地往这边来，他装起来花信封急忙走。边玉婷急急地追。正好边玉成喊，白军上了车，边玉婷也气哼哼地坐了上去。

边玉成正要上车，刚打开车门，脖子上的大骨朵上下滚了几滚，说：“你们先走吧，我坐那辆车。”

白军猛踏油门，摘下二档就挂上了五档。那是一辆肥壮如牛的大越野，真要跑起来，比箭蹿得还快。

边玉婷坐在后边，先是踹了他两脚，踹过了之后，伸过手去掏那个花信封，两个人一撕又一拽，大越野从一个陡坡上翻滚了下去。

白军醒过来后肚痛了一阵子，从车里爬出来后，边玉成林白鸽他们都赶了来，把边玉婷从车里拉出来后，她还昏迷着，他们先把边玉婷送到了医院。

开始时白军有些坚持不住，慢慢地就感觉没有那么痛苦难耐了，只看见几处皮外伤。虽然不能做剧烈活动，但总以为不会有什么大碍，一个人在公司里躺着。

到了傍晚，他渐渐地感到支持不住了，一个人开车往大坡地卫生院走，半路上碰见了四麻子，陪着他一起去了。

车出了事以后韩五爱也去了，她当时看白军没什么大事，因为家里还有孙子、孙女需要照料，边家的人往县城送边玉婷去了后，她一个人先回去了。谁知道到了晚饭时分，四麻子跑来叫她，说白军不好了，医院正在抢救。她赶到医院后，白军人已没了。

边玉婷没有什么事，只是胳膊折了。原来，那天用了中午的斋饭后，边玉成在西边的偏殿小眯了一会儿，迷迷糊糊中，他看见白军赶着一辆白马拉着的大车向他招手，招着招着，就轻飘飘地飞了。

边玉成一惊醒了，上车时，他忽然想起了那个梦，手摸着那辆乳白色的大越野，想起了梦中的那匹大白马，就不坐了。

白小连忽然明白了，她给边老拐说："看，是不是，是不是？他爹不在的时候，伸着仨指头！那个意思就是说，咱家在初三有难！玉成去寺上那天，就是初三，初三！你个死鬼哟……"

灌肠荞麦地

第五十八章

荷锄下泉台　花信踏雪来[1]

埋了白军后的又一个初三日，边家又往静峦寺捐了二十万元善款，一辈子都没有大方过几回的边老拐，都一遍又一遍地催，一定要把静峦寺的事办好。

或许想赶上初三这个吉日，边玉成上午办完寺里的事，下午就找到了魏老大。他要把魏老大鸡冠山的那块地买去，还取了个“吉利”数额：一亩地三千元。

因为那块山坡地，魏老大找了他不少麻烦。先是说矸石山上的石头，都到地里了，不好犁，不好耩。等犁好了，耩上了，又不好长，源源不断的矸石把庄稼压住了。所以边玉成往矸石山临魏老大的地边，垒起来一道石墙。

再后来，魏老大又找他，说那道石墙也快顶不住了，那块地南边的矸石山，和东边的矸石山连在一起了，有好大一片庄稼不能好好长，因为只有中午之后的一小段时间，那些地方才能见到阳光，因为又遮住了风，种在那里的棉花，它开得也不好。不仅如此，原来磨盘沟水库的水，能引到他的那块地去，煤矿把那条破败的水渠，弄得连个影子也看不见了，魏老大又挖开了那个兔刨井重新用上了。

[1] 花信踏雪来：花信，应期而来的花开信息，花信风。古历有传：每五天为一候，每一候以一较为准时且有代表性的花为该候之花信，比如，一候梅花，二候兰花，三候水仙，等等。每十五天为一节气，每一节气三候。花信风自每年的小寒起算，故曰“花信踏雪”。

边玉成说了要买魏老大的地，魏老大连价格都没有问，圆睁着两只眼不动了。都知道魏老大的眼不小，谁知道竟有那么大，比两头牛打架瞪得还大！而且，还一直盯着人看，连眼皮也不眨了。胆儿不壮的人，真能给吓出一场病来。

魏老大终于呼出那口长气，说："你说啥？你就年轻，啥也没见过，你……你……你……你舍得把自家的孩子卖了？那钱……钱……钱倒也是个好东西，可它，不是啥都能买！"

边玉成突然有些结巴："那……你，那……你，俺……这样，买几亩好地，给你换换，嗯——"

"哎哟哟！才顺过来那口气，憋死俺了。你给谁换过孩子养？你要真能，俺就去把牛头垴给推倒！"说完，魏老大气哼哼地走了。

魏老大生了好几天闷气，儿子魏子安突然来信了！

林静鸽和魏子安同一年考上大学，同一年考上硕士，林静鸽早已在邢州的一个什么地方上了班，和边玉婷在一个单位。魏子安毕业后，在家里待了短短的几天就走了，他在北京那边找了工作，中间来了几封信，说处了一个对象，是他的同学，两个人在同一个城市工作，而且，魏老大的那个准儿媳生得，比林静鸽逊色不了几分毫。魏老大两口子每天都要拿出准儿媳的那几张相片看几遍。

老两口儿在不尽的遥想中，终于盼来了儿子，更盼来了和画上一般模样的儿媳妇。女孩子叫"任思思"，两口子一听名字就怦然心动，见了任思思后，更是宠爱万分了。

任思思比魏子安小一岁，清瘦的身材，洋溢着荡人心怀的风采，白白净净的一个嫩闺女，向人瞟一眼自己先羞了，如果能用笑回答你的问话，绝不会说出一个多余的字来。

张雪梅欢天喜地说："看，是不是？大城市里，也不缺那知羞知臊的花骨朵！好人不是管来的，坏人也不是教来的，就是叫大坡地人都念一样的一本书，学来的也不是一样的东西，学什么做什么全在自己，埋怨这个又埋怨那个，都是哄人！"

两口子真心赞成儿子的眼光和选择，张雪梅一遍又一遍地摸索着任思思的手，摸不够也看不够，打开的话匣子，也就说不够。

要不是那四亩地被矸石山围了个密不透风，且再不好耕种，魏老大真想样样式式地唱上几段梆子。

张雪梅领着任思思到处转，大坡地人都说，真像一老一少两个仙女在游荡。她晚上和任思思睡在一个土炕上，任思思比老母鸡翅膀下的小雏鸡还娇贵。任思思把城里的好多事说给她听，张雪梅把脖子一伸，猫猫眼一眯，真真地看到了又一幅迷人的风景。

只是任思思仍称她为“姨”，她万分急切，想马上把那个“娘”当上。

和她当娘关联在一起的事说了几天，张雪梅听明白了，任思思倒也想早早地叫她一声“娘”，只是两个孩子，连个安身立命的去处也没有。

城市里太挤了，有一个能遮风挡雨，能放得下一张床，再放得下锅灶的地方，那就是一个奢求——两个孩子，正为此努力奋斗着。

魏老大和张雪梅好些年前，朝思暮想买头驴，三百的时候没有买，五百的时候也没有买，六百的时候就更不买，后来变成了八百、一千、一千二，琢磨了无数次以后，一千二百元买了一头跛脚驴。从开始到最后，他们算了算，就是因为想当初的琢磨，魏老大好几年的地都白种了。

有了那些教训，两口子登时一拍即合，买！绝不能错拿主意，登时就买！两口子算了算，家里的钱全拿出来，把能卖的东西都卖了，也只够买上几个楼台阶，而且还不全是自己的！

魏大巧、魏二巧和魏三巧全力支援。魏大巧的男人大山，把家里的一头耕牛也卖了；魏二巧家正准备盖新房，新宅基地连同备下的砖，也一起卖了；魏三巧虽然在省城上班，小两口儿刚买了房子，尽管不宽松，又把婆家那边重新发动了一遍……能动员、能收集的全部到位以后，也才刚刚十万。

张雪梅巴巴地望着魏老大说：“这……咱再想法借借吧，当爹当娘一辈子，咋也得给孩子置办下半个小窝吧。”

张雪梅找到了边玉成，原本想，再少也能借到个十万。她说了大半天，边玉成眯着眼只说了一句话："妇女们操心这些事干啥，那都是男人做的活儿。"

魏老大找到了边玉成，边玉成正和几个光鲜闪亮的朋友坐着，他开门见山就说想借钱。边玉成不敢轻易再提鸡冠山的那四亩地，但最终还是忍不住，他拐着弯转着圈，小心翼翼、试试探探地往那上面说——那个地方也真是，魏老大和边玉成，本来大相径庭的两个人，因为那块山坡地，如何就有了相同的一个朝思暮想？

边玉成说："俺手里还有两千块，支援给你算了——也不用还了，这亲戚够意思吧？"

魏老大说："俺想浇地，你给吐了口唾沫。"

边玉成说："咱是法律社会，就是去银行贷款，不是也要有个抵押？"

魏老大说："能卖的都卖了，再值钱的东西也没有了。家里还有二三十斤棉花，俺还得套个盖体盖，不能给你，给你，你也不要。"

边玉成的那几个朋友，同时撇了一下嘴，又同时瞪大了眼——笑起来的表情刚要有，马上又被一脸的惊惧取代了。

魏老大把那些千奇百怪的人看了一遍，搓了搓手又搔了搔头，脸上慢慢地现出一片温和来。边玉成看魏老大再没有愤怒起来的底气了，他正给别人议论着那州市的咏叹调和乌操市的大龙虾，突然一拐，说到了村子里的那些山坡地。

"啥叫坡地？大山跟前，土薄石头多的那些地，就叫坡地。啥叫大坡地？山跟前靠种坡地生活的那个村子，就叫大坡地。坡地是个啥东西？扔了倒也算个东西，有那么一点点小可惜；不扔，费死劲儿也收不了啥东西。越是收不了东西，越没有人往那里上粪，也就懒得管理；越是不上粪、不管理，它就越收不了啥；越收不了啥，人就越不待见，慢慢，那个地就没有了，就又变回那个荒山坡了。

"大坡地是个什么东西？舍不得扔下那块坡地的人，都还住在那里，就还叫大坡地。世世代代刨山敲石头，饿不着也养不胖，抱着那块坡地还就是不松手！一个个就是死不撂[1]！就像唱的那个啥歌？——藤缠树，树缠藤，缠到死，死也缠，种地那不是谈爱情！就是爱情，也没人那样谈！不信？就是你跟俺老姨的那

[1] 死不撂：死不放手。

会儿……拿到这会儿，哼哼！那也啥也不是了，嗯？那根本早绝种了！不信？看看这会儿的年轻人，都超时代了！像俺，把牛头垴给买了，那才要啥有啥。唉咳！不出一年，太行山牛头垴 4A 级风景区就开发出来了，不信？暂定名称‘太行山牛头垴边氏乐园’，看看，这是合作意向，这是设计规划……”魏老大听后全身抽搐。

“不信？给你说，那些没本事的人，两口子关系都好，一个是瞎子，一个是聋子，谁也离不了谁。那些种坡地的大坡地人，给他个天仙女，他也不敢要，不是他没有那个心，是他养不起！天天净思谋着种块坡地，慢慢连个媳妇也娶不成，要是没有武老栓那点子福气，就得当绝户……”

魏老大往家走的时候，就感到四肢麻木，见到张雪梅以后，他张了张嘴，半个字都没有说出来，就一头栽了下去。

张雪梅千呼万唤，魏老大的双唇抖动半天，还是说不出一句话。也仅仅过了一天，他的肚子又鼓胀起来，又过了一天，耕地的牛一般大喘粗气。

算上这一次，已经是第五次了，医生也没有办法。张雪梅到处求神拜佛，她盼望着她的魏老大，出现第五次奇迹。

魏老大一点儿一点儿地坚持不住，张雪梅也一点儿一点儿地坚持不住。张雪梅本来阳光又蓬勃的一个人，眼看着湿面条一般软塌下去。她整日哭，谁也劝不住，她说她就是死十回，再活十回，也要再嫁魏老大十回！

或许是她的那份真情感动了魏老大。那天，张雪梅拉着魏老大的手哭，感觉魏老大的手指头动了两下，张雪梅马上就是一连串撕心裂肺的呼喊。魏老大的嘴唇动了几下，她把耳朵贴过去，听得魏老大说：“俄的肉圪蛋蛋，不能给你做伴儿了，后边，把俺埋到鸡冠山那块地的正中间，墓头朝西，啥时候，就都能看见你了……”他的声音越来越小。

张雪梅到后来，也真的疲惫不堪悲痛无声了。那天晚上，她刚刚迷糊了去，就听得院子中一阵乱响，一家人都跑了出去：挨墙靠壁放着的那些锨、镢头、扁担、篓子等物事，竟一下子全倒了，那柄明晃晃的锄，还在一摇一摇地晃，晃了一会儿后，竟一下子倒向了大门口那边去！

一家人都诧异，张雪梅略略一顿，突然喊：“快！快！快看恁爹！他扛了锄，他去鸡冠山了！哎哟，喊乱了！喊乱了！人在家！人在家！都快回屋！快回屋！”

大家回到屋里，魏老大一点儿气息也没有了，手脚和身子，都在慢慢变凉。

魏老大就像秋天的一片黄叶，再也扛不起生活的点滴重负，飘摇一阵子后，静悄悄地滑落了去。

按照魏老大的遗愿，把他安葬在鸡冠山的那块地正中间。令人惊奇的是，因为那里土薄，刨墓穴时，挖了不到一米，下面就有一个大石坑，顺着石坑向下挖，挖到五尺余深就是大石板了。挖凿好的那个坑，是一个有角有面有底的长方形，除了没有盖子，周围全是连在一起的大青石——那里，竟是一个天然墓穴！

世界上究竟有多少让人意料不到的事？恐怕谁也说不清，仅仅过了半年多，鬼使神差一般，张雪梅平生第一次，也是最后一次违拗了魏老大的心愿，她把那块地，卖给洪利来有限责任公司了。乡亲们都说，卖了就卖了吧，就是魏老大活着，那块地也真不好种，也真没法种了！

张雪梅还没有来得及把魏老大的棺木挪走，忽然有一天，青龙岭煤矿的那两个矸石山，“轰隆”一声全部崩塌了，鸡冠山的那片地，什么也看不见了。地边的石崖上，那两棵耸入云天的楮桃树，只露出了两个树尖尖。

魏子安和任思思又回来了一次，他们要把张雪梅接到北京去，任思思给张雪梅跪下说：“妈！娘！您老要不走，儿女们真无法做人了！”

张雪梅说：“儿吔！媳吔，都起来，听娘说，娘哪儿也不去，娘离不了大坡地，大坡地拴着娘，这是命！很早的时候，还是在王家的那个花园，恁都不知道，那时候还没有子安，为了大人孩子都能喝上碗米汤，恁爹一个人，半夜里去花园，悄悄种那片地。人哟！天哟！恁爹，为了孩子大人，一辈子就不知道个乏困……唉！人哟！天哟！白天去社里出工，黑夜去花园里绞水、担水、锄地、垒堰，连明彻夜，铁打的人也受不了吔！做着做着就睡着了，梦里有个东西给恁爹说，你这么好个人，给你个啥？没啥给，那就叫你埋两回吧！人哟！天哟！谁知道恁爹他……他……他还真埋了两回！这就是恁爹一辈子的命？老天爷！娘跟恁爹这辈子，想给他说的话，比天上的星宿还多，看见大坡地的那些山，那些地，娘就像看见了恁爹，就叫娘到死跟恁爹在一团吧，就是大坡地的乱河滩，娘也想多看几天……”

本科和硕士，林静鸽学的一直是植物学，五行萃的黄泽华，学的是生物化学与分子生物学。香闺女林静鸽在大坡地一带算个小名人，一个是因为她一身的香气，再一个就是，瘦三亲眼见过的那一身荧光。那些事听起来像是一个传奇，但是经瘦三给别人讲了一年又一年，慢慢地，大坡地好多人都信了——“那样的事还能有假？那是瘦三说的！”

因为有了瘦三，那些不敢相信的人也不得不相信，因为瘦三这辈子，要是能给谁说半句假话，那太行山就是大风刮来的！

黄泽华说：“太行花，是植物从木本进化到草本的一个连接点，它的原始二倍体基因，在植物起源上、进化上，具有极重要的研究意义。它的叶片富含黄酮，黄酮的药用价值极高，它的抗氧化性能，是维生素 E 的十倍以上，这种性能可以阻止细胞的退化、衰死，还可以阻止癌变的发生。除此之外，它还能改善血液循环，降低胆固醇，可以抑制炎性生物酶的渗出……”

林静鸽身上泛出来的荧光，就是黄酮某些衍生因子外渗的结果。

他常给人说：“因为肮脏的私利，放纵汉奸走狗吃里爬外——死无葬身之地！因为无耻的私欲，摧毁忠孝廉耻道德底线——死无葬身之地！”

他还对人说：“五行萃搬到了五行山（太行山），那是天地合一，天上又给掉下个林妹妹，那岂不是天、地、人合一？我们研究的这个课题，必能做成，我们真正的太行花，不久就要开放了。”

他的副手，就是在咏叹调仰着脸看林白鸽的鼓上蚤，叫“保贵”。保贵给人说：“黄董被那个林妹妹给弄疯了，不安翅膀也能飞。”

还是刚读硕士研究生时，黄泽华就约了林静鸽几次，他说林静鸽研究的植物学，和他的生物化学密不可分，林静鸽是他的小师妹。

林静鸽去五行萃的实验基地看了几次，也进行了细致的研究。黄泽华很兴奋，他指着那些缘毛太行花给她说：“有希望了，帮帮我吧，小师妹，五行萃离原种太行花，只有一步之遥了。”

黄泽华说完，给林静鸽留下一个放音盒就走了，放音盒正在唱：

我们的家乡在希望的田野上，炊烟在新建的住房上飘荡，小河在美丽的村庄旁流淌，一片冬麦（那个）一片高粱……我们的理想在希望的田野上，禾苗在农民的汗水里抽穗，牛羊在牧人的笛声中成长，西村纺花（那个）东港撒网，北疆（哟）播种，南国打场……

黄泽华当然明白，他现在养殖成功的太行花，只是缘毛太行花的一个变异品种，和真正的原种太行花尚存一段距离，就像狼和狼狗，虽属于同一种系，本质却差得远。

林静鸽原本没有在五行萃长期干的打算，她不怎么看好做企业的那些人。后来黄泽华追得紧，又通过领导给林静鸽请了一段长假，她才全部参与到了太行花研究中去。后来她纠正了五行萃工作中的许多不当之处，比如他们选的老鸹沟，好像找到了山区到丘陵变换的临界点，给太行花的生长找到了一个绝佳的地理位置。林静鸽说，世界上的好多东西，都是在临界位置毁掉的。

后来，五行萃培育太行花的基地，就搬到棋盘山里去了。林静鸽头痛的毛病仍然时不时地犯，每次好些之后，总是说几句那个“破学校”，有时也说几句“二姥爷和狗剩找洪利来，没要来钱，要来一肚子气，大小老板，没几个正经东西”。

林静鸽没有想到的是，五行萃在大坡地的村东南，“轰隆隆”地盖起来了一所新学校，直到给村里交钥匙时她才知道，而且大家都希望她给学校起一个好听的名字。林静鸽有些莫名其妙且不知所措。

因为她听说，前些天洪利来有限责任公司的车，把五行萃的车给剐蹭了一下，保贵一次次地找边玉成索赔，听说黄泽华也不放过。最后算下来，也不过两千元不到的小事，黄泽华竟还通知了县里主管交通的领导插手，硬是要回了一千多元钱。盖那所学校要花近百万，他能舍得？

渐渐地有人提议，说："那所学校就叫静鸽学校吧，要是没有香闺女，五行萃，能看上大坡地什么？"

林静鸽很着急，她抓住黄泽华穷追不舍。小玉和瘦三更着急，他们给黄泽华说："你要说不出来盖学校的真正缘由，你真的就毁了俺香闺女，别说你不在乎钱！你得给大坡地人，找一个听得懂、想得通的理由！要不，静鸽一天也不能在五行萃干了，白家和林家，就是没吃没穿，也不能让别人在背后乱指戳。"

黄泽华找到林静鸽说："理由我真没有。我后半辈子会办三件事：遵人道、救人体、正人心。"

"商人不算成本不说利润，那是犯浑，医生不说治病救人光想利润，那是鬼祟；农民不求地肥土壮，不知道人养地、地养人，大坡地话叫'流光锤'！洪利来有限责任公司有投入，有产出，有利润，那一千多元钱，是他的合理成本支出，更何况理亏。该支出的不支出，好听的，叫瘠人肥己视财如命，不好听的，叫敲骨吸髓嗜血成性——这是遵人道。

"人的生命最宝贵，生命的延续，靠免疫系统这个铜墙铁壁，从医学上讲，回光返照，是人体免疫系统的最后一搏，因为系统的全面失灵，导致全军覆没，人也就没有了。免疫系统瘫痪，临床表现是先期的食欲不振、精神萎靡、体重下降，长时间低烧、高烧、疼痛……免疫系统一旦失灵，不用说癌症，感冒都能要了人命！我研究的太行花提取液，就是要激活人的免疫系统。要种出太行花，静鸽小妹能给帮上忙——这是第二件事，救人体。

"人心的免疫系统如果坏了，'临床'表现是毫不利人专门利己，做了不该做的事，认为没有什么；做了不能做的事，认为又能有什么？如果这样的人和事太多了，就会邪魔当道，妖孽横行，长此以往，我们的社会就要出问题！盖那所学校，不是为了哪个人，我想让它变成一盏灯，把那些不知道归宿地的游魂，引领到原来的躯壳上去——这是第三件事，正人心。"

林静鸽重新上班后，黄泽华拿出一幅画让她看：画中一丛刚硬似铁的老梅，一旁的山石上，站着一只半闭着双眼的老鹰，一条杨柳依依的大河，河对面一美人，正掩面回头张望，河中漂着一只空无一人的画舫。

黄泽华说，他爷爷当年当八路军的时候，在太行山生活战斗了好多年，太行山的人民是好人民，找见了这幅画的主人才知道，其中有一个人叫王维贵——已故去多年了；太行山的儿女是好儿女，其中有一个人叫王早来，为了中华人民共和国的成立，英勇献身了。从王早来牺牲，到把他的名字写入英雄史册，按说再简单不过，可中间，折折腾腾地闹了好多年，其中的滋味，或许只有太行山的沉默，才是最贴切的表达。

当年的日本鬼子，血洗了王家后，抢走了这幅画。黄泽华在日本做科研交流时，画的新主人在他的实验室做门卫。门卫的父亲当年参加了侵华战争，是一个地地道道的“老鬼子”，来过大坡地，参加了对王家的血洗。黄泽华回国前，门卫幡然悔悟，把这幅画送给了他，让他给带回来。他一个中国人，在日本科研交流了十多年，也就挣回来原本就是中国人的一幅画！而且这幅画，饱含着中国百姓的血海深仇！饱含着日本鬼子屠杀中国百姓的罪大恶极！

回国后，因为工作原因给这幅画找主人的事他耽搁了几年，又因为太行花的原因，他来到了大坡地，他把这幅画让村里的好多人看过，都说没见过。

也是不久他才知道，画的主人当年是深宅大院里的大财主，一般人进不了他家的门，就是自家的长工，有几个敢在东家的起居之处进进出出？所以见过的人真不多。

落实了画的主人后，他首先联系王会来，王会来早调到外县成了县长。联系上之后，王县长却不要。他说，那幅画经历的太多，其中的故事太沉重，如果有可能也有必要，放到别的地方，或许更好。

黄泽华最后说，他给王丑妮送过一回，谁知道王丑妮也不要，王丑妮的丈夫李牛牛想要，王丑妮不让要。听说夫妻两个闹得很不愉快，他让林静鸽帮着把那幅画处理一下。

林静鸽去了王丑妮家好几次，最后一次王丑妮说：“跟俺哥哥商量好了，还是捐出去好。”

那幅画最后谁也没有要，捐献给了太行山抗日历史纪念馆。

第五十九章

危楼无深眠　柴扉有桃源

那幅画的事让边老拐知道了，本来和他没有丝毫牵连，他却在家里捶胸顿足唏嘘不止。边老拐很着急，他一遍又一遍“啪啪啪”地拍着手，一遍又一遍“啪啪啪”地跺着脚：“疯子！疯子！一群疯子！”眼看到了半夜，他还是睡不着。

刚迷糊着，边玉成打来电话，让他赶紧起来有要紧事。边老拐嘟嘟囔囔地起了床，极不情愿地打开门后，才知道是边玉辉回来了。

白小连跺着脚一个劲儿地哭：“老天爷！你要人命！公安局三天两头找你！真叫人家把你给整走了，你叫娘活不活？玉成！玉成！你给老三拿的钱，够不够使？”

边玉辉“咚、咚”地给边老拐磕了几个头，又“咚、咚”地给白小连磕着头说：“娘吔！娘！这些年了，你不知道，俺在外边受的啥罪吔！有钱也不能花，花钱也不舒心，俺在哪个地方待，也不敢超过一星期，老梦见屁股后面有只老虎撵着，回头看看啥也没有，刚想歇一会儿，老虎就又来了！再跑再撵，再歇再跑，把俺撵到崖下边就吓醒了，手脚冰凉，一身冷汗！俺想通了，往后，哪儿也不去了，就是活一天，俺也得安生一天，咱家里边那么些人，真数俺爷爷精，俺爹死的时候，伸出来的那仨指头，就是‘平安好’……”

边玉辉都说家里面数他爷爷精，最后的意见就由边老拐来拿。边老拐筛粗糠一般哆嗦了半天后，说：“去吧，去吧，小斑鸠早早没扣过筛子，变成猴子了……就叫猴子去老君炉里头走一遭吧……”

第二天一大早，边玉成领着边玉辉，到沙水县公安局自首去了。

边玉辉自首后，白小连一直哭，边老拐一直劝，劝着劝着，连自己也劝不住了。捶胸顿足了一阵子后，一直屋里屋外地来回转，一边转，一边自己给自己嘟囔。先嘟囔一阵孙子边玉辉，再嘟囔一阵去世的儿子边起升。他又感叹：“王家的那张‘美人图’，在太行山待了那些年，又去东海那边待了那些年，又曲里拐弯、乘风驾云跑了回来，经了山，越了海，那真是‘山海经’！那和《清明上河图》差不多！那值大钱了！”他感叹够了，就开始搜肠刮肚叱骂他的哥哥边进财如何的狼心狗肺，如何的茹毛饮血，如何的饕餮大肚，如何的吃肉不吐骨……

边老拐刚刚有些平静下来的征兆，刚要坐下来喝碗汤，边玉成耷拉着头回来了。他把办理边玉辉的事说了一遍，让大家放心，都安置走动好了，在里边受不了罪。说着说着说到了王会来，人家刚提到邢州当副市长了。

边玉成说的时候，边老拐一直半眯着眼听，一个字也不插嘴，听到王会来提拔当上副市长时，忽地往起一站，圆睁着两只松塌的小眼睛问：“谁？王会来？大坡地王炳中的王会来？消息准确？”

边玉成刚点了点头，边老拐一个跟头栽下去嘴歪眼斜了。他浑身抽搐，一句话也不说，攥紧了的两只拳头，一直抱在胸前，像谁在他的心窝子上猛砸了一拳。

一家人忙个一团糟，白小连看着公公抱在胸前的两只拳头，含混不清地哭：“他爷爷，你就一直攥着拳头？也不给伸个指头啥的？你就心狠，还是俺家的那个结记[1]俺吔……”

开始时白小连一直在心里埋怨：公公明明走到了阴阳交界处，明明能看见那边的好些事端，却舍不得往回给传达个什么紧要讯息，就是稍稍泄露一点点“天机”，就是让哪个恶鬼给捶上几棍子，那能有什么？公公那个人，一辈子，就知道钻头不顾屁股地顾自己，他就心狠！

[1] 结记：方言，惦记。

白小连埋怨了公公几天，又想起了自己男人的许多好，想着想着，突然胸口憋闷脑袋疼，急急忙忙送到了沙水县医院。

那天，一家人正在医院里忙活着，林梦鸽觉得一个女人面熟，一直追着看，等两个人终于面对面了，林梦鸽喊了一声“大辫子”就不松手了——那个女人，就是和她生孩子时，在一个病房住的女人。

大辫子女人领着她的孩子，孩子叫“毛子来”，林梦鸽性命不顾地解开孩子的衣服扣子看，一看不要紧，毛子来的脖子下边、胸脯上边，果真也有一片红胎记，而且，那片胎记，大小像片杏叶，形状就是个红桃！还有就是毛子来的那一对小眼睛、尖下巴，那不是活脱脱的边玉成的儿子还能是谁！

“当时，谁知道是哪个鬼哪个神跳了出来，就把红桃和梅花给掂换了？边家的孩子变成了毛家的毛子来，毛家的孩子变成了边家的边心伟！”

林梦鸽给边玉成说了后，扯天扯地痛哭了好几场。那个恩养了十多年的别人的孩子边心伟，她舍不得；自己生的那个孩子毛子来，她更舍不得。更伤心的是，在边家这么多年，她是如何地忍气吞声，受尽冷语白眼，她又是如何地在大坡地的人前人后，费尽口舌最终还是难诉清白！

鸟类里的杜鹃，总是把自己的骨肉生在别的鸟窝，边玉成跟杜鹃鸟差远了，他拼却此生，也要把自己的那个红桃给抓回来！他宁可不要他的洪利来有限责任公司，毛子来那个有红桃状胎记的孩子，他也得整回来！那才是他边家的真血脉！

多少天来，边玉成领着林梦鸽一直忙这件事。只是，林梦鸽看他的时候，他脖子上的大骨朵，总会上下蹿跳一阵子再说话；他暗暗地看林梦鸽的时候，那个大骨朵也会上下先蹿跳一阵子再看。

四麻子挨了小玉一痰盂后，就到洪利来有限责任公司看大门去了。因为看得紧，边家的儿媳尹坤坤，往外倒腾的好多东西很难整出去，她很着急。谁也不知道，有些漂亮无比的女人一旦动了怒，比电影里现了原形的白骨精还难看。

在边家，尹坤坤就像在寒冬腊月中，茂盛开放在高屋大厦里的一簇水仙花：

绿油油的枝叶温暖里生，冷艳艳的花蕊向阳处放。冷风吼、雪飞舞的季节与她无缘；鸟登枝、鱼戏莲的时光相生相伴。她只需把属于大自然的东西，还给大自然那么一丁点儿，连边老拐都心诚意诚地不忍让她消失。那簇水仙，从不担心有谁饿时拿来吃，只管让人闲时拿去看。

尹坤坤睁开眼以后，只做四件事，一是打麻将，二是买时装，三是描眉画脸，四是跳舞听唱。她手里的钱，没有够花的时候。

那天，四麻子坐在大门里边，尹坤坤站在大门外边，咬牙切齿对着四麻子说："谁找来这么个东西看大门？看那个丑形！过年不用贴大门里边的门神了，他往那儿一坐，就是个钟馗！"

"钟馗就钟馗，钟馗就是不给开门。"四麻子说。

尹坤坤无计可施之后，招呼了几个人，三锤两锤把那个铁链锁砸开了。

后来，矿上自然而然今天短这个，明天少那个。边玉成时不时地训他："麻子！你不是说，矿上连根柴火棒也叫人拿不走？连那么大一个铁罐车也看不住？你个活吃才！"

四麻子说："你又不是不知道谁给拉走的，你还管不住，叫俺管？你见过哪个小鬼，能管住阎王？"

边玉成细脖子上的那个大骨朵，上下滑动一阵子后，说："俺知道阎王不吃鸡蛋，小鬼吃鸡蛋。昨日俺数过了，小伙房里还有三十二个鸡蛋！嗯？那个钥匙可就你自己有，今儿，小鬼能不能敞敞朗朗给认个错？咋也不能叫俺因为四个鸡蛋，把小鬼肚给扒开看看吧？"

四麻子大喊："没有！没有！俺不是小鬼！不是！没有！"他一边喊，一边去小伙房里仔细数了几遍，还真的只剩下了二十八个！

当天晚上，他就不在门岗小屋里睡了，在小伙房里的一个暗处蹲了一夜，响屁也不敢放上一个。

半筐鸡蛋还在桌子上放着，到了后半夜，他终于找到了偷鸡蛋的元凶——老鼠！

一只硕大无比的老鼠，贼眉鼠眼一阵子后，屏着呼吸，试试探探地爬到了筐子中，左顾右盼一阵后，两只前爪抱起一个鸡蛋爬了出来，骨碌骨碌地把鸡蛋滚到桌子边，四只爪子抱住鸡蛋，就势往桌子下一滚——老鼠的技能就是高，它的脊背先着地，鸡蛋真的碰不破！它不怕摔得痛，翻上一个滚，骨碌骨碌地滚着鸡蛋走了。

四麻子感叹无比，咱的老祖宗们或许早知道，老鼠在生灵世界里，具有拔尖的超强技能，所以才在十二属相里，把老鼠排在首位！谁不服？看看边家的那群老鼠，把大坡地祖先们留下的，都给偷光了！

他马上找到边玉成，把这个惊人的发现说了，边玉成却满脸蔑视，又加了一万个不信服："你肚里要有白文昌那点子墨水，真能当个作家，给编本'新聊斋''黑楼梦''八国演义'啥的出来。"

四麻子双脚跳着喊："老天爷！俺整黑夜一直圪蹴着，就没敢睡！那千真万确，千真万确！哎哟哟，那一泡稀牛粪，要是谁没见过，谁敢相信，屎壳郎能团成一个个圆球给推走！世界上的好多动物，它真比人不傻吔！它没有人赖，那倒是真的……"

边玉成没有工夫听四麻子的屎壳郎和老鼠，他头也不回，坐上车就走了，心里越来越不喜欢四麻子。

整整两年时间，原先说好每天七元钱工资，除了他零星借了一千多元外，四麻子没有在矿上领过一分钱工资，那个大门，越来越不好看管，边玉成越来越不高兴。

那天，尹坤坤又拉了乱七八糟的一车东西要走。四麻子咬着牙跺着脚，两只胳膊朝着天打了一个叉叉，又朝着地打了一个叉叉，高声喊着让那辆车快停下来。不想，大卡车的屁股后面蹿起一股蓝烟，照着他就冲了过来，要不是早有准备，他差点儿躲闪不及，他下决心要走了。

可是，就算是一只令人生厌的屎壳郎，给人忙活了两年时间，走的时候，也总得滚个粪球回去吧？他已经好多天没有见到过边玉成了，边玉成正忙活着换孩子的事。

四麻子苦恼了几天后，收拾了收拾，除了自己的那卷破铺盖，把矿上的一台彩色电视机给背走了——那是他的工钱！屎壳郎还滚个屎蛋蛋回去呢，况且又不是旧社会，他边家就是地主老财，也不是没人管！

不知道边家的人是谁报了案，说有人偷了矿上的电视机。四麻子被派出所叫走了之后，就不让回来了，可急坏了林大头一家人。

因为人赃俱获，派出所起码要罚款。陈宝妮把家里的钱全拿出来，刚够一千元。林大头又去外边跑了一圈，离罚款数目还差一些。

林大头抱着脑袋在院子里蹲了半天，给陈宝妮说："把你的那个钱给了俺！叫俺试试去，去迟了，俺怕老四在里边受罪……"

陈宝妮把一千元抖抖地拿出来，要递给林大头时，又抽回去五百元，说："家里头也就这些，总不能叫咱家的锅口朝下扣起来吧？有个法，看你敢不敢使，要敢，保准能……"

林大头跺着脚说："快说！一辈子敞敞朗朗，咋临老连个响响亮亮的屁也不敢放了？"

陈宝妮说："俺怕你不敢，你有那个胆儿？嗯？小玉，敢不敢？"

林大头一把从陈宝妮手里抓过那五百元，气势雄壮地走了。

小玉家的那座二层小楼，耀眼明光地在那里矗立着，他在那个虎虎生威的大门口转了几个来回，想：这大门楼，真吓人。管她呢，老四进进出出的，也不知道来过多少回——就是没有啥，那谁知道！反正就是不把咱当成个亲戚，街里乡亲的，也不该把咱给推出来吧？

陈宝妮猜得就是准，小玉看也没看林大头的一千元，拢了拢头，风风火火地走了。走远了之后，冲着林大头喊："给俺锁上门！暗锁！一拧就锁住了！"

那个大铁门真好，林大头倒腾一阵大门上的铁虎头，看不见有什么反应，铁虎头上面有一个明晃晃的大骨朵，他把大骨朵来回拧了几拧，"咔嗒"一声响之后，再也拧不开了。林大头想，钱多了，真好。

小玉到了派出所，看见那台电视机，气哼哼地就给搬到了院子中。一位协勤拽着她的后衣襟，她连协勤也“嘀嘀咚咚”地拉了出去。协勤喊：“哟！哟！你胆大包天，这大白天，你敢抢？敢抢？抢你也不看看到了啥地方？俺管你是谁！你还能是谁，你拿个圣旨，来这儿也不管用……”

小玉气喘吁吁地放下那台电视机，说：“没听说自家拿自家的东西还能犯法！松手！不光这个，还短俺一件……啥？一个大活人！”

喊着闹着把领导惊扰了来，小玉说：“俺是玉成媳妇她娘！里边的那个，是俺男人！玉成爹！”

派出所里边有人认识小玉，领导说协勤：“谁报的案？坤坤？边家的那个坤坤？这事就交给你，去问问那个坤坤，是没睡醒发癔症？还是精神出了毛病！真是！”

小玉和四麻子抬着那台电视机往回走，到了村口，四麻子非要自己一个人扛，小玉放下后搓了搓手，眯着眼在他身上来回瞟，搓搓捻捻的几个手指头，看样子就是打不过来一巴掌，也会在他身上给拧个黑青坨出来。四麻子“嘿嘿！呵呵！”了一阵，就把扛在肩膀上的电视机悻悻地放下来，哆哆嗦嗦地说：“那还是咱俩人抬？”

小玉把电视机放到了四麻子家，找人给安好了天线，电视机里俊生生的一男一女开始报新闻——天已经不太早了。

四麻子的那个小院，半腿高的石头蛋子墙没有了，齐生生的院墙早垒了起来，院子里新盖了一个小厨房，不太上档次的一个大门，一关又一闩之后，院里院外就是两个世界、两道风景了。

小玉帮四麻子做了些洗洗涮涮的活儿，她洗了手，擦了手，扭身却要走。四麻子无比豪壮地把胳膊一伸，拦腰就把她给倒扛了起来，小玉就势一躺，那个软绵绵的样子，像是遇到了一个渴盼已久的受用。

四麻子的两只眼突然有些昏花，他对着那张俏脸说：“想干啥！想走？门都没有！给俺擀面片汤吃，嘴馋好几年了！”

小玉擀的面片汤还是那个味道，吸溜到了嘴里，还没有完全咽到肚里面去就化了。四麻子也还是那一身热气腾腾的汗，心里边却有些缺憾，他家里没有酸黄菜，很想吃，可家里真没有！仔细想了想，那个缺憾，似乎并不仅仅因为酸黄菜。

小玉拿了四麻子的一把破蒲扇，呼呼地扇，扇出来的风，连四麻子也给吹了。

小玉也许是扇扇子累了，说四麻子家太热，她家的小楼，前后都是大窗户，透气凉快，大吊扇还有快慢风，好使。临走，给四麻子留了个雾中花一般的笑。四麻子抬了抬屁股却没动。

有一天，小玉在街上碰到了四麻子，她给四麻子使个眼色，意思是叫四麻子到她家里去。四麻子连连摇头，嘴里的那个“不”字，也没有响响亮亮地说出来，像“噗、噗”地专门吹出来的一口气。

小玉说：“咋？不敢？还四骡子，连头毛驴子也不敌！”

四麻子满脸通红，说：“你说啥？牛皮不是吹的，火车不是推的，泰山不是堆的——你等着，看收拾不死你！”

小玉的那座小洋楼，平时只有她一个人住。不知为什么，四麻子到了小玉的小洋楼里就病了，总是一身身地冒虚汗，看了好多医生也不见好。

王会来升任邢州副市长后，不仅全力支持五行萃的各项工作推进，还专门批示把林静鸽调了过去。林静鸽去了后，主管五行萃棋盘山里的实验基地。

有一天，林静鸽给小玉捎回信来说，太行花实验基地培育的原种太行花，终于成功了，两天后是太行花盛开的第一时间，集团要举行太行花培育成功的庆祝典礼，省里、市里、县里、乡里，还有中医药相关部门和产业，都将派代表参加。因为基地尚处初级阶段，不仅道路尚未完全顺畅，而且容纳人数有限，对能够亲历现场，目睹太行花真容的人员，做了绝对的数额限制，所以大多数参会代表，只能在集团总部看照片听介绍。因为这些，林静鸽让她娘带上“四叔”，一齐到棋盘山里提前看一看。

本来说好两个人一起去，小玉正在梳洗打扮，四麻子又出了两身汗，偷偷往自己家溜了。小玉洗涮好之后，找到了四麻子家。

刚踏进门槛，她就把大门给闩了，顺手从院里抄了一截棍子，她要把那个胆小如鼠的四麻子，敲打上两棍子解解恨。可是，棍子还没有举起来，她就被四麻子拦腰抱住了……

麻子一本正经地给小玉说："哎哟哟，白叫医生们骗了咱那么些钱，恁家的那个小洋楼，俺再也不敢去了，到了那里，四骡子就不是四骡子，小玉也不是小玉了……"

小玉说："真是，就把俺娶到恁家吧，俺家那个地方，想去俺也不叫你去了。"

临走时，四麻子从炕席下翻出两封信，给小玉说："俺忘了，原先也就不想管闲事，这两封信，是那年死鬼白军给俺的，他叫俺给了白鸽，这么长时候了也没顾上，后来就忘了。俺这辈子，恁那俊年年的仨闺女，俺给谁也当不成个囫囵爹了，半个爹也是爹不是？闺女的事，爹还得给操心！"

小玉抡起巴掌就要打，四麻子一闭眼一弓身，全力迎接着打击出来的响亮，过了半天什么也没有，睁眼一看，小玉手提着包袱，正在大门处，喜盈盈地向他招手呢！

四麻子和小玉正要走，五行萃的车就来接了，两个人坐上去，自大北沟向西一路爬行，车两边的山峦，威武不尽地向车后涌，像呼啸而过的千军万马。

四麻子和小玉都是第一次来，可通行轿车的水泥路刚刚铺到桃源青村，桃源青到实验基地还有四十余里的盘山土石路，除非越野类特殊车辆，或底盘较高的三马、拖拉机类农用车，多数机动车到桃源青就算到终点了。离桃源青村不远，有一处便于远眺的平阔崖畔，黄泽华带着五行萃的两个人，还有白文昌、周山杏、林静鸽，都站在上面等着。

林先生的远房堂表哥毛得贵，也在那里迎着。桃源青村总共不到四十户人家，却星宿一般分散在数座山坡上或沟壑里，毛得贵和另外三户人家，住在最靠山外的一处向阳半山坡上。

林静鸽看一眼"四叔"，给小玉说："娘，闺女把太行花给你当献礼，你第一次见真正的太行花，总得给个什么见面礼吧？"

小玉想了想，说：“娘的香闺女哟！娘能有啥？要不嫌弃，娘这两天，就这两天……跟……老——四结婚！”

小玉话音刚落，边玉成、林梦鸽来了，林白鸽、毛子来也来了。听到小玉说的话，大伙儿一下子热烈起来，黄泽华说：“好啊，好啊，我跟乡里边联系，在太行花下，现场办理结婚证！没想到今天能来这么多贵客，又逢双喜临门，我先行一步准备准备去？”说完正要转身上车，后衣角被周山杏偷偷逮了一下，黄泽华看看周山杏，周山杏正杏眼流光地瞟林静鸽。

黄泽华扶扶眼镜，抬头望一眼无风、无云、无飞鸟的蓝天，说：“大坡地的父老乡亲，任何一位我都不会忘，不能忘，也不敢忘。那是根，是不是，小师妹？”

黄泽华又扶扶眼镜，望一眼林静鸽，林静鸽把背在身后的一只手轻轻摆了摆，看了一眼林白鸽，意思是说：你先走，姐姐安排的车随后即到。

黄泽华、白文昌他们走了近两个小时，林白鸽安排的车还没有来，几个人正在焦急地等，下面路上一辆三马车，因为陡坡又加了急转弯，“嘭嘭嘭”地冒着黑烟，颤颤抖抖地熄火了。

车上跳下三卷毛，急急忙忙地找块石头掩在车轱辘下，半抱着瘦三下了车。瘦三拄着一支荆柴拐棍，一边晃晃悠悠地走，一边嘟嘟囔囔地说，意思好像是三十年河东，三十年河西，这二十年都不到，这里边都变成这个样了。

小玉上前一把扶住，正要说什么，林白鸽敲锣打鼓一般脆生生地嚷：“都看看，都看看！俺姥爷！俺亲姥爷！俺跑了两三遭，派辆四个圈的车拉你来，俺亲爱的姥爷嫌车赖，死活不坐也死活不来！”

瘦三拿那支荆柴拐棍“梆、梆”地敲着石头说：“你那啥破车，俺就待见外甥女婿的三马车！啥圈不圈，那辆三马车上也有仨圈！”

林白鸽探着身子，仔细端详下面那辆三马车：车头上，真的有三个黄灿灿、明晃晃，不算太扁却很是不圆的三个圈。

三卷毛一遍又一遍地抓挠着不痛又不痒的头，不好意思地说：“那仨圈，材质真的不赖，专门找的铜焊条，本来想做‘大坡地’第一个大写字母‘DPD’，可干活儿的那个钣金工是个学徒的，字母‘D’的立柱太弯，字母‘P’的立柱太短，整出来像仨圈，焊上去了也不好整下来，倒也好，俺姥爷还真待见，有事就坐俺的DPD，高兴了还拿拐棍，一边敲俺的DPD，一边再给起个名叫‘荞麦地’！”

林白鸽一时语噎，终于想起如何开口时，瘦三已被三卷毛扶上了DPD，一蹦一蹦地在坑坑洼洼、左右盘旋的山石路上，“嘣嘣嘣”地冒着一串黑烟，向着实验基地的方向去了。

由于林白鸽安排的大越野一直没有来，毛得贵又一直盛请众人到家里暂坐，一行人从那个崖畔上向村里走。

毛得贵让大家暂坐的，实际上是儿子毛在民的家，也就是毛子来的爷爷家，毛子来的父亲毛保林，还在山的那边住。毛得贵原来也住在山那边，和孙子毛保林一起，边看护山林，边耕种田地，年纪大了后，才搬过来和儿子毛在民一起住。

从崖畔到毛在民的住处，是千沟万壑之间的一条山路。正是落英缤纷的四月末，周围的山岭上，一团一团的杏花瓣在飞。因为早晨洒了一阵子细雨，远处山峦上飘飘荡荡的云雾，将那些秀美的大山，装饰得羞答答。

“山中无历日，寒尽不知年。”沟壑里叮咚的泉水，清凌凌的冰凉透骨，似乎是刚刚解冻。枝头上的鸟叫声，格外的悠扬而嘹亮，婉婉转转的歌声像天籁之音。山外的桃花落红万千，山里的桃树，还是少女一般的红腮粉面，按捺不住的火热，摇曳着朝阳一般的绚烂。

因为是到了爷爷家，毛子来格外兴奋。毛子来的母亲，准确地说应该是边心伟的母亲，当年在沙水医院的那个大辫子女人，她早就在家里等着了，毛子来的奶奶，自然就是那个大辫子婆婆，她也在。林梦鸽眼尖，虽然大辫子婆婆早已不再梳大辫子，但是林梦鸽一眼就把她认出来了。

毛子来在边玉成家待了不到二十天，回到爷爷家，感到什么都新鲜，他还像从前一样，去抱那只土黄色的母鸡玩，那只鸡看见他却有些陌生了，“咯——嗒——嗒——”地大叫几声，翅膀一扑扇，向下边的山沟里飞去了，紧接着又有几只鸡跳了下去，最后，连那只花公鸡和红公鸡，也“咯——嗒——嗒——”地叫着，跳到下边的大沟里去了。

林梦鸽喝叫了两声，毛子来却像没有听到，边心伟却翻着眼，表示了一次又一次怒不可遏的抗议——毛子来根本没有把她当妈，那个大辫子女人还是他可亲可敬不离不弃的娘，边心伟一直不跟大辫子女人说一句话！

大辫子婆婆拉着毛子来的两只手，晃晃荡荡地说："没事，没事！自家的鸡，跳到沟里边还是自家的鸡，它跑不远也不远跑，过不了多少天，自己就回来了，说不定，还给领上一窝小鸡回来呢，都没见过吧？常有的事哟！"

跑出去的鸡还给领上一窝小鸡回来？小玉他们没见过，也没有听说过，那真是件新鲜事。毛子来绘声绘色，介绍院子里哪一只鸡是领回来的……

院子最外边的围墙下，是一条望之胆战的大沟，沟那边是一座耸入云霄的大山，在一个突兀有致的半山崖下，还有一座巍峨的庙宇，从沟口向东望，那一层叠一层、一处远一处的峰峦，起伏奔涌的壮阔像一片海。

黄泽华和白文昌一行，颠颠簸簸左弯右绕，沿着崎岖不平的盘山道时快时慢、时走时停。

太行山的天然中药材品相好、种类多，无污染且蕴藏量巨大，由于历史上没有进行过有效开发，更谈不上规模性的采挖销售，相当部分的稀缺药材，连当地人也叫不出名字，好多都做了牲畜的饲草。五行萃准备在棋盘山里，建一个中药材知识培训兼农户直联厂家的综合服务基地。

黄泽华拉着白文昌、周山杏几个人，路上停了几次车，看了几个地方，初步确定了服务基地建设地址。他们到达太行花实验基地已近中午。

黄泽华因为还有许多事要做，午饭后，安排白文昌、周山杏到他的房间休息，休息好了可以四处转转看看，再给提些宝贵意见。

黄泽华住在半山腰上的一座院落里，清一色红石头砌起来的建筑，和山风山韵完美地融合在了一起。红石板铺就的硬山顶，效仿了山里人传承千年的古朴样式，花格式的木栅栏大门，油漆了和红石头相差无几的颜色。

卧室的最外面，是一个小型会议室，会议室和卧室的中间，是一间书画兼会客的休闲活动室。活动室四周的座位颇具个性，有各具特色的红石凳、青石椅、白石榻，还有略略加工的原生态树根、树杈小沙发，屋子中间的画案很是阔大厚实，画案的四条腿，由四条瘦削的老树根雕刻而成，一条像瀑布飞泻，一条像苍鹰展翅，另两条像一对男童女童在遥相呼唤。

房间里有很多就地取材的小摆设：没蜕壳的风干的栗子、河沟里捡来的崖柏、野鸡尾巴上的长翎、含着松籽的松塔。摆放物件的大橱窗，有晾干的北五加皮、野瓜蒌、天花粉、酸枣仁、白头翁、土三七、太行雪莲、太行麦冬、太行神草、绣线菊、夏枯草、何首乌、鬼见愁、山丹丹、马兰花、河北蓟、野丁香……还挂着两个篮球大小的马蜂窝。

白文昌看花心切，却不知道即将开放的太行花究竟培植在哪里，便推开那个花格栅栏门四处转。

一条小溪对岸，一处高大的玻璃房，泛着蓝光的玻璃幕墙，瓦脊式的房顶，太阳的照耀下四射着耀眼的光晕。小溪很浅，溪水里零星游荡的小鱼，个头儿不大却速度飞快。玻璃房的进出口，是一个拐了两个直角转弯的拱形通道，通道口是两扇弹簧玻璃门。黄泽华背着手，正在看工人往玻璃门上挂红绸布。

世上所有的喜庆事几乎大同小异，大坡地迎娶新娘，自娘家到婆家，新娘的头上要蒙上红盖头，那块红盖头，拜完天地到了洞房，由新郎拿了秤杆去挑开后，铺天盖地红彤彤的喜庆吉祥，便在新天地里正式大放光芒。玻璃房门上的那块红绸布，应该和红盖头差不太多的功效，只是那根用来挑红的秤杆，要变成几个特殊人物的几双大手——白文昌有些失落，他担心先睹为快的企盼会落空。

黄泽华扶扶眼镜，恭恭敬敬地招呼了一声“白老师”，说：“‘花开花落自有时，总赖东君主’，东君未到，时辰尚早。也别嫌俗气，喜庆事，总要有个喜庆的模样。”

白文昌说了几句喜庆话就转了回来，刚踏进花格木栅栏门，三卷毛开着他三个圈的三马车，仍旧“嘣嘣嘣嘣”地冒着黑烟拉着瘦三，大喘粗气一般又“嘣嘣”

了两下子，才在木栅栏门外停了下来。三马车中间的小柴油机水箱，向外翻腾着一团又一团的白汽。

白文昌慌慌忙忙迎上去，扶着瘦三说："哥吔！你？这是咋？你不是说不来了？这，这，哥哥这么大岁数了，腿脚又不好使，坐着这辆车来了？街邻乡亲看见了，俺成啥人了？'入则孝，出则悌'，这年轻的不以为意，这兄弟我，总不能也一样吧？哥吔……"

瘦三一脸的欢悦非常："有啥！有啥！老是腿疼，敢是血脉不周流[1]了，坐上老三的这辆三马颠颠，说不定不周流的地方，就给颠颠周流了。唉！还是早先赶着毛驴车，换挂面那会儿来过，这会儿，毛驴车也没了，坐汽车里边，看啥也不敞亮……"

三卷毛一边拿衣襟擦汗，一边大喘气说："这上眼皮跳腾了好几天，真不走时气，要不早到了，半路上这荞麦地喊冤叫屈，就地一趴不干了！叫俺好一顿折腾！路上的大坡也真长真大，水箱里的水，也快耗干了，要不是俺技术好——是不是，姥爷？"

太阳将偏到西山巅，小玉林静鸽他们还不见影踪，瘦三和白文昌都着急，黄泽华又派车去桃源青接。天将黑时，接回来乡里办结婚证的民政员，还有两个为庆典打前站的工作人员。带回的消息是，送后面几个人的车没到，这辆车又盛不下，天也不早了，后面的几个在桃源青住一晚，明天再来。

令大家想不到的是，大坡地村的第一位大学生，魏老大、张雪梅的三闺女魏三巧，竟和乡里的几个人一起坐着车来了！

魏三巧肩挎一个橘黄色托特包，前额微烫了几个乌云卷，齐肩的长发被几个发卡收束到脑后，纯净透亮的脸一脸书卷气，半西装式的浅绛色制服，婀娜轻盈的身姿步态，沉稳又干练。白文昌第一眼，竟没有看出来是魏三巧！

魏三巧毕业就分配到省里的一个厅级机关工作，五行萃的这次庆典，魏三巧就是受邀的省有关部门的嘉宾之一！白文昌尤其高兴，因为魏三巧不仅是他"三千

[1] 周流：方言，顺畅流行，遍及各处。

弟子”的其中之一，还是他“七十二贤人”的其中之一！而且他很早就预言：“这牛毛再多，咱大坡地这头牛，总得长出俩牛犄角，那俩牛犄角，至少有一个得是三巧！”

林白鸽要的大越野，直到鸡子上架鸟入窝之后，才开着明晃晃的大灯到了桃源青。司机的油嘴里冒着酒气，卷着舌头，咕噜了一堆山高涧深的埋怨话。

毛得贵尽管将近九十岁，硬朗的身板像一棵千年古槐，一双大脚踏在山路上，“噔、噔”地响。当山顶上落霞满天，山坳里一片黑暗，不知道谁站在高处喊了几声坡，那悠悠的几声，还在此起彼伏地回响着，山那边和山这边，就有一声声的回应传了来，住在山这边的人，都陆陆续续地往毛在民家里赶。

林白鸽还是那个性情，人多的场合总会占尽风光，像电视节目里的主持人。

她懂的东西格外多，她给桃源青的人说：“人总是会有好多阴差阳错，阳差阴错的事，也不一定都不好，大家说，要不是沙水医院的那个错，要不是红桃给换成了梅花，那毛子来，十来岁的孩子，啥时候能去外面走一遭？子来真有福气哟，这回可吃了不少好东西，像四大名菜——西施舌、貂蝉豆腐、贵妃鸡、昭君鸭，都吃了！四川的一品熊掌、江苏的鸭包鱼、浙江的龙井虾仁、湖南的红煨鱼翅，咳！鱼翅，谁吃过？没有？谁见过？也没有。俺给说，鱼翅可有讲究，咱们北方人，吃鱼翅以排翅为主，北方人性格豪放，也爱讲排场，排翅最好看！南方人聪明细腻，南方人都吃散翅，散翅不好看，但不能以次充好。最好的海味是什么？谁知道？是干贝！肉质细，咸味轻，鲜味强，回味甜……”

毛子来忽然给毛得贵说：“老爷爷！以后俺哪儿也不去了，俺哪儿也不想去！城里头没啥好！就看了一场唱歌，唱歌的那些人，都想给别人打架！一会儿拿手指头指着这个，一会儿又拿手指头指着那个！一会儿还拿手指头冲着俺一勾一勾，想是叫俺去她跟前？她叫俺也不敢，一会儿瞪着眼唱，一会儿又圪挤着眼唱，一会儿圪蹴下来唱，气也喘不过来，像好几天没有拉出来！”

林白鸽忽然不高兴，说：“看！看！这孩子！这孩子！你不姓毛，你姓边！

哎哟，没法，哎哟，跟谁惯了，一时半会儿转不过来弯，在外边吃剩的菜，他非往家里边打包。哟喂！山里的孩子，这懂礼貌，可也是个大事……

“这人，嗯？谁知道，倒也都是俩胳膊俩腿，看看，都是个人，想想，能吓掉魂！嗯？不信？没听人说？人家的黑眼圈，那是描的；咱的黑眼圈，那是熬的！人家那国色天香，那是长的；咱的倾国倾城，那是想的！咱家的那捧钢墩，是一分一厘天长日久攒的；人家的那堆票子，是银行的机器嚓嚓嚓嚓点的！本来卖一毛钱一斤的红薯，咱卖了一毛一，整黑夜高兴得睡不着觉；人家一顿饭吃了半头大象，跟喘气做梦一样不眨眼。咱整年没病没灾，那是进不起医院死受硬扛；人家一辈子红光满面，那是高科技护航，高端营养……”

小玉嫌林白鸽话太多，皱了皱眉头，若有还无地轻咳了两声，像嗓子不舒服，又像是在哼哼。她瞥了一眼四麻子，四麻子立马心领神会了，他从衣兜里掏出两个信封，冲着林白鸽晃了晃，林白鸽连个结束语也来不及说，一把抓过那两封信，三拐两拐，跑到一个没人的屋子里插上门，咬着嘴唇看完第一封后，点上一支烟，仰起头从嘴里喷出几个烟圈圈，顺手把那封信点着了，然后抽出第二封：

祈求来生

千千年的缔约 / 是娑婆世界的 / 一次单程游荡 / 为只为 / 萦绕心怀的 / 一个久久向往 / 那里 / 修竹碧参天 / 画柳簇成行 / 云起处 / 凭层峦叠嶂堆画眉 / 风乍涌 / 任朝云暮雨巧梳妆 / 青箬戏斜风 / 山泉十里叮咚唱 / 绿蓑抚细雨 / 桃红千顷尽眼望

甚荒唐 / 千千年的轮回 / 讨得个眨眼时光 / 春雨不问春草事 / 润了梨花润海棠 / 古殿青灯忽闪闪地亮 / 不解夏时露 / 无恨秋后霜 / 佛前经卷高百丈 / 庭阶生青苔 / 流萤伴夜长 / 谁曾望 / 苦候千载的蝶蛱 / 幸福地嫁给了蛛网 / 千千年的缔约化寒烟 / 寒烟一缕断枯肠 / 笑靥如花 / 已随了风流浪

风一场 / 月一场 / 对风邀月醉一场 / 困一场 / 苦一场 / 困苦

交加做道场 / 悲一场 / 喜一场 / 悲喜难补旧时裳 / 梦一场 / 醒一场 / 梦醒时分夜未央 / 花开花谢 / 倏来倏往 / 欲裁云锦为尘装 / 黄土一抔作眠床

蒹葭苍苍 / 埋葬了岁月忧伤 / 裙袂飘飘 / 点缀了神采飞扬 / 执子之手 / 赠我一指幽香 / 回子之眸 / 馈我两扇幽窗 / 祈求来生 / 求你的绝代芳华 / 一如既往 / 祈求来生 / 求你的千年苍翠 / 淡暖微凉 / 盈眼的热泪滚滚烫 / 待到回程惊梦 / 魄散魂伤

林白鸽连续看了几遍后，又抽出一支香烟噙上，咬着那支烟，在嘴里转了几个圈圈后再点上，吸溜几口后，又去点那两张纸，点了几次没点着，忽然有些头晕眼花，烟雾氤氲里，白军笑嘻嘻地走来……

第六十章

鸽鸣青山崖　奕奕太行花

毛子来让毛得贵再给说说，早先时候，他去日本东京的事——中日建交那年，毛得贵去过日本。

毛得贵说："那有啥？山泉水拿瓶子装上了——没咱棋盘山的水好喝；床板拿布包上了——没咱的大土炕暖和；大楼盖到天上了——晃晃悠悠的像个鸟窝……提它咋！就是到了驴年，小日本也成不了正经东西……"

因为提到了日本，他似乎有些感伤。

毛得贵共有弟兄三个，他自己有三个子女。当年八路军的一个司令部就在棋盘山里，和他们家紧挨着，哥哥毛得寿和毛得福，当年为了保卫八路军司令部，死在了战场上，他的儿子毛在田和女儿毛在云，当年随八路军一起走了，都是军级干部，现在都退了。当年部队走的时候，他的小儿子毛在民还没有毛子来大，这才留了下来。

当年的八路军首长，前些年派人来了好几次，因为家里人都在山里住惯了，谁也不愿意到别的地方去，孙子毛风林、毛树林和毛保林，三个人各管着千余亩的山林，都有二十多年了，国务院还给挂过匾发过证书呢——哪里也没有棋盘山好！当年八路军使用的石碾和石磨，修水库时，三个孙子当作革命文物硬给挪了上来，看见它，就哪儿也不想去……

毛得贵正说着，四麻子悄悄扯了小玉说，他把白军给的那两封信给了林白鸽，林白鸽看了后，怒气冲冲地把边玉成扯到了房后边去，争吵了一会儿后，她扯上边玉成就走了。四麻子还说他听了几句，不全，他知道那个“挖修立”是啥意思了，那是句南蛮子话，是“我想死你了”。

小玉拧了他一把，四麻子有些不知所措，他急急忙忙地要去追林白鸽，小玉却一直攥着他不松手，四麻子说：“就是他姓边的不算个啥，白鸽再说也是咱闺女不是？这回俺要不管，她可真要受苦了。”

小玉说：“火大了头晕，苦东西败火！”

四麻子向来不想这个又那个，小玉的话也没有听懂，一直想去追林白鸽。大山里的静谧安详夜，眼望不穿，针刺不透，大海一般幽深的时空里，数里外的山鸡叫、野狐嚎，都像近在眼前。被小玉攥着的手四麻子还没有抽回来，就听到村外崖畔那边，传来一阵疯了似的汽车响。

四麻子和小玉一直在那里呆坐着，除了那个“挖修立”，林白鸽和边玉成后来说的事，他无论如何也不敢再说了——边玉成除了边心伟和边心媚两个孩子，他和云端大酒店的小蜜蜜，还有两个孩子，大的已经七岁了，而且还有……

而且，他也分明听清了林白鸽说：“你以为啥也能颠了？人心是圆的，你颠上二十四个过，还是人心！枉费心机！那几个妖精，你除了拿钱把她们奶奶一样供起来，你还能给她们啥？瞪啥眼！就那几个妖精，谁要了谁还不一定，谁是谁盘里的菜，怕你到死也整不清！

“你不知道哪儿是家，你家太多了，你没有家这个概念，你是个野人，野人他啥事干不出来？……不是没心没肺的人也没人跟你，除了俺，那没心没肺的人，也治不了你……那无价之宝，你买不起，也没有人卖……

“还有，别整天在望乡台上唱莲花落了！老谭，他进去了！不到十个钟头的事。别问俺咋知道的。哼！老尤、老訾两个，位置比老谭高，根脉也比老谭烂得很！出不了三天，他们也要前仆后继了。最后靠谁？老邹？人物倒不小，靠边站也就只差开个会了！边家的事，你知我知，天知地知，那个热牛粪的好命，有再一再二，不可能有再三了……”

热热闹闹的晚饭后，该继续忙的都加夜班去了。魏三巧、周山杏住在了林静鸽的房间。

瘦三说自己有睡觉打呼噜的毛病，而且人老了，晚上起夜的次数多，还有鸡叫三遍后，爱到院子里四处走走转转，再回头睡觉的老习惯。若和白文昌住在一起，他担心夜晚会打搅弟弟休息，弟弟休息不好，明天、后天的事，甚至厂子以后的事，说不定还有其他好多事，需要弟弟参加意见帮忙呢！弟弟可是俺头顶上的那片蓝天呢！老爹老娘，一直在头顶上眼巴巴地看着呢！弟弟可是个多谋善断、经文纬武的有用之才呢！所以他坚持和三卷毛住在一起，况且，三卷毛这孩子，人不懒、待动、实诚、嘴又甜，跟这孩子住一起，舒坦着呢！

白文昌仍在黄泽华的办公、生活、休息三联用居所休息。晚饭结束后，他看了一会儿黄泽华的旧画作，又翻了一会儿柜上的藏书，躺在床上后，想了一会儿魏三巧：那个总是满身打着补丁，却总是清清爽爽、文文静静的小女学生；那个常捡拾别人丢弃的铅笔头，把作业写得整整齐齐、干干净净的小女学生；那个积攒中药丸外面的蜡，烤熔在小铁盒里，照明读书的小女学生……

边玉成、边玉辉赶下悬崖的毛驴电影车，洗掠了魏老大、张雪梅的辛苦积攒，还欠下队里一屁股债。张雪梅从姥姥那里继承来的唯一遗产，自走西口的河曲县，跋山涉水来到大坡地，来到魏老大家的景泰蓝小铜镜，被边老拐觊觎了久久，最终帮助这个小女学生完成了学业！

这个小女学生，真的就是青石板下的那株小草，无比幸运地挤拱出来后，谁能想到，她如今已成了省里部门主要处室的领导了！

苦命的魏老大呃！在边家的矸石山下面，你还能看得见吗？你还能知晓吗？

苦命的魏老大呃！你的此生和来生，除了知道姓魏，大坡地人，甚至连你自己也不知道，你这个卑贱的生命，究竟叫什么名和字！因为东家的孽缘孽债，你拿性命换回了半亩山坡地，又倒欠了东家五块现大洋！风水兜转的若干年，你仍需要偿还连襟东家的五块大洋！这时候早换成了人民币。你拿人民币四处寻找，又换成现大洋，你掂惯了镰、锄、犁、耧的大手，费尽周折，也没有完美地画成一个“O”！

苦命的魏老大呃！你此生此世的红尘之游，原就是飘浮在某个角落里的一股气，分了房和地，有了张雪梅，才唤醒了你身上鲜活的生气，你未能实现的遗愿之一，就是坐上“咣里咣当”的火车，站在张雪梅娘家黄土疙瘩的大峁梁上，扯开嗓子来上一段梆子腔的硬上功，再样样式式地给他们犁上几亩田，耩上几亩地，让他们看一看雪梅男人的雄壮？

苦命的魏老大呃！你真是来便来、去边去的一股气？鲜活耀眼的李小桃，团拢着那股气不至于顷刻分崩，让你活了下去；自秀水蓝天的高原找寻而来的张雪梅，又让你活了起来。你的一生，被一股不为人知的气憋过四次，第五次要了你的命。《聊斋志异》里的“死僧”，被黑白无常的铁链锁走之后，半路上也要遁逃回来，为了再瞅一眼心里边的那个“死放不下”，连阎王的抽筋爪、剥皮刀、炸人锅都忘了！死僧看见藏在佛头里面的东西仍然完好，“死犹顾而笑之”，死僧死也惦记着他的金钱！而你，却在“亡魂离体”之时，仍不忘顺手拿上你的箩筐、扁担，扛上你的锄头，到鸡冠山下的大坡地劳作去！

苦命的魏老大呃！你走了，留下孤单的张雪梅。孩子们也成龙变凤了，一个个都孝顺，可张雪梅到底哪里也不去！她是在眷恋她“亡灵不远”的魏老大？还是眷恋她生死难弃的大坡地？

张雪梅，这位风采四溢光艳照人的“个崍崍”嫂子，纯净似水的一对猫猫眼，一辈子只照耀你魏老大一个人。她的姐夫边老拐，太艳羡她那个曼妙绝伦的窈窕风姿，结果，头上被她的大铁瓢砸出个大紫包，一辈子再不敢胡思乱想。

她舍不下大坡地和她的魏老大，也放不下对故土的牵念和眷恋，所以才尝试大坡地的小麦，能不能和老家的莜麦一样做成莜面鱼鱼，结果煮成了糊；她被窝里伸出了嫩胳膊，老大就跪在了煤火台上。“小猫，小猫快钻窝，里边有俩大馍馍，喧乎乎，热腾腾，来得慢，狗衔了，要吃还得从点火！呦——嘿！猫来了！”

那不是每个男人都有福气听到的歌谣，那简直是一道不可多得的奇风异景，可惜被小猫拿到大会上讲了去，大家也才知道了，活神仙原来是这么活着的。——一切都是为了脚下的那块，很不肥壮的大坡地呃！……

白文昌翻身坐起，来到休闲活动室的画案前，略略思索之后提笔写道：

月色如霜罩雄关，长风比水寒。竹篱茅舍栖孤雁，梅开雪一片。乡音乡俗煮成饭，寸心似火焰。顾盼流光搓成线，炽爱穿成串。拿来时光作脚板，随你到永远。

白文昌刚刚写完，就听得这山应着那山的“叭叭叭叭”的爆响，由远及近的大炮仗一般的爆响，却比大炮仗要响亮得多。出门一看，林白鸽的小轿车已停在了花格木栅栏门前。小轿车因为撞掉了排气管消音器，还在“叭叭叭叭”地响。白文昌仔细看了看，小车的前保险杠没有了，前脸也凹了进去，左右车门都有撞进去的大坑，一个车门的玻璃也碎了，后备厢的盖子忽颤颤地悬着，后保险杠在地上拖着。

林白鸽一脸的疲惫和泪痕，抱住白文昌，一声跟不上一声地哭叫起来。

三卷毛和瘦三都过来了，瘦三抖抖着那根荆柴拐棍，一副要拼命的样子。三卷毛忽然暴跳如雷，跑到他的三马车上，拎来了摇车点火的铁拐把，拽着林白鸽的膀子问：“咋了这是？是谁？是谁？你说！是不是老鼠精欺负你了？啊？说！”

林白鸽一直抚着二姥爷白文昌的肩膀，哭都接不上气。三卷毛回身就去发动他的三马车：“俺就知道，迟早有这一天，那个小子早活够了，迟迟早早，得有人为民除害，俺弄死他去！”

白文昌跺脚就是一声喊：“干啥？疯了？疯也不是这个疯法！就是杀杨老歪，也得先弄清一二三四，都先回去！”

林白鸽也真的是林白鸽，在休闲活动室平静了一会儿后，喝了两杯水，洗了脸，涂抹描画了一通后，就把边起升和苏敏敏的那些孽缘孽债，绘声绘影、活灵活现地给白文昌描述一遍。

林白鸽秋毫不舍地讲，尤其是触及苏敏敏母子，提到一遍，就是一遍的泪如雨下。

她想让白文昌以苏敏敏入手，替她写个东西，一为无辜亡命的“长脖子”母子雪恨申冤，二为把牲畜不如、狼吞虎餐的边家打翻。

直到林白鸽开始犯困，白文昌仍无半点儿睡意，思索良久之后，才写下了：

流苏溢彩无人见，袅袅入云天。太行风霜冷似铁，何方是家园？孽冤孽债血偿还，危情比蜜甜。娇儿哭娘母号天，伊人靠谁怜！花姑送君太行巅，书页慢慢翻。

也许是突然明白了她姥爷瘦三说的，“别因为那一小块灌肠，扔了一大块荞麦地”，也许是因为一个人在高山峻岭间，开着车东碰西撞了大半夜，差点儿翻落山崖受了惊，林白鸽坐在那个树墩上，靠着靠着就迷糊住了。

其实听了苏敏敏和边家的事之后，白文昌不仅满腔怒火，简直肝肠寸断。这该死的边起升！那个被害的“长脖子”母子，或许还能找到一星半点儿的骨殖？那个至死念叨“平安好”的边起升，如今，早到那边继续忏悔去了！那个血债，谁偿还？如何还？

白文昌怎么也睡不着。或许是最为悲愤之时，最容易思念亲人，他想起了娘。娘年纪轻轻的没了男人，含辛茹苦把哥儿两个养大。三年困难时期，野菜稀糊汤也舍不得多喝一口，为了他们哥儿俩，生生地把身子搞坏了。在挤挤撞撞的人流中，娘一个人，半大的小脚，东倒西歪地到医院去了好几次，刚挤到跟前，又被人挤了出来，后来就坚持不住，痛得满地打滚。万医生给打了一针，又给了娘一小瓶白药片，当天中午见轻，当天晚上就能下地做饭了。直到吃了霉变的荞麦面去世，还一直念叨着万医生的白药片是如何的灵验效用。如果把万医生早早请来……

万医生，大坡地人心目中永远的神圣：一身浅灰色的小翻领制服，模板一样笔直的身段；规整的四方步像钟表上的砣，等时间又等距离，有一种不敢触摸的优雅；洁白的圆桶帽扣在头上，鲜亮的大白口罩白得有点儿耀眼；李小旦的快刀，也拉不出那么匀细的双眼皮，一双弯眉，新裁的嫩柳叶一般，能春风化雨。从清水里摇荡出来的秀美，永远的正颜厉色不苟言笑，没有亲近也不见疏远。如今，也不知她人在哪里，好不好。那真的是，从来处来，到去处去。

在大坡地的土地上，在太行花培育成功的庆典上，大坡地人怎么能忘了万医生呢？白文昌再合不上眼，更躺不住，“人世几回伤往事，山形依旧枕寒流”，他来到画案前又写：

万千粉彩着画盘，难绘你容颜。孤标傲世偕谁隐，玉心开五瓣。莽莽大山青墨色，云霞醉峰峦。百丈危崖遥相唤，唯你瘦影单。生未相拥死未言，来生做花仙。

白文昌刚写完，黄泽华和周山杏进来了。其实自从林白鸽来了后，好多人都被惊动起来了。周山杏看见那样的阵仗，一眼就知道是林白鸽和边家那边出了事，思来想去，一直在外边躲着。黄泽华来了后，也被她挤眉弄眼地叫到了别处去。一切平静了好久，她才扑闪着大杏眼，拉上黄泽华进来看。

黄泽华看完白文昌写的那三首长短句，对其中的“拿来时光作脚板，随你到永远”“花姑送君太行巅，书页慢慢翻”“生未相拥死未言，来生做花仙”三句，尤其大加赞赏，他说：“这分明是为这次庆典作的庆典词！这得马上请人装裱起来，挂到集团总部以示纪念。”

白文昌说：“不过几个随思随想、随想随写的乱涂鸦，主要是看着那么好的画案、纸墨，不涂上几笔手痒痒，不符诗律，也不合词格，是个长长短短的长短句，却和古人的长短句靠不上，不论格律也不讲音律，万不可，万不可，万不可丢人现眼！”

黄泽华坚持要搞："什么古人今人，什么格律音律，'诗言志，歌永言，声依永，律和声'，这个白老师比我懂。讲究字数、句数、平仄、对仗、音律的'诗、词、曲、赋'，唐宋以来达到巅峰，其光耀千秋之美，为后人崇敬有加，且少有逾越；'诗经''乐府'有感而发，因情而唱，无框架少章程，起兴于乡夫村妇，诵咏在大吕黄钟，同样万古绝唱！各美其美，美美与共，凡字达意切，均是好文！不过，这几幅可不够，马上要盛开的太行花有六株，还有六株花蕾已长成，每株一幅总共十二幅。"

黄泽华看着白文昌扶扶眼镜，笑眯眯地说："白老师爱你的学生，你要的一百张课桌我给订下了，三五天内能到货；我爱我的太行花，求白老师几幅墨宝，白老师想也不会不慷慨。"

白文昌也笑："你给的'工钱'到真不少。可那内容，说实话，是写几个和大坡地有关联的女人，这，这，这……"

黄泽华这次没扶眼镜，他把眼镜摘了下来，揉了揉眼说："至于内容，稍稍琢磨就知道了。我就是看中了其中的内容，大坡地的女子们和大坡地有关的女子们，甚至全中国的女子们，她们的美德，她们的操守，她们的传承，那是太行花一般的品质啊，那是厚厚的一本书啊！当今的好多人，把最宝贵的民族传承迷失了，甚至沦丧了！所以，我才要把这几幅字悬挂起来！"说完后又揉了揉眼，擦了擦眼镜，戴上走了。

林白鸽在黄泽华进来时就醒了，她看了白文昌写的关于苏敏敏的那幅长短句，一直嚷嚷："二姥爷就是搪塞人，也不能这样搪塞不是？"

白文昌笑眯眯地讲解"花姑送君太行巅，书页慢慢翻"两句："都多少年了？嗯？花姑早把她送到太行山巅，看护太行花来了，看这不是？咱静鸽，把这真正的太行花，给培育出来了不是？"

林白鸽咽不下这口气，使尽了千般手法，试图让周山杏给白文昌说说。周山杏眨巴着得意扬扬的大杏眼，说："外甥女，这个不急，你还是，赶紧把那辆小车整走吧，叫外人看见了，啥啥啥啥的，说不定啥都给嘟噜出来了，啊！再说，那么贵重的东西，你一下子就给整成那个样了，你不心疼，俺还心疼呢，俺家一辈子都买不起那四个轱辘呢！”

周山杏打发了林白鸽后，很羡慕白文昌写到纸上的那几个女子。在大坡地，除了旧社会立了贞节牌坊的那几个，还有谁能被人装裱起来，给悬挂到万人仰头望的高处去！这毕竟是大坡地女子有史以来，又一个不可多得的风光和荣耀！她很想让白文昌把自己也写上去。

不知周山杏使了些什么好手段，时间不长，白文昌就给她写了一幅，周山杏不胜其乐，到处让人看：

喇叭花开田埂畔，恨未嫁木棉。因羡绮罗化春蚕，抽丝自作茧。仙爱凡尘人爱仙，月老无过愆。曾闻姜尚悲歌起，马氏真俏颜。李白杏黄草叶尖，追梦年复年。

写完周山杏的那一幅后，白文昌开始准备下一幅。他内心深处的女子，他娘无可替代的是第一位，万医生的神圣和光彩，在大坡地是人所共知的。除此之外，他的心灵深处，还有一位寄住了若干年的女子，那名女子，是苗香香。

那时苗香香刚生了儿子王会来不久，秋水一般透亮的大眼，翠绿绲红边的对襟袖，不胖不瘦的身段，真的像三月天的山坡上，拔地而起的一棵嫩水葱，春意盎然又生机勃勃。

那天把白文昌饿得，躺下去就不想爬起来，家里剩下的最后半勺米，也在头天中午煮饭吃了。全家人最后的家当，只剩下一张一元纸币——一张画着山林亭台的冀南票。那张山林亭台即使能用，怕也买不来半勺米。

他攥着那张山林亭台，到了王炳中家的米店，水葱苗香香一个人在。进门他先给苗香香鞠了一躬，意思是求苗香香高抬贵手，无论给多少米，收下他的那张山林亭台。

白文昌当时在王炳中家的东院念书，因为学习成绩好，林先生经常表扬，所以苗香香认识他。苗香香接过那张山林亭台，笑嘻嘻地说：“咦！这不是小秀才来了？做啥？买米？嗯？这个，嗯！这样吧，早听说你学习好，你今儿给俺背篇文章，叫俺见识见识，背得要流利，还得上讲，背不好，米不卖！”

“手如柔荑，肤如凝脂，领如蝤蛴，齿如瓠犀，螓首蛾眉，巧笑倩兮，美目盼兮”白文昌背得很流利。苗香香问是啥讲究，他说：“是说姑姑人白净，人漂亮，双眼皮，俩笑靥。”

他清清楚楚地记得，苗香香轻轻地拧了拧他的耳朵后，往他的小袋子里，舀了三升又添了半升，临走时，又把那张山林亭台塞回了他手里。

后来，苗香香被日本鬼子劫掠到炮楼里祸害了，被人抬回来后，王家给安置到了花园里。学堂搬离王家时，他偷偷地去花园里看了两次。苗香香住过的那个青石房还在，门窗上一层叠一层的蜘蛛网，阴森恐怖无声无息；送苗香香辞别红尘的苦楝树也在，一串串淡紫色的苦楝花，静静地开放在暮春的微风里……

那个女子，她常说延伸到王家花园里的山尾巴，是和她娘家的大山连在一起的，她能闻见山上面的味道，和她娘家那边是一样的。那个女子，从磨盘沟亮闪闪地来到大坡地，就像她爹化银的坩埚里化开的银水，一片流淌着的银光闪闪。来到大坡地后，只闪亮了那么一会会儿，就把自己交付给地老天荒了。

白文昌和黄泽华一样揉了几遍眼，在画案上写下了：

魂系山野青石板，人似茶一盏。点滴凛冽是山泉，叮咚伴鸟喧。泉枯巢倾香魂散，从此不相见。心潮逐浪来复去，点滴入沙滩。尘寰几多沧海事，转瞬又桑田。

白文昌写完苗香香后，一遍又一遍地感叹大坡地村的苦难史。想着想着，就想到了盖大全父子，前后主政村子二十余年。那二十余年，是大坡地村路不拾遗、夜不闭户的二十余年，那父子二人，才是一对名副其实的共产党员。

想起了老盖家，就想起了盖家的媳妇石小彩：袅袅婷婷的身段，自天而降的一身秀美，像花蕊中滚动的露珠——蓝天白云下，闪烁着一尘不染的七彩炫丽；脆生生的嗓音，像大雄宝殿里摇响的铃铛；活灵活现的细腰，真真的似一根颤悠悠的扁担。

尽管有过自己的惆怅和失落，但她一辈子的脚跟，还是行得稳拿得正的。而且，窈窈窕窕一个小女子，处世的胸襟气度和凌厉的手段，连边家都畏惧三分。盖二愣捉豆宁，她迅捷如电地甩向边老拐脸上的“猫爪子”，不是哪个人想甩就能甩出去的；夜救盖狗剩的那出戏，在本该醋海翻波、怒火中烧的境况下，能迅速决断取舍，并冷静应对的女子，大坡地不会有几个；就连她的公公，老革命盖大全，也对马氏家族无可奈何，石小彩一个瓷盆摔出去，马家的人灰溜溜地散了，那个瓷盆，不是哪个女子想摔就能摔出去的……

白文昌为石小彩写下的是：

千千心结付彩笺，张张揉成团。百媚惹得蜂蝶乱，千娇似精变。傲骨三分凌霄汉，柔肠寸寸断。世人不识长生殿，此心撕成片。伊人仍在山水间，伊人未走远。

白文昌写完，门外的朝霞映红了半边天，他伸个懒腰，常跟着黄泽华的保贵来了。保贵一边翻看写好的那五幅，一边说：“黄董早给俺夸了半天，叫俺鉴赏鉴赏白老师的文化底蕴，感受感受白老师的胸襟气度，揣摩揣摩白老师的世事洞悉。不过，俺这是搬着小梯子上房——搭不上言（檐）！唉？白老师写的这几幅，是诗？词？散曲？还是小令？好像断句都一样，押韵也一样，白老师这得给讲讲，要不真不懂！”

白文昌说：“诗、词、散曲、小令，都不是。我这一辈子，敬古、学古，而不囿古；谈今、论今，却不毁今。单说作文，自以为由心而起，有感而发，恰如其分诉诸笔端，便可称文。所谓‘笔写真情，玉体天成’。也是，上面那几幅，为啥都是一个面容？虽是等闲，亦有小意。下边的，可以变一变。”

正说着，周山杏拿着写她自己的那幅进来了，不知是听谁说了什么，还是自己看出了什么，心情不太好。她把手里之外的五幅看了又看，也没弄懂哪个是哪个，问了白文昌后，指着写苗香香的那幅说："哟！还挺重情义，不就是白吃了人家两升米，值得白天黑夜念念不忘？连个谁大谁小也都给忘了？苗香香，那是王家的老三！老大哪儿不行？还是唱梆子的老二有毛病？啧，啧，啧，啧……"

白文昌哪里会不知道，王炳中和哥哥瘦三，向来是无话不说的交心朋友，生前，王炳中提起牛秋红的时候最多，他很怀念那个女人。

牛秋红，王炳中眼里的小斑鸠、凉白开，满脑袋的龙簪、凤钗、金铃、银坠，粽子般的一双小脚，一对弯弯的月牙儿眼。牛秋红生前，她这个小斑鸠，常常在王炳中大老雕的窝里蹬腿亮翅——她竟敢时不时地抓挠大老雕的后脑勺！厌恶至极的大老雕，时不时地把小斑鸠贬损为猪头肉。在王家，小到家里顿顿饭食的安排、每个人的换季衣服，大到整个家庭的收租放贷、礼仪往来，都是牛秋红一人安排。她的记性也特好，什么地方有多少地、种什么，什么时该耩、该锄、该收割，都念账本一般的清楚。除长工林满仓外，她是每天清早起床最早的一个，静峦寺撞钟的尼僧一般，勤勉而无怨，周到又执着。

王炳中无时无刻不享用着小斑鸠的那壶凉白开，但他却感受不到那壶凉白开能有多大的实在效用，一任牛秋红爆发出来的那团火自生自灭。牛秋红却无时无刻不在企盼着，什么时候能有那么一天，她的男人，在急急慌慌的脚步中有一个急转身，审视一下她这个秀外慧中的女人，算一算，她究竟给王家带来了多么大的成就和惊喜！可是，一遍又一遍的翘首企盼之后，看不到能有一个阳光灿烂的日子。她的男人在急急慌慌的脚步中，终于有了一个急转身，她早已此去经年了……

牛秋红的这幅，是周山杏看着白文昌写下来的：

蕊寒脂暖，闲愁人不眠，三春好处无人见，任尔万山红遍。风云际会两界山，未赋经传。云歌伴岫烟，秋水望不穿。

王炳中尽管和瘦三提起雷月琴的时候不太多，但凡提起，他的那张核桃脸上，马上就会拧巴出更多的褶皱来。王炳中是在他父亲的生日时，认识雷月琴这位小青衣的。初识雷月琴，王炳中就送了她一身妖艳的旗袍，雷月琴还就妖妖冶冶地穿到身上去了！那是一个万不该的耀人眼！王炳中的亏欠，是缘于“衣是圣人毛，钱是男儿腰”，他抢吃了别人碗里的饭；雷月琴的亏欠，是她把本该吃到这个人嘴里的饭，或有意或无意，或太不在意地喂到了另一个人的嘴里去。以至于王炳中对于自己的孩子，也分不清到底是高粱还是禾子了。雷月琴的心里，原本就有撕不脱、斩不断的千般幽怨，她偏偏让王炳中把那个孩子慢慢养，等一天天儿长大后，你就认清是驴骡还是马骡了”……

白文昌写雷月琴的那幅是：

丝竹管弦，难诉红尘怨。长曲舞罢袖底寒，世间几度悲欢。宫商角徵歌半曲[1]，琴心了然。不问前世因，未解今生缘。

写好后，保贵附在白文昌耳边悄悄说：“黄董的意思说，实验基地培育太行花的成功，没有东君静鸽，不知还要走多少弯路，没有小玉她们的支持，也没有今日太行花的开放，小玉母女，得包含进去。”

写自己的亲侄女和外甥女？白文昌有些为难，医不自治，文不自写？他皱着眉头转了两圈后，忽然一拍额头：“这咋给忘了？三巧不是来了吗？”就让人快去找魏三巧。魏三巧和她娘一个性格，扎堆耀眼的地方，一般不去。

魏三巧尽管早早地上了大学，但一个村的乡亲，没见过也听过，况且又是她的老师让写，料也推不过。她认真地看过前几幅后，就把写给小玉的那幅完成了：

四月人间，乾坤好风软，春山如黛柳如剪，小径燕啼莺啭。千雕万

[1] 宫商角徵歌半曲：宫、商、角、徵、羽，是我国古代乐律中的五声，亦称作“五音”。“五音不全”即来于此。文中的“宫商角徵”缺了“羽”，故说“歌半曲”。

琢玉生香，醉了痴汉。侬喜乃天然，侬嗔亦天然。

白文昌只看不说话，魏三巧写好后，保贵又催着写林梦鸽，魏三巧不怎么愿意写了。林梦鸽比魏三巧小三岁，魏三巧在家上学时两个人就熟悉，时不时地也在一起玩耍。时过境迁，林梦鸽的这个和那个，大坡地不知道的没有几个。林梦鸽如果长得没有那么好，如果没嫁到边家去，这么多少年的委屈，也就不会有。她即使不在学业上深造，即使随便找个庄稼汉，“你耕田来我织布，我挑水来你浇园”的幸福生活也总该有。林梦鸽奶奶当年的口头禅是“篱牢狗不入”，边玉成爷爷的名言是“棋盘山里的闺女，鸽子岭上的地，谁逮住了跟谁去！十八闯上的神气是白毛仙，一声吆喝是泪涟涟，边老拐就不信鸡毛上不了天”，再加上边玉成父亲的“再壮的墙都禁不起水泡”，再坚实的“苦篱笆”，又有什么用！

魏三巧写下的是：

时乖命蹇，云霾遮天半，遭际怎关苦篱笆，可堪汪洋一片。太行风韵寂无声，人见人叹。好梦生玉箪，梦在山这边。

不知什么原因，魏三巧写完之后再也不写了，和她娘一样，翻着一对猫猫眼，摇摇摆摆地巧笑着跑走了。

白文昌望着魏三巧的背影摇头笑，黄泽华正好来了。他听了白文昌给他说完刚才的事，扶了扶眼镜摇了摇头，一张张地看了看写好的那几幅，转身进了他里面的卧室。大家在外面闲聊着等，时间不长，黄泽华出来了，他摊开纸，一气呵成写了两幅，第一幅写的是：

风情无限，莫道云水乱，盖世灵秀金不换，徒然糟践桃花面。加减乘除巧机关，夜长昼短。鸽鸣千里哨，风吹一缕烟。

第二幅写的是：

更迟漏残，韶光默无言。好高过洁人笑痴，静候天朗月圆。但得浮生伴君行，不惜华年。太行云起处，群芳竞娇妍。

黄泽华写完后长呼一口气，扶扶眼镜拍拍手，说："文字功力和笔力，比不上白老师，也比不上省里的领导，能算个直抒胸臆，心诚意诚，也就不胜欣喜了！咱们走吧？我想，太行花的东君，应该快到了。"

由于昨天休息得太晚，四麻子睡得很深，他睁开眼打开门后，小玉便和暖融融的朝阳丽日一起涌了来。大辫子婆婆刚走进院子里，她放下手中的篮子，一脸的幸福无比，她说她嫁到桃源青四十余年，今天，终于抢到了头灶香！

四麻子看着半山腰上的那座庙宇，估摸着来回怎么也有十几里的路程，而且还是崎岖不平的山间小道。大辫子婆婆却欢喜非常："不远！不远！俺初一和十五都去，从没有落过呢，有事许个愿，没事道个好，平时有个小病小灾的，来回一走，就一身轻松，啥也没有了！灵！灵！灵着呢！"她的那个神态，让四麻子感到，心中有红日升起来。

缠绕在山腰上的浮云早已消散，一座连接一座的奇峰峻岭，妆罢的美少妇一般，再一次秀出她娉婷妖冶的丰姿。深涧大坳里的幽岚雾霭，成群结队地一团团翻涌而来，像悲悯的上天，正在热气腾腾地备饭，以犒赏她纯真无邪、虔诚扑地的善良子民。

四麻子和小玉洗了涮了，又把仙界一般的桃源青流连一遍，大家都陆续起来了。大辫子女人用她家的大柴火灶，早给煮好了黄澄澄的绿豆稀饭，干干净净的柳笸箩里，放着一摞薄薄的烫面饼。脆生生的萝卜小咸菜，拌着几丝鲜嫩翠绿的小山葱。大家说说笑笑吃完饭后，上车向实验基地而去。

汽车刚爬上最后一道坡，远远看见，黄泽华、白文昌他们在招手迎接。因为明天就是正式庆典，很多准备工作还要做，大家寒暄几句，就直奔那座玻璃房去了。

进了玻璃房左拐右转，靠近培育室有一处缓冲休息间，墙上挂着黄泽华的一幅书法作品：

幽谷劲风起太行，云裹大山莽苍苍。平生谁解其中事，十月山花耐枯霜。

大原暑日遍地火，小崖之下野风凉。春燕衔泥筑巢时，桃红李白好梦长。

新培育出来的太行花有六株，碗口大小的五瓣花雪白耀眼，中间的那簇黄蕊，鲜净得让人头晕目眩，椭圆形锯齿状的大绿叶，一片摞一片的厚重苍翠。还没有走到跟前，就闻到一股熟苹果一般的奇香。

在六株太行花前，乡里的民政员现场为四麻子和小玉办理了结婚证。

一群人耍新媳妇一般，叽叽喳喳，欢天喜地，有的在看花，有的在合影留念。白文昌回到了缓冲休息室，刚坐下品了一口冬凌草，保贵拿着一幅画作进来了。他在靠窗的一张长桌上摊开，笑嘻嘻地请白文昌看：熙熙攘攘比肩接踵的一条闹市，两株古槐，一对石碾；几面山坡纵横逶迤，交错相连；山坡上木栅茅舍若隐若现，牧羊童放牛娃遥相呼唤，曲辕犁老黄牛红日长鞭；山坡下河滩中数蓬灌木，山坡上危崖边层林绵延；形态各异的山雀、翠鸟，有望母归，有觅食去，有疾回巢，有交颈眠；河滩尽头的峰峦上，含苞待放和艳映朝阳的花朵，一朵、两朵、三朵；远处的现代化工企楼房，在缭绕的云雾里，一幢，一幢，又一幢……

保贵喜滋滋的，歪着头问："白老师，画得怎样？黄董昨晚上的大作，想跟白老师来个珠联璧合，题画处留好了，只是没时间给您说，那叫啥？留几个字，点缀点缀？"

周山杏不知什么时候跟了来，她拧拧白文昌的手，又忽闪忽闪地挤几下眼，斜睨着保贵说："没文化，没文化！怨不得俺静鸽说你不'宝贵'，啥点缀，那叫‘雅正’！呵呵，雅正！”

白文昌想了想，写了四句话：

描一笔太行深处茅草房，画一纸百姓苦乐告上苍。

吼一曲黄土地上原生态，记一段风雷巨变慰炎黄。

从棋盘山回来后，大家开始商量，如何给四麻子和小玉举行结婚典礼。四麻子不愿意去小玉家，小玉也愿意在四麻子家，如此两情相悦倒是难得。可惜的是，四麻子的那个家太寒碜，两个人还不愿意让过分收拾，都说还是原容原貌心舒坦。

商量来商量去，小玉和四麻子你看看我，我看看你，抿着嘴给众人笑上几个后，什么也不说。大家再商量一阵，都表了一个态。

周山杏说：“小玉那么俊个人，论哪样也得风风光光闹一回。”

瘦三说：“有了荞麦地，灌肠好说。”

林大头说：“四弟的茅房，怎么也得有个房顶吧。”

陈宝妮说：“四弟的牛早卖了，给他买辆邢州牌小拖拉机吧，不吃草，不吃料，能犁地，能耩地，拉庄稼送肥料，碾米磨面，省时省力，‘嘭嘭嘭’地冒着烟走了。闲的时候，拉上小玉去白口镇赶个集、看个会、听个唱啥的，俺也能坐上去！”

林白鸽说：“不管好赖，总得给俺留一间屋子吧？咋也不能叫俺没地方住。”

林静鸽说：“再说也得先安个电话，有个啥事，联系方便。”

小玉说：“都行！俺想来个新事新办，旅行结婚，哪儿也不去，就去北京，看看天安门！走的时候，带一盆太行花，放到天安门前留个影！”

大家正商量着，马改转气喘吁吁地来了，肩膀上扛着那口半铁半钢的大钟，“当——”的一声放到了地上后，粗声大嗓地喊：“俺家老——白早就说，小玉跟老——四，那早就该，早就该撅起尾巴咬住鸡毛配成对！”

四麻子嫌她说得不好听，伸出大手就要去拧，马改转一边向后退，一边吐了吐舌头，笑嘻嘻地放低嗓门：“老——四，撅尾巴咬鸡毛，可不是俺老——白说的！他那人，说不出这种不够数话。俺就是跟他商量说，小玉结婚，咱给四麻子、小玉送点儿啥？俺家老——白跟老四队长、保管整了那么些年，就是那个官不算大，可往后，谁要没有上天的本事，凭谁也不能再当上了。最后商量，把这口大钟给送过来，当个大想念吧！来的时候，俺老——白说，这个最有意义，前朝有个母母母鼎，咱这个，用不了那么些年，只要家里出不了败家货，比那个还值钱！不信？恁俩人就睁眼等着看！”

马改转说完，摇摇晃晃地走了。她毕竟六十岁的人了，风风火火的性子没有大改变，身体却再也不能风风火火了。

当天晚饭后，大家又集中到四麻子家，继续商量婚礼的时间安排，需打动的亲戚、需邀请的宾客等事宜。想不到白文昌竟领着黄泽华、王会来，还有沙水县的几位领导来了！

林大头刚想给白文昌说说家里的初步计划，白文昌说，马改转上午就坐着三卷毛的DPD，跑到了五行萃，把家里的计划都说了。正好邢州市的王市长，和县、乡、村主要领导都在。大家开了一个专门会议，确定以五行萃为龙头，把大坡地零散式、作坊式的各个行业组织起来，进行集约化、行业化、规模化经营，建立大坡地分类合作社，在品牌和效率上下功夫，做强做大。五行萃对各合作社，给予一定量的先期启动资金，县里和市里，将尽快制定专项扶持方案。

各合作社挂牌启动后，五行萃组织主要负责人等，以及四麻子和小玉两位新人，组成“太行花考察学习团”，一为两位新人表示祝贺，二为会来市长联系了几个相应的参观学习点，顺便学先进、拓思路、长见识、定计划。

各社派的代表有：刺绣织造合作社张雪梅，文化旅游合作社胡秀秀，书画联谊合作社白文昌，中药培植合作社盖援朝，高效农业合作社石大山（魏老大女婿），大棚蔬菜合作社林江龙（小名林五江），养殖合作社白志军（绰号玉蜀面），石艺合作社白小现，运输合作社盖建朝。

大坡地九个合作社的代表上车后，保贵安排林静鸽和他与黄泽华同车。林静鸽打开车门，看着坐在副驾驶位的保贵，做了个请上后边坐的手势："今天替你'护驾'，既赚个人情，又可以自选天籁之音陶性冶情。请吧？"

保贵不动弹，微微皱了皱眉头，迎合出一脸笑容："呵呵，呵呵，这个应该叫，不劳玉手？车上磁带多着呢，想听啥？流行的？通俗的？美声的？民族的？应有尽有。东君只需点歌，俺叫保贵，不仅能保证服务到家，还能保证丝毫不差！"太行花庆祝典礼前，黄泽华曾经称呼林静鸽为"东君"，保贵也跟着这样称呼。

林静鸽剜一眼保贵："尽善尽美，有吗？"保贵不仅找不到尽善尽美，而且从副驾驶的位子上被林静鸽一眼给剜了出来，极不情愿地到了后座，和黄泽华坐到了一起。

车开动，林静鸽打开车上的音响，从小包包里拿出一盒磁带开始放：

我生在一个小山村，那里有我的父老乡亲，胡子里长满故事，憨笑中埋着乡音！一声声喊我乳名，一声声喊我乳名，多少亲昵，多少疼爱，多少开心。啊，父老乡亲！啊，父老乡亲！我勤劳善良的父老乡亲。啊，父老乡亲！啊，父老乡亲！树高千尺也忘不了根……

保贵在后边犯迷糊，拍拍副驾驶的靠背，林静鸽回过头，说："子谓《韶》：尽美矣，又尽善也。华夏五千年，唯'父老乡亲'，尽善尽美！"

保贵半懂不懂，又拍了几次副驾驶的靠背，林静鸽沉浸在循环播放的《父老乡亲》里了：

我住过不少小山村，到处有我的父老乡亲，小米饭把我养育，风雨中教我做人，临别时送我上路，临别时送我上路，几多叮咛，几多期待，几多情深……

保贵见林静鸽不吭声，试探着喊了几声“东君嫂”。黄泽华拍拍他，让他安静。保贵装作不明白，指着林静鸽，小心翼翼地问黄泽华：“那我该如何称呼她？”

黄泽华说：“太行花！”

奕奕太行花